U0527157

广东省特色专业汉语国际教育专业建设成果

海外华文文学文本细读课

| 颜敏 著

AN INTENSIVE READING COURSE OF

OVERSEAS CHINESE LITERATURE

暨南大学出版社
JINAN UNIVERSITY PRESS
中国·广州

图书在版编目（CIP）数据

海外华文文学文本细读课/颜敏著. —广州：暨南大学出版社，2022.9
ISBN 978 – 7 – 5668 – 3475 – 1

Ⅰ.①海… Ⅱ.①颜… Ⅲ.①华文文学—文学研究—世界—高等学校—教材 Ⅳ.①I106

中国版本图书馆 CIP 数据核字（2022）第 143018 号

海外华文文学文本细读课
HAIWAI HUAWEN WENXUE WENBEN XIDU KE

著　者：颜　敏

出 版 人：张晋升
责任编辑：曾鑫华　彭琳惠
责任校对：刘舜怡　陈皓琳
责任印制：周一丹　郑玉婷

出版发行：暨南大学出版社（511443）
电　　话：总编室（8620）37332601
　　　　　营销部（8620）37332680　37332681　37332682　37332683
传　　真：（8620）37332660（办公室）　37332684（营销部）
网　　址：http：//www.jnupress.com
排　　版：广州市天河星辰文化发展部照排中心
印　　刷：佛山家联印刷有限公司
开　　本：787mm×960mm　1/16
印　　张：17.25
字　　数：263 千
版　　次：2022 年 9 月第 1 版
印　　次：2022 年 9 月第 1 次
定　　价：52.80 元

（暨大版图书如有印装质量问题，请与出版社总编室联系调换）

目录 CONTENTS

导论　跨文化视野下的文本细读课 …………………………………… 1

第一讲　海外华文文学概论 …………………………………………… 10

第二讲　美国华文文学一：文学史概貌 ……………………………… 16

第三讲　美国华文文学二：台湾留学生文学 ………………………… 26
　　　文本细读一：《芝加哥之死》《谪仙记》 …………………… 36
　　　文本细读二：《超人列传》《玩偶之家》 …………………… 53

第四讲　美国华文文学三：大陆新移民文学 ………………………… 66
　　　文本细读三：《密语者》《特蕾莎的流氓犯》 ……………… 81

第五讲　加拿大华文文学与北美华文网络文学 ……………………… 96
　　　文本细读四：《余震》《山楂树之恋》的影视改编 ………… 112

第六讲　北美华文诗歌、散文与文学评论 …………………………… 128
　　　文本细读五：洛夫与郑愁予的诗歌 …………………………… 151
　　　文本细读六：琦君散文 ………………………………………… 164

第七讲　欧洲华文文学 ………………………………………………… 179
　　　文本细读七：《康乃馨俱乐部》《六指》 …………………… 186

第八讲　大洋洲华文文学 …… 199

第九讲　东北亚华文文学 …… 211

第十讲　东南亚华文文学 …… 223
　　文本细读八：《蛆魇》《推开阁楼之窗》 …… 246

结语　海外华文文学作为问题与方法 …… 263

附录　文本细读法的教学要素及思路梳理 …… 267

后　记 …… 270

导论　跨文化视野下的文本细读课

  对于高校老师来说，开一门新课是一种挑战；但能开一门与自己研究方向一致的专业选修课，则是一件幸福的事情。在暨南大学求学的硕博阶段，我都专注于"跨文化与海外华文诗学"的研究，对海外华文文学的历史和现状有较好的把握与认识，有较多的学术积累。走上工作岗位后，我一直想开一门"海外华文文学"的专业选修课，但从学术研究到教学并不是一蹴而就的事情。2008年，在博士毕业后，自觉各方面准备都比较充分时，我在惠州学院中文系开设了"海外华文文学"课程。
  那时，我已完成了几项关于高校教学改革的研究项目，为了这门刚刚开设的专业选修课，在教学方法上作了自觉探索。考虑选课人数不会太多，在反复斟酌后，我选择了精讲精读与互动交流结合的上课形式，接近当下正在流行的对分课堂。其实所谓对分，简单地说，就是老师和学生在课堂时间使用上平分秋色，老师精讲少讲，把一半以上时间留给学生进行讨论和总结，老师作为引导者、倾听者和合作者出现。对分课堂打破了老师一言堂的传统文科教学模式，把更多的时间留给学生自己去阅读、思考和写作，让学生真正成为学习主体，使其学习的积极性得到提升，但老师需要做更充分的教学准备。为此，我也作了不少准备。首先，花费了数月时间精选一批海外华文文学精品并把其复印成册，同时转化为相应的电子版，方便学生自主阅读。其次，参考多种海外华文文学史著作、教程及相关论文，提炼出基本的问题与主题，以此作为学生自主讨论的话题，确保讨论的方向与效果。最后，精心设计、整体规划整个教学过程，抓好选题、小组合作、课堂展示、课后反思等环节，引导学生逐步提升文本细读的技巧与方法。通过多年的坚持与耕耘，"海外华文文学"课程逐渐形成了特色、有了口碑。教学相长,通过课程的学习训练,选课学生的跨文化比较视野初步形成,文本细读能力与文化素养得到了提升;而我作为老师也颇有收获,积累了一定的教学经验,写出了一系列教学研究论文,在课程建设方面形成了自己的思路。

经过十多年的教学探索,我在教学中已形成了对"海外华文文学"课程的基本定位。作为一门中文系本科生的专业选修课,"海外华文文学"课程当然可以参照"中国现当代文学"纵横交错的知识体系进行教学,即在纵向的文学史时间轴里加入流派、风格和代表性作家作品的讲述。但基于"海外华文文学"空间属性与地理特性的复杂性,不如通过采取个案研究以点带面的形式来呈现特定区域的文学风貌。与此相适应,"海外华文文学"课程的定位为"跨文化视野下的文本细读课",意在通过特定方法视野的建立,让学生在细读作品、研究作品、写作评论和讨论反思的过程中理解海外华文文学的基本特性,把握文学批评的基本方法和特定作家作品的审美风格,最终实现理论与实践的融合。以下关于"海外华文文学"课程建设的一些经验,期待能为同道的学术研究与教学实践提供借鉴。

一、跨文化视野下的文本细读课程何为?

"文本细读"一词源于 20 世纪西方文论中的语义学,在新批评这一文学批评流派中得到了极致的发展和运用。但中国学者结合自身的文化语境,也做了各种更接地气的理解。陈思和认为:"在中国的语境中文本分析的实际含义可表述为:细读文本。"[①] 如果文本分析可以理解为细读文本,那么顾名思义,文本细读的含义就可能涵盖"细致的阅读、逐字逐句的阅读、注重细节的阅读、反复的阅读"等意义。事实上,中小学语文教育实践和研究中对文本细读方法的理解也大抵接近这一意义。葛红兵在陈思和的分析基础上加以发挥,将文本细读看作"对于作品文本细致化的分析思考",并将之分为科学性细读、文献性阅读、审美型阅

---

① 陈思和. 文本细读在当代的意义及其方法[J]. 河北学刊,2004,24(2):109-116.

读、作家型阅读四大类型。① 两位学者对文本细读的宏观把握与通俗化分析，正说明了文本细读作为一种视野和方法在当下文学研究与文学教育中的重要性及普遍性。有人甚至认为，文本细读能力不仅是文学研究者的基本能力，还是中文系学生应该具有的基本能力，这在某种程度上体现了大学文科教育的基本方法与目标。然而，大学本科教学中的文本细读，重在培养学生发问、立论和创新的思维品质与文学批评实践的能力，在概要式的理解上需要更精准的思考与总结。另一位学者张业松立足大学"文学原典精读"教学经验对文本细读的总结，显然对高校师生更有针对性与启迪性。他说，"所谓细读，就是研究性、批判性的阅读，其目的是要打开文本的新的解读理解空间，建立对文本的新的认知；其方法是研究性、批判性的学习，其中包括文学理论的知识准备、先行文献的阅读了解、周边文本的关联性阅读等"。② "海外华文文学"课程中所强调的文本细读，也应是一种研究性、批判性的阅读，重在引导学生建立文本细读的视野、完成对特定文本的有效阅读，建立新的论述。但实现文本细读并不容易，正如张业松所指出的那样："如果不了解研究史背景，没有建立问题框架和问题意识，恐怕很难形成阅读聚焦，从而注意到被忽视的细节。细读不是从零开始，没有任何依傍地直接得出理想结果，相反是艰苦的过程，要跟文本纠缠不休，要了解关于这个文本的一切，才可望有一天突然发现并尝试解决问题。"③ 正因为文本细读能力的获得和文本细读的完成并不容易，有具体指向的文本细读课的创设就很有必要。教师应深入教学过程，探索文本细读实现的具体规律，教予学生具体适用的文本细读技巧。而这正是通过"海外华文文学"文本细读课可能实现的目标。

鉴于海外华文文学文本跨文化融合的特性，本课程的总体目标设定为"跨文化视野下的文本细读课"，尝试将跨文化视野与文本细读融合起

---

① 葛红兵，李枭银. 创意写作学视野下的"文本细读"研究——作为教学法的"创意型细读"[J]. 黄冈师范学院学报，2021，41（1）：59-64，97.
② 张业松. 文本细读的意义和可能[J]. 广州大学学报，2021，20（3）：68-74.
③ 张业松. 文本细读的意义和可能[J]. 广州大学学报，2021，20（3）：68-74.

来。这样的教学思路出于几方面的考量。首先，跨文化视野确立了一种符合海外华文文学特性的研究场域，引导学生选择适合特定作家作品的文本细读理论、思想和方法。其次，将跨文化视野引入文本细读过程中，这从一定程度上克服了新批评等将文本视为唯一权威的形式主义倾向[①]，拓展了文本细读的关联领域与意义建构边界。此外，在全球化时代，当跨文化视野成为基本的生存视野时，从跨文化视野下的文本细读研究中也可能抽象出具有普适意义的方法论，从而产生更广泛的借鉴意义。

　　跨文化视野下的文本细读，"跨界"思维是贯彻始终的主线。具体而言，在海外华文文学的文本细读中，跨界思维主要表现在三个转化。首先，要从区域性思维转化为全球性思维。在关注特定区域华文作家的特定作品时，应该有跨区域思维，树立全球视野，思考作家的文学创作与世界各地华文创作的关联，如余光中可视为我国台湾地区的诗人，但纵观其创作生涯，则呈现流动性的文学活动特征，包括早期在我国内地的生活、美国的留学经历、在香港地区的教书生涯以及与马来西亚诗人的交往等。我们若将余光中文学流动的地理疆域梳理清楚，对其创作也就有了更深入的理解。其次，要从静止的思维转化为跳跃的思维。在对海外华文文学作品进行文本细读时，看似相似的题材与主题，因其背后生活方式与生存语境不同，会有不同的表达与含义。如果就点论点，就文本论文本，很难真正理解作品的含义，若能进行对比分析，多一点跳跃性的思维，就可以对特定作家作品进行准确的审美定位。如在解读黎紫书早期小说文本时，不妨参照马华作家黄锦树、大陆作家苏童等，形成对比视野，能更清楚地意识到黎紫书在岛屿和大陆文学传统之间的权衡、传承与创新。最后，要从直线思维转化为网络思维。在文本阅读中，若能将一名作家和整体性的文学现象连接起来，就形成了在文学网络中定位作家的问题意识，诸如张爱玲的传人、郁达夫与东南亚华文文学等更

[①] "细读"（close reading）是20世纪英美新批评派提出的一种具体的文学批评方法，其要义一般有二：一是视文本为独立自主的存在，割断文本与外部世界的联系；二是注重文本的文学性研究，对文本进行细致的分析解读。德里达将之要义概括为"文本之外无他物"。

有系统性和深度的问题也就能在文本细读中被提炼出来。

跨文化视野下的文本细读,还要特别重视"异"的探寻与分析。海外华文文学同源异地,文学创作存在多重传统、诸多路径的现象。对特定文学文本的细读,需在同与异的辩证空间里细细揣摩,在区域华文文学相似的主题、意象和生活细节里探寻因文化地理等综合因素而形成的异,就能感悟海外华文文学的多元之美、复数之态。文学重视传统,来源生活,如粤菜馆在广东、新加坡和在美国旧金山既有相似之处,又会因地制宜,风格各异;华人共享的春节、中秋节等节庆风俗也会入乡随俗,出现各自的特质。海外华人生活风俗的差异,必然会投射在写作内容与表达形式之上。在海外华文文学的文本细读中,应破除单一的汉语文学观念,确立复数的观念,在更为开阔的视野下理解特定文学作品的审美特性与价值。

跨文化视野下的文本细读,应重视文化身份认同这一关键词的牵引力。身份认同是理解海外华文文学的关键词,重在从文化诗学层面建构其海外华文文学的多重价值,现已经出现了诸多的研究成果。鉴于移民及其后裔在国家、族群、文化等层面的跨域性、混合性与复杂性,理解文本时的跨文化视野变得特别重要。对特定海外华文文学作品进行文本细读时,若能注意身份认同与语言选择、语言表达的关系,关注叙事策略与自我身份认同的关系,注意文学写作与国家、文化认同的关系,便可以将文本嵌入更宏阔的文化视野之中,为其审美追求寻找历史和现实依据。但需注意的是,在文本细读过程中,不可脱离文本实际、滥用基于后殖民视野的身份政治理论,否则文学阅读就成了历史和现实的传声筒。

将海外华文文学课程定位为跨文化视野下的文本细读课,是呼应专业研究领域的某些重点和难点问题的一种尝试。

二、教学探索带来的新的可能

作为高校教改进程的一部分,"海外华文文学"课程的建设在不断锤炼教学内容的学术性时,更需要随之以持续改进的教学方法。正是教学形式的创新,才能让相应的教学内容深入学生的心灵深处,内容与方法两者相互促进、互为前提。"海外华文文学"课程的教学方法与模式的探索主要体现在三个层面。

（一）从师生互动模式到以学生为中心模式

随着新世纪课堂革命的深入开展，以老师为主的传统讲授型课堂已经显现其局限性，师生互动模式成为很多高校老师的自觉选择，但师生互动的课堂是否一定能够激发学生的学习积极性，确保良好的教学效果呢？未必如此。浅层次、形式化的互动是对课堂资源的一种耗费，难以实现深度育人的目标。建构真正以学生为中心的课堂教学模式，应是现阶段教学改革的重要焦点。

在"海外华文文学"课程的教学中，我本着"助力学生自我成长"的目标，立足协商式教学的视野，引入复旦大学张学新教授的对分课堂结构，结合课程本身的特色，不断探索以学生为中心的文科课堂教学模式的可能性。所谓协商式教学视野，强调在教学内容、教学方法、教学考核和教学评价的一系列教学环节中，都以平等的姿态邀请学生发表意见，提出建议，共同完善教学方法。课前课后课中、线上线下，通过多种形式不断汇聚学生的合理意见，形成最优教学状态。在对分课堂结构中，老师少讲精讲，留出大量时间让学生分组讨论、自由思考、总结，以确立真正的学习主体性。文科理论型课堂的重要目标是实现知识向能力的成功迁移，在海外华文文学教学中，我从理论背景的简要呈现、研究视野与方法的重点分析、小组合作的个案研讨、争鸣与讨论的深化、总结表达的反思升华过程中，细化和落实了知识向能力迁移的五大教学环节，达到了很好的效果。为了凸显小组合作学习的过程性和时效性，"海外华文文学"课程的内容分为七大专题，每个专题设置特定的文本细读的视野与方法，层层递进。在老师的引导下，学生通过小组合作鉴赏文学作品、写出评论、现场讨论、反复修改等过程真正提升自己的文本细读能力。

（二）从享用资源到生产资源

在传统的教学模式中，老师是教学资源的提供者，学生是教学资源的享用者，老师尽可能把所有资料交给学生，学生在老师指导下阅读各种资料来解决问题。在整个教学过程中，教学资源处在狭小封闭的内循环之中，增值增长的可能性不大。但在当下信息技术极度发达的自媒体时代，人人都可以成为信息的生产加工者。进入大学学习的本科生，更应实现角色的转化，从信息的接受者和收集者转化为信息的整合、生产和传播者。基于这一理念，我将海外华文文学教学过程视为一个信息集成和再生产的过程，学生和老师作为信息加工的主体，成为教学资源的建设者。因此，在海外华文文学教学中，老师首先教给学生搜索资料、整理资料和生产资料的视野与具体方法，使得学生的身份从享用资源的角色转化为生产资源的角色。老师提供基本的作品篇目，学生通过各种路径去寻找与作品相关的背景资料，并将其整理成册、整理成文。在学生动手动脑搜索相关资料、整理资料和分享资料的过程中，其学习方式也实现了从被动接受到主动学习的转变，其获得感也更强烈。此外，通过寻找资源、整合资源来寻找解决现实问题的最佳路径是学生必备的基本能力，对学生未来的学习和工作非常重要。因此，在"海外华文文学"课程的教学中，我有意识地培养学生寻找资源、整合资源和转化资源的能力，并从中形成批判性协调的高思维品质。

（三）从单一考核模式到多元化考核模式

在本科教学中，教学评价是关键一环，评价理念、模式和方法的选择深刻影响教学的全过程。正因意识到这一点，自2020年以来，从上而下有关教育评价改革的号角已经吹响，相关政策性文件的持续推出，有望对整个教育的发展起到引领作用。"海外华文文学"课程的教学，也特别重视教学评价的创新，立足于培养中文学科学生的目标，本课程逐渐形成了独具特色的评价模式。

从评价理念来看，评价是学习过程的一部分，通过评价促成教学相长。从评价内容来看，从强调课程论文的如期提交转化为中文基本功的长期训练，允许学生根据自己的特长，选择合适的期末考核模式。除了撰写观点清晰、内容翔实的文学批评文章之外，学生可以选择用资料整理的方式完成期末考核，如将有关白先勇作品、研究论文、新闻资料等的索引完整呈现，并在此基础上，撰写作家创作简谱。学生也可以以二度创作的方式完成期末考核，如用改写、续写或者改编成影视剧本、舞台剧的方式来实现与作品的深度对话。根据学生的兴趣与特长选择期末考核内容，可以激发学生的学习积极性和创造性，考核效果更佳。从评价形式来看，"海外华文文学"课程强调过程考核与结果考核的一体化、自我评价与他人评价的融合。学习成效是一个积累的过程，结果固然重要，但更要重视学生成长的过程。因此，在"海外华文文学"课程中，从第一堂课到最后一堂课，从平时作业到课堂笔记，每一个环节都会成为考核要素，并予以适当的量化。除了传统的出勤率外，更着重从学生学习的态度、过程和结果等综合因素中做出学习成效评价。此外，本课程还突出了学生的自我评价，将自我评价与他人评价结合起来。在大学阶段，除老师评价和同学评价之外，本科生还应学会科学评价与定位自我的发展水平，通过自我反思来实现内在的成长。根据"海外华文文学"课程的性质，我设计了学生自我评价细则，要求学生从"学习环节的介入与主动性、文本细读能力的提升程度、思想的启迪与碰撞结果"等方面进行自我评价，打出合适的分数，计入平时成绩。

　　课程教学评价的设计与实施，会受到整个大学学制体系的制约与影响，并不容易实施。"海外华文文学"课程教学评价的改革，采取了渐进式的调整，持续改进，从原本松散的选修课考核模式走向了严谨客观的综合考核模式，为教学改革提供了更深层的动力。

　　概之，作为一门跨文化视野下的文本细读课，"海外华文文学"课程的教学实践尝试站在教学改革和专业领域的融合地带，为提升中文学科学生的文本细读能力和综合素质做出不懈努力，所积累的点滴经验，可供有心人参考。

◎ 学习要点

1. 主要视野：教学改革与专业领域的交融。
2. 关键术语：文本细读。
3. 重要观点：以"助力学生自我成长"为目标，寻求本科专业课程教学内容与教学方法的双向互动改革。

◎ **思考、实践与讨论**

1. 理论思考：课程建设的主体是什么？如何定位学生在课程建设中的位置？

2. 资料搜集与整理：搜集有关海外华文文学的教材，探讨不同版本的特色与差异。

◎ **参考文献与后续学习材料**

1. 陈思和. 文本细读在当代的意义及其方法 [J]. 河北学刊, 2004, 24（2）: 109-116.

2. 张业松. 文本细读的意义和可能 [J]. 广州大学学报, 2021, 20（3）: 68-74.

第一讲　海外华文文学概论

在中国文学课程里，我们已经熟悉了很多古代、近现代作家、作品，具有了一定的文学史知识和阅读积累。而面对也是用汉语书写的海外华文文学，我们该如何定位它，如何把握它的总体特性，如何理解它与中国文学的关系呢？让我们从概念的内涵与外延的思考开始。

一、什么是海外华文文学

海外华文文学作为文学现象与学科领域的命名，在被学术研究与大学教学广泛运用的同时，对其合法合理性的争议与质疑一直存在，在一门以拓展本科学生文化视野、发展学生文本细读能力为目标的专业选修课中，我们对海外华文文学的概念采取更为简洁明了的分析方式，避免过于繁杂的概念纷争。

对海外华文文学的理解，应从其上位概念"华文文学"开始，一般认为，华文文学是立足语言共同体意识生发出来的一个语种文学的概念，包括了所有用华文（汉语）表达的文学作品。海外华文文学则增加了地域的限制，限定为在中国之外的华文文学。之所以称海外华文文学是一种基于文学历史与现实的简略概括，是因为近现代以来，在依附传统中国朝贡制度与文言书写系统的汉文学衰落之后，以离散华人为主体的海外华文文学登上了历史舞台，它在世界各地落地生根、自成脉络、丰富多样、不容忽视。在走向本土化的历史进程中，海外华文文学和中国汉语文学之间既相互联系，又有所不同，两者的关系难以一概归结为根与枝叶、主流与支流的关系，我们必须尊重和探寻其独特性。

为了探寻海外华文文学的独特性，我们的基本思路是从"海外"所指地理空间的逾越开始，分析海外华文文学的主体构成和文本美学，确立有关海外华文文学特性的基本理解框架，并尝试在与中国文学的对比联系中确立其意义位置。

（一）移动的人

文学是人学，人是文学中的主体性因素。从海外华文文学的缘起来看，一波波的华人移民及其后裔所形成的海外华人文化社区是海外华文文学得以发生发展的根基。对海外华文文学特性的思考，可立足"移动的人"这一视野予以总体性的思考。

我们知道，在战乱、朝代更替、贸易等多重因素影响下，华人跨境移动有着漫长的历史，可远溯秦汉。然而，从移动主体、移民生活到海外华文文学的发生，并非一蹴而就。远古零散的华人移民因种种条件的限定，难以建立文学存在的语言文化根基，只有近现代大规模的沿海移民进入东南亚、北美等地，相对稳定的华人社团——各类华人会馆和社会组织、相对独立的文化形态和生存样式——唐人街（商业性质，小商店）等——兴起后，对华文创作具有核心支撑作用的两大力量——华文教育与华文报刊才得以成型。最终在华人社团、华文报刊与华文教育的三元要素体系中，海外华文文学得以发生发展。海外华人血泪斑斑的异国生存与开拓历史，既是中华文化花果飘零、落地生根的历史，也是海外华文文学生长壮大的过程。

在"移动的人"这一视野中，也可以简要梳理海外华文文学的阶段性。1840年之前，移居海外的华人尚未组织化和规模化，但汉文化和汉文学的流播为海外华文文学的出现提供了文化土壤，这一阶段可称为海外华文文学的孕育期。1840年到"二战"结束，华人移民的数量与文化程度不断提升，华文报刊、华人社团和华文教育机构趋向成熟，海外华文文学在东南亚和北美等地出现，并逐渐形成本土性发展线索，这一阶段可称为海外华文文学的滥觞期。20世纪40年代中后期至20世纪70年代中期，在港澳台地区的影响下，东南亚各国华文文学逐步分化，呈现不同面貌，北美等地华文创作稍有规模，这一阶段可称为海外华文文学的分化期。20世纪80年代后至21世纪初，随着技术、传媒的发展，新型移民不断出现，海外华人群体的结构与层次发生改变，国内外的文学传播与交流进入常态化轨道,这一阶段可称为海外华文文学的融合发展期。21世纪初至今,全球移动由现实向虚拟转化,网络化、电子化和数字化潮流使得虚拟的移动生活成为常态。很多文学创作者居无定所,难以用国境国籍区分命名,海外华文文学的发展和走向正面临重新定位的问题,这一阶段可称为海外华文文学的转型期。

事实上,在"移动的人"的视野中,海外华文文学的基本特性是世界性。从文本细读的角度来看,世界性的文本表现和美学形式是我们的关注焦点。

(二) 离散的美学

立足世界范围,对海外华文文学文本特性的研究主要围绕"原根性(中国性、故土性)、本土性、跨界融合性"三个方面展开论述,原根性强调了与中国文学文化的关联与渊源,本土性强调了与当地文学文化的共生关系,而跨界融合性则展现了在原根性和本土性的间性地带,海外华文文学在题材、语言和风格上所呈现的复合多元特性。这三性从不同角度描述了海外华文文学文本的基本特性,成为研究者把握具体文本的关键线索。倘若从"移动的人—世界性"这一路径对海外华文文学进行美学上的整体定位与梳理的话,不妨称为"离散的美学"。做出如此判断,基于以下几方面的考量。

首先,从文学与生存体验的关联来看,移民及其后裔异域生存与适应的过程,是文化断裂与重生的艰难进程,这一进程作为族群的创伤记忆,或隐或显于移民的生存体验之中。海外华文文学在以各种美学形式记录和重构这一创伤记忆的同时,也标记出移民作为离散族裔的生命流程。其次,从语言层面来看,华文在海外各区域的非主体位置、华文表达与移民及后裔本土生活的距离与裂缝,导致海外华文文学在语言特性上远离汉文学传统,夹杂着多种语言文化的影响因子,建构出离散的语言美学。最后,从内容与风格来看,萌芽于现代移动生活情境的海外华文文学,注重对偶然、断裂和瞬间的把握与表达,倾向于小历史、小传统的美学建构,形成了区别于中原古典叙事风尚的离散美学。

离散美学在文本中的具体表现,除了上述内容与风格特色之外,在形式层面还出现复义、衍生和回旋等审美现象,可以视为源于中华文化传统的海外华文文学在异域经验和移民生存体验冲击下所形成的新的美学倾向。纵观世界各地的海外华文文学，我们可以发现，同一母题和主题，在文本与文本之间、作家与作家之间、区域与区域之间不断衍生、回旋，但并非简单的重复与趋同的模仿，而会因时代、个人、地理的回响显现出复杂多变性。作为一种没有边界的美学运动结果，海外华文文学的离散美学正指引海外华文创作穿越华文圈，抵达更广阔的世界场域，因此，离散美学视野中的海外华文文学，也关联了部分华人的非母语创作，两者形成了具有共通指向的文学隐喻。①

二、海外华文文学的分布情况

从地理位置来看，海外华文文学在区域分布上是不均匀的。受历史传统、经济发展、文化宗教、现实政治等多元因素的影响，海外华文文学的区域流向和区域发展概貌在不断发生变化。19 世纪 40 年代至 20 世纪 40 年代中期，海外华文文学集聚在东南亚与北美，东南亚更见规模；20 世纪 40 年代中后期至 20 世纪 70 年代末，北美华文创作的影响力提升，并在欧澳等洲逐渐复兴，东南亚在本土化发展中独树一帜。从 20 世纪 80 年代至今，北美、东南亚、欧洲、东北亚、大洋洲已经成为海外华文文学最为重要的五大版块，各区域的海外华文创作融入华人华裔文化建构中，渐渐形成各自的文学传统。

我们在理解海外华文文学的分布情况时，需特别重视和贯彻地理区域的细分原则。即便在被描述成具有某种总体性的五大版块内部，也存在国家与区域之间的明显差异。如在东南亚版块中，新加坡和马来西亚两国在地理、历史和文化上渊源深厚，当下其华文创作成绩远远超越了泰国、印度尼西亚等国，常被并称为新马华文文学。实际上，两个国家的华文创作情况并不一样，新加坡华文创作未受到政治政策的直接限制，却在英语文化强势影响下出现种种问题，其综合实力反而不如深受族群政治影响的马来西亚华文文学。提及北美版块，美国和加拿大华文文学

---

① 在本书中，在讨论特定区域的华文文学创作时，并不回避处在华人移民文学生活史中的部分外语创作，以求获得更真实和整体的区域文学认知。

群星闪耀，与之相邻的拉丁美洲国家的华文创作却近乎空白。地理的细分原则还可以向内延续，同一国家或区域内部中不同城市或行政区的华文创作也有待区别理解，如在马来西亚的东马与西马地区，其华文创作的题材、风格等都具有较大差异；槟城和怡保两大华裔集聚的城市，其华文创作也遵循各自的城市文化传统而各放异彩。总的来看，海外华文文学的分布受到移民经济与文化的历史传统和当下流向的双重影响。一方面，我们能发现，在华人移居历史较为悠久、华人文化较为丰厚的地方，华文创作具有延续性和丰富性。另一方面，我们也会看到，在经济较为发达、文化较为宽松的国家与都市，聚集了高素质华人新移民，使得海外华文创作有了蓬勃发展的可能性。

从地图分布来看，我们还需注意两大区别，一是东西方海外华文文学的区别。在一些学者的观察和梳理中，因为历史因缘、文化传统和作家构成的差异，北美和欧洲的华文文学与东南亚华文文学常常作为具有对比性的存在。如有学者认为，"东南亚华文文学，本土性异常突出，而北美华文文学由于作家多是从外地迁来的，故其漂流性远比新华作家、泰华作家、菲华作家更引人瞩目。澳华作家、欧华文学与本土的联系也不像东南亚华文作家那样紧密"[①]。二是近大陆圈的海外华文文学与近岛屿圈的海外华文文学的区别。冷战后，我国大陆和港澳台地区相对隔绝的历史状况，形成了不同的中国文学传统分支，一部分海外华文创作受港澳台地区影响更大，另一部分海外华文创作则受到大陆影响更大，可简称为近岛屿圈影响和近大陆圈影响。一些学者在有关我国台湾地区旅美作家与后起大陆新移民作家的创作对比中，发现了他们在语言表达、题材选择和审美风格上的分野。虽然进入21世纪以后，随着交流与传播的日益密切，这种分野正在淡化，但依然不能忽略。

在教学层面，为了更好地把握各区域华文文学的概貌及代表性作家，我们将选择遵循现实的创作地图，重点呈现北美、欧洲、大洋洲、东南亚等区域的海外华文文学。对每一区域华文文学的呈现，在梳理区域文

---

① 古远清. "世界华文文学"的分布及其走向（下）[J]. 名作欣赏，2021（13）：48-53.

学概貌的基础上，在文化地理意识中，通过纵横对比的视野，凸显代表性作家作品的特性。

◎学习要点

1. 主要视野：全球移动。
2. 关键术语：离散的美学。
3. 重要观点：为了探寻海外华文文学的独特性，应该从"海外"所指地理空间的逾越开始，分析海外华文文学的主体构成和文本美学，确立有关海外华文文学特性的基本理解框架。

◎思考、实践与讨论

1. 理论思考：原根性、本土性和跨界融合性常被认为是海外华文文学的主要特性，在学习了本讲之后，你如何理解三者的关系？海外华文创作在哪一区域最为出色？可能原因是什么？
2. 资料搜集与整理：搜索郁达夫（1896—1945）和许诚毅（1963—　）的生平资料，梳理其艺术创作与海外经验的关系。

◎参考文献与后续学习材料

1. 饶芃子，杨匡汉. 海外华文文学教程［M］. 广州：暨南大学出版社，2009.
2. 王德威. 后遗民写作［M］. 台北：麦田出版社，2007.

第二讲　美国华文文学一：文学史概貌

北美华文文学是海外华文文学的重镇，其中美国华文文学积淀较为深厚，颇有历史渊源。那么如何把握美国华文文学的概貌呢？我们不妨立足美国华人移民史的历史轨迹，在开阔的视野中探讨其总体发展的情况。

一、华工文学

为理解美国华文文学的缘起，我们对19世纪中叶华人移民美国的情势略加回顾。18世纪之前，美国仅有零散的华人移民，从19世纪40年代起，因加利福尼亚州的金矿采掘业、铁路修筑、农业垦殖等对劳动力的需要，出现了三次较大规模的华人移民潮①，到1883年，在美华工已多达30万人。早期的华人移民，大多是沿海（主要是广东）农民，他们背井离乡进入美国从事最艰苦的劳动，为美国西部开发与建设做出了贡献，但没有得到平等待遇，在美国面临生活、文化上的种种困境。1882年美国《关于执行有关华人条约诸规定的法律》即《排华法案》通过后②，针对华工的种族歧视制度化、长久化，华工被禁止入境，已入境者也遭遇种种迫害与歧视，惨剧时有发生。伴随这段血泪斑斑、错综复杂的华工移民史而诞生的"华工文学"是我们理解美国华文文学的重要起

---

①　第一次是19世纪50年代进入加利福尼亚州淘金；第二次是19世纪60年代参与修建横贯北美大陆的铁路；第三次是19世纪70年代参与加利福尼亚州的农业垦殖。

②　《排华法案》延续60余年，直至1943年美国国会通过《马格纳森法案》时才正式废除。

点与向度。

关于华工文学，有一种观点认为，这些早期的华人劳工，虽然在日常生活中坚守着中国传统文化，但他们所受教育有限，只有一些口头作品流传，因此那时候还没有出现真正意义上的华文学。① 但如果采取更为开放性的理解，将华工文学理解为记录华工心声和悲惨生活的文学作品之总称的话，华工文学的形式与内容是极为丰富的。首先，晚清出现了大量反映粤闽海外华工生活的歌谣、戏曲、说唱等口头文学和戏曲底本，它们深刻反映并影响了现代中国人的异域感知；其次，美国天使岛上木屋诗的发现及相关研究成果的出现，也呈现了早期华工书面文学的多样性和重要性。此外，虽不是华工所作，却集中反映了华工生活与命运的部分晚清文学作品也可纳入其中。在关联开放的视野中理解这一历史阶段的美国华工文学，我们可以确认美国华工文学在审美形态的多样化和在历史价值的独特性。

美国华工文学可略分为两类，一类不是劳工自己所作，而是由侨居美国的华人、外交使节或国内作家根据海外华人故事创作的文学作品。这一类文学作品体裁多样，数量甚多，出现了影响较大的一些名篇名作。② 著名诗人张维屏在长诗《金山篇》（1854 年左右）中第一次反映了在美华工的悲惨命运，他看到了数以万计的粤闽华工在美国艰苦劳动换来的只是被驱逐、被掠夺的命运，"米利坚人既获利，乃宅尔宅田尔田"，诗人由此大声疾呼晚清政府兴业兴邦，允许民众开矿创业，富民利民，富国利国。另以反美禁约运动为背景，出现了黄遵宪的《逐客篇》、"宣樊子演"的《檀香山华人受虐记》、"杞忧子"的《苦社会》、"中国凉血人"的《拒约奇谈》和"碧荷馆主人"的《黄金世界》等很有代表性的作品。《逐客篇》（1882）写于黄遵宪出使旧金山第一任总领事之际，他

---

① 江少川，朱文斌. 台港澳暨海外华文文学教程 [M]. 武汉：华中师范大学出版社，2007.
② 1960 年，阿英编成《反美华工禁约文学集》由中华书局出版，共收有诗歌 14 篇、小说 8 部、戏曲 2 本、事略 4 篇、散文（含政论）24 篇，另有广东中山图书馆参考研究部提供作为"补编"收入的作品 19 件（其中诗歌 6 篇、讲唱 5 篇、戏曲 3 本、散文 5 篇）等，共计 50 万字。

目睹了在美华工的种种苦状,感同身受到弱国子民的种种不堪:"不持入关缡,一来便受缚。但是黄面人,无罪亦箠掠。"《杭州白话报》上的小说《檀香山华人受虐记》(1901),作者署名"宣樊子演",其详尽描述了华人在美国檀香山受到的不公平待遇。《苦社会》(1905)是上海"申报馆"刊行的章回体小说(48回,未写完),被认为是一部最现实的"华工血泪生活史",写的是一群处在中国社会最底层的各色人等为摆脱生活困境出国谋生,但在出国途中受尽侮辱与虐待,出国之后又难保温饱、债务缠身、苦不堪言的故事。《拒约奇谈》(1906)在"启智书局"刊行,带有故事加杂谈的性质,主人公"病夫"认为抵制美货并非根本,应先振兴工商业以确保国人安身立命,和《金山篇》立场类似。《黄金世界》(1907)在"小说林"刊行(共20回,分上下卷),描述华工在运输途中以及到达目的地后的悲惨境遇,涉及贩卖人口,船上受虐,木屋苦难,美国政府胁逼清政府解散拒约组织,逮捕热心活动分子等。反美华工禁约文学还包括一部分戏曲与说唱文学。如"心青"写的《拒约弹词》、"南荃居士"写的《海侨春传奇》、"明明"写的《有心人卖扇》等。其中南音粤曲最具感染力,受众甚广。如"仍旧"写的《华工诉恨》《金山客叹五更》《好孩儿》、"有所谓报"写的《拒约会》、"商业中一人"写的《除是有血》等,都诉说了华工血泪斑斑的境况,表达了他们要求拒签续约和抵制美货的心声。

另一类是由华工自己创作的文学作品,包括大量流传民间的歌谣与故事,它们中的一部分被吸纳进入粤闽两地的说唱戏曲文本之中,另一部分正在被不断整理和发掘的过程中,如已被编辑出版的《金山歌集》[①]收录了大量由早期美国华工口头创作的作品,呈现了华人移民入境美国后的生活百态,反映了他们在异域生存中形成的独特文化意识。除此之外,最有影响力的便是木屋诗了。

木屋诗又被称为天使岛诗篇,1970年加利福尼亚州立公园管理员亚

---

① 现有整理收集版本有1911年的《金山歌集》、1915年的《金山歌二集》、1987年麦礼谦主编的中英对照版《金山歌集》,作品创作年份应从19世纪后期开始,表达形式类似广府"四邑"地区流行的"四十六字歌",总数达2 000首以上。

历山大·韦斯率先在天使岛移民拘留所木屋墙上发现了用汉字刻成的近百首诗歌。1980 年，华裔学者、作家麦礼谦（Him Mark Lai）、杨碧芳（Judy Yung）、林小琴（Genny Lim）三人整理校勘诗歌后，出版了中英文对照的《埃仑诗集：天使岛诗歌与华人移民史 1910—1940》，选录作品 137 篇。1990 年，劳特（Paul Lauter）主编的《希斯美国文学选集》从《埃仑诗集》中选录了 13 首英译作品，木屋诗进入美国文学主流视野。2002 年起，Charles Egan、Wan Liu、Newton Liu 及王性初等学者作家对旧有的以及最新发现的诗文进行了更大规模的核勘、整理、归类、阐释及翻译，完成了研究报告《诗歌与碑文：翻译与诠释》（Poetry and Inscriptions: Translation and Analysis）。

　　木屋诗的创作时间在 1910 年到 1940 年间，在美国排华政策日趋严格刻板的情势下，为生存所迫，不少华人仍想方设法前往美国谋生，他们中的不少人作为问题移民被迫进入天使岛移民拘留所①，接受严苛的资格审核。根据相关历史资料记载，滞留时间最长、审查最为严格、遭遇最为痛苦的就是华人移民。在简陋木屋墙壁上刻下的诗歌，展现了华工入境美国时的心路历程，塑造了华人困境中的精神肖像，也显现海外华文文学的一种独特风貌。但关于木屋诗的现有评价，强调的都是它的历史文献价值，对其艺术性则有所保留。其实，木屋诗不应放在中国诗词经典性的评价系统中加以定位，而应放在中国古典文学现代转化的链条上加以考察。木屋诗仍保留了古典诗的形式，做到了句式、韵脚基本整齐，且能准确传达华人移民内心的所思、所感，可谓传承了古典诗抒怀明志的优良传统。但木屋诗里出现的新名词、新形象和新思想以及由此产生的某种不协调感，恰恰真实地展现了在中西文化碰撞中古典诗歌的可能走向与困境，由此，木屋诗就具备了文学史价值。

　　我们尝试分析其中一首诗，可能对此会有直接感悟：

---

①　排华法背景下，天使岛独特的地理位置和战略优势以及日益增多的问题移民，促使美国在旧金山设立了天使岛移民拘留所，作为对从太平洋沿岸进入美国的移民进行资格审查的机构。

> 为也来由要坐监？只缘国弱与家贫。
> 椿萱倚门无消息，妻儿拥被叹孤单。
> 纵然批准能上埠，何日满载返唐山？
> 自古出门多变贱，从来征战几人还？

在这首诗中，囚牢中的华人移民既抒发了对故乡亲人的怀念，也表达了国弱家贫的民族觉醒意识。有意思的是，他们将去美国淘金比作古人出征战场，进而升腾出慷慨激昂的豪情壮志，将个人的生存诉求与民族振兴的伟业等同了起来。这不甚顺畅的抒情连接，恰恰展现了异域冲击对家国认同重构的重要性。

早期美国华工文学的特征可从题材、主题、人物形象的特征和语言等方面加以概括。在题材上，可概括为"悲惨世界"，反映了中国人前往美国所遭遇的种种屈辱经历与悲惨遭遇；在主题上，则在思乡怀国的基调里，延伸出"民族意识被唤醒与强化"的线索；在人物形象上，出现了一系列的新华人形象，其中由贫苦农民、老式知识分子、江湖杂色转化而来的华工形象最值得关注，他们既不同于中国现代文学作家所呈现的具有革命精神的工人阶级，也不同于西方批判现实主义小说里沉陷于劳资矛盾的工人群像，而是作为颇具特色的移民劳工形象定格在海外华文文学历史之中；在语言上，口头语与书面语的并存、民间词汇与文人词汇的夹杂，英文表述与中文表述的同在，古雅与流俗的冲撞，构成了转型期文学的典型语言景观。概言之，早期美国华工文学处在古典与现代的交织点之上，是古典文学与现代文学的交接处、临界点旁生出来的一枝新芽。

二、文人文学

立足美国华人移民史的现实，我们意识到，在书面文学与口头文学、华工文学与文人文学的对照视野中理解美国华文文学更为全面客观。那么，文人文学与华工文学的区别何在？华工文学是"苦难叙事"，是弱小民族在异国他乡所受磨难的文学表征，与古代文学联系更加紧密。文人文学是"知识分子叙事"，带有强烈的启蒙色彩和现代意识，与现代文学联系更加紧密。相对于或由他人表述、或归属民间的华工文学，文人文学是知识分子对于美国记忆与生活的载体，具有较高的艺术起点和主体印记，呈现了知识分子探索外部世界和心灵世界的广度与深度，一直以来，构成了人们理解美国华文文学的主线。一些研究者从这条线索简单梳理出美国华文文学的历史轮廓，如有学者认为20世纪30年代的林语堂等旅美作家、20世纪60年代的台湾留学群体和20世纪80年代以后大陆新移民作家的创作可以涵盖美国华文文学的发展样貌。① 还有学者将20世纪60年代的留学生文学、20世纪80年代的原乡型文学和21世纪至今的游离型文学看成美国华文文学的三个发展阶段。② 文人文学的重要性不容置疑，但我们需要将视线再拉远一些，从晚清的官宦文章、留学生文学到新移民文学的最新动向中，梳理出与华工文学源头近似，但表征有异的美国文人文学的基本框架。

可以把晚清奉命出游出使美国的外交官员留下的游记和诗歌看作美国文人文学的最早形态，如李圭的《美会纪略》（1876）、黄遵宪的《逐客篇》（1882）③ 和崔国因《出使美日秘日记》（1889）等。他们作为特殊游客，带着强烈的家国情怀与职责意识，详细记录了他们所见所感所思的美国，在抒写被唤醒的民族主义意识的同时，也表达了对晚清时政的批评、建议与期待。稍后，若干基于个人游学、考察而形成的美国游记，也值得被重视，如梁启超的《新大陆游记》和《夏威夷游记》（1903），其对中美文明文化的对比与展望、文笔的优美与思想的深邃，都超出了晚清以实录随感为主的官员日志。

晚清开始，至今仍蔚为壮观的美国留学生群体，在美国华文文学的

---

① 施建玮. 美国华文文学概观 [J]. 同济大学学报（社会科学版），2000，11（3）：29 – 33.

② 沈宁. 美国华文文学发展的三个阶段 [J]. 世界华文文学论坛，2005（2）：63 – 67.

③ 黄遵宪这一首长诗基于编者开放性的文学史观，被同时放入华工文学与文人文学的视野中。在笔者看来，特定作品本身的丰富性，可能使之可以归属于不同的文学话语。当然也一定程度上说明了在美华文学的起源处，命名与分类本身的局限性，留待有识者争鸣指正。

创作史上留下了厚重绵延的一笔，在很多人的印象中，容闳、黄胜和黄宽三人被认为是第一批留美学生，但最早以留美学生为主题的文学作品却是"杞忧子"著的《苦学生》，而非1909年容闳在美国完成的自传《西学东渐记》（*My Life in China and America*）。《苦学生》连载于1905年的"绣像小说"，共十回，后由中国商务印书馆出版单行本。作者"杞忧子"的真实姓名和生平事迹都不甚清楚，但从小说情节来看，应是亲历过留美生活的人。该小说以对比手法，写了一正一邪两个留美学生的不同遭遇：一个留学生是作为主人公的黄孙，他自费前往美国求学，以半工半读形式持续学习，其间遭遇排华被迫停工停学，历尽了重重困难，最终在美国华侨的帮助下顺利毕业，回国后从事教育事业，为民族振兴而努力。另一个留学生文琳是清政府的公费生，他思想不纯、行为堕落，最后落得个凄惨不堪的结局。相比这类寓意清晰、情节曲折的留学生文学，1915年由中国商务印书馆出版的容闳自传译本《西学东渐记》显得视野更为开阔，更具有人文的深度。这部在近代思想史上影响深远的作品，虽是他人的中文译作，但也应纳入美国留学生文学的发展脉络之中加以考察。

从20世纪初到20世纪30年代，美国华人移民的文学创作，以林语堂影响最大。1919年9月至1920年6月，林语堂在美国哈佛大学攻读文学硕士学位①，他在此期间于《中国留美学生月报》上发表了两篇文章，支持胡适文学革命的主张。1935年9月，他向西方传介中国文化的《吾国与吾民》在美国出版，一年之内再版7次，登上《纽约时报》畅销书排行榜，并蝉联榜首52周。1936年，林语堂重赴美国后又写了《生活的艺术》等系列作品，均取得了成功。林语堂英文创作的成绩也使他自然成为美国华人华文创作的引领者之一，在他支持下，他的女儿林太乙在1951年创办的天风社和《天风》杂志与胡适支持的白马社文艺沙龙一起成为20世纪50年代美国华文文学创作的集聚空间。

20世纪40年代后，随着1943年《排华法案》的废除和中美关系的

---

① 1920年6月，林语堂因清华学堂给的资助戛然而止，转而去费用较低的德国选修课程以获取硕士学位。

改善，前往美国规避中国战乱的华人移民数量增加，华人的素质与生存处境也有所改变，华文创作开始兴盛，主要表现在创作群体的拓展、文艺社团与期刊的兴盛和草根文学的崛起三个方面。首先，一批具有较高文学素养的华人知识分子涌入美国，对引领美国华文文学的发展起到了很好的作用。其次，随着文人群体的拓展，一些文艺社团纷纷创立，新的文艺期刊及报纸副刊也随之兴盛起来，其中较有影响的有《华侨文阵》（1941年12月—1945年3月）、《绿洲》（1945年5月—1947年12月）、《新苗》（1947年3月—1948年3月）、《美洲华侨日报》副刊《新生》（1940年7月—1950年12月）等。"华侨青年文艺社"成立后，在它创办的文艺期刊《绿洲》《新苗》上，还持续组织了一些文艺论争与批评，对创作形成了一定推动力。此外，以黄运基为代表的草根文学作家，也在20世纪40年代末开始登上美国华文文学的历史舞台，书写美国唐人街的兴衰历史。

从作者身份意识转化的角度，一些研究者认为，20世纪40年代是美国华文文学发展史上非常重要的阶段，其中麦礼谦先生的说法最有代表性，他说："美国华侨文艺运动的兴起正好显示华人的意识已经从华侨到华人的过程中再跨进了一步。"[1] 总的来看，这一时期华人的旅居心态较为明显，作品的中国意识较为突出，但一部分作品着重表现美国唐人街的生活百状，逐渐形成了不同于中国本土文学的独特题材与风貌。一些文学批评文章也开始强调写作者应深入美国的华人社区，以写实笔法展现华人的精神面貌。20世纪40年代有关"华侨文艺"的论争也说明了美国华文文学已经开始迈出本土化发展的步伐。

进入20世纪50、60年代后，从我国台湾地区涌入了大批高学历的留学生，他们来到美国，一方面加深了人生感受，另一方面又拓展了文学视野，使得他们具有了古今中外的四种文化养分，具备文学创作的生活与技巧基础，从而崛起了一个美国文人文学的高潮，成为具有独特审美价值的台湾留学生文学现象，代表性的作家有於梨华、聂华苓和白先勇等。

---

[1] 李亚萍. 论20世纪40年代美华文学的发展及转变[J]. 学术研究，2016（7）：162-168.

20世纪70年代末以后，美国大陆新移民的文学创作，在美国华文文学中所占据的分量越来越重，他们表现的选材取向与审美策略不同于我国台湾地区和东南亚地区的移民作家，他们的作品带着沉重的现实诉求，表现多样化的艺术追求，拓展了美国华文文学的思想内蕴与表现空间，成为又一具有独特审美价值的文学现象，代表性的作家有查建英、哈金、严歌苓等。

20世纪90年代以后，以新移民为主体的网络作者占据了技术先机，创建了一些知名度较高的中文网站，并在网站上发表了大量类型多样、形式自由的网络文学作品。美国华文网络文学逐渐崛起，并形成了影响力，较有影响力的网络文学有《华夏文摘》（1991）、《新语丝》（1994）、《橄榄树》（1995）等，代表性的作家有少君、方舟子等。

进入21世纪以来，美国华文文学呈现新的走向，一些华人作家逐渐超越身份认同的羁绊，远离乡愁与离散的主轴，走向彰显个体自由的写作。而作为超越的代价，他们的创作也正在远离真正意义上的"移民"文学，走向风格多元、个性昭然的文学境界，文人写作的普世性与世界性追求也得以敞开。在严歌苓、陈谦等人的新作中，我们已能感受到这一跨域族裔局限、寻求自我个性的可能性。

围绕着华工文学和文人文学的双重主线，纵观美国华文文学近200年的历史，我们意识到，与美国华人移民的多元性构成一致，美国华文文学也具有多层叠合的结构。早期华工文学的底层话语模式和民间文学形态，与文人文学所彰显的知识分子叙事模式之间，既有相互关联的一面，也表现不同的文本形态与审美风格。在对当下美国华文文学的考察中，当我们突出书面表达的文人传统时，是否再次忽略了以口口相传、网络文学和民间记忆为载体的美国华文文学形态呢？期待未来有研究者能够挖掘更多形态的美国华文文学文本，填补现有的不足。

◎学习要点

1. 主要视野：美国华人移民史。
2. 关键术语：华工文学，文人文学。

3. 重要观点：与美国华人移民的多元性构成一致，美国华文文学也具有多层叠合的结构。书面文学与口语文学，文人文学与华工文学的对照视野应该成为理解美国华文文学的重要线索。

◎ **思考、实践与讨论**

1. 理论思考：美国华文文学作者多集聚在美国的哪些城市？这些城市有什么特点？对华文创作有何影响？

2. 资料搜集与整理：搜索有关美国华文文学整体性研究的著作和论文，按时间做出索引。

◎ **参考文献与后续学习材料**

1. 刘登翰. 美华文学的历史开篇［J］. 东南学术，2006（6）：137－144.

2. 黄万华. 20世纪美华文学的历史轮廓［J］. 华文文学，2000（4）：44－49.

3. 盖建平. 早期美国华人文学研究历史经验的重勘与当代意义的呈现［D］. 上海：复旦大学，2010.

4. 赵义娟. 美国移民史上难堪的一页：中国移民与旧金山天使岛移民拘留所［D］. 武汉：华中师范大学，2012.

5. 李亚萍. 论20世纪40年代美华文学的发展及转变［J］. 学术研究，2016（7）：162－168.

第三讲　美国华文文学二：台湾留学生文学

　　从清朝留美幼童开始，留美学人在近现代"西学东渐"的进程中扮演了重要的角色，很多成为政界、学界以及文学艺术领域的代表，如顾维钧、唐绍仪、胡适、蒋梦麟、蒋廷黻、金岳霖、马寅初、张奚若、陈寅恪、吴宓、梅光迪、汤用彤、林语堂、梁实秋、冰心等。其中一些人在美求学寓居期间或回国之后，留下了一些文学作品，写过一些有关留学生活的文章，但诸如晚清"杞忧子"的《苦学生》、容闳的《西学东渐记》到林语堂的《吾国与吾民》、冰心的《寄小读者》等散点存在的作家作品，并未成为具有某种共通性理论内蕴的文学现象；台湾留学生文学则因其特殊的社会、历史和文化背景与其艺术和思想内蕴的相似相通性，在美国华文文学和中国台湾文学交叉视野中被整体化思考，通过反复地聚焦阐释，成为独立且具有多重面向的文学现象，兼具文学思潮的性质。台湾留学生文学在流向与特性整体化的同时，也出现阶段性变化。从20世纪50、60年代至20世纪70年代初的无根与感伤主题，20世纪70年代中至20世纪80年代的追梦与回归主题，到20世纪90年代后的模糊多元主题，台湾留学生文学逐渐消融在多样化的时代文学中，不再成为被整体展望的文学景观。

一、无根与感伤的阶段

　　20世纪50、60年代去美国的台湾留学生，多是幼时战乱中跟随父辈从大陆移居到台湾，在风雨飘摇的台湾时局里难以安定，继而留学美国并移居美国的一代人。他们注定背负着家国流离的历史创伤，在异国他乡重新寻找灵魂与文化的安栖处，但在短暂的文化震惊后，留美生活并未带来全新的希望，反而让他们陷入了经济、文化和情感的困境之中。此种际遇以及由此引发的复杂心态成为台湾留学生创作不尽的源泉，其文学作品也形成了迥异于台湾本岛文学的风尚：塑造了"无根的一代人"形象，呈现了整体上感伤忧郁的情感基调。

应该要重视的是，当时的美国华人群体中，聚集了胡适、林语堂等五四文化巨匠，也有张爱玲等后起的知名现代文学作家，他们与夏志清等文学评论家共同形成了具有一定生长力和涵养性的美华文坛。美华文坛的形成为这一批留学生在英语环境下继续选择华文创作、传承并创造性转化中国文学传统提供了环境动力。如在胡适支持的留美学生社团"白马社文艺沙龙"中，就出现了不少知名作家作品，如吴鲁桥小说《未央歌》、唐德刚散文《胡适杂忆》、心笛诗歌《喜遇》、艾山诗歌集《暗草集》以及李经的长诗《叶荻柏斯的山道》等。

在这一时期的台湾留学生文学作者中，名家辈出，其中於梨华、聂华苓、白先勇、丛甦和吉铮等是较为重要的代表作家，他们既汇聚成流，又各具特色。

（一）於梨华——"无根的一代"

於梨华被称为留学生文学之鼻祖，她祖籍浙江，1931年生于上海，1947年去台湾，1953年毕业于台湾大学，1954年入美国加州大学读文学，1956年获硕士学位，1975年后，多次回中国大陆探亲访学。於梨华的作品很多，有《又见棕榈，又见棕榈》《傅家的女儿们》《梦回青河》《变》《焰》《考验》等10多部长篇小说，《也是秋天》等数部中篇小说集，以及短篇小说集《归》《雪地上的星晨》《白驹集》《会场现形记》等。她的大部分作品都涉及留学生活，影响最大的也是留学生题材的作品。

於梨华的《又见棕榈，又见棕榈》被视为台湾留学生文学的代表作，集中抒发了一代留美青年苦闷孤独的情绪。小说中，主人公牟天磊在美国拿到了博士学位，有了稳定的工作，在情感和精神上却无所寄托。他回到台湾省亲，又与环境、亲人格格不入，只好重回美国牢笼之中。在物是人非、今非昔比的情境里，小说渲染出主人公无处可依的失意与迷茫情绪，塑造了"无根的一代"的典型形象。

作为女性作家，於梨华对留美女性的生存、婚恋也进行了深刻透视，写出了她们极为尴尬痛苦的生存经验。《小琳达》中，燕心为了生活不得已做了美国孩子的保姆，但孩子的言行尖酸刻薄，燕心即使忍气吞声讨她欢心，却还是得罪了她而被辞退。《雪地上的星星》中，美国留学生罗梅卜一直未能结婚，过着极为孤独的生活，她将一个通信三年的同胞视为唯一的希望。圣诞节前夜，她满怀期待来到男友住所，但半途中一个年轻漂亮女孩的加入，击碎了她最后的梦。她怀着破碎的心跌跌撞撞地走在回家的路上，只见漫天雪花，漫天星光，人却无路可走。《姐妹吟》中，离婚后一无所有的姐姐，回到故乡台湾，和昔日亲密的妹妹见面，两人在拥有感叹青春流失的短暂共鸣后，彼此间只剩下小小的猜忌、攀比和微妙的嫉妒排斥心理，放下美国的一切赶回来定居的姐姐，只好提前回到了美国那座孤零零的大厦之中。於梨华的留美女性系列形象，作为在爱情、婚姻和事业等层面上都失败了的人，比牟天磊这一人物更为真切、细腻地传达了"无根的一代"所面临的情感困境。

（二）聂华苓——"逃亡与放逐"

聂华苓是具有世界级影响的留美台湾作家。1925年，她出生在湖北应山的一个官吏家庭。其祖父是举人，父亲1934年在贵州任上被杀，从此一家人过着动荡不安的生活。1949年她与夫君前往台湾，担任《自由中国》杂志社文艺专栏的编辑，接触了大量西方现代文学与中国现当代文学。在她文学创作的成熟期，出版了《失去的金铃子》等作品。1963年，她前往美国和著名诗人保罗·安格尔结婚，第二年进入美国爱荷华大学作家工作室。1967年主持爱荷华大学作家工作室后，她邀请了大量中国和东南亚华文作家前往写作，为文化交流做出卓越贡献。聂华苓的主要文学作品有长篇小说《失去的金铃子》《桑青与桃红》《千山外，水长流》、短篇小说集《台湾轶事》《一朵小白花》、散文集《黑色，黑色，最美丽的颜色》《三十年后》、回忆录《三生三世》《三生影像》等。

聂华苓虽不以留学生身份进入美国，但因在高校工作的身份以及她与同时代台湾留美学生的密切联系，也被纳入留学生文学视野之中。她写于20世纪60年代与20世纪70年代之交的代表作《桑青与桃红》表达了漂泊无根的感伤情绪，并通过富有个人色彩的逃亡与放逐叙事将这一时代情绪深化了。

《桑青与桃红》以意识流的手法，分四部分表现主人公在历史洪流中被迫不断逃亡的生命历程，时间从1945年延续到1970年。主人公桑青一开始是为了逃避日军向西南内地逃亡，与丈夫沈家纲结婚后，为逃避国内战乱又去了台湾，在台湾，为逃避警方通缉，一家三口躲进台北一间与世隔绝的阁楼里，过着活地狱般的隐居生活。丈夫被捕后，桑青再次逃向所谓的"自由者天堂"美国。在美国，她因签证过期一次次遭遇美国移民局的追捕，走投无路的桑青改名桃红，抹掉过去的自我，搭乘各种男人的顺风车在美国境内四处逃亡，她逐渐陷入了自我放逐的迷雾之中，意识迷乱、精神崩溃，已经忘了自己从哪里来，到哪里去了。当移民局官员问她若递解出境后去哪里时，她回答说："不知道。"桑青与桃红的人格分裂形象既象征了现代中国人在逃亡和放逐中所经受的肉体与精神痛苦，又反映了他们最终身心交瘁、无家可归的尴尬处境，具有相当的历史广度与深度。

（三）白先勇——"迷失与沉沦"

白先勇是台湾留学生文学的翘楚。1937年，他生于广西桂林，父亲白崇禧是国民党高级将领。抗日战争时，他随家人留居重庆、上海和南京等地，1948年前往香港，1952年移居台湾。1956年，他考取台湾成功大学水利工程学系，因热爱写作，次年转入外国文学系改读英国文学。1958年，他在《文学杂志》发表了第一篇短篇小说《金大奶奶》，1960年与同学陈若曦、欧阳子、李欧梵、叶维廉等合办了《现代文学》杂志，并在此发表《月梦》《玉卿嫂》《毕业》等多篇小说。1963年，他前往美国爱荷华大学作家工作室求学，1965年取得硕士学位，后前往加州大学圣塔芭芭拉分校教授中国语文及文学。白先勇的作品有短篇小说集《寂寞的十七岁》《台北人》《纽约客》、散文集《蓦然回首》、长篇小说《孽子》等。

美国的留学生活是白先勇文学创作的分水岭。白先勇抵达美国的第二年（1964）创作的《芝加哥之死》被认为是其创作走上成熟期的标志。1964年到1971年间创作的几十篇佳作则奠定了他在港台地区和海外华文文坛的经典地位。后来这些作品结集成小说集《纽约客》《台北人》。

《台北人》是白先勇小说精品的集萃，它们是他将西方现代派的艺术技巧和中国文学传统巧妙融合而催生的个性化产品。人物形象的独特与丰富、审美风格的奇特成熟和语言意象的婉约深沉等，都显现了白先勇小说的艺术高度。

《台北人》是带着审美距离回望故国故土的产物，渗透了失乐园的痛苦迷茫、人生无常的消极沉闷和历史盛衰的沧桑之感，而《纽约客》则着重表现身处异国他乡的流浪意识与飘零状态，反映了这一代留美学人放逐与自我放逐的时代情绪。白先勇以陈子昂《登幽州台歌》的名句"前不见古人，后不见来者，念天地之悠悠，独怆然而涕下"作为题录，以彰显留美学人的孤独、迷失、痛苦的生存状态。他们不像"台北人"那样可以逃避现实，沉溺于过去，依靠无穷的回忆以延残年。① 纽约客们必须面对残酷竞争的美国社会，文化乡愁也好，民族寻根意识也好，都已成为他们前行的负累，他们最终的结局是放纵放逐，乃至沉沦死亡。

《芝加哥之死》是台湾留学生文学的重要代表作品。小说主人公吴汉魂可谓"迷失者"的代表。吴汉魂为攻读博士学位，居住在狭小黑暗的地下室里，在这六年间如机械运作的机器，感受不到人生的乐趣。博士毕业后，他突然感到人生没有了方向，无处可逃，在短暂的放纵之后，彻底失去了生的勇气，投水自尽了。《谪仙记》里的李彤曾有过显赫的家世、温暖的人生，但随着父母的意外劫难，一切都成为过去，不愿面对现实的李彤选择了放浪形骸，在异域的沉沦中走向了末路。这些纽约客们在人生的十字路口，无所适从，留下令人伤痛的背影——文化创伤和历史沉浮交织的斑驳背影。

白先勇感同身受，敏锐捕捉到了一代留美学生心灵深处的虚无寂寞，并通过富有艺术魅力的人物形象留住了鲜活的时代感性，其作品具有历史和美学的双重价值。

---

① 程鹏."王谢子弟"穷途路　旅美华人无根心——论白先勇短篇小说的思想倾向［J］.西南师范大学学报（哲学社会科学版），1998，24（1）：127-128.

（四）丛甦——对人性的深度拷问

丛甦原名丛掖滋，山东文登人，1937 年生于掖县（今山东莱州）。抗战期间，丛甦随父母流浪漂泊，染上恶疾险些病死，抗战后定居青岛三年，1949 年随家人到了台湾。后来她考入台湾大学外文系，大二时在夏济安主编的《文学杂志》发表第一篇小说《伊莎白拉的蜜月》，后常在《文学杂志》《现代文学》《自由中国》等期刊发表小说和散文，成为有一定声誉的作者。20 世纪 60 年代初，丛甦大学毕业后前往美国华盛顿大学英国文学系留学，另转入纽约哥伦比亚大学深造，先后获文学硕士和图书馆硕士学位，此后在美国洛克菲勒纪念图书馆任职，并从事著述。丛甦的作品有短篇小说集《白色的网》《秋雾》《想飞》《中国人》《兽与魔》、散文集《君玉与跳蚤》《生气吧，中国人》、游记《净土沙鸥》等。

丛甦小说里也有类似牟天磊与吴汉魂这样的人物，在留美期间他们遭遇心灵的困顿与迷失，走向自杀或者堕落之路。如《乐园外》中的陈甡和萱萱，在彷徨纠结的情感畸遇中走向不归路。《想飞》《雨天》中的漂泊者，将原乡的景物与恋人视为寄托，加剧了境外生活的孤独与痛苦，映衬出现实的惨败不堪，最后只能是死亡或沉沦。《野宴》中，一群留学生去野外聚餐，本想放纵潇洒一番，不料被一群有种族偏见的美国人诱骗与凌辱，后虽破费些金钱脱身了，心中的美国梦却破碎了。

但丛甦的另一些小说更注重从生命本身对人类存在状态作出深刻思考，并非纯粹的文化失落与冲突主题。她也广泛地书写异域的流浪人，但着重呈现暴力与动乱对于人性的扭曲，写出了在心理重荷下人性的无家可归。如果说白先勇的留美叙事是"精神的流浪"，主人公对于传统文化还有皈依眷念之情的话，那么，丛甦的小说则预示着一种"人性的流浪"，残酷的打击与环境的压力使得人失去了常性，像动物一样战战兢兢地生活，传统隐居在生存之后了。在《盲猎》中，五个狩猎者在阴森恐怖的大森林里寻找那只黑色的鸟儿。他们在伸手不见五指的黑夜里，找不到方向，得不到帮助，恐惧焦虑笼罩在每个人的心头，盲猎遂成为人类根本处境的隐喻。在《辛老太太的"解放"》中，经受"文革"浩劫的辛老太太来到美国儿子那里，两人并无重逢的欣喜与激动，而是处处显现隔阂，母亲躲在阴暗的角落里藏匿着一些食物，对儿子怀着近乎本能的畏惧与戒备，可见辛老太太的身体虽然已经解放，心灵却处在永久的牢狱之中。

丛甦作为20世纪60年代台湾留学生文学的重要代表，其创作书写了留美学人漂泊无根的生存状态，具有同时代作家的悲情色彩，但她作品中简练诗化的语言和理性的生存之思，独树一帜，不容忽视。

二、追梦与回归的阶段

20世纪70年代中期到20世纪80年代，因另一波台湾留学生文学风潮强劲袭来，台湾留学生文学开始呈现不一样的整体风貌。如果说20世纪60年代台湾留学生文学显现站在美国社会边缘徘徊犹豫的叙事姿态的话，那么，新一波的留学生文学开始表现移民深入美国社会追逐梦想、经历坎坷的过程。与前一批留学生相比，他们没有或只有稀薄的大陆记忆，尚在上升期间的台湾才是他们的原乡，而现代化进程中的台湾构成了另一种乡土中国的蜕变故事，在此情境中，人们处在物质与精神、自然与文明、经济利益与人性人情的复杂冲突之中，不再有深沉的文化乡愁。家园只是改变而并未真正失去的惆怅，与深受家国流离之痛所产生的文学情绪是大不一样的。在新一代台湾留学生文学中，我们会发现，"黑色情绪"像一抹淡淡的晨雾开始消逝，不愿面对现实的苦闷被寻求的艰苦跋涉替代了。新一代的留学生文学作者开始面向现实，形成这一代的思索与审美追求，而白先勇、聂华苓等在进入20世纪80年代后也朝着这一回归现实的方向发生创作上的调整与变化。追梦与回归阶段的代表性作家有张系国、平路等。

（一）张系国：对科技理性的批判

张系国是处在台湾留学生文学"变"之转折点上的作家。他1944年出生于重庆，1949年便去了台湾，对中国大陆的生活印象模糊，台湾是他成长的第一故乡。1965年台湾大学电机系毕业后，他于1966年留学美国加州大学柏克莱分校电机系，取得博士学位后定居美国，在大学任教。张系国的作品有短篇小说集《香蕉船》《游子魂组曲》《地》、长篇小说《皮牧师正传》《棋王》《昨日之怒》《黄河之水》、随笔《天城之旅》、评论集《快活林》《让未来等一等吧》、小说评论杂文集《亚当的肚脐眼》、小说剧本与评论合集《孔子之死》、科幻小说《星云组曲》《城》等。

张系国被称为第三代台湾留学生文学的中坚力量，早期也曾书写留学生活的失落与痛苦，色调倾向于灰暗，但整体来看，其文学作品题材比较多元，出现新的风向，预示着新一代留学人的创作心态、创作手法和审美情趣的转型，应放在留学生文学变化的轨迹中加以定位。

张系国留学生题材的作品主要收录在小说集《地》《游子魂组曲》中，后来又收入《香蕉船》之中。创作于读博期间的《地》笼罩着浓厚的思乡情绪，反映了异国游子苦闷焦虑的心境，但也写出了新一代台湾留学生的明亮色调，写出了他们的坚强、执着和幽默。同时，新一代台湾留学生对于土地的概念指向了现实台湾，不再像老一辈一样沉浸在文化山河里无法自拔。以20世纪70年代保钓运动为背景的《割礼》开始显现张系国幽默与反讽风格的特性。宋大端曾是台湾保钓运动的力将，来到美国后，却和一群年轻中国留学生在这件事情上产生激烈冲突与分歧，他不想参与此类活动，只想学习老僧入定，对世事不闻不问。然后，在一次犹太人的割礼上，他为犹太民族的强烈民族意识所震撼，心有所动，震撼过后，为了在美国生存，他依然选择了沉默。《香蕉船》的反讽色彩更加强烈，飞机上，留美学生黄国权为自己获得美国绿卡而得意扬扬，另一乘客则因在异国没有合法身份而被押送回国，途中试图跳海以重新回到美国，最终，黄国权衣锦还乡回到美国后，收到了对方死亡的消息。这篇小说否定和讽刺了为追逐美国梦而丧失灵魂与尊严的留美人，叙事上已经摆脱感伤文学的基调。

张系国留学期间，受到美国科幻潮流的影响，还尝试进行了科幻小说创作，后来取得了很大成就，被称为台湾科幻小说之父。其中《超人列传》收录在1970年出版的小说集《地》中，显现了他对新的创作路向的探索。《超人列传》写了某星球上的人类不断追求科技文明，最终拥有机械身体却没有情感欲望的超人成为统治者，然而，超人们在太空殖民的孤独生活里开始想念其肉体与欲望的快乐，他们违背超人法则为自己制作具有感觉的肌肉外壳，甚至为自己制造富有魅力的配偶。面对这一切，华裔超人斐人杰决心改变地球人走向机械化的进程，他将与美国妻子的第三代后裔抢救出来，为两个孩子分别取名为夏娃与亚当，并把他们带往另一个星球开启新的人类文明。这篇科幻小说具有幽默风趣的叙事风格，否定了理性唯上的观念，肯定了正常人性人情的价值。其中涉及的有关文明与自然的冲突、欲望与人性的矛盾等问题，也在张系国的后起创作中得以延续。如在他 1975 年出版的长篇小说《棋王》里，下棋神童在商业社会所引发的种种闹剧与不堪以及神童灵性的最终消逝，集中展现了作者对都市社会人性变异的担忧与控诉，走向了反讽现实的制高点。

如果说白先勇的小说作为家国叙事，因历史与现实对立而产生了深邃的历史感，形成了留学生文学"回望徘徊"典型情结的话，那么张系国立足工业文明与农业文明、科技与人性的冲突情境对人类文明的思考，则意味着他试图通过克服留学生自我经验的局限，走向历史与现实的深处。此外，他的小说以反讽替代感伤，具有通俗的意味又有反通俗的追求等特性，也体现了台湾留学生文学情感基调与文化定位的转变。

（二）平路：介入社会的叙事

平路本名路平，被认为是 20 世纪 80 年代最重要的台湾旅美作家之一。她 1953 年出生于台湾省高雄市，祖籍山东诸城。中学时代，平路就读教会主办的女校，对宗教有较深刻的体验与认知。台湾大学心理学系毕业后，她前往美国爱荷华大学留学，获硕士学位，毕业后在美国邮政署任统计分析员，在美期间开始文学创作。1983 年，平路以《玉米田之死》获《联合报》短篇小说首奖，一举成名。后来持续写作了一系列海外移民生活的小说，也涉猎散文、时事和文化评论，获得好评。20 世纪 90 年代回到台湾后，其作品逐渐凸显女性立场，在《百龄笺》《凝脂温泉》中，女性的历史书写、情欲书写和性别政治等成为其主要聚焦点。平路的作品很多，有长篇小说《婆娑之岛》《行道天涯》《何日君再来》《椿哥》《东方之东》、短篇小说集《百龄笺》《凝脂温泉》《玉米田之死》《五印封缄》、散文集《浪漫不浪漫？》《读心之书》《我凝视》《巫婆七味汤》、评论集《女人权力》《爱情女人》《非沙文主义》等。

平路在美国写作的小说，在形式上出奇制胜、不断翻新的同时，也寄寓了浓郁的乡愁和家国之思。然而，平路乡愁所投射的对象已不是虚幻的文化中国，而是现实中的台湾①，因其对台湾的深切关注，其小说具有强烈的介入现实的色彩，无论是题材来源还是主题走向，都与现实社会有影射反思的互文性关系。从直接书写乡愁的《玉米田之死》、表现外省小人物悲怆经历的《椿哥》、显现沉溺赌城学子心路历程的《大西洋城》、描摹滞美华人怪状的《在巨星的年代里》到虚拟未来、幻想拟真的《台湾奇迹》《按键的手》，她的作品都透露出深切的现实关怀。

平路的成名作《玉米田之死》是根据真实的新闻报道写成的。小说中，叙述者"我"在深入调查和了解留美华人陈溪山的死因的过程中，意识到华人的美国生活是一种异化机制，扼杀了正常人性，令人无路可退。因此，调查结束后，原本徘徊留恋的"我"选择了离婚，毅然回到家乡台湾。在《大西洋城》中，留美学生杰米蔡在与"凯撒大酒店"经理面谈后，决定留在赌城工作，榨取华人同胞的财富与鲜血。平路对这一吞噬在美华人赌场的独特呈现，更是直面现实，并对现实进行了辛辣的批判。平路在美期间介入社会的创作，也奠定了她回归台湾后的创作基调。1995 年出版的《行道天涯》里由宋庆龄的女性体验引发了对中国革命史的现实反思，2002 年以台湾歌唱家邓丽君为主角的长篇小说《何日君再来——大明星之死》引发了娱乐界纷争。平路的创作已经直接举起介入社会的旗帜，引发了种种社会效应。②

平路的小说是一个异数，无论创作的技巧，文字的锤炼，形式的多元，题材的纵深，都深具出入时空开疆拓土的格力和成就。从思想倾向来看，平路创作的走向代表着回归的留学生文学方向，其表明，在历经

---

① 平路在采访中自白："对我来讲，台湾是唯一的家乡，这是我认同的所有地方，我出生在台湾，这也是我认同的唯一土地，我所谓的家，所有想象的立足点，所有的根据地。而我用此根据地来想象外界的世界。"

② 杨振宁夫妇对这篇文章非常不满，两人在《亚洲周刊》发表《我们是天作之合》的文章，反驳平路的观点，指责平路的文章"缺少的是阳光、是希望、是同情、是爱"。

20世纪70年代的风云变幻①后，台湾留美学生和留美作家逐渐从失落的世界回到了脚下的土地，开始关注现实问题。而在艺术上，经历了20世纪70年代中期徘徊探寻之后，台湾留学生文学走上了个性多元的发展之路，正在寻求新的逾越。

若从艺术上进行总结归纳的话，台湾留学生文学呈现了一些共同特性，诸如故土经验和海外经验的交织，孤独和漂泊主题的集中呈现，语言的中西混杂等，表现了美国华文文学的一些基本特性，也为世界华文文学提供了重要的艺术经验。

但台湾留学生文学是短暂的，它是寂寞的产物。寂寞过了，创作就停止了；时代变了，文学的风向就变了。随着20世纪90年代后新一代技术型留美学生群体的崛起，在美留学生从事文学创作者日趋减少，那种集体性的文化忧伤与自我探寻也随着时代变迁而不断弥散。台湾留学生文学因缘文化回望与守护而所留下的璀璨烟花，已化为历史的回影。

留学生文学也是复杂的。人群的复杂性、生活的复杂性，使得他们的创作出现斑驳陆离的色调。在前往美国留学或旅居的台湾文人群体中，除了我们勾勒的潮流外，还有为数不少的创作者，他们留下了大量有价值的文学作品，却难以被划入既定的概念之内，如定居美国的吴崇兰、曹又芳和短暂居留美国的萧丽红，以及以幽默出名的周腓力、吴玲瑶等。

文本细读一：《芝加哥之死》《谪仙记》

※细读任务

在20世纪60年代的留学生文学中，白先勇艺术成就较高，影响也较

---

① 20世纪70年代的美国华人"保钓"热潮、尼克松访华、中美建交、联合国恢复中国的合法地位等重大历史事件，对我国台湾地区的青年一代产生了巨大影响。他们在走向分化对立的同时，也加强了对现实的关注。留学生文学也为此留下了与其一致的发展轨迹，进入20世纪80年代，这一转变的轨迹已经非常清晰。

深远。通过对这一时期其代表作品的深入解读，可以较好地把握这一阶段留学生文学的基本倾向，我们选取了白先勇两篇留学生题材的小说《芝加哥之死》（1964）与《谪仙记》（1965），要求同学们在整体把握的基础上，选择一个合适的角度对小说进行深入解读，形成较为清晰的观点，给人以启迪。

※**方法指引**

（1）在理解整体与细节辩证关系的基础上进行文本细读。优秀的文学作品常具有审美上的整体感，细节与整体之间是互为互动的关系，故而文本细读有所收获的基础是整体上把握作家作品。

（2）把握概括情节的基本思路与方法。就小说文体而言，对情节或细节的概述是理解文本、发现问题和进行论述的基础，概述情节（简介小说）的能力是一种基础且重要的文本解读能力。概述情节的思路与方法有三：第一，以主要人物为线索，复述小说情节。可以从主要人物的行动线入手来进行情节概述，看看主人公主要做了什么，有什么样的行动结果，意义与价值何在等，不断理清小说的思路。也可以从主要人物的性格情感线入手来进行情节概述，通过梳理主人公性格情感在时间、空间的变化过程来探讨小说的用意。第二，以事件为线索，通过呈现小说事件的展开过程来思考小说的叙事技巧、叙事策略与人物、主题呈现的关系。第三，以问题或主题为线索，先提出某个问题或确立小说的主题，再结合文本呈现问题被解决或主题被建构的过程，得出小说创作动机和社会价值。事实上，概述情节的思路与方法和阅读者对文本的兴趣点密切相关，可以结合自己的文本发现选择合适的概述思路，尽量做到在情节的概述与自我的文本发现之间形成一致性的逻辑关系。

※**细读过程**

1. 导入

请本组同学结合自制的 PPT 与大家分享文本细读的结果，先说观点或问题，再结合文本进行适当的分析演绎。在同学分享观点后，经老师提问、师生互动讨论，共同提升对文本的理解能力。

2. 师生问答

■ 《芝加哥之死》

学生1：白先勇的《芝加哥之死》的主题是"隔绝"。现实的、精神的隔绝导致了主人公吴汉魂内心的孤独绝望，使其最终走向死亡。概之，留学生在美国的文化隔绝导致了他们的悲惨结局。

老师提问：你认为《芝加哥之死》是一部优秀的小说吗？在白先勇众多小说里，它的位置如何？吴汉魂为什么会处在"隔绝"的状态中？是他自己的选择吗？

学生1：这是一部成功的小说，它给我留下了深刻的印象，很感人。吴汉魂的"隔绝"是一种主动加被动的选择，原因很复杂。

老师：首先，我们凭借自己感觉得出来的结论是值得珍惜的。但不要因为是名家名作就无条件地仰视。在文本细读中，我们需与文本建立起平等的关系，既不能无条件地膜拜，也不能鄙视、轻视作家的努力，而应该采取通达客观的平视态度。通达如何做到呢？这依赖我们对于作家作品的整体把握程度。如果我们解读《芝加哥之死》时，能对留学生文学的脉络与基本写作模式有所了解，能对白先勇的创作有整体的认知，就比较容易判断它的优劣之处，也容易对它进行准确的评价。

其次，当我们在文本细读中提出一个关键词时，需要在论述中围绕这一关键词进行分析，更需要围绕这一关键词提升出一种问题意识。当同学呈现了有关吴汉魂的种种"隔绝"状态后，应进一步思考他为什么会处在"隔绝"的状态中？作家又为什么要写一个"被隔绝"的人？我们必须深入到人物的行动逻辑与心灵深处去思考，也必须深入到创作的逻辑中去思考，才能从表层的描述进入深层的问题意识。

最后，如果我们得出的结论是一个已知的观点，那么我们就应该反思自己有没有真正把握这一作品的独特之处。同学们在《芝加哥之死》中得出的结论是文化隔绝导致了留学生的悲剧命运，这其实是把小说划入既定的认知框架中，舍弃了自己所发现的文本的具体性和独特性。因此，要警惕将大的帽子扣在具体事物之上的思维，尽量避免大而化之的文本细读模式。

■ 《谪仙记》

学生2：白先勇的《谪仙记》写了留美学生李彤与命运抗争的过程以及其失败的结果。在情节的一步步展开中，小说通过运用一些特别的意象，如佩戴在头上的蜘蛛头饰、眼镜蛇、魔笛等象征命运对李彤一步步的压制。因此，这部小说不仅写了李彤作为留学生个人命运的悲剧，还写出了中国文化命运的困境。

老师提问：李彤所抗争的是什么样的个人命运？在20世纪60年代，中国文化命运的困境是什么？

学生2：李彤是和漂泊无根的悲剧命运做抗争。我说的中国文化命运其实是指中国传统文化在西方文化冲击下的衰败与失落。

老师：首先，从个体存在的角度来看，李彤显然是一个有个性的人，她所要对抗的并非悲剧本身，相反，她是有意把自己变成悲剧，事实上，她所对抗的是与其他留学生一样的庸常命运，换句话说，她是不想由一个高贵的公主变成一个俗人。从群体意识来看，李彤所代表的是那一代无根、漂泊的中国人，他们被放逐了，无家可归，也回不去了。正因为李彤被历史和命运放逐到异国他乡，失去了家园，所以才被称为谪仙。

其次，我们在解读文本后要先问一问自己，有没有真正读懂它，是否有过度阐释的倾向，是否沿用现有的结论？当我们这样反思自己的细读成果时，就可以避免出现迷失方向、无功而返的结果。

最后，同学们在细节的把握上较有心得时，还要进一步思考如何将细节的理解和整体的把握结合起来，是将自己独特的细节感悟纳入既有的结论之中，还是继续深挖形成自己的问题意识？同学们在《谪仙记》里读到了特别富有表现力的意象，这是非常好的发现。此时，我们不需急于给它进行主题上的归纳，而是可以进一步思考，这些意象的用法有何独特之处，我们在其他作品中有没有看到类似意象？通过对比分析从审美技巧上总结《谪仙记》意象运用的独特之处，比匆忙进入主题阐释的思路更有价值。

3. 老师总结

白先勇这两部小说具有某些共通性，创作时间接近，创作心态也比较相似，反映了20世纪60年代台湾留学生文学的一些基本特性，诸如历史感的渗透、悲剧意识的强化、中西表现技法的融合等。在此基础上，我们可从白先勇个人创作特性这一视角进行细读，如白先勇小说的抒情化倾向如何实现？其小说中古典意蕴意境与现代小说技巧如何融合？死亡作为一种审美叙事在白先勇小说中的探索与局限等，在已有的文学史论述和文学批评中尚未深入探讨的部分，都值得我们进一步去思考。

从文本细读技巧来看，在本次现场分享会中，部分同学结合自己在文本中发现的细节对文本主题进行了较为准确的解读，表现了一定的文学批评能力。为了进一步提高我们的文本细读能力，建议同学们关注以下两个问题。

第一，我们解读作品的最高目标是什么，最低目标是什么？在我看来，本科生给自己设定的最低目标是读懂作品，最高目标则是对作品形成独特的理解。读懂作品并不容易，如果只是简单地把握时间、地点、人物和事件这些基本要素，不能称为读懂。只有能够理解作品的旨趣风格，建立起与作者共鸣对话的通道，才是真正读懂了。而我们的最高目标是找到作品的独特之处，对作品形成自己独特的理解，这就需要有文学史的视野和文学理论的准备。

第二，把握主题是同学们文本细读时的重要目标。可是怎样才能把握好主题呢？换句话说，同学们提炼作品主题的具体路径应该是怎样的呢？是凭借感觉，还是从题目、意象和人物等出发来逐渐深入主题解读的层面呢？综合同学们的细读成果，我们能朦胧地感知到主题是抽象的，但解读过程应该抓住具体之物。也就是说，通过题目、意象和人物的分析来剖析主题，如果说具体之物是桥梁的话，那我们在理解主题之后，是否就可以得鱼忘筌，不顾我们走过的桥梁呢？在我看来，我们不能过河拆桥，而应高度重视路径桥梁本身的审美价值以及它与主题之间的复杂关系。当然，同学们对细节的发现是令人惊喜的，但如果通过细节来把握主题就需要具体情况具体分析。如果是一个比较成熟的作品，牵一发而动全身，从细节出发来解读主题可行；如果是一个不够完美的作品，从细节出发来解读主题可能就要特别谨慎，有时候不得不采取症候式的解读，去思考两者之间出现裂缝的原因。此外，对主题的解读是基础和必要的，但在主题解读之外，我们也可以开辟其他的解读模式，特别是对于诗歌等文体而言，有更多美妙的解读方式。

※观点摘要

■《芝加哥之死》

1. 杨懿（2016级汉语国际教育）：《芝加哥之死》里的芝加哥形象

《芝加哥之死》对芝加哥进行了印象式的描写，有更多情绪化的投射。作为美国的象征，芝加哥在吴汉魂眼里是一所巨大的舞场，在他脚底下以一种澎湃的韵律颤抖着，而他却蹒跚颠簸，跟不上它的节拍。在吴汉魂眼里，芝加哥最后沦为一座死气沉沉的城市，它销蚀腐烂人，已经挖掘好了坟墓，随时准备埋葬异国幽魂，这样的描述体现了此时作者对美国所持有的外乡人视角，也体现了初到异国的游子面对强势的西方文明的恐惧心理。

2. 高欣（2016级汉语国际教育）：《芝加哥之死》里的青春遭遇

《芝加哥之死》写了一位年轻人在国外漂泊所遭遇的种种不堪经历与心情。博士生吴汉魂在那样一个自己不熟悉的环境中，在各方面都显得格格不入，身心都承受着巨大的压力，他挣扎过，徘徊过，最终结束了自己的生命。他的遭遇让我们联想到今天的京漂、海漂的命运，也让我们联想到大学校园里的抑郁症患者，吴汉魂的青春遭遇很容易引起我们大学生的共鸣。

3. 章子涵（2019级汉语言文学）：《芝加哥之死》中的死亡姿态

小说的结尾，吴汉魂溺死在芝加哥的密歇根湖。为什么是溺死？而不是割腕或上吊自杀呢？或许，这也是一种隐喻的手法。自古以来，行于水上者，皆是背井离乡人。吴汉魂自汪洋大海的另一边漂泊而来，最终又投入到无声静谧的水里去，以投湖实现最后的"归根"，以死亡回应"母亲"的呼唤。这是他最后的心灵安慰和精神皈依。

4. 刘贵粤（2016级汉语言文学）：爱的寄托——《芝加哥之死》的母亲形象

《芝加哥之死》里母亲的形象具有多重含义，一是指血缘上的母亲。二是指祖国母亲（即深刻影响着吴汉魂的母体文化）。母亲是他的精神支撑，也是他与现实的联系，但血缘上的母亲已经去世，祖国母亲又日渐衰落。他再也没有回国的理由，又该何去何从呢？在迷茫与苦闷中，吴汉魂选择了逃避。

5. 卢丽萍（2019级汉语言文学）：爱与性的缺失——吴汉魂沦为边缘人的原因

《芝加哥之死》中的主人公吴汉魂整整六年的时间孤身待在异国生活，失去了亲情、爱情，孤独感和隔绝感包裹着吴汉魂，推着他走向社会的边缘。再加上身处国外，中西两种截然不同的文化不断冲击着他的三观，撕扯着他的内心，站在边缘的他走向了死亡的悬崖。

对于在异乡无依无靠的吴汉魂而言，亲情始终是他这个游子在异乡生活的支撑。但因专注于研究和学位攻读，吴汉魂几乎脱离于社会，与母亲的信件交流是跟故乡、跟亲人的唯一联系。当他接到母亲逝世的消息后，仿佛被剪断了与人世相连的唯一纽带，他近乎癫狂地投入课业中，整夜被梦魇纠缠。亲情的断裂让他在从地下室走到大街上时，感受到一阵强烈的陌生感，觉得自己处在天边外，被世界所抛弃。

亲情已然失去，爱情也离他而去。在离国前，吴汉魂曾被女友深爱着，但在他离国后，女友的苦等最终在他的冷漠对待中转变成了一封烫金结婚请帖。在芝加哥，他忙于功课，疏离社交活动，身边没有任何人可以交流，自然也没有一个爱他的人。失去了爱他的人，陪伴他的人也没有，孤独感侵袭着吴汉魂，让他感到迷茫，迷失了自己的方向。

对于身在异国他乡并整日待在地下室的吴汉魂而言，可能六年里都没有一次性的经验，作为一个东方人，在他的观念里，"性"意味着羞耻。但在亲情爱情双失的境遇下，"性"成为他在精神上摆脱孤独、融入社会的首选方式，他选择了跟妓女萝娜发生关系，然而，这样的性经验不仅没让他与外界产生紧密的联系，反而进一步暴露了他被边缘化的悲惨处境。在这段性关系中，他不是支配者，而是被支配者，萝娜显露的四十岁老女人的样貌让他体验到被欺骗的耻辱，感觉自己根本融不进芝加哥这座城市。

在内外交困中，边缘人吴汉魂迎来了死亡的结局。

6. 张淑仪（2019级汉语言文学）：探析《芝加哥之死》的苍凉意蕴

《芝加哥之死》在创作内容、主题思想的基调上弥漫着"苍凉"之感，并通过种种特殊的艺术技巧嵌入小说叙述之中，展现这一意蕴。

小说采用隐喻的手法将具有象征意义的物象引入叙述中，成就了"苍凉"的底色。小说一开篇，就把吴汉魂"自传"上的二十几个黑字比喻成一堆黑蚁。六年的光阴、青春和生命以及所有的昔日情怀换取的自我价值仅仅体现在这二十几个黑字上，除此之外一无所有，让人无尽唏嘘慨叹。接着，主人公的名字"吴汉魂"，谐音是"无汉魂"，揭示了中国人在海外的无根命运，无所适从，甚至因为自身身份的不被自我和他人认同而变得孤寂落寞，自卑自怜，从此失去了情感依托和精神归属。

反讽在作品中也相当精彩。如吴汉魂并不否认自己是中国人，然而在生命最后一刻的权衡中，他却明确告诉自己"不要回台北，台北没有二十层楼的大厦"，这时的他扭曲了自己对于故土归属的认知，颇有荒谬之感。吴汉魂为母亲而远行求学，他与世隔绝，省吃俭用，一次次将汇票寄回家抚慰母亲，将思乡之情埋在书堆中。但接到母亲去世消息的他既没有给亲人回信，也没有回到台北奔丧，只是任凭自己精神崩溃，走向堕落死亡，这也具有强烈的讽刺意味。

《芝加哥之死》的作者白先勇有着患病的童年时期、漂泊的少年时期，以及家道中落等人生经验，他一直充当一个异乡人的角色，过着行踪不定的生活，这使得其生命体验被注入了人生幻灭无常的忧患意识与苍凉的底色。郁达夫曾经说过一句话，"我觉得'文学作品，都是作家的自叙传'这句话是千真万确的"。虽然小说的情节未必都是作家本人的经历，但至少是作家心态的流露，是作家的一种"经验"。《芝加哥之死》的苍凉意蕴是白先勇特殊生命感悟的审美反映。

7. 吴秋媚（2019级汉语言文学）：吴汉魂的文化身份认同困境

《芝加哥之死》写出了留学生在国外时的文化身份认同困境。像吴汉魂一样远离故土到异乡"流浪"的人,既不属于过往的历史,也不属于生存的当下;既不属于故乡,也不属于生存之地,无法抛弃故土的文化,却又不能完全接受异乡的一切,他们对自己的归属和未来感到疑惑痛苦,无所适从,展现了一种无处安放的身份认同困境。

吴汉魂在美国读了六年书,他见到了美国的高楼大厦,见到了美国芝加哥的繁荣昌盛,再对比当时落后的台北,自然是不想回去的。但矛盾的是,他也没有融入这异乡来,他一个人离群索居在地下室,在熟悉的华人区打工赚取学费,他在向萝娜介绍自己时,说的也是中文名字——吴汉魂。向往异乡繁荣却做不到抛弃自己在故土的身份,向往异乡的文化却又舍不得丢掉故土的文化,正是这些矛盾的心理,造成了吴汉魂的文化身份认同困境。

吴汉魂真正意识到自己这绝望的困境是在与萝娜发生性行为后,他可能是把与萝娜发生性行为当作一种宣泄,看作逃离苦海的一次机会,但一切远没有他想象中的那么美好。当萝娜一步步脱去伪装,从一个曼妙美人瞬间变成一个四十几岁的老女人时,吴汉魂感到自己整个脑袋要开裂似的。吴汉魂眼前显现的不是脱去伪装的萝娜,而是自己的人生。他在美国芝加哥花了六年的时间读书、毕业,那又怎样呢?这就只是个光鲜亮丽的外表罢了,这个外人看来无比风光的学位能给他带来什么呢?既不想回国,这里也容不下自己,那出路到底在哪里?吴汉魂找不到,他好像陷入了迷宫,愈转愈深。他的头重得快抬不起来了,眼睛酸涩得像被泼了醋一样。这种剧烈的绝望感吞噬了他。

文化身份的重要意义不言而喻,当吴汉魂在寻找文化身份过程中遭遇困难,一边急于寻找一边又无法定位自己的社会位置时,走向毁灭就变成了必然结果。吴汉魂的死源于文化焦虑。

吴汉魂是白先勇笔下的一个人物,但他又是像白先勇一样的东方之子前去美国寻求梦想,却在中西文化的冲突中产生认同危机的一个典型案例,展现了"无根的一代"看不到出路和未来的迷惘和悲伤。白先勇到了美国之后,也深深地感受到这一点:"同很多其他的留学生一样,到境外后便经受异质文化的冲击,因而产生了自我身份认同的苦恼和问题,这促使我重新估计自身的某些价值观念和信仰。"因此,他 1964 年到

1965 年间创作的短篇小说始终贯穿着主人公对于自身身份认同的焦虑及对于自我身份的探寻。吴汉魂这个有文化身份认同焦虑的留学生形象，展现了当时留学生的真实心态。但吴汉魂的形象是具有时代性的，是那个特定时代的产物，要是放在现在的社会文化背景来说，吴汉魂这一人物形象的价值就不是那么被认同了。

■《谪仙记》

1. 翁丽蓉（2018 级汉语言文学）：《谪仙记》的色彩描写

作者在这一部小说中，多次运用色彩，但不刻意，而是顺着情节发展，适时运用色彩，特别是在对李彤的描写中，所有色彩的出现，都有它存在的潜在意味，以潜移默化之势，写出了李彤的起伏变化。

李彤第一次出场时，身着红得艳丽的旗袍，并且自称为中国。四人皆着红，她的红最耀眼夺目、最艳丽，这可看出李彤的自信、骄傲，其形象也由此展露出来。

接下来的两次出场，李彤依旧身着红色的衣服，火焰般的耀目，仿佛要将人灼伤。此时的李彤仍是骄傲的女子，世人皆无法入其眼，她有她的骄傲、她的抉择。从悲痛中恢复过来后的她，看起来仿佛没有受半分影响，但是知晓她的朋友，一致认为她变得不讨人喜欢。而这个"不讨人喜欢"可以看出，李彤并没有走出悲痛，而是为自己披上一身利刺，尖锐地抵触着这个世界，不接受任何人的怜悯。在和约会对象周大庆见面时，她依旧身着以红色为主的一袭长裙（云纱裙），拒绝度数不高的香槟而猛喝烈酒，在舞池中疯狂地跳着"恰恰"，扭动的身躯是痛苦与放纵的融合，红色的裙摆在舞池中荡出一圈圈悲凉。

而在赌马场上，李彤则是一身白衬衫、紫红色短裤。紫红色代表着神秘夹杂着忧郁，此时的她不听赌马专家的话，一味地挑着冷门马名下注，一输再输，却不回头，表面上是对赌马的偏执，实际上是她的一种反抗，反抗世人皆认为正确的选择，她的固执不是愚蠢，而是内心压抑的反抗。

李彤再次出现时，又是红色，不过这个时候红色已经"颜色陈暗，好像裹着一张褪了色的旧绒毯似的""她的两只手挂在扶手上，几根修长的手指好像脱了节一般，十分软疲地悬着"，疲惫包裹着这个努力挣扎的女人，睡去的她再也无法维持住她的利刺。她的骄傲张扬在这一刻随褪色的红一同暗淡。

　　李彤最后一次出现在朋友眼前，头上是飞扬的黑色头巾，坐在金色的车上，一眨眼她的身影被牵走了，金色的车就好比天上下来的神圣轿车，金光闪闪，将金贵的她带回属于她的地方。

　　李彤死前在比萨斜塔前的留影是一张黑白照片，在即将与世诀别时，她脱下了伪装，换上了落寞凄清的黑，黑白对比，更加令人触目，命运只剩黑白两色，是不可调和的悲剧。

　　小说中的色彩由最初的艳红到火红、云红、紫红、绛红，到最后变成黑色，由暖变冷，由灿烂到暗淡，象征着李彤的生活境遇、精神状态也由原先的光鲜照人、飞扬显突渐渐变为落寞消沉、悲凉绝望。色彩渲染李彤的美以及她的一生，烘托她的自我反抗，是一种独具特色的艺术语言。

　　2. 陈嘉好（2018级汉语言文学）：从李彤的两个追求者说起

　　谪仙，本是天上的神仙，却被贬谪到人间。李彤就像落到人间的仙子，美丽、有气质而且聪明。像这样的尤物，只要她想，随时可以找到一个不错的男人安稳地度过后半生。但是她没有这样做，而是做出很多常人难以理解的事情。李彤所做的一切异于常人的举动，其实是在向自己的命运做抗争，不向现实屈服。

　　李彤周围的男人很多，但文中只是比较详细地写了李彤的两个追求者，很有深意，一个是老实、可靠的周大庆，他对李彤一见钟情。在一次派对上，他送了李彤一朵紫色的蝴蝶兰，李彤把它别在腰际的飘带上，但在跳舞时被她抖落了，"像一团紫绣球似的滚到地上，遭她踩得稀烂"。蝴蝶兰的花语是"幸福向你飞来"，周大庆的求爱，在某种程度上可以是一种世俗生活的象征，但蝴蝶兰被李彤自己踩烂了，可以看出李彤不想自己的人生趋于平庸、碌碌无为，她不甘于自己的人生庸庸碌碌。在后面出现的男伴邓茂昌更加证实了这一点。邓茂昌是一位跑马专家，十押九中，他告诉李彤一匹叫 Lucky 的马一定中标，但李彤不听他的，她孤傲地表示："怎么见得我一定会输？""你们专赶热门，我偏要走冷门！"李彤是很有个性、主见的一个人，她不想人云亦云，于是她挑冷门的买，这也是她对抗命运的一种方式。她不甘平庸，不向现实屈服，她没有像其他三个姐妹一样在美国定居，找个男人结婚生子，而是寻找各种刺激，流连于各种不同的男人间。

事实上，李彤对追求者的抗拒说明了她内心的孤独与恐惧。弗洛姆说过："恐惧本身就是根植于人心理上的孤独感。一个人一旦孤独，就意味着他与外界的联系被割断，使自己的能量得不到充分发挥，也得不到他人的帮助。孤独者还意味着他无力把握这个世界以及与这个世界相关的人和事；反过来，当这个人处于孤独状况时，他就随时有可能被这个世界所淹没的危险，而个人的能力是永远不能和整个世界抗衡的。"虽然李彤身边有形形色色的男人，但他们始终没走进李彤的内心，其他三个姐妹也没有真正地理解李彤，孤独和恐惧最终也打败了李彤，让她选择以自杀来结束自己的生命。

李彤以死亡结尾，让人心疼、悲痛，但我觉得这在一定程度上并不是一个悲剧。她没有成为俗人，她有个性、有主见、潇洒、不人云亦云，她没有向命运和现实屈服，她活出了不平凡的人生。

3. 钟鹏辉（2019级汉语言文学）：《谪仙记》的音乐结构

《谪仙记》如同一首命运交响曲，具有音乐的节奏，写出了李彤与命运抗争的几个阶段。

前奏中，李彤"像一轮骤从海里跳出来的太阳"，此时在命运面前，李彤是力量十足的抗击者，光芒耀人。

中奏是"赌"，与某种确定性做不折不挠的斗争，李彤声称"我这个人打牌要就和辣子，要不就宁愿不和牌"，赌马时偏买冷门乱押，十分投入，在赌马过程中，她把帽子摘了下来，在空中拼命摇着，大声道："Come on, my boy! Come on!"蹦着喊着，满面涨得通红，声音都嘶哑了。

高潮是狂舞。李彤与周大庆约会时疯狂跳舞，"那一阵'恰恰'的旋律好像一流狂风""舞得要解体了一般"，她试图摆脱命运的桎梏，但此时象征命运的"那枚晶光四射的大蜘蛛衔在她的发尾横飞起来"，她如同被"魔笛制住的眼镜蛇"，李彤在与命运抗争中感受到了放松的心情，她说"你不知道我现在多么开心,我从来没有这样开心过",淋漓尽致地去摆脱枷锁,第一次触碰到枷锁的冰冷,即便摆脱不了,真真切切的战斗感,也让她开心。

再有偶然胜利的插曲,李彤一人去 Yorkers 押了一匹叫 Gallant Knight 的马,爆出冷门!独得了四百五,但持续的抗争换来了一次偶然的胜利,更显得反抗是何其的无力和悲哀。

接下来进入变调阶段,李彤再出现在读者面前时,是一个失败者的形象:"纱廊里的光线暗淡,只点着一盏昏黄的吊灯。李彤半仰着面,头却差不多歪跌到右肩上来了""几根修长的手指好像脱了节一般,十分软疲地悬着""绛红的长裙""颜色陈暗,好像裹着一张褪了色的旧绒毯似的",而蜘蛛像"一圈银光十分生猛的伏在她的腮上",已然是胜利者的姿态,盘踞在猎物身上宣告游戏结束。

尾声是带着黑色头巾的李彤跳水自杀,以生命本身作为赌注和底线,抗拒命运的摆拨。

4. 黄嘉琪(2019级汉语言文学):试论《谪仙记》的标题

白先勇的这部小说《谪仙记》在标题上给我很深的印象,为什么他要用这个很有古风气息的词语为这部现代化的小说命名呢?

我想到了三点,首先是在人物象征上。主人公李彤拥有美丽的外表、出众的才华,家境在四人中是最好的,却不料一夜之间家遇变故,她从神仙般的生活坠入了世俗深渊。再者,李彤性格任性、佻挞、桀骜不驯,却无法摆脱生活中的空虚和庸俗,无法避免理想的破灭,就好像被贬谪的仙人,来到了不属于自己的世界,却无法回去。

其次是在民族象征上,"仙"文化可以说是中国特有的民族文化,有《列子》和《庄子》等富有"仙"文化气息的经典,除中国外,其他国家很少见"仙"文化。现代中国的战火纷飞,使得人民颠沛流离,有家不可归。"仙"被贬到人间是一种不幸,就像中华民族那段悲剧历史。

最后是在命运象征上,"仙"本义为长生不老,升天而去,标题也暗示了李彤的命运结局。被贬下凡的"仙"中,有人甘愿接受被贬谪而成为凡人,有人宁愿悲壮地自我毁灭也要和命运抗争。李彤没能和现实和解,没能融入世俗,因此她选择了离去。

5. 李乐衡（2019级汉语言文学）：《谪仙记》中的两种异乡人

白先勇的《谪仙记》为我们呈现两种鲜明的"异乡人"形象，而透过"异乡人"的行为，我们看到了她们的心理困境，并能依此理解作者的创作心态。

第一是"宁为玉碎，不为瓦全"的李彤。李彤家世显赫，长相惊艳，家庭幸福，又有挚友相伴。最优越的条件带给了她两样东西，一是她的世家小姐性格，二是巨大变故后更大的落差与冲击，这在她的心里留下了深刻烙印，并时刻影响她之后的一举一动。

李彤在赌牌上极具个性。"打牌要就和辣子，要不就宁愿不和牌！"在李彤眼里，成功与失败的划分不只是朴素的输赢。她追求最风光、最好的赢法，并对此毫无将就之意。这种任性是独属于李彤的，其他人做不到。李彤的朋友即使怀念着过去的风光，但最终还是妥协于生活。而李彤不同，她将过去风光带给自己的作风保持了下来，努力以那个最高傲、最独特的自己示人。

李彤对自己的追求，带给她的不只是潇洒，一并前来的还有矛盾与孤独。对李彤而言，身边围绕的人很多，但真正走进她圈子的人很少，最亲密的是父母和三个好姐妹。然而父母罹难，朋友陆续找到归宿，亲近的人陆陆续续离她远去，而自己始终无法对那些向她示好的男人打开心门，这种孤岛的状态对于李彤是很致命的。她孤独，因为她太过于理想化，不愿迁就。她不要不赌博的老实男人周大庆，不理会试图干涉她思想的邓茂昌。极高的眼界，使她注定在异乡找不到满意的归宿。她痛苦，因为就连最亲近的姐妹们都觉得她的任性让别人难堪、劝她妥协改变，而没人能理解她为何执着、为何始终无法释怀，她只能以撒泼的性格掩饰失落。孤独和痛苦随着时间推移而不断累积，这也导致李彤与三个朋友越走越远，逐渐将与他人、社会格格不入的自己孤立了起来。

李彤的自杀是她对自己最后的执着——"宁为玉碎，不为瓦全"。李彤清楚，随时光流逝，她如今的生活方式被动摇的可能性只会越来越大。真正回到过去的风光已然不可能，而她也明白自己与不爱的男人结婚是不可能比现在更幸福的。她最终还是选择了现在的自己，她让自己的生命停止在仍然高傲、惊艳之时。使她投河自杀的或许有乡愁和压力的因素，但我认为更多的是她对不幸福的命运做出了抉择：坦然、勇敢、坚定地抗争到最后，以理想中的样子得到解脱。

第二是妥协后陷入悲哀的慧芬。如果说李彤经历的是由伤痛驱使其做出选择，那么慧芬等人则是经历选择后伤痛逐渐显现。与李彤有相似经历的她选择了融入美国的社会生活，但这条道路似乎也并不平坦。

"慧芬却坚持要在纽约举行婚礼，并且以常住纽约为结婚条件之一"，即使在纽约的生活使得慧芬健康受损，但在搬离纽约的时候，慧芬还是极不乐意的，并在第七年坚决地又搬回了纽约。看似妥协的慧芬，其实同样有着自己的执着。为什么如此执着于纽约的生活呢？因为纽约比郊区更多地聚集着华人。慧芬在美国结婚生子，但在身份认同上始终认为自己是华人，她无法真正融入美国的社会与文化中，无法获得归属感。只有在纽约的华人同胞之间，慧芬才能暂时获得家的感觉，才不会时刻感觉自己是外人、是门客。

"然而在纽约她还是得了失眠症"，纽约始终是纽约，慧芬已无法回到中国的家。乡愁随着时间流逝而悄悄积累，当异乡人精神之根日渐松动，苦涩的乡愁不动声色地折磨着慧芬。最后，李彤的自杀成为打开慧芬心理阀门的最后一股力。慧芬和李彤本质上是一样的，她们同为富家小姐出身，同样失去在中国的根基，她们或多或少地承受着漂泊、自我挣扎和浓烈乡愁之苦。慧芬在赌桌上的疯狂下注和回家路上的哭泣，是长时间被忽视、积攒多年没有排解的情绪宣泄。再次失去重要之人，旧伤揭起，所有看似融入了新生活的人，终于察觉到一直以来将自己与异乡隔开的那层膜。那是难以言喻的精神隔阂，无法忽视，又无法摆脱。她们终究对自己、对过去遭受的伤无法真正释怀。

对于那个年代的异乡人而言，或许每个人身上都多多少少带着过去的伤痕。因为经历不同，遭受打击的程度不同，执着的点也不一样，因此精神上各有各的痛苦，这一切影响他们做出了不一样的命运选择。小说展示出异乡人中两类人的两种选择——抵抗、妥协，这都是先辈们对命运的一种态度，无论哪种选择，都饱含了面对生活与命运的巨大勇气，值得我们去理解与敬佩。

同为赴美留学生，白先勇笔下人物多多少少有他自己的影子。白先勇出身于国民党官僚世家，少年的他亲历了世家贵族的华贵与气派，到台湾后又目睹了旧官僚的没落和背井离乡者的挣扎，由此产生的怀旧情绪与乡愁无疑对他的思想影响颇深。1963年赴美留学前，白先勇母亲去世，而在美国留学期间，"父亲先已归真"。失去双亲的白先勇在美国如同断线的风筝，孤独地在美国飘荡。"我到美国后，第一次深深感到国破家亡的彷徨"，经历异国他乡的文化冲击与精神痛苦后，白先勇将这种消极繁复的情绪揉进了自己的文字中，写出了他对海外留学生心理困境、命运选择的思考。

6. 杨婉滢（2019级汉语言文学）：《谪仙记》里的意象细读

阅读《谪仙记》时，李彤这一人物以及文中的各种事物激起了我的好奇心。无论是李彤的人物形象还是其人生经历，都仿佛与文中的事物建立起千丝万缕的联系。

蜘蛛：俗话说"蜘蛛吊，财神到"，蜘蛛的八个爪子象征着"抓钱手"，是敛财的高手，而蜘蛛爬到某人身上代表着那个人会发财。文中多次描写了李彤的蜘蛛头饰，就像蜘蛛爬在李彤身上，为李彤带来了财富，她出身富裕家庭，在纽约的工作薪水很高，连张嘉行都说"她赚的钱比谁都多"。

"Bold Lad"：意为"大胆的小伙子"，是李彤赌的冷门马的名字，李彤自己也是十分大胆，思维独特，不循规蹈矩，敢冒风险的，有着自己的个性和独立、倔强、不跟风的傲气。

曼哈顿鸡尾酒：在威士礼被选为"五月皇后"的李彤，就像她最喜欢的曼哈顿鸡尾酒——被冠为"鸡尾酒皇后"一样，它的颜色是艳丽夺目的红色，就像一位妩媚的美女，令人陶醉和向往。

蝴蝶兰：代表了智慧、理性，符合作为典型的知性女强人形象的李彤的气质。然而，紫色蝴蝶兰又代表着爱情，文中周大庆送给李彤的紫色蝴蝶兰"被她抖落了，像一团紫绣球似的滚到地上，遭她踩得稀烂"，"踩得稀烂"的蝴蝶兰暗示李彤没有得到真正的爱情。

"Gallant Knight"：在第二次赌马中，李彤押赢了的那匹冷门马名叫"Gallant Knight"，意为"英勇的骑士"，这一词最早出现在莎士比亚的《乐曲杂咏》中："To leave the master loveless, or kill the gallant knight",诗中描写了一位女人出轨的事情,翻译过来意思就是"是抛弃旧爱,还是不要新欢"。李彤在姐妹中最为漂亮,男朋友却一换再换,这有点符合诗歌中的女性形象。

比萨斜塔:我认为它是最能体现李彤这一人物形象及其身心变化的事物,是全文的点睛之笔。比萨斜塔象征着把李彤压垮了的生活、工作、社会和失利的爱情,它们"快要压到她头上来了",预示着李彤的身心快要承受不住了。另一种理解是,李彤的身心就像这比萨斜塔一样,是倾斜的,而且一直在不断倾斜,周围的人都没想到她会自杀,觉得她好像永远都不会倒下一般,但事实上,倾斜的比萨斜塔正是岌岌可危的征兆。

在文学作品中,一些事物的出现,往往很可能是作者的刻意安排,李彤这一人物的性格特征及其悲惨命运,就藏在各种事物的寓意之中,等待我们去解读。

※方法小结

(1)在文本细读中,应学会提炼一些概念和话语,以准确把握对象的特性。但需要注意的是,概念并不能概括所有的文学作品,尤其不能覆盖正在发展生成的海外华文创作现场。它只是一种方法提示,强调以概念和理论去升华琐碎文本现象的探索过程。

(2)跨文化视野下的文本细读,特别注意文本创作的文化语境,但是要带着文化与历史的意识进入到文本审美的深处,去探讨特定文学创作的价值,可以注意有没有出现新的意象、新的手法、新的人物形象等问题。

(3)文本细读的层次性问题值得关注,我们可以从语言语音层面、关键词语与意象层面、人物形象层面、环境层面、情节层面、哲理层面等层层深入文本,也可以从某个视角切入,逐渐深入文本,最终找到自己的文本发现,并学会用自己的语言来总结文本解读的结果。

文本细读二：《超人列传》《玩偶之家》

※**细读任务**

张系国是台湾留学生文学中承前启后的作家，他逐渐走出了20世纪60年代旅美作家的创作模式，开始探寻与社会、现实融合的艺术形式，他的科幻小说为我们把握这种转变与探索提供了线索。本次我们选择张系国早期的科幻小说《超人列传》《玩偶之家》进行文本细读，要求同学们在把握科幻小说文类特征的基础上，结合华文科幻小说创作史的背景加以深入解读。

※**方法指引**

（1）文类意识指引下的文本细读思路。文本细读需要建立在一定的文类意识之上，不同的文体在审美上虽有相通之处，但也形成了各自独特的写作范式与文本范式，忽视文体意识的文本细读，可能会不切要点、不着边际。对于张系国科幻小说的解读，需要建立起有关科幻小说的类型意识，了解什么是科幻小说、思考科幻小说怎么讲故事、科幻小说怎么塑造人物、科幻小说怎么表达对现实的理解等问题。

（2）重视艺术表达技巧的细读与梳理。在文本细读中，对艺术表达技巧的探寻与总结，有利于同学们熟悉文学作品的创作过程和创作规律，能从接受者与创作者的双重角度深入文本之内。对艺术技巧的重视与主题解读并不矛盾，两者相辅相成，互相促进。

※**细读过程**

1. 导入

经过一段时间的训练，同学们的文本细读能力已经有所提升，今天，我们在文类意识指引下对张系国两部科幻小说进行细读。请本组同学围绕自己的主要发现对文本进行分析，突出自己的问题与观点。在分享观点之后，回答老师的疑问，与同学深入讨论，形成共识。

2. 师生问答

《超人列传》

学生1：张系国的《超人列传》里的主人公斐人杰是地球第126个通过将脑移植到机器实现寿命延长化的超人，他在星际旅途传递信息的过程中，意识到对真理的追求不一定能成为生存的唯一动力，于是返回地球在超人大会上据理力争希望保全人类，无奈人微言轻，还是让人造脑取代了大部分人类，最终，他拼死救回了自己的外外孙女与另一个小孩，让他们在偏僻的星球重新开拓人类历史。小说在黑色幽默的叙述氛围中塑造了一个非常独特的超人形象。

老师提问：你重点关注了张系国科幻小说塑造的独特人物形象，并顺带提及了小说叙述的幽默风格，有自己的独特发现。那么能否说一说张系国的超人与漫威动画里我们所熟悉的经典美国超人有何不同？

学生1：相同之处是他们都技艺高强，有着与凡人不一样的体魄、智慧和意志。不同之处是他们的观念不同。斐人杰是一个有着中国传统人文精神的超人，他身处科技理性主宰一切的社会，却意识到爱的重要性，最后捍卫了情感的价值。

老师：张系国笔下的斐人杰和美国超人是属于同一谱系的科幻人物，你所说的对爱和感情的珍重，也谈不上是中国传统人文精神的象征，反而与基督教文化更为接近。只不过作为美国华裔作家，张系国将一个华人定位为在身材、智力和情商上都超越了一般超人的关键角色，这本身就是对抗意识的体现，体现了他对中国文化主体性的深度认同。

你对黑色幽默手法的看法，我认为也需微调。在《超人列传》里，幽默和反讽是有的，但并非典型的黑色幽默手法。因为小说并没有从整体上呈现荒谬与绝望的悖论，反而其情感基调趋向浪漫轻柔，结局满怀爱与期待。

■ 《玩偶之家》

学生2：《玩偶之家》讲述了在机器人取代人类的世界里，人类沦为玩偶并被折磨至死的故事。小说以现实世界为结构框架，故事性很强，开头和结局都非常精致，能引人深思，给人启迪。

老师：你表现了对文本结构形式的兴趣，注意到了故事的开头与结尾，这值得肯定。特别有意思的是，你提出了一个观点，认为这部小说是以现实世界为结构框架的，对此能否做进一步的解释？

学生2：我的意思是说，张系国在科幻世界里套用了现实生活的逻辑来讲故事，给人以亲切感，但同时也让人觉得很新鲜。小说围绕一个看似工薪阶层的家庭在饮食营养问题、宠物喂养问题、子女教育问题等方面发生的种种事情来写，颇有现实的针对性，但实际写的是机器人的世界，我觉得很有意思。

老师提问：是的，张系国的机器人世界拥有与我们当下人类世界同样的生活情境和现实问题，连思维方式也惊人的相似。那么张系国为什么要这样写呢？当我们发现这种相似性的同时，是不是可以进一步思索，这种异质同构的叙事框架有什么用意？是不是有意味的形式？如果机器人的世界依旧重复人类的困境，那么科技的发展会不会加剧人类的危机？换句话说，如果科技世界的逻辑不过是重复了人类世界的逻辑，那么科技发展的意义何在？

学生2：科技是为了让我们更自由，但《玩偶之家》里的人类变成了囚徒，所以张系国是在否定科技的力量。

老师：也不能说是否定科技的力量，而是反思科技发展的内在逻辑。事实上，张系国的科幻小说有着清晰的人文关怀，从题目来看，他有意与五四人文传统产生对话，强调五四一代"自由"理念的正当性，但并不认为科技必然带来人的解放，也未必能捍卫人的自由。在小说里，张系国让我们看到人类女孩灵灵为自由而死的形象是伟大的，而为了满足一己私利而发生的宠物实验是野蛮的。因此对于机器人生活逻辑的否定，其实也是对现实社会的批判。如果机器人的世界只是重复了人类现有的逻辑，那么科技文明的发展只会加剧我们的奴役程度，而不是让我们走向自由，而这种异质同构的叙事框架巧妙地呈现了作者的创作意图，是成功的。

3. 老师总结

今天大家对科幻小说的细读，注意到了结构模式、表现手法和人物形象，找到了多种切入文本的路径。一些同学注意到了文本的细节，也能在整体上对情节加以概述与把握，值得肯定。

不过，从同学们发言中也能看出，大家对科幻小说的常识不够了解，对张系国创作科幻小说的时代背景不够了解，对比分析意识不强。从文本细读方法层面来看，问题式探究尚未形成，故而深度不够。在此后的细读中，同学们可以从文本细读最基本的三个层面——写了什么，怎么写的，为什么这样写，来逐渐树立问题意识，从而进一步深化自己的发现。

关于张系国科幻小说的基本定位可从其文类倾向、文化属性和阅读感受三个层面加以简要梳理。从文类倾向来看，张系国的小说属于软科幻而非硬科幻，作为计算机专家，他并没有对科技本身进行细致深入的描摹，而是更重视人文意识的渗透。他往往在科幻小说的宇宙未来世界情境里对社会人生进行思考与观照，始终把"人的存在"作为艺术观照的对象，对压倒正常人性的工业文明给予批评，故而科幻成为他更深层次地反省人类处境的滤镜。从文化属性来看，张系国尝试在与五四人文传统的对接中，创造出与立足科技主义传统的欧美科幻小说不一样的华文科幻样式，他强调在创作中加入"中国风味"，将民族生活特征与人文精神融入西方科幻小说的形式与技巧。从阅读感受来看，张系国小说拥有较少西方科幻作品中铁血暴力的争斗场面和充满悬念、高潮迭起的奇幻情节，而是通过表面的细腻深情收纳内里的暗流涌动，形成抒情意味与哲学探究合一的小说美学。张系国在科幻小说上的成败得失有待进一步探究。

※观点摘要

■ 《超人列传》

1. 袁丽惠（2015级汉语言文学）：对人性的终极拷问

《超人列传》其实是一个亚当夏娃的故事，它思考的是科学发展到极致后人类人文的发展问题。小说开始引用了尼采名言"人是必须加以克服的"，将视线聚焦在对人的处境的思考上。事实上，张系国这部小说让我们看到人类在先进科学技术面前的人性挣扎，体现了科幻情境在拷问人性上的独特作用。这是因为，通过科幻想象出来的场景，能让我们思考日常生活中不思考的事情。平时，我们借以拷问人性的事情都是已经发生的、受到现有社会结构等制约的，故而我们的拷问力度有限。可以说，现实生活中对人性的拷问通常只是"盘问"而已，而科幻小说中对人性的拷问，有可能达到"严刑逼供"的力度，张系国这部科幻小说，就有这样的力度。

2. 张超容（2018级汉语言文学）：《超人列传》体现了中西文化的融合

张系国于1966年赴美留学，1969年创作了《超人列传》。他这部小说无疑受到了西方文学文化的深刻影响。从情节模式来看，小说主人公斐人杰企图阻止超人们灭亡人类的行动，最终费尽周折，带走地球的两个人类，保存了人类最后的希望。这种以一人之力拯救世界的叙述模式，正是我们熟悉的好莱坞救世英雄的叙事套路。但张系国的科幻小说也留下中国文化的因素。从人物塑造来看，美国式的超人，往往是白种人，而且有特别的技能技术可以助其完成拯救人类、拯救世界的任务，而张系国笔下的超人斐人杰是并未显现特别技能的华裔科学家。此外，小说结尾中也能看出中西方文化的融合。如斐人杰给人类小男孩取名为亚当，小女孩取名为夏娃，显然借鉴了圣经之说，这两个源自西方文化传统的人类祖先，行的却是"交拜天地"这样的中式婚礼仪式。

张系国希望将科幻与中国文化背景结合起来，创作具有本土文化特色的科幻小说。为此，他有意识地进行艺术尝试和探索，《超人列传》就是他跨出的第一步，体现中西文化融合下华文科幻小说的主体性建构。这在他后来创作的《星云组曲》《城》三部曲等科幻小说中有更好的体现。

3. 潘莉颖（2018级汉语言文学）：对科技发展后果的辩证思考

强调科技发展对人类社会的负面影响，是科幻小说的传统内容。张系国先生的科幻小说《超人列传》也处在这一传统之中，但是他对此并非保持着单一而纯粹的理解。批判审视的前提是，他清楚地意识到科技的优越性以及其对人类社会发展的巨大推动作用。在《超人列传》中他写道："近五十年的历史证明了，超人们是有史以来最有效率、最公正的政治管理科学家。冷静的头脑、过人的智慧——谁能比得上他们？这几十年来，国际争端几乎绝迹，核子战的危机早已消弭得无影无踪，世界人口终于获得合理的控制，饥饿和贫穷绝迹，世界各国共同发展经济，欣欣向荣——好一个世界大同的局面！这不都是超人的功劳？"

当张系国将科技发展的积极和消极影响都清晰地呈现出来，表现了祸福相依的理性思辨时，这一命题便表达得更为深刻了——只有害处而没有利益的东西不可怕，彻底把它抛弃就是了；但是从长远看有害处、却在眼前有绝大好处、让人沉溺其中的东西，往往会使人们陷入迷惑的境地。张系国借助科幻小说的创作，辩证思索科技发展是福是祸这一问题，他将远处绝非微小的弊端放大，希望人类面对科技的迅猛发展能够有所警惕，从而尽量避免这样的未来。

4. 梁子珊（2019级汉语国际教育）：从随波逐流到成为自己——超人斐人杰的形象分析

在《超人列传》中，斐人杰是生活在23世纪的一个"超人"，但这个超人不是美国大片里出现的"超级英雄"，而是一个装着人类大脑的机械体，他从外形上看起来也许更像是一个机器人。成为科技文明产物的超人，对于斐人杰来说，只是成为潮流中的人杰，并非真正的自我认同。从斐人杰所处的社会背景来看，他成为超人是服从让科学与世界发展更正确的理性选择。小说中的社会，以"能度量方是合理，合理性才能存在"为基本信条，斐人杰成为超人是符合潮流的合理选择。从爱人丹娜的角度来看，斐人杰是一个过于理性、为了科研而放弃感情的人。丹娜在与斐人杰结婚之前，曾去过婚配计算中心，计算他们婚姻的适合度，但丹娜是一个充满浪漫色彩的法国女人，她感情细腻，被视为"不理性"的人，被送到"反理性治疗院"进行治疗……通过丹娜之眼，更凸显了斐人杰与他所在社会的契合度。在科研所博士们看来，斐人杰是一个拥有智慧和理性、投身科学的伟人，应该称为超人，他们的评价体现了时代主潮——人作为科技的结果与工具的世俗观念，这也是左右斐人杰行动与思想的强大力量。

但斐人杰并非坚定的理性主义者，成为超人前后也患得患失，顺应"潮流"而内心惶惑不安。在成为超人之后，他依然怀念人类的肉身。小说中写道，斐人杰刚刚完成"超人变身手术"时，他"对镜子端详了好一阵，又回头看看从前的自己，不由得难过起来"，后来，他多次渴望"恢复"人类的肉身，想让自己看起来"像个活人"，由此，我们不难看出斐人杰内心深处的叛逆与不安。当得知地球研制出了人工脑，并将大量生产以取代普通人时，斐人杰开始逆流而上，表示："我们为什么要这么做？我们为什么要消灭凡人？不要忘记我们也来自人间。"最后，他抱走了地球的两个普通儿童，将他们带到遥远的星球，取名"亚当"和"夏娃"，让他们延续人类的文明。这次，他听从了自己的内心，成为有坚定意志的人。

总之，斐人杰是一个深受主流观念影响的人。他热爱科学，愿意为了科学变成超人，但在漫长的超人之旅中，他终于做回了自己，守护了人类最后的希望。

5. 高子茵（2019级汉语国际教育）：生命伦理的捍卫与半伊甸园式的救赎

《超人列传》是一部非常好的软科幻小说。它写了失控的科学与生命伦理的冲突，写出了作者对生命伦理的捍卫以及由此形成的半伊甸园式的救赎思路。

《超人列传》里的超人是两不像的怪物。身体是机器，大脑是人，既不是传统意义上的机器人，也不是一个完整的人，而是失控的科学所产生的怪物。但超人没有兽性的欲望，没有性的烦恼，不用吃饭、睡觉、穿衣、洗澡、驾车、运动等，可以全身心投入到科学研究中，的确有利于推进科技文明的发展。

超人们为人类的和平做出了巨大的贡献，还帮助人类征服了太空。但后来，大部分超人已经忘了为人类做贡献的初心，他们成为盲目追求科学的机器怪物，变得没有感情，缺失人性温度。最后的结果是超人们要消灭凡人。"超人们研究出人工脑，人类成为被消灭的对象"，失控的科学结果令人毛骨悚然，也必然出现生命伦理的失控。

生命伦理即人类对自身、动物、植物生命或生态的规范性行为。包括生物医学和行为研究中的道德，环境与人口中的道德，动物实验和植物保护中的道德，以及人类生殖、生育控制、遗传、优生、死亡、安乐死、器官移植等方面的道德。把大脑移植到一部机器里，属于器官移植。合法的器官移植给人类带来希望，使失明患者重见光明甚至挽救一条生命。但从让凡人变成超人的大脑移植，到最终抛弃肉体，破坏了人的自然存在方式，不仅严重违反了生命伦理道德，还违背了自然规律。我认为，人的形态是生命伦理的标识。人形就是一个标签，它无时无刻不在提醒我们要遵守伦理，因为我们是人，不是机器人，也不是机器怪物。

当失控的科学与生命伦理发生冲突时，主人公斐人杰幡然醒悟，极力阻止超人消灭人类的行动，但势单力薄，没能成功阻止。最后，斐人杰采用半伊甸园式的救赎来挽回这一切。

为什么说是半伊甸园式的呢？

斐人杰给他从地球上带走的两个孩子起名亚当和夏娃，告诉亚当他们是从泥土里来的，将来还要回到泥土里去，并给他们创造了一个乐园，教授他们知识，帮助他们成长，这个情节与伊甸园的情节一样。但是，《圣经》中伊甸园里的亚当和夏娃承担着上帝让他们修葺并看守乐园的任务，他们最后受了蛇的引诱吃了伊甸园的禁果，被上帝惩罚。而《超人列传》里的亚当和夏娃承担了保存人类希望的重任，他们没有被惩罚，而是幸福地生活在一起，他们的后代逐渐繁衍，遍布大地，延续着人类的生命。与《圣经》的伊甸园相比，《超人列传》的伊甸园是中国小说传统的大团圆结局——人类得以繁衍。因此，我称为半伊甸园式，是被中国化了的伊甸园神话。

半伊甸园式的救赎，是张系国所构想的，在科技泛滥的时代，生命伦理得以重构和延续的可能，但也隐含着某种循环历史观念下的忧虑。我在想，我们现在生活的地球和我们人类是不是"斐人杰"拯救的结果呢？我们是否会再一次重演历史？银河系是否还存在要消灭人类的超人们呢？随着科技的发展，人类是否终将毁灭自己？不管人类以后会走向哪里，我希望人类能永远坚守生命伦理。

■《玩偶之家》

1. 张雨（2018级汉语言文学）：玩偶的自由如何可能

"感觉好像被困在了一个封闭的牢笼里，不管怎么用力都找不到打开它的出口"。这或许说的就是《玩偶之家》里的那些"玩偶"吧。

当生命沦为玩偶时，就失去了自由。《玩偶之家》里的机器人小孩，将老虎、灵灵等一切生命视为玩具，加以凌辱和毁坏。生命的尊严都没有，哪能有自由呢？小说中机器人小孩首先和同学一起玩老虎玩具，他们一边唱着《三只老虎》的儿歌一边折磨着老虎玩具，直到它们都残破不堪为止。这也暗示了作为玩具的人类灵灵的悲惨结局。刚开始到机器人小孩手里时灵灵还好好的，灵灵被带去交配之后逐渐憔悴消瘦，对机器人小孩说出了"不自由，毋宁死"的誓言，并将机器人并非真正人类的真相和盘托出，机器人小孩一激动就掐死了灵灵，"等到他平静下来，儿子方才注意到，他手掌里的灵灵的头发软无力地垂下来，早已没有气息了"。

张系国这部科幻小说一方面强调沦为玩偶的生命将丧失自由，但另一方面也强调为了自由，玩偶也可以选择有尊严的死去，这种双向的思维为我们重建动物与人类、人类与机器人的平等关系提供了参考。

2. 张紫优（2019级汉语国际教育）：《玩偶之家》里的机器人形象

未来的机器人不是我们想象中的冷冰冰的样子，而是物质与精神上都有欲求的人类翻版，《玩偶之家》里的机器人就是如此。他们吃的是铝、钢条等金属物品，喝的是机油，颇有科技感，但他们也讲究营养搭配，食品包装上有营养成分表。他们也拥有复杂的感情，自卑、自私和爱，如小说开头机器人妈妈对丈夫说："你不能只顾省钱。我们再穷，总不能让儿子有自卑感。"

但作为新生一代的"人类",虽有亲密的家庭关系,对待动物与人类却无比冷酷。比如对待宠物,文本中写道"第一只老虎的耳朵被扯掉了,第二只老虎的尾巴只剩下半截","老虎张牙舞爪抵抗,但两只眼睛还是被孩子们挖了出来,流了一地血","瞎眼老虎蹒跚试图跑开,却一头撞在树上。孩子们又是一阵大笑"。在作者眼中机器人比人类更加冰冷和残酷,尤其是在对待比自己低等的生物时。

张系国如此刻画新一代的机器人,是想要表达一种众生平等的理念,是站在未来的视角看待现在的人类,从而对现实社会进行批判。

3. 林琳(2019级汉语国际教育):人与机器人的共同命运

《玩偶之家》是张系国《星云组曲》十个故事中的一个,写的是人类文明最终被机器人文明所取代的故事。从中我们可以思考未来科幻世界里人和机器人的关系。

在我们现实生活中,机器人是我们的助手,或成为我们的玩偶,但未来社会两者的关系是否会调换过来呢?《玩偶之家》告诉我们,这一天迟早会到来,到那时,机器人变成主人,人变成了机器人的玩偶,成为无名的消费品,死了也不值一提。然而,灵灵之死,依然令机器人感觉到了悲哀与危机,他们替代了人的位置,也拥有了人之将死的命运,在人被异化的同时,机器人似乎也被异化了,成了与我们想象中完全不一样的机器人。于是,永远不可能得到自由与救赎就成了人与人创造出来的机器人共同的命运。

4. 杨月媚(2019级汉语国际教育):中西结合下的《玩偶之家》

张系国的科幻小说有着对西方现代主义技巧的娴熟使用,又渗透了与生俱来的东方情调,《玩偶之家》就是中西结合的科幻小说精品。

在《玩偶之家》中,作者采用西方现代小说中常见的陌生化手法,搭建起一个奇幻的科幻世界。所谓"陌生化",是相对于习惯、经验和无意识而言的创新,它产生于变形和扭曲,凸显为差异和独特。玩偶是这部小说的关键意象,当看到"玩偶"时,我们会习惯性地想到可爱的布娃娃,但小说中的玩偶是在人类看来极其凶猛的老虎、狮子、鳄鱼等动物。小说中的机器人也有一日三餐的习惯,但他们的食物跟人类大相径庭,他们吃的是炸玻璃片、钢丝卷、铜汁汤等工业原料。正因为小说以机器人为叙述视角，又建构了类似人类社会的生活情境以展开故事，造成了与现实的二度疏离，原本平常的人类生活情境就变成了陌生而新鲜的科幻世界。

张系国小说里的中国情调，则可从有关机器人的家庭叙述中得以领略。机器人家里，男主外、女主内，妈妈是贤良、温柔的家庭主妇，父亲则在外工作，顶天立地，孩子乖巧听话，呈现典型的中国家庭文化。而《玩偶之家》所开掘的主题则对接中国五四以来的新人文传统，对人的解放问题进行了深度重构。如果科技将使人重复奴役之路的话，张系国通过沦为玩偶的女孩灵灵，发出了人类渴望自由的最后声音。

5. 余涵梓（2019级汉语国际教育）：科幻小说的社会功能

《玩偶之家》将生活与幻想紧密地联系起来，强调了科幻的社会功能，表现强烈的"干预生活"特点。

"干预生活"原指作家以文艺创作加强与社会生活和人民群众的联系，揭露生活中的矛盾和冲突，鞭挞生活中的消极落后现象，发挥文学的批判功能。张系国认为，科幻小说与一般文学创作在本质上是一样的，要有深刻的思想，绝不能逃避现实与人生，故而，他的科幻小说立足于人性的救赎，对现实社会进行了深刻的审视与批判。如作者通过写机器人残害动物玩偶的行为批判了现实中人类对动物的摧残行为；通过对机器人狂妄自大的描写同样也揭露了人类社会的问题。张系国将当下社会的隐忧放到一个虚幻的未来世界的构架中，从更深层次反省人类处境与现实世界，他很担心目前的社会"将会走到他所反对的方向去，因此故意将他所不满或反对的社会加以渲染，笔之为书，以警世人"。易卜生有个同名戏剧作品也叫《玩偶之家》，张系国这部小说在内容上虽然与之大相径庭，但在直面社会、批判社会这一方面上是非常一致的。

※ **方法小结**

（1）注意文学史视野在文本细读中的介入方式。文本细读要深入，需要有一定的文学史视野，但文本细读也应充分重视读者的个人感受，否则难以形成对文本的独特理解，两者之间本来是相辅相成的关系。文学史知识的丰富，有利于研究者对文本做出更有深度的解读，而个人的独特发现，也有可能丰富拓展了相关作家作品的研究。但在本科生阶段，一些学生往往先查阅文学史资料，获得了对文本的大致了解再去阅读文本，由此出现的问题是，他可能被别人的观点左右，失去了形成自己感受和发现的可能性。因此，建议本科生在阅读文本之前和之后，不要急于查找参考资料，应充分重视阅读文本的第一感受，在第一感受的基础上反复思考，逐渐形成对文本的独特发现，最后再去查找相关的文学史资料，文学史资料的后期介入可能会造成细读时的一些困境，但有利于提升学生独立思考的能力。

（2）注意文本的细节之处，整理与分析细节，挖掘其独特韵味。在细读文本的过程中，我们除了要整体把握作品的主题、风格外，也应该注意细节。细节是为整体服务的，好的细节描写，能够将事物与形象以鲜明生动而又准确的方式展现在读者面前，极大地增强文本艺术感染力。一方面，细节的呈现方式往往隐含着一个作家的个性与艺术选择。另一方面，我们对于细节的关注将引导我们从不同视角把握文本，形成自己的观点。因此，在把握要素之间的内在联系及其相互作用的前提下，我们应善于寻找与发现细节，学会对细节进行整理与分析，挖掘其独特韵味，从而形成对特定文本解读的新思路。

（3）注意形成自己的观点。我们在文本细读时总会有一些自己的感觉与发现，但未必会形成一个清晰的观点，我们应该将感觉与发现转化升华为一个清晰的观点，尝试建立一些观点建构的问题与思维路径，如这部科幻小说与我以前看过的科幻小说相比有何不同？它在作者的创作里占据什么样的位置？有没有塑造新的人物类型？有没有运用独特的艺术技巧？我觉得它写得好吗？通过问题导向，我们在文本细读过程中就会对文本形成比较清晰合理的价值判断。

◎学习要点

1. 主要视野：代际关系。
2. 关键术语：台湾留学生文学。
3. 重要观点：若从艺术上进行总结归纳的话，台湾留学生文学呈现了一些共同特性，诸如故土经验和海外经验的交织，孤独和漂泊主题的集中呈现，语言的中西混杂等，表现了美国华文文学的一些基本特性，也为世界华文文学提供了重要的艺术经验。

◎ 思考、实践与讨论

1. 理论思考：台湾留学生文学的代际区分有何意义？就具体作家而言，如何划定其代际归属？

2. 资料搜集与整理：搜索台湾留学生文学的作家作品，按时间做出索引。

◎ 参考文献与后续学习材料

1. 刘俊. 论美国华文文学中的留学生题材小说：以於梨华、查建英、严歌苓为例 [J]. 南京大学学报（哲学、人文、社科版），2000（6）：30-38.

2. 李诠林. 留学生文学之于台湾文学在美国的流播：一个系谱学的考察 [J]. 华文文学评论，2020（0）：309-319.

3. 帅震. 20世纪60年代的台湾留学生文学 [J]. 广西社会科学，2003（6）：128-130.

4. 郭传靖. 20世纪50至70年代台湾赴美留学生文学的中华文化认同研究综述 [J]. 雨花，2017（14）：78-82.

5. 尹诗. 追寻与想象 [D]. 郑州：郑州大学，2007.

第四讲　美国华文文学三：大陆新移民文学

"大陆新移民文学"与"台湾留学生文学"是美国华文文学中边界较为清晰，又具有一定对比性的两大文学现象。台湾留学生文学代表了在西方语境中向传统中国不断回眸的一代台湾青年的心声，大陆新移民文学则展现了改革开放之后，怀着对西方世界的热望进入美国、急于改变现实的逐梦人的经历，其创作群体除了一部分留学生外，还有一些技术移民、投资移民和探亲移民的群体，其中也不乏写作者。单纯的"留学生文学"概念显然不能概括这一文学现象，于是"新移民文学"应运而生。①

美国大陆新移民文学的创作，有其清晰的发展轨迹，在美国华文文学中占据了非常重要的分量和独特的美学姿势。20世纪80年代至20世纪90年代初，有一部分新移民文学以写实为主，书写初入美国的所见所闻所历，带有记录性和自传性，呈现的是异域生存之苦、奋斗之苦，被戏称为"洋插队"文学，如顾月华的短篇小说《三个女人的公寓及其他——留美生活剪影》（《花城》1983年第3期）、曹桂林的长篇小说《北京人在纽约》（1991，中国文联出版公司）；周励的《曼哈顿的中国女人》（1992，北京出版社）、王周生的《陪读夫人》（1993，上海文艺出版社）等，这些作品在中国引起的反响较大，其中一些作品还被改编成电视剧，成为热播剧，但它们被当作美国新闻与美国传奇来接受，具

---

① 朱文斌，刘世琴. 新移民文学研究现状及学术空间考察 [J]. 学术月刊，2020，52（10）：141-148.

有大众化的审美趣味。在经历了短暂的写实主义式的美国经验叙述之后，进入 20 世纪 90 年代，大陆新移民作家逐渐在美国想象与故土重构之间开拓了无限开阔的美学空间，出现了诸多优秀的作家作品，他们的创作影响超越了特定区域，扩散到更为广阔的世界。小说创作方面代表性作家有查建英、严歌苓、陈谦等。此外，一些用英文写作获得巨大成功的美国华裔作家，如哈金、伍绮诗等也为我们理解新移民文学提供了更为开阔的语言文化视野，有利于我们重新审视华文写作的意义。

一、追逐美国梦：大众化的文学叙述

曹桂林的《北京人在纽约》和周励的《曼哈顿的中国女人》代表了早期美国大陆新移民文学创作的社会影响力与艺术倾向，写出了改革开放之初在美国逐梦筑梦的一代华人移民的生活史和心灵史，在文学史上占据了不可忽视的位置。

（一）曹桂林：《北京人在纽约》

曹桂林，1947 年出生于北京，1980 年毕业于中央音乐学院，后在中央广播艺术团任演奏员，1982 年赴美，在纽约创办了服装公司，任公司总裁，后专业从事写作。曹桂林的主要文学作品有长篇小说《北京人在纽约》《绿卡》《偷渡客》《王起明回北京》，另有自编、自导、自拍的电视纪录片《黑眼睛蓝眼睛》等。

《北京人在纽约》是曹桂林的处女作，也是他的成名作，写于 1990 年前后。小说以作家个人经历为基础，写了一对追求美国梦的中国夫妻在美国经历的起落沉浮，写出了早期大陆新移民生活的传奇与坎坷、伤痛与徘徊。小说主人公郭燕和王启明出国前都是小有名气的小提琴演奏家，但抵达纽约之后，艺术才能毫无用处，身无分文的他们只能从事最底层的职业。他们一个在餐馆打工，一个在家编织毛衣，通过自己的努力不断拓展事业，拥有了自己的工厂和万贯家产，美国梦实现了，但后来王启明投资失误、工厂倒闭、女儿因遭绑架去世，不觉已陷入了家破人亡的悲惨境地。在这个命运起伏的美国故事里，作者塑造了一个在天堂与地狱两极摇摆，却充满蛊惑力的美国形象，展现了新移民群体对美国既向往依附，又恐惧憎恨的复杂情愫。正如电视剧开头与结尾重复的那句话,"如果你爱他,就送他去纽约,因为那里是天堂。如果你恨他,也送他去纽约,因为那里是地狱"。小说被改编成同名电视剧以后,出现"万人空巷看纽约"的热潮。电视剧所获得的巨大成功为小说奠定了其文学史地位。

(二) 周励:《曼哈顿的中国女人》

周励,1950 年出生于上海,1969 年赴黑龙江北大荒建设兵团工作,1980 年返回上海在外贸局当医生,1985 年前往纽约州立大学自费留学,先攻读比较文学后改为商业管理,后在商业领域获得成功,在曼哈顿成立自己的贸易公司,工作之余从事写作。周励的主要作品有长篇小说《曼哈顿的中国女人》、散文集《亲吻世界:曼哈顿手记》等。

1992 年,周励的自传小说《曼哈顿的中国女人》在北京出版社出版单行本引起轰动,短短几个月印刷 4 次,总销售量达 50 万册。2009 年,《曼哈顿的中国女人》获得首届"中山杯"华侨文学奖。小说讲述了主人公周励富有时代感的美国故事,作为一个 34 岁的离异女人,周励只带了 40 美元到美国留学,但她凭借女性特有的坚韧与温柔,一步步向前冲,成为曼哈顿一家颇有实力的国际贸易公司的老板,同时收获了来自欧洲男友的甜蜜爱情。因作为纪实小说出版,它在情节细节等方面的夸大不实问题引发了在美华人的不少非议,但对于当时的中国大陆受众来说,纪实性恰恰是它大受欢迎的原因,读者并非将之作为艺术珍品来对待,而是作为来自美国现场的新闻报道来接受。周励的夫子自道,此书让读者相信,每一个人都可以像赤手空拳的周励一样前往美国改变自己的命运,实现财富亨通的梦想。在 20 世纪 90 年代陡然降临的商业化大潮与拜金狂浪中,周励的这一小说应运而生,书写了浪漫迷人的美国梦,一跃成为时代的经典。

曹桂林的《北京人在纽约》和周励的《曼哈顿的中国女人》等属于在 20 世纪 80 年代盛行的"洋插队"文学,在艺术上各有千秋,但也有不够成熟的一面,这些作品具有强调个人奋斗的形象与意义、制造迷人的财富幻象、富于浪漫主义色彩、面向大陆书写等共同特性。它们在 20 世纪 90 年代中国大陆的出国热、创业热和财富梦想中得以形成与凸显,其思想内蕴与文化价值也在第一世界与第三世界的现实关系中得以确立与延伸。

二、历史人性的追问：走向成熟的精英创作

（一）查建英

查建英，北京人，笔名扎西多、小楂。她 1978 年就读于北京大学，1981 年前往美国南卡罗来纳大学、哥伦比亚大学等大学求学，1987 年回国，20 世纪 90 年代初期返回美国，2003 年获美国古根海姆写作基金，后在北京、纽约等地工作生活。她曾为《万象》《读书》《纽约客》《纽约时报》等撰稿，已出版小说集《丛林下的冰河》、杂文集《说东道西》、英文杂文集 China Pop 和访谈录《八十年代访谈录》等。其中 China Pop 被美国 Village Voice Literary Supplement 杂志评选为 "1995 年度 25 本最佳书籍之一"，2006 年 5 月由三联书店出版的《八十年代访谈录》在国内外引起广泛关注。

《到美国去！到美国去！》是一部引起争鸣的小说。小说在 1988 年 10 月的《文汇月刊》刊载后得到了批评界的关注，《作品与争鸣》在 1989 年第 1 期刊载了两篇争鸣文章——瓜田的《伍珍，一个值得同情的女人》和朱铁志的《虚无的追寻》，对主人公伍珍形成了截然不同的伦理判断，稍后张颐武在《当代作家评论》上发表的《第三世界文化的生存处境——查建英的小说世界》从更宏观的层面确立了小说的价值，认为伍珍的经历代表了第三世界与第一世界遭遇时的心路历程，具有民族寓言的性质。事实上，作者是以旁观者的审视与反讽态度讲述女主人公伍珍追逐美国梦的故事。小说中，伍珍是一个爱慕虚荣、追逐时潮，不计手段获取成功的人。有着灰色童年的她从未停止过追逐的步伐，"文革"中，无论是背毛主席语录还是上山下乡，她都想方设法成为胜出者；"文革"后，她又费尽心思打通了去往美国之路。到美国后，她穷困潦倒、自卑孤独，为了生存下去，她不惜出卖色相、整容包装，屡次受挫却不断寻找新的出路。在跌跌撞撞的跋涉中，她丧失了真情与爱，沦为物质主义的奴隶，却未得到真正的尊重，被视为娼妓之流。在作者刻意制造的叙述距离中，伍珍在美国的艰难跋涉难以引起同情，反而令人生厌，体现了知识分子对于即将汹涌而来的物质时代的批判立场。这部小说在

学术论述中被反复论及，已成为大陆新移民文学的重要作品。

《丛林下的冰河》被认为是查建英的代表之作。小说写了一位中国留美女学生"我"在美丽新世界的失落与归乡后的寻梦之旅。她刚到美国时如鱼得水，凭借一口流利的英文和开放的生活方式，与美国本地青年打成一片，甚至还和美国青年捷夫恋爱、同居，但短暂迷失后，她陷入了严重的精神危机之中，美国文学也好，博士文凭也好，都失去了吸引力，与男友捷夫也产生了重重隔阂，深入骨髓的中国文化烙印如影相随，注定了她无法融入美国生活，无法找到真正的灵魂伴侣。于是，她带着怅惘幻灭的心态回到故土，独自前往西北边城寻找前男友 D。D 是一个将自己的生命献给了边地教育的青年学生，是"我"已经失去的"生存的某种可能"。在类似梦游的探寻中，女主人公的精神痛苦被逐渐释放，她已经意识到了理想主义者的必然命运，那就是以死亡与漂泊对现实进行最后的抵抗，小说在伤感瑰丽的悼亡氛围中结束，其思想境界得以超越与升华。

《丛林下的冰河》被认为是新移民文学中书写"边缘人"形象与心态的重要作品。有论者认为："它的价值并不仅仅在于对比中西社会与文化，进而罗列中国人融不进西方的现象，揭示两种文明的矛盾，还体现在描写新移民信仰缺失的渐变过程，以及最终无法坚守信仰的慌乱和焦虑。"[①]

《八十年代访谈录》是查建英颇具现实关怀与历史意识的作品。在这一部作品中，查建英试图通过访谈方式重建 20 世纪 80 年代的人文精神谱系，她选择了阿城、北岛、陈丹青、陈平原、崔健、甘阳、李陀、栗宪庭、林旭东、刘索拉、田壮壮等在 20 世纪 80 年代"文化热"中的代表性人物进行访谈，以富于个人风格的对话、回忆与评述展开了对"文革"、知识分子、教育、理想主义等话题的回顾与反思，在重现 20 世纪 80 年代社会思想风貌的同时，也对这段继往开来的历史进行了深刻反思，通过活泼生动的现场访谈留下一代人丰富深刻的生命历程与文化记忆，

---

① 戴瑶琴. 流浪者的信仰——比较分析《米调》与《丛林下的冰河》[J]. 华文文学，2006（3）：66-70.

这体现了作者保存和修补历史记忆的责任意识。

（二）严歌苓

严歌苓，1959年出生于上海，其父母都是文艺工作者，她在安徽省文联大院里度过童年，12岁当兵，成为部队文工团的舞蹈演员。后作为战地记者出现在对越自卫反击战现场，1978年她开始发表作品，后创作了《一个女兵的悄悄话》《雌性的草地》《绿血》等优秀小说，1986年加入中国作家协会。1988年访美，回国后她进入鲁迅文学院学习一年。1989年11月严歌苓赴美留学，次年进入哥伦比亚艺术学院攻读英文写作硕士学位，1995年获得学位。在留学初期，严歌苓创作了一批优秀的短篇作品，如《少女小渔》《女房东》在台湾地区发表并分别获得1991年、1993年"《中央日报》文学奖"短篇小说一等奖。学成定居美国旧金山后，严歌苓成为专业作家，发表了大批文学作品，有长篇小说《草鞋权贵》《扶桑》《人寰》《无出路咖啡馆》《花儿与少年》《穗子物语》《第九个寡妇》《一个女人的史诗》《赴宴者》《小姨多鹤》《寄居者》《陆犯焉识》《金陵十三钗》《补玉山居》《妈阁是座城》《老师好美》《床畔》《舞男》《芳华》《666号》《小站》、中篇小说《白蛇》《谁家有女初长成》《也是亚当，也是夏娃》、短篇小说《天浴》《红罗裙》等。她的作品获国内外多项大奖，如《红罗裙》获1994年"《中国时报》文学奖"短篇小说评审奖；《海那边》获1994年"联合报文学奖"短篇小说一等奖；《扶桑》获1995年"联合报文学奖"长篇小说奖；《天浴》获1996年台湾"全国学生文学奖"短篇小说一等奖；《人寰》获1998年第二届"《中国时报》百万小说奖"以及2000年"上海文学奖"；《谁家有女初长成》获2000年《北京文学》下半年"中国当代文学作品排行榜"中篇小说第一名；《白蛇》获2001年第七届《十月》（中篇小说）文学奖；英译版《扶桑》入选2001年洛杉矶时报最佳畅销书排行榜。严歌苓用英文创作的小说《赴宴者》2006年在美国、英国出版后，也受到国际文坛的关注与好评。严歌苓还是美国好莱坞的专业编剧，她与中国导演合作，将自己创作的多部小说如《一个女人的史诗》《陆犯焉识》《金陵十三钗》《芳华》等搬上银幕，获得了广泛影响力，其中由著名影星陈冲执导的同名影片《天浴》获美国影评人协会奖和1998年台湾电影金马奖七项大奖。

　　严歌苓是美国大陆新移民作家中的佼佼者，也是整个华语阵营中影响力较大的女性作家，身处中国当代文学与海外华文文学的双重聚焦光线中。她的创作题材还涉及海外移民生活与中国历史、现实两大领域。进入21世纪后，她逐渐回归中国本土视野，倾向创作中国题材的小说。作为美国大陆新移民文学的代表作家，她的创作动向具有指向性，为我们理解这一文学现象的时间起落和流变轨迹提供了参照，我们可挑选她前后阶段的代表性作品，以梳理其创作的特色、动向与价值。

　　《少女小渔》是严歌苓在海外的成名之作。该小说写了一个看似寻常的移民女孩小渔的故事。故事中的小渔千里迢迢到悉尼去看望男友江伟，但江伟半工半读，生活极为困窘，寄居在数人混住的小公寓里。为了赢得合法身份，小渔不得不听从男友的安排和一个意大利老头Mario假结婚。Mario也是一个穷困潦倒、靠救济为生的边缘人，醉生梦死。淳朴善良的小渔用点点滴滴的关爱、朴素自然的行动，让这个糟老头子逐渐变得整洁亮丽起来，重新获得了做人的尊严。当租约期满，小渔准备离开老人时，老人陷入了一场突来的重病，奄奄一息，小渔不顾男友的强烈反对，选择留了下来，送老人最后一程。在这部小说里，严歌苓把一个原本处在屈辱中的女性写成了一个奉献者、一个拯救者、一个女神。它刷新了以往的移民书写，塑造了一个全新的地母形象，展现了在异域环境中中国文化以柔化刚、包容宽恕的美，也写出了移民精神文化的至高境界——在以无意识的钝感去吸纳苦难的同时，也在用精神上的伟力去改变环境，哪怕身处肮脏下流的环境，也始终保持自我精神的洁净。更确切地说，是包容。在竞争激烈的移民社会里，严歌苓有意倡导一种弱德之美，弱者的以退为进，反而成为一种应对强者与主流之弊的方式。该小说在1991年获"《中央日报》文学奖"短篇小说一等奖后，由李安、张艾嘉导演的同名电影获1995年第40届"亚太国际电影节"最佳编剧等五项大奖，该小说成为华语文学的经典。

　　《扶桑》是一部女性视野中的早期华人移民生活史，它是严歌苓申请写作硕士学位的代表作，有着宏大叙事与艺术探索的双重野心。该小说以被埋没在历史尘埃中的华人妓女扶桑的传奇故事为线索，揭开了早期美国华人移民神秘、黑暗与复杂的心灵史与情感史。扶桑是一个乡间的懵懂女子，她与一只公鸡成亲，嫁给了远在美国、从未谋面的男人，怀着对异域丈夫的向往，她放下待洗的衣服，被人贩子骗到了前往美国的船上，辗转流离成为唐人街的妓女。在龌龊苦难的生活里，扶桑没有倒下，在海上被困在底舱时，她没有悲伤欲绝，绝食自尽。当了妓女后，她也没有自轻自贱，寻死觅活。她以源自天性的温和与善良，忍受一切，绝处逢生。同时，她也像一缕阳光照进了那个原本黑暗的世界，对待前来嫖妓的华工，她视同兄弟；对待异邦男性，她视同友人。扶桑以母性藏污纳垢的天性，将种族与区域，痛苦与屈辱一一抹平，她既赢得了华人头目大勇的爱，也与美国男孩克里斯建立了心灵相通的关系，焕发出了奇异的人性美。扶桑延续了小渔的地母性，但更为奇幻，带有寓言的性质，人物形象趋向单面性。《扶桑》能获得1995年"联合报文学奖"长篇小说奖等荣誉，还与其在艺术技巧上的探索有关。基于新历史主义立场的历史叙事的窥探性、个人性与解构性，历史与现实情境的穿越与对话、叙述视角的转换与多重叙事框架所带来的阅读挑战等体现了这一小说的叙事高度。在历史建构与艺术探索上的成就，使《扶桑》成为严歌苓有关移民题材作品的扛鼎之作。

　　《第九个寡妇》是严歌苓大陆题材作品中的名篇。和域外题材中的扶桑、小渔一样，女主人公王葡萄处在地母这一形象谱系中，具有藏污纳垢的包容精神与慰藉给予的牺牲精神。但出现在多灾多难的中国现当代历史场域中的王葡萄，具有强烈的民间色彩，她用自己独特的生命体验阐释了民间的生存哲学与行动哲学。该小说展现了王葡萄苦难重重又传奇浪漫的一生：黄河水灾让七岁的王葡萄失去双亲，她逃荒到了史屯，富户孙怀清以两袋面粉的价格买了她做童养媳。十四岁时，其丈夫被当成日本奸细误杀，她成为史屯第九个寡妇。土地改革时，公爹孙怀清被划作地主恶霸被枪决，她救回公爹并将之藏匿在地窖中二十多年，保全了他的生命。全民挨饿的三年自然灾害期间，她设法救助了落难的邻居。"文革"时期，她帮助女知青抚养私生女、为跌入人生低谷的作家重建精神家园等。该小说还写了王葡萄的坎坷情路，初恋琴师朱梅的远离、灵魂爱人史冬喜的不幸遇难、被威胁和史五合发生关系等。王葡萄虽承受着时代和个人的苦难，却坚韧而放肆地活着，活出了自我的同时也成全了世界。应该说，王葡萄的经历贯穿了从 20 世纪 30 年代抗日战争到 20 世纪 70 年代末"文革"结束的民族苦难史，她身上的历史厚度和穿透力，使其成为人们反思过往历史的一面镜子，但小说并不着意于曲折多难的历史变迁本身，而是用心琢磨苦难中人类生存的可能性条件，人们试图通过王葡萄别具一格的生存哲学与精神指向，来确认一种乱世中的人生观与世界观。王葡萄缺乏政治敏感，面对时代巨变不惊不惧，抗日战争、解放战争、土地改革运动、"大跃进"、大饥荒、"文化大革命"等时代巨变都没有压倒她，原因在于王葡萄生性单纯，只认最简单的道理，人活着就是一切，她说："啥事都不是个事，就是人是个事。"这不仅体现了生命力本身的顽强坚韧，更体现了古老民间的生存智慧。正因为王葡萄信守生命的原初信念，她在性爱方面也自在恣肆，不受社会文化与道德观念的束缚，恰若多汁的葡萄，让接近她的男性饱尝女性的柔媚关爱，却无须负起道德的重荷。但王葡萄并非自私自利之人，她善良正义，不惜冒着牺牲自己的风险去拯救他人，又超越了仅仅活着的自然逻辑，上升到神性高度。严歌苓似乎想告诉我们，也许是王葡萄的混沌不清、不问时变，才让她一次次化险为夷，躲过了时代的风雨，也拯救了别人，而那些积极入世的时代弄潮儿却有可能被拖入泥坑中，无法得到救赎。通过塑造理想化的王葡萄这一形象，严歌苓这一小说证明了生命本有的能量，捍卫了生命本身的价值，也升华出与主流意识迥异的历史观念与道德观念，体现了海外华文创作特有的边缘性立场。

《陆犯焉识》是严歌苓第一部以男性为主人公的长篇小说，被认为是其代表之作。小说以 20 世纪的社会动荡与政治运动为背景，书写知识分子陆焉识渴望自由而不得、奋起抗争而沦陷的悲剧人生。陆焉识生在上海富商之家，聪慧超人，学业有成，父亲去世后，年轻继母为他迎娶了自己的亲侄女冯婉喻。为了逃避被动的婚姻，他前往美国留学，在美国过着放浪形骸的生活，随后被召回国过了几年惬意的大学教师生活。但命运随即在时代风暴里逆转，20 世纪 50 年代，因言行率性随意，他在肃反运动中被定为反革命分子，投入监狱接受两年改造，在狱中，他依然书生意气不改，坚持自我立场，被改判为无期徒刑，流放于西北荒漠劳动改造二十余年，直至"文革"结束。二十多年的西北囚犯生活，一点点地侵袭着陆焉识昔日风流潇洒的形象，他终于沦陷为庸庸众人里的一员，靠着冷酷自私、小伎小俩平安度过了一次次的生死考验，保存了性命。然而"文革"结束之后，深爱他的妻子失忆病逝，儿女对他冷淡怨恨，他只好抱着妻子的骨灰盒重回大西北，在一片荒寂的边地寻求心灵的慰藉。在强调群体意识与集体主义的中国，陆焉识因无力于人事纠葛、坚持自由独立的个人主义遭受重创，令人嘘唏。但严歌苓无意站在反思历史、重建历史的制高点上，而是立足家族史和知识分子精神史的视野，探究作为一代知识者代表的陆焉识，其价值定位与生命归宿的问题。在作者看来，脆弱却又有着内在韧性的陆焉识，自有其价值，如果社会无法给予其自由生长的空间，那么至少可以在一份纯净执着的爱情里得到救赎。在这一小说里，擅长以风云写风月的严歌苓，依然将陆焉识和冯婉喻之间的爱情故事铺叙得跌宕起伏、扣人心弦，从最初的抗拒逃避、中途的寻觅对比到最后的执着想念，冯婉喻不弃不离、富于牺牲精神的爱情终于唤醒了身处劳改流放生活中的陆焉识。他意识到，在人际倾轧、政治严苛、环境恶劣的人世间，这份爱是最温暖的牵挂和最后的精神家园。严歌苓最大限度地渲染了这段爱情的艺术魅力，使得历史沉浮化为隐约的背景，知识分子的人文理想稀释成了情感乌托邦。同时，我们可以看到，男主人公陆焉识身上依然具有小渔、扶桑、王葡萄这一类人物的共性，就是对人情世故、政治变动的糊涂与懵懂，也正是这种糊涂与懵懂，在关键时候拯救了身陷囹圄之中的他，使之保存了性命。在叙述技巧上，严歌苓沿用了不断转换的叙述视角，让陆焉识的男性视角和作为孙女的叙述者"我"的个人视角并存，通过孙女的全知叙述视角使得自由的女性主体意识渗透在叙述之中，不断瓦解正统的历史想象，在过往的血色残忍中增添了女性的温柔浪漫，成就了这种属于严歌苓个人的历史叙事风格。正因如此，这一小说在社会历史批判上深度不够，失之轻柔。

《陆犯焉识》被纳入中国当代文学的"文革"书写谱系之中，一些研究者强调其在伤痕文学之后，开拓了从自我历史认知角度重写伤痕往事的新篇章，有着新的美学旨趣与审美品位。但从其人物精神谱系的归属与叙事思路来看，严歌苓依然是在苦难历史的记忆阴影中重写苦难个体的生存历史，探寻与重建现代中国人的生存特质与精神家园，这体现了海外华文作家的独特位置。

严歌苓作为美国华文作家的代表，在艺术上取得了较大成就。她塑造了新型移民形象，从小渔到扶桑，具有弱德之美的地母形象进入了移民文学长廊之中；她受到好莱坞影视影响的文本叙事，富有故事性和戏剧性，受到大众读者的喜爱，打通海外华文精英与通俗创作的道路，在商业性上取得了成功；她在舞蹈、影视等方面的造诣，为跨媒介叙事提供了经典范例，丰富了海外华文创作的叙事空间与叙事模式。从价值趋向来看，严歌苓作品在社会历史的迷雾中，超越对政治权力的向往，寻找个体的生存哲学与精神家园，思考人性的极限与枷锁，期待人性的解放与自由，表现了明显的人道主义色彩与人文关怀意识。

（三）陈谦

陈谦，20世纪60年代出生于广西南宁，广西大学工程学专业毕业，1989年去美国留学，获爱达荷大学电机工程硕士学位，供职于芯片设计业直至2008年，现为自由写作者。20世纪90年代中期，陈谦开始以笔名啸尘在《华夏文摘》《国风》等网络刊物发表散文、随笔、小说，1999年她在《钟山》杂志发表了第一部中篇小说《何以言爱》，后在《人民文学》等刊物陆续发表小说，成为颇有影响的作家。陈谦的文学作品有长篇小说《爱在无爱的硅谷》《硅谷丽人》《无穷镜》、中篇小说《何以言爱》《覆水》《特蕾莎的流氓犯》《残雪》《望断南飞雁》《繁枝》《虎妹孟加拉》、短篇小说《谁是眉立》《莲露》《我是欧文太太》《下楼》《哈密的废墟》、散文随笔集《美国两面派》等。其中《特蕾莎的流氓犯》获首届郁达夫小说奖，并入选2008年中国小说学会中篇小说排行榜；《望断南飞雁》获2010年人民文学奖；《繁枝》获2012年人民文学奖、《中篇小说选刊》2012—2013年度优秀中篇小说奖及第五届北京文学中篇小说奖，并入选2012年中国小说学会年度排行榜；短篇小说《莲露》入选2013年度中国小说学会短篇小说排行榜。

《特蕾莎的流氓犯》是一部"文革"题材的小说，小说以模糊的误会构造了两个寻找"文革"故人特蕾莎（劲梅）和王旭东在海外的"重逢"。在各自的"文革"故事里，他们都是情思萌动的少男少女，但作为有意无意的施害者，他们犯下了与时代共谋的罪行，从此陷入了追悔与重建自我的漫漫旅程。然而，从未直面过自我的他们，将忏悔演变成表演与幻想，历史真相化作黑夜中的怪兽逃遁而去。陈谦以疏离的态度与视角反思"文革"，构建了一个时代与个人既对立又交融的"文革"历史情境，立场的暧昧不清与叙事的跌宕起伏相呼应，反思的深度意识被情爱的懵懂无序左右。

《望断南飞雁》是陈谦广受中国大陆评论家关注的一部小说，被认为是北美版的娜拉出走故事，与《覆水》《特蕾莎的流氓犯》并称为陈谦的女性三部曲。南雁是美国一个高知华人移民家庭的主妇，在琐碎的家务与抚育孩子的烦忧中过了一年又一年，但她不甘成为家庭和丈夫的附属品，心中的梦想一直在萌动，她一点一滴地集聚着力量，最终悄悄离开了自己的家庭和两个孩子，选择去攻读艺术硕士学位。陈谦这篇小说凸显华人女性的精神困境及其阵痛过程，宣告了生命中难以承受之轻，有着无法言说的沉重与怅惘，颇能唤起读者的精神共鸣。

《无穷镜》被认为是陈谦科技丽人系列长篇小说的高点，同样是在美国硅谷的科技精英文化背景之中。小说的女主人公珊映在研发裸眼 3D 芯片的艰辛过程中通过聚焦镜、望远镜、显微镜、反光镜等带有隐喻性的光学仪器窥视到了芸芸众生的精神困境，发现了个体生存的不同路径。通过珊映之镜，小说牵引出对人生道路的质询，如果有选择，我们是像夜空中绽放的烟花，行到高处，无比灿烂，还是如一炷缓慢燃烧的"线香"，平稳平淡地过完一生？女主人公珊映在纠结徘徊中选择了成为创业巨人，放手一搏，但内心一直向往着另一种可能。她在想象与现实之间的偏差，她的茫然与痛苦，印证了每一段无法重来的人生之无奈。在叙事艺术上，《无穷镜》通过叙述视角的有意转换、多重人物的并置重构，形成了具有复调性的叙事结构，敞开了生活原本的复杂性与多样性，与文本内容相得益彰。

陈谦的小说，主要关注海外移民女性的情感体验、生命诉求与精神世界，她以富有诱惑力的叙事笔调，深入人物的灵魂深处，洞察人性挣扎徘徊的幽微之处，以追问与探寻的方式，构建了一个充满人文关怀的文学世界。在这个世界里，各色人物都在精神困境的阵痛中提取对生命的反思，为我们反观自身提供深深的情感滋养。作为美国大陆新移民作家中的后起者，陈谦的小说不直指文化乡愁，也不着意国族寓言，而是构建着个体生命诉求与情感旨归的多维棱镜。这条属于陈谦的写作道路，朴实却坚定。

三、批判立场与普遍意义的探寻：作为参照系的哈金创作

美国华裔英语文学的发展，与美国华文文学一样，可以与华人移民历史相互鉴证。因缘语言的亲缘，它更容易融入美国文学。从19世纪中叶的第一位华裔女作家水仙花（Edith Maud Eaton）的英文小说到20世纪中叶汤婷婷、谭恩美和赵健秀等进入大众视野的畅销作品，已经受到美国主流文化和学术界的关注。在此背景下，哈金的位置不容忽视，他的英文小说曾获得美国许多文学奖项，包括颇有影响力的美国国家图书奖、福克纳奖和海明威奖。2014年哈金当选为美国艺术文学院院士，表明他正成为美国文学的经典作家，哈金英文小说多以中国为题材，场景设定为一个虚构的中国城市"无地"（Muji），有着鲜明的批判立场与哲学意味，若作为同时代美国华文文学创作的参照系，我们可以觉察到美国华裔写作与华文创作之间的连接与区别方式。

哈金，原名金雪飞，1956年出生于辽宁的一个偏远小镇，1969年加入中国人民解放军，1981年毕业于黑龙江大学英语系，1984年获得山东大学北美文学硕士学位，1985年前往美国布兰代斯大学留学，1992年取得哲学博士学位后留在美国，先后任教于美国的艾文理大学和波士顿大学。哈金在部队时经常编写宣传材料，这为其创作奠定了良好的基础。到达美国之后，他尝试进行诗歌写作，但让他真正获得认可的是他的小说创作，第一本短篇小说集《词海》（Ocean of Words）获得1997年海明威文学奖，故事集《光天化日》（Under the Red Flag）获得了短篇小说弗兰克·奥康纳奖，1999年创作的长篇小说《等待》（Waiting）和2004年创作的《战争垃圾》（War Trash）获得美国笔会的福克纳奖（PEN/Faulkner Award）。哈金的文学作品主要有诗歌集《沉默的间歇》（Between Silences）、《面对阴影》（Facing Shadows）、《残骸》（Wreckage）、

《另一个空间：哈金诗集》《错过的时光》《路上的家园》，短篇小说集《词海》（*Ocean of Words*）、《光天化日》（*Under the Red Flag*）、《新郎》（*The Bridegroom*）、《落地》（*A Good Fall*），长篇小说《池塘》（*In the Pond*）、《等待》（*Waiting*）、《疯狂》（*The Crazed*）、《战争垃圾》（*War Trash*）、《自由生活》（*A Free Life*）、《南京安魂曲》（*Nanjing Requiem*）、《背叛指南》（*A Map of Betrayal*），评论集《在他乡写作》（*The Writer as Migrant*）等。

《在池塘里》（*In the Pond*）是哈金的第一部长篇小说，1998年出版后，受到了评论界的认可。该小说以平实冷静的叙述聚焦中国底层人物日常生活中的生存遭遇，敞开了鄙俗环境与复杂人性的博弈过程，带有寓言化的悲剧色彩。该小说主人公邵宾有点绘画与书法才能，在单位却是个不折不扣的底层老百姓，他最大的愿望是让一家人住上大一点的房子，但在权力至上的环境里，原本应属于他的房子被转让给了领导的亲戚。他多次恳求申辩都毫无结果，不得已的情况下，他依靠熟人在《北京日报》刊载了讽刺当地领导腐败的漫画，小城里的人们对他的看法瞬间转变，他感受到了被尊重的快乐，但房子的问题，最后还是不了了之。该小说微妙呈现了在同一个池塘里的人心动向，以捎带戏谑与悲悯的叙述情调引发读者的生存之思。其奠定的"中国视野与人性审视"这一基本美学架构也在其后的长篇创作中得以延续。

《等待》（*Waiting*）是哈金的第二部长篇小说，被认为是其成名作和代表作，1999年获得美国国家图书奖（American National Book Award）。《等待》讲述了一位中国军医林孔在婚姻内外挣扎徘徊的尴尬经历，追问与解构了人生中等待与未来的意义。在小说中，林孔受家庭安排，娶了没有文化但很贤惠的小脚妻子淑玉，两人感情平淡，没有精神上的交流与共鸣。1963年，他从医学院毕业分配到木基军队医院，与漂亮的护士吴曼娜之间产生了暧昧的情感纠缠，于是他决心离婚。一年又一年，他回到乡下鹅庄探亲的唯一动机是解除婚姻，可每一次都因各种原因，没有离成，幸而军队规定分居满18年后婚姻自动解除。18年后，林孔终于与吴曼娜成功结婚，但与吴曼娜的婚姻生活更让他绝望，他意识到，自己执着追求的东西毫无意义，只不过是严酷环境压力催逼出的异化苦果。

18年来，他根本就没有真正爱过，也没有真正选择过。小说以细腻入微的手法，聚焦心灵的强大力度，将一个离婚结婚的寻常故事转化为剖析自我世界的寓言故事，强化了小说通过语言与叙事抵达事物本质的特殊功能。正如残雪所言，《等待》这部作品向读者展示的，就是中国人在认识自我方面所做出的艰难努力，它的艺术魅力，大部分也是由于它所达到的人性的深度。①

《疯狂》（*The Crazed*）是哈金的又一长篇力作，2004年由兰登书屋出版。小说中的年轻学子建宛前往医院看望中风的导师杨教授，杨教授在学术界颇有名气、受人尊敬，又是建宛未婚妻的父亲，建宛对他崇拜有加，但中风后的杨教授陷入了疯狂状态，暴露了为人所不知的一面。他不断抱怨学术生活的无聊、社会人心的不堪，甚至还谈论起自己隐秘的地下爱情，原本准备继续报考博士学位的建宛动摇了，如果学术界的人生不过是疯人呓语，那么什么样的人生才有意义呢？男主人公陷入了迷茫，读者也随之陷入了沉思之中。该小说反映了作者对自我价值、家庭工作和社会的解构与反思，颇能引起读者广泛共鸣。《疯狂》对于人心细腻、敏锐的深入临摹依旧，但底层关怀的色彩有所减弱，这也许意味着哈金在中国现实题材上出现某种缺乏，而后的长篇转而走向"二战"与移民生活也就成为必然。

哈金最初的几部长篇小说都以"文革"前后的中国为背景，通过身处困境中个体的挣扎与痛苦，来探寻人性的复杂动向与生存的尴尬无奈。在大的场景和一些细节构造上都蕴涵着对中国历史现实的种种揭露与批判，有意无意地迎合了西方人对中国想象的刻板思维，暴露了哈金面向西方写作的基本立场，但他基于庶民的书写视野与其对人性的深层透射又具有超出东西对立的普遍意义，显现了华人离散写作所具有的超越性立场。从某种意义上，哈金小说的中国批判立场和普遍意义的追求可视为20世纪80年代以来美国新移民文学的两大价值标杆。

---

① 残雪. 哈金之痛——读《等待》[J]. 小说界，2005（6）：93.

文本细读三：《密语者》《特蕾莎的流氓犯》

※**细读任务**

严歌苓和陈谦是美国大陆新移民作家中的佼佼者，在叙事上都有自己的追求与个性，但依然保持着古典叙事的平实性与故事性，并未走向后现代叙事的玄幻之风。严歌苓的《密语者》和陈谦的《特蕾莎的流氓犯》这两部小说，故事看似平易，人物关系也并不复杂，却在叙事上颇有探索，颇见功力，带来了理解上的某种困难。同学们应该把握叙事视角、叙事人称、叙事者与人物关系等基本的叙事学常识，并且在对"文革"叙事、创伤叙事有所了解的基础上进行文本细读。

※**方法指引**

（1）利用叙事学的基本概念与知识分析文本。把握叙事者、叙事视角和叙事人称的基本知识，从谁在讲故事、怎么讲故事等层面将相对复杂的文本条理化，了解第一人称叙事与第三人称叙事的特点，清楚限制叙事与全知叙事的运用规律，并借助这些知识形成解读视野与方法，深入到文本的创作过程之中，真正把握文本的思想与思路。

（2）学会分析小说中的人物关系。在文本细读中，注重把握主要人物与次要人物，尝试描绘人物关系图，探讨每一人物的叙事功能与思想功能，将叙事的过程与人物形象的塑造视为辩证统一的整体，看小说是否在叙事的张力中确立人物的存在感，进而辨析小说叙事的优劣成败。

※**细读过程**

1. 导入

同学们，在前几次的课程中，我们对于文本细读的过程有了清晰的感知，掌握了情节概述的基本方法，也初步树立了文类意识。今天，我们着重从叙事学的一些基本概念出发，对严歌苓和陈谦的两个小说文本进行细读。请本组同学围绕自己的主要发现对文本进行分析，焦点应突出，观点应鲜明。在分享观点后，回答老师的提问，并与同学深入讨论，形成共识。

2. 师生问答

■《密语者》

学生1：严歌苓的《密语者》中"失望"这一关键词对于我们梳理情节非常重要，这一个词一共出现了31次。更有意思的是，主人公乔红梅发现密语者每次写"Disappoint"时都少拼了一个a，丈夫格兰留给她的字条上的"失望"也少拼了一个a，我认为，这正是叙事者特意设置的一个机关。一方面，叙事者不想直接告诉我们格兰就是密语者，给读者留下了想象的空间；另一方面，叙事者也想通过乔红梅的粗心暗示她根本就不爱自己的丈夫，她爱的只是那个虚幻的远方。

老师提问：你发现的这一细节很重要。我想请问一下，小说中，乔红梅与叙事者的关系是怎样的？她就是叙事者吗？

学生1：乔红梅不是叙事者，但乔红梅的所见所闻构成了小说中最为重要的叙述视野，作者主要是从她的角度一点点地推动叙事进程，可以说，叙事者是躲在乔红梅的阴影之下，只是偶尔跳出来一下。

老师：你的总结很到位，在《密语者》这一小说里，乔红梅与叙事者是有分有合的关系。乔红梅的叙述视角是一个内向限制视角，只能讲述她的所思所见，这正是严歌苓小说中常见的第三人称内向限制视角。但《密语者》没有始终保持这一叙述视角，而是偶尔将上帝式的全知目光介入叙述之中，那个拼写错误的"Dissppoint"便可以看成无所不知的作者留下的痕迹。这样的叙述设置有何意义呢？如果这一小说采用严格的内向限制视角，不让作者介入乔红梅寻找密语者的心路历程之中，会是怎样的阅读效果呢？又或者小说采用纯客观的叙事方式，不进入女主人公的内心世界，叙事效果又会怎样呢？

学生1：如果采用严格的内向限制视角，有些细节没有办法写出来，可能故事会比较费解；如果采用纯客观的叙事方式，则失去了反省自我的心理深度，女性主体意识也会弱化，该小说可能会变成一部类型化的侦探小说。

老师：应该说，《密语者》对第三人称内向限制视角叙事的运用很成功，一方面乔红梅对心灵世界的自我审视借此得以实现，另一方面对另一主人公格兰的深度扫描也借此得以完成。若运用纯客观的叙述方式，是难以凸显人物的心理深度的。但严格的内向限制视角，非常考验作者和读者的功力。对于作者而言，讲述故事的难度可能增加；对于读者而言，故事的完整程度可能被弱化。海明威的《死者》等小说可以帮助我们理解这一叙事方式的特点。如果想体验其写作难度，我们还可以尝试将《密语者》改写为严格的内向限制视角。那么，为什么严歌苓这部小说要在第三人称内向限制视角叙事中加入全知叙事的声音呢？是作家写作上的疏忽还是有意为之呢？如果我们从人物构造的角度加以理解，是能发现其合理性的。因为如果我们把承载着历史与乡土创伤的乔红梅看作小说的主角，那么她永远无法安定与满足的现实生活就会成为一面镜子，映射同样背负着文化创伤与痛苦往事的格兰。在我看来，从某种意义上，格兰应该是这部小说真正的主角，他陷落在美国历史回声里的不堪经历，正是他沦为密语者的原因，他与乔红梅迂回曲折的沟通方式正说明了创伤在个体生命中留下了永久性痼疾。或许为了呈现两者的镜像关系，作者忍不住要通过一些细节来提醒读者关注格兰与密语者的一体关系。也就是说，在这部小说里，作者通过不完全的内向限制视角，引导我们关注承载不同文化创伤的两个个体，在感情生活中，如何深陷"Dissppoint"的精神困境，又如何走向文化和解的过程，具有非常宽广的视野。

■《特蕾莎的流氓犯》

学生2：陈谦在《特蕾莎的流氓犯》这部小说里，写了同名同姓的两组人物，他们彼此之间形成了一种对话关系。我在梳理两组人物的关系时发现，最后发生在美国的重逢毫无意义，两个人的心病都没有得到根治。

老师提问：你的发现很不错。从叙事结构上看，这一文本的核心情节是一次错位的重逢，正是因历史与现实的错位，两位主人公避开了真正的忏悔与承担，"文革"中形成的人性暗礁也无法被击碎，他们只能继续生活在"文革"的阴影之中，永远无法解脱。但我想请问一下，你觉得这一错位设置合不合理？有没有更好的处理方式？

学生2：我觉得，如果没有这一错位，小说会变得平淡无奇，而通过这一错位，作者也许想告诉我们，"文革"中这样的少男少女故事非常普遍，并非个案，但是给人的感觉有人为的痕迹，不够自然。

老师：有意味的叙事形式会带来审美的冲击力，体现了作者处理生活的能力，也体现了作者对生活的独特理解，未必与生活保持高度一致。陈谦小说立足古典现实主义叙事原则，也融入了现代与后现代的叙事思想，颇见功力，《特蕾莎的流氓犯》就是一个成功的范例。该小说以在美国更名为特蕾莎的铁梅为主要叙述焦点，不断渲染她沉浸在往事中的痛苦与煎熬，她希望能借助重逢走出当年的阴影，却始终害怕面对真实的自我，故而错位的重逢就具有了必然性，符合人物的性格逻辑。我们可以想象，如果被她坑害过的王旭东真的出现了，她应该根本不敢承认自己就是当年的铁梅。或许只有面对另一个王旭东，她才能把隐藏已久的故事讲出来。错位的重逢，使得故事的讲述得以完成，而隐藏其后的叙事者，也借助这一叙事设置，质疑那些带有表演性的"文革忏悔"行为，唤醒个人对民族历史真正的承担意识，这正是小说中提及的"每个人的文革"的指向所在。

3. 老师总结

今天我们对严歌苓和陈谦小说的解读，侧重从叙事视角、情节设置和人物关系等层面对文本进行分析。我们会发现，从这些具体的叙事要素进入文本，可以对小说主题有更准确细腻的理解。此外，叙事分析也能让我们对作家的创作个性有直接的把握。通过今天的讨论，我们也能发现，这两位作家的创作风格是有所差异的。

严歌苓小说有通俗化和时尚化的一面，《密语者》中出现的网友、网聊、网约的叙事元素正是作家对网络时代的及时回应，但严歌苓善于将当下时尚的形式与其对历史的回望、情感的探索和人性的思考融合起来，将一个浅层的情感出轨故事衍化成一个文化创伤的疗愈故事。这一写作模式，对于我们中文系学生的文学创作是很有启迪的，它启示我们去深挖当下生活表象后的历史与文化真相。陈谦小说将有意味的文学形式与其思想上的反思力度融合起来，在审美上形成了一种冲击，对阅读也构成了挑战。在解读她的作品时，要避免过于简单的判断，要耐心细致地梳理叙事的关节点，找出隐藏其后的作者立场。

概之，建立在叙事分析上的文本解读之所以重要，是因为它深入文本的结构模式与作者的创作思路之中去解读作品，试图把握创作与表达的基本规律，而不只是停留在印象化的感觉与感想之中，故而得出的结论能经得起推敲与考究。对于本科生而言，通过扎实有效的叙事学文本分析的训练，可以奠定文学研究能力的厚实基础，值得重视。

※ 观点摘要

■《密语者》

1. 李梓雯（2018级汉语言文学）：《密语者》的两种叙事策略

严歌苓是我个人非常喜欢的一个作家，我非常欣赏她笔耕不辍的勤奋和倚马可待的文学才华。其跌宕起伏的叙事、富有魔力的语言、丰富的情感和反思的力量等，使得她的小说有载入史册的价值。毋庸置疑，她是一位杰出的小说家，在叙事上颇有创意，在《密语者》中，我认为至少有两种极为高明的叙事策略。

第一是明暗交替的光影叙事。《密语者》以电影镜头般的代入感，凸显了一种明暗交替的叙事结构。在乔红梅与密语者（格兰）通信的整个过程中，乔红梅在明处（正面呈现给读者，为密语者所悉知），密语者在暗处（读者通过乔红梅的视角来认识，乔红梅并未真正知悉密语者），于是乎，他们的通信来往似是明暗的光影交替。严歌苓用她极具画面感、流畅而不失神秘感的语言带动了镜头的巧妙转变，使得整部小说笼罩着一种神秘的气氛和优雅的美丽。在情节的一步步推进中，读者被引导跟着乔红梅一起探寻真相，但就在马上要揭开密语者面具时，又急转直下，坠入重重迷雾中。这种明暗交替的叙事节奏与叙事美感，一直持续到篇末，富有诱惑力。

第二是隐含作者与叙事者的较量。显而易见，这个故事的作者是严歌苓，叙事者却是乔红梅，我们是跟着乔红梅去经历、去感受、去探寻密语者的真实身份的，我们自然就相信了她。正如作家蒋方舟所说："我们读小说的时候，总是一开始就会代入到主角视角，我们看到的、经历的和主角是一模一样的，所以小说里主角讲的就成了真的，我们不会再去辨别叙述者撒了什么谎，或者隐瞒了什么。"诚然，《密语者》中的乔红梅并非刻意地向读者撒谎或是隐瞒什么，但是我们如何相信乔红梅向读者展现了故事的全部呢？事实上，我在阅读时，一直感觉小说里有个隐含作者，时不时提醒作为读者的我们，不要被这个美丽而狡黠的女人牵着鼻子走。主要叙事者引导读者的强大力量与隐含作者时不时出现的反讽声音，在小说中作为对立面反复较量着，虽然这种较量藏得很深，只可意会不可言传，但这就为小说增添了无穷的魅力，给了读者更多解读的空间。

2. 黎双妍（2019级汉语国际教育）：《密语者》的心理叙事

跟严歌苓的其他作品相比，《密语者》是晦涩难懂的，需注意作者留下的各种线索，但若我们能抓住乔红梅各种微小的心理变化，从心理叙事的视角阅读这一小说，则能在不期然间品味其中的醇厚滋味。

《密语者》通过悬念和氛围的制造呈现了乔红梅细碎敏感的心理变化。从深藏不露又无所不知的密语者、一直出现的"失望"的英文单词、一次次被否定的揣测，到不断被延迟的见面，将乔红梅在感情世界里的期待与不甘、渴望与寂寞呈现出来。

严歌苓在捕捉微小的心理印记时，还善于用传神的白描手法，简单又富有感染力。如写乔红梅与密语者约会的心情时，用的是如"殉情的少女，决绝而柔弱不堪"；为写出见面前的强烈欲求，用的是镜子里的自画像，"她从来没见过这样陌生的自身，面孔油润红亮，眼睛水滋滋的，是头晕目眩的眼睛。还有嘴唇，还有胸，女人在经历肉体出轨时才会有的容颜，大概正是这样。它提前出现在她脸上身上。她的肉体比她走得更远了"。

《密语者》的心理叙事策略，抵达了乔红梅心灵深处，呈现了女性立体复杂的情感世界，塑造了鲜明的人物形象。在感受细腻跌宕的心理叙事时，读者意识到，乔红梅作为一个多面体，她的魅力就在于她的糊涂，就在于她那道不明理不清的感情纠葛，就在于她那连自己都未看清的纷繁内心。

3. 卢泽萍（2019级汉语国际教育）：情感错位的叙事美感

好的小说运用的是一种非常感性的因果关系、情感带动叙事的逻辑。小说《密语者》以乔红梅和格兰夫妻两人的情感错位推动故事的发展，形成了叙事的美感。

小说一开篇，就通过密语者之眼，暗示了乔红梅和格兰两人的生分，"他看她丈夫替她脱下外套，随手拍了拍她的脸蛋。她那个轻微的躲闪并没有逃过他"，"乔红梅在丈夫抖出包袱时仰脖子哈哈了几声，其实她一直在跑神。丈夫自己笑得面红耳赤，她呢，嗔怪地斜睨他一眼，表示被这个不伤大雅的黄笑话小小得罪了一回"。吃饭时的这些细节描写，显现他们两人的情感出现错位，在思想、内心感受上难以合拍。

小说还通过两人的密语过程敞开了彼此情感错位的原因。从表面来看，是两人性格和出身的差异，深层原因却是各自背负的文化创伤。从性格来看，格兰憨厚质朴，不善沟通，总想用玩笑话来缓解沟通危机；而乔红梅外表文静内心火热，渴求直接的爱与关切。从出身来看，乔红梅是山村里走出来的穷孩子，有渴望改变的强大动力，欲望重重；而格兰则是典型的美国中产阶级，带有知识精英的清高与木讷。乔红梅背负着山村里的青春悲剧，一直在逃离中寻找救赎的可能道路，格兰被视为犯了罪的另类，也只能远离熟悉的一切寻找解脱。两人都从未向对方敞开自己的过去，真正分担彼此的痛苦，在精神上是彼此隔绝的，故而在面对现实问题时，两人难以真正契合。

正是通过情感错位的结与解，《密语者》给我们带来了阅读上的神秘感与享受感，让我们走进了男女主人公感情困境的深处。

4. 张淇（2019级汉语国际教育）：《密语者》中的沟通叙事

人们常理解的沟通，是人与人之间进行信息交换、思想交换、情感联系的过程，沟通的方式不仅限于口头或书面形式，还可以通过肢体语言等传递信息。在此基础上，《密语者》赋予了沟通超乎寻常的意义，围绕自我建构的深层意识展开了别具特色的沟通叙事。

一方面，小说凸显了乔红梅与丈夫格兰之间的无效沟通。他们明明是夫妻却无法真正沟通，在失去温度、毫无联系的日常对话中渐渐隔绝。"连那种充满感觉的无言对视，也免了，早就免了，早已像大多数美国人那样，用说笑填塞沉默"。另一方面，小说又敞开了密语者与乔红梅的深度沟通。密语者带有窥探性的语言，打开了女主人公的内心世界，让乔红梅尽情倾诉历史与过往，暴露出真正的自我，形成对自己与世界的全新看法。让乔红梅惊奇的是，她发现自己其实对那片"井底之村"有着沉重又扭曲的爱，她开始承认自己"不能没有追求"，是个善变的、不专情的女人。

在小说的沟通情境里，作者让我们看到，对乔红梅而言，密语者究竟是谁，或许并不重要，因为一个人的最佳密语者，只能是自己。只有了解自我，明白内心深处所想所要，看到掩于黑暗之中的欲望与本性、渴望与恐惧、懦弱与勇气，才能与他人拥有一场真正的有效沟通，否则人与人之间的沟通只是像在电脑输入大串大串的无效代码，永远无法转化为行动程序。

但在针锋相对、深入人性的沟通里，人们不得不挖掘自我深处的自私、恐惧、懦弱、爱恨等欲望本性，故而有可能击溃自己苦苦支撑的表演性社会人格，陷入无路可走的孤独之境。正如小说最后密语者对乔红梅所言："沟通风险太大了，针锋相对、一针见血的沟通能让几个人幸存？幸存者得多么坚强、多么智慧，又多么豁达？"这正是乔红梅和格兰在婚姻中宁可用字条来简单沟通，也不愿面对面深入交流的原因。现实中也是如此，人们为了掩盖自我、保护自己，为了避免争吵与冲突，也常以掩盖一切的简单词语——"Fine""好吧"来抗拒进一步的交流。因此，该小说告诉我们，追逐自我，与自我来一场"针锋相对、一针见血的沟通"，是"我"作为"我"难以做到但必须要做的修行。

5. 张嘉玲（2019级汉语国际教育）：密语者的叙事功能

《密语者》是严歌苓创作的一部中篇小说。故事中，女主人公乔红梅在网上收到了"密语者"的来信，在这位"密语者"的引领下，她开始倾诉内心深处的秘密。小说在追找密语者的紧张悬念中铺展开来，带领着读者们踏入一个私密而又敏感的情感空间，一个由创伤、欲望与伦理交织而成的世界，引发了读者对于人性的深思。某种意义上来看，密语者的功能就是引导乔红梅以第三人称视角重新看待自己以前经历的一切，让她重拾自己渐渐淡忘的，或者刻意忽视的岁月伤痕。如在密语者引导下，乔红梅发现了自己对故乡的恨其实是一种沉重而扭曲的爱："她从来没想到会为自己的村庄如此自豪。她从来就没有发现二百多个牺牲的少女如此震撼她，也没有发现她们的牺牲有如此的意义。是她赋予她们的意义吗？或者原本就存在的意义被她突然追寻了出来？"也是在与密语者的讲述中，她重新梳理了自己对格兰的感情，发现了他富有吸引力的一面："乔红梅写到这里，意识到自己在微笑，对着她自己笔下的格兰。她意识到格兰是极富吸引力的。"在特殊的网络对话情境里，第三人称叙事具有了打开心灵世界的功能。

事实上，乔红梅的许多内心感受不仅对密语者是秘密，对她自己亦是如此。正是密语者的质询、关怀，逐渐挖掘出了乔红梅隐秘的内在世界，敞开了小说所试图抵达的人性深度。承担叙事功能的密语者，既是一个活生生的人物，也是一条有效打开自我世界的通道。

■《特蕾莎的流氓犯》

1. 李嫣（2012级汉语言文学）：论《特蕾莎的流氓犯》中的"巧合"

《特蕾莎的流氓犯》讲了两个人的"文革"故事。这两个故事有很多相似之处，如男主人公的名字相同、故事发生的地点相同、故事的结局大致相同等。在叙事上，这有点接近古典小说常用的"巧合"技巧。所谓无巧不成书，这种巧合让我们联想到，既然有如此相似的故事，就说明那个时代很多人都有相似的经历，小说的意义就拓展了。

但小说其实超越了古典小说的巧合叙事，凸显的是巧而不合的一面。在前半部分叙事中，小说的巧合让读者产生朦胧的错觉，以为两位故人重逢的喜剧可能出现，而在接下来的叙事中则告诉读者这不过是一场误会，此王旭东不是那王旭东，此小梅不是那小梅。在深深的遗憾中，小说将读者引向了故事之外的思想反思层面。

不过，小说中"巧合"的人为痕迹过于明显，可以看得出来，是作者为了凸显自己对"文革"的独特理解而特意设置的，缺乏真实感。

2. 梁素茵（2015级汉语国际教育）：《特蕾莎的流氓犯》中的性别叙述

《特蕾莎的流氓犯》中女主人公特蕾莎，是一个事业颇有成就的白领精英。当作者选择这样的女性作为主人公，并借用她的眼睛重新讲述一段故事时，就好像选择了一个新的女性主体在重新审视历史。我们可以看到，小说淡化了情节构造，用了大量篇幅呈现"特蕾莎"的内心世界，让她从女性心理角度去回望"文革"那一段历史，彰显了书写者的女性主体意识。

此外，从《特蕾莎的流氓犯》对男女主人公的描写模式来看，也可以窥视到作者写的女性主体意识。小说开头用了大量笔墨来描写女主人公冷漠孤寂的容貌和神态，"脸真白啊。苍白，眼下有些干"，"你是特蕾莎？她侧过脸来，朝镜中的自己很淡地一笑，然后撩撩额前的发，又笑了一下，那笑就冷了，还带上些许讥诮，些许轻蔑"，"很细的眉，天生的细，天生的长，直埋进额边的发间"，"她因此是出众的"，作者以近距离的视点描摹出一个心事重重的中年女子形象，极为细腻具体。但小说中男主人公则是一个比较模糊的形象，作者并没有花费过多的笔墨对其外貌特征、神态动作进行细致描写，而是远距离地勾勒了他的存在，如"照片中的男子有一张削长的脸，戴一副无框眼镜，目光沉静"，"他穿着一件铁灰色高领毛衣，侃侃而谈"，"他穿一件很旧的圆领汗衫，灰白短裤，足蹬一双深蓝色泡沫底人字拖鞋，双膝并在一起，头低下去，在看一本书"。这种在男女笔墨上轻重远近的取舍，应该从女性作家的性别立场出发寻找合理的解释。

3. 梁嘉怡（2018级汉语言文学）：《特蕾莎的流氓犯》中倒叙的运用

《特蕾莎的流氓犯》的故事情节并不复杂，但作者采取了从现在回溯过去的倒叙方式，通过倒叙的运用，带领读者穿越历史，反思"文革"。

小说开头描写了主人公特蕾莎在美国灰色暗淡的现实世界，"她成了英特尔芯片质控研究的第一线科学家"，但"她的衣橱里没有一点的花色。各式的黑，各式的白，各式的灰，涂填着她的四季"。紧接着，透过女主人公的心理独白，回到了三十年前发生在"文革"的青春悲剧现场：

"在那个夜里，穿过三十一年的时光隧道，她再一次清晰地看到那个早晨……"同样，对另一人物王旭东"文革"经历的叙述，也是一种时空倒转的回忆叙事。王旭东面对陌生的特蕾莎，讲述了一个发生在过去的伤害与侮辱的青春故事，为此，他选择成为研究"文革"的历史学者，不断回到历史现场，对自己曾经的所作所为进行审视与反思。

从现在回到过去的倒叙，在建立审美距离感的同时，也强调了现在与过去的内在联系，让读者和主人公一起建立起关于历史的反思态度，这大概是作者通过《特蕾莎的流氓犯》所要达成的目标。

4. 廖泽宏（2019级汉语国际教育）：《特蕾莎的流氓犯》中的语言艺术

初读陈谦的《特蕾莎的流氓犯》时，最令人触动的当属语言，它的语言为读者打开了灵动的感官世界，令人不忍释卷。

比如关于衣橱里衣服花色的描写："她的衣橱里没有一点儿的花色。各色的黑，各色的白，各色的灰，填涂着她的四季。"作者并没有选择详细地描写她衣橱里有什么衣服，而是直接写衣服的色彩，以"黑、白、灰"奠定整个文本的情感基调。在接下来的阅读中，我们也能感受到，这部小说不是彩色片，而是灰色的回忆录。此外，"黑、白、灰"也象征着有关人物的性格特征，符合看似沉稳却又阴郁的女主人公的形象。小说有着精准而又丰富的色彩语言。

又如关于孤独情境的描写，小说写道"她住在河边褐色的公寓里，夹藏在异国的风寒中，寂寞而孤独……在蒙特利尔短暂的夏季，她一个人在回廊上，手里拿着一瓶啤酒枯坐，让夕阳在江面上打出的细碎金片刺得眼睛生疼"。在近乎写实的环境描写中，准确而又富有情感色彩的语言，将读者带入极为清晰感性的场景之中，与女主人公一起体验那深入骨髓的孤独。

再看心理描写的细节："他的手摸过她的裤头……她竟哭了出来……她听到她的心，从胸腔深处一级级往上跃跳着……她的哭声大起来，她想将那心哭出来，让她能顺畅呼吸……"在此处，"哭"用得十分精准，它完美展现了一个少女在初尝禁果时矛盾而复杂的情绪状态。从"哭了出来""哭声大起来"到"想将那心哭出来"，一步步的升级，一步步将情绪推向制高点，制造出强烈的情感冲击力，唤起了读者的情感共鸣，人物也在读者眼前立起来、活起来了。

《特蕾莎的流氓犯》的语言精准凝练，巧妙又含蓄，富有诗意和意境，提升了小说的整体境界。

5. 李梓雯（2018级汉语言文学）：《特蕾莎的流氓犯》中风月与风云的结合

陈谦的《特蕾莎的流氓犯》以风月即情爱叙述为切入口，引入对历史风云的深层反思，从而演绎出"另一种'文革'的故事"。从风月中见风云，在暧昧中包孕丰富与深度。

小说以个体生命为视角，在跨文化背景下，在情爱婚姻的故事框架里展开"文革"叙事。女主人公特蕾莎曾举报过对她和其他女孩有"流氓"行为的王旭东，断送了他的前程，为此她心怀愧疚，从广西到美国，从年少到中年，那愧疚像怪兽一样一直跟着她。男主人公王旭东和"脱帽右派"的女儿小梅"偷尝禁果"，被发现后将一切罪责推给了对方，他也一直难以摆脱心灵的阴影，试图通过研究"文革"历史以释怀。小说正是在情感的故事中延伸出"每个人的'文革'"的沉重话题，形成了特殊的历史反思意识。

如果"文革"是"每个人的'文革'"，那么每个人都应该对所犯的过错负责、忏悔，这正是读了《特蕾莎的流氓犯》这一小说后我们能够感受到的观点。正如"郁达夫文学奖"授奖词所言："陈谦的这篇小说从一种特有的个体生命史进入'文革'，在追述历史对个人成长伤害的同时，又将个人对历史劫难的责任摆在一个重要的位置上。青春记忆、忏悔意识、心理和精神的自我救赎，都被作者结构进历史和现实、国内和北美的框架里。"自然凝重的叙事，始终贯穿一股浓浓的饱满的情绪，由此传达出思想的深度和抒情的温度。

6. 曾汝祺（2019级汉语国际教育）：《特蕾莎的流氓犯》的"怪兽"及其意义

《特蕾莎的流氓犯》中，我印象最深刻的是纠缠特蕾莎一生的"怪兽"。特蕾莎的"怪兽"是什么？是像特斯拉、桲机一样的怪物吗？我想，它不是一个具体的形象，而是一种隐喻，比喻的是纠缠着人一生的、来自历史的暴力和创伤。特蕾莎的"怪兽"从年少时爱与罪的纠缠中诞生,少女时代的她爱着同样年少的王旭东,却嫉妒他和别的女孩的感情,于是,她举报了他,让他遭受历史的暴力,成为众所非议的流氓犯,与此同时,自己也在精神上备受煎熬,从此生活在黑暗中,逐渐失去了享受真爱与生活的能力。"怪兽"化身为永无止境的恐惧、孤独与痛苦,逼迫着她走上了自我救赎的漫漫长路。

在与"怪兽"抗争的路上,特蕾莎一直采取的是回避。"那路上有一只怪兽,天涯海角追赶着她。她只要不回头,就不用面对它。但她绝不能让它超上来,吞噬掉她"。从中国到美国,从工作到生活,她想尽办法想忘记这一切,试图以消极的逃避来避免更深重的伤害,但"怪兽"对她的影响已无处不在,就是特蕾莎和男人约会时,和丈夫亲热时,"怪兽"也会潜伏在一旁低吼,让她陷入忐忑不安的精神困境中。在痛苦不堪的灰色世界里,特蕾莎终于决定和王旭东见面,想通过当面道歉,解下心结,远离伤痛。但在等待王旭东的过程中,她又后悔了,她想要退缩,想和"怪兽"磨耗下去,直到生命的终结。当意识到眼前的王旭东并非当年的少年时,她反而和盘托出了昔日的一切,有了暂时的释然。在回家的路上,特蕾莎低下头,让"怪兽"飞跃而过,可内心却依然暧昧不明。她真的能够彻底遗忘过去吗?正如男主人公王旭东所言,"当她从道歉开始,转到指责,他就晓得,她还有很长的路要走,哪怕今夜里,她遇到的果真是她的流氓犯"。

年少的特蕾莎因为自己的私心,利用历史的暴力,亲手毁了一个人,从此,她就被深藏内心的"怪兽"主宰了。可见,参与历史的暴力很简单,走出历史的创伤却不容易。我在想,身处历史之中的我们是否将沦为"怪兽"的一环却不自知呢?当我们醒来时,或许可以把一切推脱给历史,但未必能承受良心的谴责。这也许是《特蕾莎的流氓犯》这一小说给我们的重要启迪。

※**方法小结**

(1)学会梳理文本的叙事线索与结构模式。在文本细读的过程中,理清文本结构是起点,也是最基本的工作,在此基础上,再去探讨人物形象、主题、手法风格等问题。就小说而言，我们可围绕主要人物的行动线与情感线，借助恰当的叙事学理论，以图示加文字的方式对文本内容加以整理，尽量将之还原成更为简洁清晰的故事核心，从而能在整理中逐渐把握复杂的叙事过程，进而理解文本的深层内涵。

（2）多角度体验与聚焦思维相结合。"横看成岭侧成峰，远近高低各不同"。角度不同，所看到的也会有所不同。如果把不同角度所见结合起来，就能形成对事物更全面的看法。细读文本时也可从多个角度去体会和思考，打破自己的思维定式，比如说可以分别从主要人物、次要人物的角度梳理故事情节；可以从题目、人物命名、语言表达等角度去领略作者的写作意图；甚至可以通过改写、续写以及代入式想象，对小说情景与人物心理进行体验与思考。但是，在本科阶段形成聚焦思维也很重要，聚焦思维与问题意识密切相关，如果我们能将在文本中的若干发现汇聚在某一个问题之下，或者以问题牵引自己的文本细读过程，我们就能获得更为深刻的认知。因此，在文本细读时，可适当地运用关键词导引法，即围绕某一关键词进行阅读与思考，防止大而化之的浮浅化解读，逐渐形成聚焦意识和问题意识。

（3）揣摩语言，体味语言表达的个性魅力。文学是语言艺术，字词是作品艺术魅力最直观感性的层面。我们要从整体上领略和把握文本的语言风格，必须重视对重点字词的把握和理解，学会通过对字词的分析体悟作者所要传递的思想感情。抓住文本中反复出现或是较为新颖独特的词语细细品味，思考隐藏在词语后面的主题与作者的情感倾向。

◎学习要点

1. 主要视野：民族寓言。
2. 关键术语：大陆新移民文学。
3. 重要观点：美国大陆新移民的文学创作，有其清晰的发展轨迹，在美国华文文学中占据了非常重要的分量和独特的美学姿势。20世纪80年代至20世纪90年代初，有一部分新移民文学以写实为主，书写初入美国的所见所闻所历，带有记录性和自传性，呈现的是异域生存之苦、奋斗之苦。进入20世纪90年代，大陆新移民作家逐渐在美国想象与故土重构之间开拓了无限开阔的美学空间，出现了诸多优秀的作家作品，他们的创作影响已经超越了特定区域，扩散到更为广阔的世界。

◎思考、实践与讨论

1. 理论思考：如何从诗学特征上对台湾留学生文学与大陆新移民文学加以区分？

2. 资料搜集与整理：搜索大陆新移民的作家作品，按时间做出索引。

◎参考文献与后续学习材料

1. 曹惠民. 华人移民文学的身份与价值实现：兼谈所谓"新移民文学[J]. 华文文学, 2007（2）：37-42.

2. 朱文斌, 刘世琴. 新移民文学研究现状及学术空间考察[J]. 学术月刊, 2020, 52（10）：141-148.

3. 杨剑龙. 重读《曼哈顿的中国女人》[J]. 扬子江评论, 2017（4）：98-103.

4. 张颐武. 第三世界文化的生存困境：查建英的小说世界[J]. 当代作家评论, 1989（5）：26-32.

5. 刘艳. 严歌苓论[M]. 北京：作家出版社, 2008.

6. 袁欢. 论严歌苓长篇小说《陆犯焉识》[J]. 常熟理工学院学报, 2016（3）：85-88.

7. 陈瑞琳. 向"内"看的灵魂：陈谦小说新论[J]. 华文文学, 2013（2）：89-93.

8. 陈广兴. 自由的写作？华裔美国作家哈金的悖论[J]. 中国比较文学, 2009（3）：80-89.

第五讲　加拿大华文文学与北美华文网络文学

一、加拿大华文文学

作为北美华文文学的重要组成，加拿大华文文学的兴起和发展也与加拿大移民政策及华人移民历史密切相关。有"枫叶之国"美称的加拿大，从最初的印第安土著居民居住地、16世纪的英法两国殖民地，到1926年成为独立国家的漫长历程中，因地广人稀，一直吸引着大批外来移民。19世纪中后叶，华人也开始有规模地移居加拿大。根据官方记载，1858年数千名华人从美国加利福尼亚前来淘金，19世纪80年代，又有大量华人在加拿大修筑铁路，到1879年，华人华侨总数达到了6万人。但1885年到1947年间加拿大出现的种族歧视政策和排华风暴，影响了华人族群文化的进一步发展，华文创作未成大气候，只能在"猪仔屋"的墙壁涂鸦、华人家书、民间歌谣、游客外交使节的旧体诗词中寻找到一些影踪，此外，晚清维新派和革命者等创办的中文报纸上也刊载过一些文学作品，这些均可称为加拿大华文文学的前声。20世纪中叶后，加拿大政府制定了一系列有利于移民的政策，如1947年取消驱逐移民法、1963年实施选择新移民政策、1971年后推行多元文化主义等，华人的生存环境日益好转，凭借教育程度、技术能力以及资本实力等进入加拿大的移民剧增，华文文学也随着华文传媒兴盛日渐发展起来，出现了香港移民作家群、台湾移民作家群和大陆新移民作家群三大创作阵营，来自东南亚等地的一些华裔作家也有不菲的创作成绩。进入21世纪，在各类华文作家协会与文学组织的引领下，来自不同区域的华文作家有了更多的交流互动，加拿大华文文学进入了新的发展阶段。①

来自香港与台湾地区的加拿大华文作家，很多在来加拿大之前已是非常有影响力的作家，他们来到加拿大后，不但发挥了组织引领作用，有的还继续创作，实现了创作上的再次飞跃。如来自台湾地区的洛夫、痖弦、叶嘉莹、郑南川，以及来自香港的卢因、梁丽芳、陈浩泉、梁锡华、东方白、亦舒、冯湘湘等。此外，部分作家在加拿大与中国港台之间的移动往复，也让加拿大华文创作与世界华文文坛的交流互动更为密切，如也斯、颜纯钩、罗慷烈、陈中禧、朱维德、迟宝伦等在加拿大停驻后又回到香港，无疑为加拿大华文文学增添了流动的活力。来自中国大陆的新移民作家情况略有不同，他们中不乏具有创作经验的人，但多数作家的优秀之作均是在加拿大创作的，其中的佼佼者有张翎、陈河、孙博、曾晓文等人，也包括双语作家李彦等人。

从文体来看，散文、诗歌和小说为加拿大华文文学的主要体裁，散文依靠报刊尤为繁盛，其中，来自香港的资深编辑黄展斌 1988 年在《星岛日报》创立的《枫林》与《枫趣》副刊、《世界日报》等开设的各类文学专栏，推动了散文创作，涌现了一大批优秀作品，如卢因的《温哥华写真》《枫华岁月》、梁锡华的《怀乡记》、王洁心的《根着何处》、阿浓的《过眼集》、岳华的《戏言》、陈浩泉的《泉音》、苏赓哲的《人文散墨》、陈孟贤的《戏语人生》《千个太阳》和《活着就是》、金炳兴的《丰叶流年》、石人的《爽味斋随笔》、曾晓文的《三地女人情》、孙白梅的《万花筒》、黄基金的《全心全意》、姚船的《唐人街拾零》《微波荡漾》和《都市触角》、郭丽娥的《浮世绘》、梁丽芳的《点到即止》等。②小说方面，除知名度较高的陈浩泉、张翎、陈河等人的作品之外，还涌现了一系列优秀作品。2004 年加中笔会出版的短篇小说集《西方月亮》

---

① 值得注意的是，华裔英语文学也在这一大的文化背景下得到发展，出现了一些较有影响力的作家，如获得加拿大三叶文学奖的崔维新，获得哈佛大学亚当斯华人戏剧协会奖的剧作家陈泽桓，此外还有李群英、余兆昌、郑霭龄、李彦、朱霭信、麦家玮、葛逸凡等。

② 陈浩泉. 加拿大华文传媒与加华文学 [J]. 世界华文文学论坛, 2010（2）: 11－15.

和中篇小说集《叛逆玫瑰》包括东西两岸 16 位作家的作品，名噪一时。亦舒定居加拿大后创作了《纵横四海》《洁如新》《西岸阳光充沛》和《少年不愁》四部小说，关注加拿大历史的兴衰、华人奋斗艰辛、移民者心态的变化等问题，构成了一部丰富的香港移民沉浮史。冯湘湘在加拿大发表了长篇武侠小说《剑侠悲情》《西域天魔》《东瀛奇侠传》以及多部侦探小说和短篇小说集，如《枫叶园谋杀案》《娱林外史》《唐人街皇后》《加拿大移民众生相》等，别具一格。此外，王洁心的长篇小说《风在菲沙河上》、曾晓文的长篇小说《梦断得克萨斯》（《白日飘行》）《夜还年轻》《移民岁月》等也有较好的口碑。

为简要呈现加拿大华文文学的概貌，本讲重点选取具有代际性和区域性意义的几位代表作家，加以详细分析。①

（一）陈浩泉

陈浩泉，生于 1949 年，原籍福建南安，幼年移居香港，毕业于东亚大学新闻传播系，获社会科学学士学位，1992 年移民加拿大。陈浩泉在香港写的小说，已有较高的知名度，其中《香港狂人》为世界文学潮流的"狂人系列"增加了一个香港谱系。从艺术功力上说，陈浩泉跟果戈理、鲁迅等作家有一定距离，但他立足香港本土情境的社会批判入木三分，融入了更为丰富的社会内容，狂人书写中的反封建主题转化为对现代资本制度的批判，具有了一定的深度与现实针对性。其另一部有名的小说是《香港小姐》，该小说暴露了香港历届选美的内幕，对声色犬马的上流社会做了尖锐的揭示和批判，故事情节跌宕起伏、人物心态刻画极为细腻，堪称香港世态人情的百科全书，是一部出色的娱情与世情小说。

进入加拿大初期，陈浩泉多写香港生活和文化，香港报刊专栏依然是其重要的发表原地。但随着时间的推移，他成了一些加拿大报纸副刊专栏的组织策划者和重要撰稿人，如他在为加拿大《明报》和《星岛日报》副刊撰文的同时，还参与了《明报》"六度音程"与"三慧篇"专栏的策划命名。当然，香港经验仍在其创作中留下印记，如《星岛日报》的个人专栏"泉音"沿用的是他在香港《星岛》的专栏名字。1997 年陈

---

① 因北美诗歌、散文与文学评论另为一讲，故此处以小说作者为主。

浩泉出版的随笔集《紫荆·枫叶》常被认为是其创作转向加拿大本土的标志，但从题目和内容来看，都体现了移民作家在母土与移居地的链接中建构新的文学空间的努力，随笔集融入了加拿大的所见所历，凸显的却是来自香港的加拿大移民的特殊视角。

作为华人移民的"天堂"，加拿大吸引了不同区域的华人移民，从而在海外呈现了一个混杂的中国文化意象，陈浩泉对此颇有独到的观察与感悟，由此，其在后续创作中逐渐超越单一的香港视角走向了"大中国意识"。2004年出版的长篇小说《寻找伊甸园》便体现了这一走向。在小说中，陈浩泉有意设置了来自中国香港、大陆和台湾三大区域的华人移民群像，通过叙述他们在家庭和职业生活里的种种尴尬与不幸遭遇，塑造了华人移民的整体形象，提炼出了华人移民的精神特质。作者笔下的《寻找伊甸园》是一个精彩的喻像，体现了华人移民远走他乡、寻找乐园的共同诉求，但如果华人移民在移居地违背社会与伦理准则，在欲望中沉沦与迷失，就远离了在异域寻求幸福的初衷，伊甸园也永远不可能出现。陈浩泉的一些小说还展现了这些来自不同区域的华人移民文化和解的可能性。如《他是我弟弟，他不是我弟弟》中，两个完全没有血缘关系的兄弟成了一家人，后来又有说着台湾闽南语的新家庭成员进入，构成了组合奇异的一家人。这个家庭不但关联了香港、台湾及上海等地的往昔生活，而且使得粤语、普通话和台湾闽南语的日常碰撞与对话成为现实。在此，陈浩泉以一种浪漫化的态度，确认了语言融合与文化融合的有效过程："他们家里向来是粤语国语（普通话）双声道"，"各说各的话，没有交流的障碍"，"但遇到俚语，就得花点唇舌了"。陈浩泉小说展现了加拿大新移民在生活情境里跨域区域隔阂实现文化聚合的过程，提供了一种令人耳目一新的大中国想象的海外路径。

从创作手法来看，陈浩泉在加拿大依然秉承着鲜明的现实主义风格，如《寻找伊甸园》的种种情节，都有真人真事可据。作为在新闻界从业多年的资深媒体人，陈浩泉一向善于在时代突变和热点问题的捕捉中揭示人的命运，在加拿大的写作实践中依然保持了对时事的敏感性，如《寻找伊甸园》所涉及的就是时代巨变中，华人移民的种种现实热点问题，集中体现了他对于华人移民整体命运的深切关注和慈悲之心。

在加拿大的香港移民作家中，有一部分是起点很高的知名作家，但进入加拿大后能否在创作上实现新的突破，对于作家而言是一种严峻的考验。作为一名在香港颇有名气的小说家，陈浩泉在加拿大华文创作的成效证明，移民在开拓新生活、拥有新的生命体验之后，完全有可能开拓出新的文学空间。陈浩泉的创作不但延续了香港时期的现实主义风格与社会关怀意识，而且其早期小说中的香港意识、激愤之音升华为大中华之心和大慈悲之音，不能不说是上升到了一种更高的创作境界。

（二）张翎

张翎，1957年出生于浙江温州，1983年毕业于复旦大学外文系，1986年赴加拿大留学，分别在加拿大的卡尔加利大学及美国的辛辛那提大学获得英国文学硕士和听力康复学硕士学位，现定居于加拿大多伦多市，在多伦多一家听力诊所任主管听力康复师。20世纪90年代中后期，她开始写作，其作品在中国大陆与台湾出版后均获好评，小说多次入选各种年度精选本，获得不少文学奖项与荣誉，如《女人四十》在2000年获得第七届"十月文学奖"；《尘世》被《新民晚报》列为2002年十大文学现象之首；《羊》跃居"2003年度中国小说排行榜"第九名、第二届世界华文文学优秀散文奖（2003）、首届加拿大袁惠松文学奖（2005）；中篇小说《雁过藻溪》登上中国小说学会2005年度小说排行榜第五名；中篇小说《空巢》获得2006年度"茅台杯"人民文学优秀中篇小说奖、第八届十月文学奖（2007）；《金山》获得"中山杯"华侨文学奖评委会特别奖（2009）等。张翎的作品有长篇小说《望月》（海外版名《上海小姐》）《交错的彼岸》《邮购新娘》（台湾版名《温州女人》）《金山》《睡吧，芙洛，睡吧》《阵痛》《流年物语》《劳燕》，中短篇小说集《盲约》《雁过藻溪》《余震》《女人四十》《尘世》《生命中最黑暗的夜晚》《恋曲三重奏》《一个夏天的故事》等。张翎的小说存在多维度的解读空间、文化交错的广阔视野、时间空间的巨大跨度、女性书写的鲜明视角、叙事艺术的不断创新，这些奠定了她作为重量级华文作家的地位。作为一名具有宗教信仰的作家，她所建构的文学世界，总是在历史、家国和情爱故事的聚焦中体现对人性的深刻洞察与对人类疼痛的悲悯之情。

《女人四十》是一部颇具戏剧张力的短篇小说，发表于1998年，小说通过展现加拿大华裔女医生络丝四十岁生日那天的心路历程，写出了人性幽怨中的挣扎与解脱，显现了张翎女性书写的平民立场与心理深度。四十岁的络丝，没有自己的家，住在租借公寓里，忍受着失业丈夫的木讷与颓唐；每天起早贪黑前往听力诊所工作，将所有的钱都用在儿子和丈夫身上，而自己，多吃一顿甜食也患得患失。络丝在生活重压下苦苦挣扎，多少有些不甘，也有着小小的幻想与烦恼。她期待丈夫主动送上哪怕是简简单单的生日祝福，她无法面对镜中自己日渐衰老的容颜，她对新来的同事怀着一点点的揣测与不安，她渴望压抑平淡的生活里能有一点改变，多一点色彩，因而急躁不安。恍惚中，当她从广播里听闻一名车祸重伤的华裔男子似乎就是赌气出门的老公时，竟觉得天崩地裂，魂飞魄散，经历数小时的心理煎熬，络丝收到了丈夫平安无事的来电，她泣不成声，却也终于明白，对自己这样的中年女子而言，平安平淡的日子已经足矣，无须奢求其他，于是她庆幸地想"路很难，也很窄。但总有小小一方空间，可以容得下一个四十岁的女人和一对平平常常的夫妻的"。结尾的点睛之笔，不只是女主人公对人生的释然，也是历经沧桑、步入中年才爆发写作激情的女作家张翎的感悟。这部小说也奠定了张翎写作的某些特性与基本方向，如女性视角、无名者的生活困境、精神的挣扎与升华、对叙事张力与戏剧性的重视等。之后，张翎沿着女性视角继续深入拓展，将平凡的个体纳入更厚重的社会、家国与文化语境中去演绎人生的传奇，不断抚慰流离失所的肉身与灵魂。

《余震》发表于 2007 年，是张翎关注度颇高的一部小说。一些研究者认为是冯小刚的电影《唐山大地震》带动了小说的传播，属于影视改编的连带效应。但《余震》中高超的叙事技巧、对个体苦难与心灵困境的深度关注、对重大历史事件的私人化视角等，都体现了张翎的创新与探索，并为理解其后续创作提供了清晰线索，是不可多得的中篇小说佳作。《余震》时空跨度极大，涉及人物颇多，30 年的岁月，15 个人物，从中国的三个城市到加拿大的多伦多，全被浓缩在 16 个蒙太奇式叙事场景之中，在时空交错的双线结构中，小说徐徐铺开唐山大地震中小灯一家的悲惨遭遇以及震后小灯与母亲所经历的心灵余震，却又始终以王小灯的疼痛意识为叙事主轴，张弛有度，能收能放。更重要的是，张翎用饱含悲悯的文字表现了平凡女子小灯的疼痛，让她在心理医生的干预下直面自己疼痛的根源——天灾的残酷与人性的自私，让曾经的恐惧、痛苦和愤恨在交流与叙述中得以稀释，人性内在的爱与宽容被唤醒，最终使主人公获取承担苦难的能力，学会有尊严地活下去，体现了张翎特有的人文关怀意识。

　　《金山》发表于2009年，被认为是张翎创作的转折点，研究者认为这一长篇小说是一部有关华侨华人的宏大史诗，意味着作家关注点从当下的个体情感史、家族史转向了历史深处的民族国家影像。但《金山》也是作家以往创作道路的延续与拓展，其中对普通民众生存忧患的深切同情、在生活情境里镶嵌传奇好读的叙事元素、差异空间的并置与交错、文化的碰撞与和解等张翎小说的特质依然活跃。准确地说，《金山》是一部带有民间立场和强烈个人色彩的加拿大华人史，个体的情感和命运通过频繁变动的历史与文化语境被凸显出来。小说以广东省开平乡自勉村方家五代人的"金山"缘为线索，讲述了从1872年至2004年，作为底层代表的方家人如何在困窘中钻出一条活路，寻找各自幸福与归宿的故事。第一代方元昌本想靠勤勉发家，他租田种地，兼以杀猪为副业，干劲十足，但两年大旱之后，家境日趋贫寒；后意外拾获黄金暴富，却因沉迷鸦片家财散尽，儿子方得法只能远往"金山"（加拿大）寻求出路。方得法修过铁路，做过苦工，多次经营洗衣店以失败告终，苦苦经营的农庄也难以为继。第三代长子方锦山在"金山"工作时摔断了腿，只能靠妻子养家糊口；次子方锦河个性扭曲，在白人家庭为佣，苦攒金钱以接母亲过埠团圆，却遭遇加拿大政府的排华法，美梦成空。第四代方延龄出生在加拿大，她对原生家庭和传统华人文化极为反感，渴求融入加拿大主流社会，获得白人男友的真爱，却终不可得，流离一生。第五代艾米·史密斯是方延龄的混血女儿，五十已过却坚持不婚，对自身的华人文化因子既抗拒又怀有好奇，最终在故土之旅中皈依家族，在碉楼中与男友举行了婚礼。方家的故事和经历是无数华人记忆的重叠交错，它扎根在异常广阔的社会历史背景之中，一方面是中国近现代以来起伏不定的历史变动，一方面是加拿大华人劳工血泪交织的移民历史，构成了厚重而严酷的生存环境。方家的故事和经历也是文化碰撞与文化和解的历史，方家人在中华文化与加拿大文化语境之中交错穿行，经历了来自理念、政策和生活的种种压力，却始终在寻求文化的认同与归宿，故而有了温暖的尾色。作家用心建构的个人、家国和文化融合交错的视野，使得《金山》具有多重解读的可能，获得了广泛的认同，有望成为世界华文文学的经典之作。

（三）陈河

陈河，1958年出生于浙江温州，原名陈小卫，在国内当过兵、办过企业、做过温州作协工作；1994年出国后在阿尔巴尼亚做小贩、卖药品、开饭馆，有过一些惊险的经历。1999年移民加拿大后，他开始进入创作黄金期，陆续在《人民文学》《收获》《中国作家》《当代》等重要文学期刊上发表小说，曾获得"中山杯"华侨华人文学奖主体最佳作品奖、郁达夫中篇小说奖、首届咖啡馆短篇小说奖等多种文学奖项。陈河的作品有长篇小说《红白黑》《沙捞越战事》《米罗山营地》《布偶》《外苏河之战》《甲骨时光》等，中短篇小说《被绑架者说》《夜巡》《黑白电影里的城市》《女孩和三文鱼》《西尼罗症》《我是一只小小鸟》《去斯可比之路》等。陈河将所见所历融入文学创作之中，逐渐实现从纪实性到虚构性的自由转换，表现对时代与历史独特的审美开拓力，为华文文学的创新发展提供了可借鉴的经验。

《夜巡》发表于2008年的《人民文学》，是一部文学性很强、相当精致的短篇小说，曾获2008年中国咖啡馆短篇小说奖。小说讲述了一个以"文革"为背景的另类成长故事。在"文革"即将结束的过渡时期，少年镇球凭借联防队员的特殊身份，获得了监控他人的权力，这个正遭遇情欲勃发之苦的少年，白天里沉默寡言，夜里却狂热地投入巡察之中。在一次巡察高门大院时，他遇到了心仪的女子鹤子，青春的情欲冲动开始主宰他的情智，其所作所为接近疯狂，他甚至想方设法践踏他人的尊严。但时代的车轮滚滚向前，旧的权力运作模式正在隐退，镇球遭遇到了饱含张力乃至诡异的对立与抗争，这强化了他因身份、教育程度等而自带的怯弱，最终只能选择后退，远离情欲寄予的对象。在海外华文文学中，"文革"题材的作品并不少，大多通过凸显人性和个体经验的重要性，为反思"文革"提供独特面向，却始终处在反思和批判"文革"的创作风尚之中。陈河的《夜巡》采取了更为超脱的立场，在富有画面感的镜头式语言中，在略带神秘的叙事氛围中，以少年镇球的窥视之镜敞开了"文革"背景下情欲与权力在个体成长中交织冲撞的过程，含蓄而隽永，堪称此类题材的佳作。

《沙捞越战事》发表于2009年，2010年由作家出版社出版，2011年获得"中山杯"华侨华人文学奖主体最佳作品奖，这一长篇小说奠定了陈河在战争叙事上的影响力，也意味着他利用历史资料进行虚构与想象的能力大为提升。小说用了一种刻意疏离的"旁观者"视野来书写发生在沙捞越的"二战"故事，从加拿大华裔青年周天化的视角，也就是移民视角重新扫视了日本、东南亚、英国和北美地区的众多族群在战争中的复杂关联。周天化出生在加拿大，生长于日本移民街区，与生父感情淡泊，却与许多日裔侨民感情深厚，本想赴欧作战，却被编入英军进入太平洋战区，空降到沙捞越地区却被日军俘虏，最终成为日英两军的双重间谍，卷入了波诡云谲的族群矛盾之中。周天化因缘身份意识的复杂而备受猜疑，自身也陷入了心理危机之中，最后沦为谍战的牺牲品。陈河在这一小说中，超越了简单的敌我划分，而重在从个体心理体验的层面去揭示战争的残酷以及给人们带来的生存挑战。在对碎片化的历史材料进行文学加工时，作者适当地运用了传奇化的叙事框架，将周天化嵌入政治、族群与情欲的多重发展线索里，把风云变化的"二战"大局、日常生活交织的族群关系和依班族少女猜兰对周天化的痴情爱恋混为一体，确保了小说的历史感、想象力和可读性。虽然在关于马来西亚共产党的处理上作家难以达到东南亚华文作家的广度与深度，但他尝试将不同时空层面的话题聚拢在马来西亚的丛林之中，从加拿大的雪山、木屋到沙捞越的丛林、长屋，从腥风血雨的丛林游击战到英日、马共纠结的谍战故事，从坚硬如铁的战争到柔情似水的旷世情缘，将海外华人抗战史与生活史做了跨时空的连接，这恰恰表现了作家惊人的结构意识与想象能力。

《甲骨时光》发表于 2016 年，同年由北京十月文艺出版社出版，这应是陈河最重要的作品，同年获华侨华人"中山文学奖"大奖。多数研究者从小说的文化历史意识与国族意识等层面对这一以甲骨文为核心意象的小说进行了充分肯定,集中评述了作者精深的历史考古、饱含深情的文化颂词和时空组结的巧妙叙述。的确,从叙事框架与创作方法来看,这一小说依然贯彻着历史与现实、本土与异国交错链接的基本叙事模式,同时还通过神秘的"心灵感应"之术使时空穿梭披上了魔幻的外衣和传奇的色彩。小说中,杨鸣条和贞人大犬这两个不同时代的文化守护者,既有各自的不同遭遇,又因甲骨卜辞引发的梦幻意境紧密连接在一起。贞人大犬的线索牵引出历史上殷商王朝覆灭时的野蛮、血腥与神秘故事,以贞人大犬放弃生命情欲守护商朝甲骨卜辞档案结束。杨鸣条的线索则集中展现 20 世纪 30 年代安阳考古挖掘的复杂现场,作为弱国子民的杨鸣条、蓝保光等人的保护性考古,遭遇到了时势与外国文物掠夺者的重重阻力,但他们历经磨难和坎坷后,终于为甲骨文脉的流传赢得了生机。这两条线索又在带有巫术意味的招魂与梦境仪式中合二为一,构成了有关"文化守护者"的整体形象。这一小说表达了作者对中华远古文化的深深眷念和对文化守护者的同情与敬仰,也体现了海外华人重写中国故事的独特立场与位置限度。对于旅居加拿大的华裔作家陈河而言,启用古老的地方文化资源,以带有魔幻与神秘色彩的甲骨符号及其相关艺术资源(如三折画)重构一个在时空之间流转复生的文化中国,既可以确立自己作为流散华人的独特视角,也与主流的民族国家想象混为一体,其文学创作的价值得到了确立。但对于天人感应的神秘化渲染、对古老文明的情欲化处理,在世界文化图景中格外引人注目,隐含了自我东方化的危险。当然,也许对于作家而言,为了写出一本"有神奇故事的好看的通俗小说",富于感官化的情欲书写、天人感应的神秘笔墨,只不过是一种文学技巧,它既能够吸引读者,也有利于形成标志性的个人风格。

二、北美华文网络文学

用华文创作的网络文学,最早出现在北美留学生团体当中,他们怀念家乡、怀念方块字,相互之间用华文交流,渐渐形成了一种新型的文学样式——华文网络文学。根据相关追溯,1991 年由王笑飞创办的海外中文诗歌通讯网是最先传播华文网络文学的平台,以张贴传送网友们创作的古典诗词为主,其实是一个邮件订阅系统。1992 年,美国印第安纳大学的魏亚桂第一次在因特网上推出张贴中文的新闻组（简称为ACT），最初是为了推广汉字编码技术，后来成了留学生群体的交流空间，其中也有部分文学作品。1993年到1994年，这个新闻组特别活跃，且出现了一些代表性的网络文学旗手，如方舟子等。方舟子在出入海外中文诗歌通讯网和ACT的过程中，逐渐萌生了创办一份纯文学网络刊物的念头。1994年2月他与古平等人创办了第一份中文网络文学刊物《新语丝》，以邮递目录的形式刊发诗歌和网络文学。自此，北美网络文学逐渐铺开，出现了美国的《橄榄树》《华夏文摘》《威斯康星大学通讯》《布法罗人》《未名》，加拿大的《联谊通讯》《红河谷》《窗口》《枫华园》等。特别值得一提的是，1996年1月，知名女性网络文学刊物《花招》创办，发表了一些颇有影响力的文学作品，如《北京爱情》等。这些网络刊物的出现见证了北美网络文学的蓬勃发展。

北美华文网络文学最初的作者多为在海外留学的理工科学生与学者，知识起点很高，却不曾接受过系统的文学教育与文学写作训练，写作的主要目标是为了交流情感和宣泄情绪，故而其网络写作具有自由率性的特点，创作水准也良莠不齐。随着时间的流逝，北美华文网络文学创作群体不断分化，有转向批判法轮功、进行学术打假、剑指公共治理的方舟子等人，也有风过云散、来去无踪的图雅等人，还有坚持写作，并开始在纸质传媒大显身手，获得较高知名度的少君、陈谦、艾米等人。在此选取代表性作家加以简述，以确立北美华文网络文学的大致轮廓。

（一）方舟子及新语丝作家群

方舟子，1967年出生于福建省云霄县，原名方是民，1985年考入中国科技大学生物系，1990年本科毕业后赴美留学，1995年获美国密歇根州立大学（Michigan State University）生物化学博士学位，先后在罗切斯特大学生物系、索尔克生物研究院做博士后研究，研究方向为分子遗传学。毕业后他定居美国加利福尼亚州，主要从事网站开发和写作，是前期北美华文网络文学的组织者和主要作者。1993年10月，方舟子在海外中文诗歌通讯网上张贴诗集《最后的预言》，并出入于ACT。1994年，27岁的"文学青年"方舟子与几位朋友共同创办了世界上第一份中文网络文学刊物《新语丝》，每月一期，并成为新语丝网站的主持人和组织者，策划了不少文学活动，其中最有名的是新语丝文学奖。从 1999 年开始，他转而关注中国大陆的社会动向，成为所谓的"公知"与专业打假人。1999 年 4 月他率先在互联网上批判"法轮功"，2000 年创办第一个中文学术打假网站"立此存照"，陆续揭露了几十起科学界、教育界、新闻界等学术腐败事件，又与崔永元、韩寒等知名人士对决，一次次被卷入舆论的风口浪尖，对网络文学本身的关注度下降，成为很多知名纸质传媒和网络传媒的撰稿人，倾向时事评论。他曾定期为《环球》《科学世界》《环球时报》《南方周末》《中国青年报》《经济观察报》撰稿，也在搜狐、新浪、人民网、牛博网开过专栏或博客。后来的主要著述《进化新解说》《法轮功解剖》《网路新语丝》《方舟在线》《叩问生命——基因时代的争论》《进化新篇章》《溃疡——直面中国学术腐败》《长生的幻灭——衰老之谜》《科学成就健康》等也与文学相去甚远。2010 年之后，方舟子的网络影响逐渐弱化，但我们回望北美华文网络文学，方舟子和他的"新语丝"仍是非常重要的一页。

方舟子曾认为"真正的中文网络文学"始于新语丝，自己和著名网络写手图雅等人，可谓"网文大家"。此论可能会引起异议，但"新语丝"的确组织培养了一群优秀的网络写手，其中百合、阿待、图雅等人，堪称是早期北美华文网络文学的翘楚。

百合与"新语丝"合作最久，被认为是第一个在网络上发表长篇小说的作家，她以写爱情故事见长，表述富于激情，作品颇具诗性气质。其主要作品有长篇小说《天堂鸟》《哭泣的色彩》；中短篇小说《这样一种关系》《萍聚》《中国心》《另一种爱情故事》《也是爱情的故事》《阿金》《樱花恋》《浪漫》等；散文《不想发出的信》《做女人的心情》《为什么流浪》《爱你》《离愁别绪》《初恋的童年》《美国梦》等；诗歌集《百合诗集》《百合诗选》等。其中《哭泣的色彩》写了一个典型的留学生爱情悲剧，苒青和达明都是已婚的留美学生，在美国深造时相遇相知，终于逾越界限，走到了一起，可是相爱却不能相守，种种痛苦，难以名状。达明选择了退却和逃避，苒青在历经煎熬后选择了守护自己的内心。《天堂鸟》则写了为了丈夫走上犯罪道路，却反被设计背叛的女性亚婕的成长故事，她从柔弱善良的女囚成为心狠手辣、敢想敢干的女强人,最终找到了真正的爱情与事业,确证了女性自我裂变的巨大潜能。《天堂鸟》已由出版社正式出版,百合也被认为是第一个从网上走到了网下的作家。

阿待是新语丝作家中专业水准较高的作家。她创作了较多高质量的中短篇小说。主编方舟子对她的创作有较高评价,认为其小说有欧·亨利式的结构特征和博尔赫斯式的神秘色彩,每一部都别具特色。总体来看,阿待小说内容时空跨度较大、结构精致、文字含蓄,堪称网络文学精品。其主要小说有《处女塔》《儿子》《猫眼石》《饕鸭》《拉兹之歌》《金手镯》《我的太阳》《路杀》《乌鸦》《吞盼》《枪祸》《泥土味》《亨德小姐》《水强的水枪》《古玩》《最后的生日礼物》《艳遇》等。其中《处女塔》以死者身份叙述了一段"文革"背景的凄美爱情往事,带有神秘和悲情的色彩,过于抒情性的语言弱化了"文革"批判的色调,更似爱与性的青春感悟。"我"(小沁)的父亲是"现行反革命",被关进牢房,母亲又因绝症去世,"我"被托付给了儿时的玩伴卓田,却爱上了另一个玩伴乔谦,但"我"不好的出身成为爱情与婚姻的障碍。最终,"我"的真爱与别人结婚了,父亲也去世了。"我"自觉已领悟爱的真谛,对人世不再留恋,从青云塔(处女塔)如花朵般坠落。《水强的水枪》聚焦美国打黑工的华人移民水强的不幸经历。小说中,水强因为中餐馆老板诱骗新来的大陆姑娘而义愤填膺,用玩具水枪威胁老板,闻讯而来的警察以为他持的是真枪而击毙了他。小说揭开了美国华人内耗阴暗的一面,批判性很强。《拉兹之歌》曾获第一届"PSI-新语丝"华人留学生网络文学奖,小说以含蓄的笔墨写了中国女子和印度男人之间欲说还休的感情碰撞,对华人自身存在的种族歧视做了一点探析,歌颂了没有国界和超越种族界限的纯真之爱。

图雅,别名涂鸦,网友昵称鸦,20世纪50年代出生于北京,具体年龄不详,可能为男性,专业与数学有关,曾旅居北美。1993年7月上网,1996年7月离网,从此在网坛消失。从体裁来看,他的网络作品主要是段子式杂文和短篇幽默小说,此外还有《图雅诗选》等。杂文以《图雅的涂鸦》《砍柴山歌》两本集子为代表,收集了他在网络上贴出的多数帖子。这些帖子以妙语连篇、诙谐搞笑为主要特点,知识性与趣味性皆具,有奇思妙想，也引人入胜，甚至被误以为是王小波去世后的"遗珠"。其中《图雅的涂鸦》被北美华文网络写作者认为是网络写手成名的必读书。《砍柴山歌》则是图雅 1994 年至 1995 年间 500 多条帖子的汇集，分 20 集，共 20 多万字。所谓砍柴的"砍"，其实是"侃"，作者在长短不一的帖子里，侃知青、侃"文革"、侃北京的大院生活、侃海外的奇人奇事、侃文学艺术，也侃吃喝拉撒，充满了自由与灵性，也透露出无奈与辛酸。图雅的小说数量也不少，主要有《拱猪记》《曹操吃瓜》《MAZE 啊》《吃狗肉记》《良心问题》《剃头的故事》《逐鹿记》《破瓮记》《头人的龙门阵》《落角》《马蜂的故事》《小三游网记》《卖车记》《姑妈阿兰》《鹦哥记》等。他的小说以 20 世纪 50 年代人的生活经历为背景，涉及"土插队"（知青生活）、洋插队（留学生活）、少年故事和政治寓言等，很少有直接的爱情书写。小说视野开阔，拥有小小说般的精致结构、夸张的故事情节、个性鲜明的人物形象和生动幽默的语言，可读性极强。但最亮眼的仍是自由风流的笔墨，其创造性的譬喻、幽默以及反讽式话语，以及随时冒出来的化腐朽为神奇又"一点正经没有"的京味话语，颇有"王朔"之风。

（二）少君

少君，1960 年 6 月出生于北京，原名钱建军，另有未名、李远等笔名。1978 年他考入北京大学声学物理专业，1987 年赴美留学，1992 年获美国德州大学经济学专业博士学位，曾任中国《经济日报》记者、美国匹兹堡大学研究员、美国 TII 公司副董事长，后专事创作。其主要作品有《凤凰城闲话》《未名湖》《人生自白》《人生笔记》《阅读成都》《约会周庄》《台北素描》《少年偷渡犯》《怀念母亲》等。少君 1988 年开始从事网络文学写作，1991 年 4 月在《华夏文摘》发表了较有影响力的短篇小说《奋斗与平等》，该小说被认为是第一部中文网络小说，少君也因此被认为是北美华文网络小说的鼻祖。1994 年，少君在《新语丝》发表了《人生自白》系列，呈现了美国留学生与新移民的人生百态，后结集出版，形成了较大的反响，被认为是北美华文网络小说的重要标志。2000 年后，少君从网上转战网下，出版了一系列以城市为中心的游记散文，这些游记散文都成了畅销书。2005 年成都时代出版社成立了"少君工作组"，专门策划和推出《阅读成都》等 20 多本畅销书，奠定了少君的大众影响力。此外，少君还作为《海外新移民文学大系》"北美经典五重奏"和《海外新移民文学大系》"文学社团卷"等书的主编为新移民文学研究做出了贡献。

《人生自白》是少君最重要的一部短篇小说集，共 100 篇，50 多万字，结集前主要在网站和德州华文报纸上连载。网络文学发展的最初阶段，类型化倾向非常明显，语言相对简明，口语式表达较多，《人生自白》也具有这些特点。百篇小说采取了同一模式，每篇都讲一个人的故事，每一个故事都在引言与正文的承接中完成，即先由作为观察者和对话者的"我"引出故事，再由人物叙述富有传奇色彩的个人经历。语言没有过多的修饰和辞藻，相对平实，北京方言味道较浓。但在网络文学自由嬉戏的精神血脉之中，《人生自白》呈现了作者深切的人文情怀与独特的审美立场。海外华人形形色色，叱咤风云者有之，默默无闻者也有之，但在寻求更好生活的异域之路上，每个人都有自己独特的遭遇，多的是在生存之轮下被不断碾压、苦苦挣扎的人。在《人生自白》里，少君以理性开放的对话与自白形式敞开每个人真实的欲望与灵魂，呈现了一幅幅海外华人的浮世绘。《大厨》中，主人公放弃国内研究所的工作，为了生计，在美国中餐馆成为一名"大厨"，颇有黑色幽默之感；《演员》中，相貌普通的女人不甘平庸，为当上演员经历着种种不堪，当她实现了自己的目标，回首来时路自然百感交集；《性革命》中的"他"贪图更好的生活，竟做起令自己反胃的"丑婆"的情人；《洋插队》中的女主人公，原是上海的英语教师，一心想出国，选择了最容易签证的澳大利亚，却陷入卖笑为生的迷局。少君的《人生自白》打破了人们关于异域梦的瑰丽幻想，让身处陌生环境里的移民暴露出人性的软弱、无助、堕落与迷惘，寄托了作者对生存真义和生命价值的反思与追问。

作为理工科的高才生，少君占据了网络文学的技术先机；作为深具人文情怀的写作者，信息流畅的网络时代成就了少君的创作激情；两者合一，造就了少君在北美华文"网坛"的重要地位。

（三）艾米与《山楂树之恋》

北美华文网络文学中最有人气的小说当属美籍华人艾米的《山楂树

之恋》。2006年，艾米将朋友"静秋"1975年的故事写成小说《山楂树之恋》，在北美文学网站"文学城"贴出。几个月后，看帖、跟帖的人每日多达上万人，形成庞大的静秋粉丝群，被海外华人读者称为"网络时代的手抄本"。随后，中国的一些论坛也开始转载这部小说，引起众多网友的关注和跟帖。在百度，网友专门建了山楂树之恋吧，贴吧里出现过上万篇帖子。后来，网友们又建立了《山楂树之恋》QQ群，网络的热度带动了纸质出版。自2007年江苏人民出版社初印后，《山楂树之恋》共计有4个版本面世，成为市场畅销书，先后被评为《亚洲周刊》2007年度华语小说第一名；《新周刊》2007年度"十大感动"；《当代》2007年度长篇小说读者奖；2010年由张艺谋导演拍成同名电影后继续引起热议；2012年拍摄成35集同名电视剧，传播效应虽逐渐弱化，但"山楂树"现象的学术研究一直延续至今。

《山楂树之恋》讲述了一个发生在"文革"后期的爱情故事，带有鲜明的女性主体意识。女主人公静秋出身不好，与母亲相依为命，内心敏感脆弱，渴望积极改造获得入职的机会，主动要求来到偏僻的西村坪参与教材编写工作。在这个有着革命传统的村庄，她见到了传说中只开红花的英雄树——山楂树，也遇到了随勘探队而来的年轻军人老三，在山楂树的见证下，两人开始了一段曲折奇特的爱情之旅。老三家境优渥、知识渊博、才华横溢，有着不同凡俗的见识与抱负，静秋在感受到爱的温柔体贴时，也萌生着自卑与惶惑。在性方面的无知与恐惧，更是阻碍着她领略爱的真谛，直到有一天，患了白血病的老三在医院里和她同宿，两人经历爱与欲的煎熬后，静秋才完成对爱的探索，实现了女性的自我成长。小说通过老三这一理想爱人的塑造，似乎想告诉我们，真正的爱情恰如那棵被神话化的山楂树，既热烈得像火，令人不顾一切追寻向往，又纯洁得像雪，可以牺牲一切成全对方。但在先锋性的女性主体意识之外，网络小说中常见的对于"文革"、爱情与欲望等多重元素的消费性重构，也成了《山楂树之恋》不可承受之轻。诸如白马王子与灰姑娘的人物套路、生离死别的好莱坞戏剧感、"文革"背景的虚化与片面化、反其道而行之的欲望表征方式等网络小说确保时尚与新鲜感的秘诀也正是《山楂树之恋》成为畅销书的秘密。故而《山楂树之恋》依然是一个网络通俗小说的成功典范，它作为融合了多种时尚元素的文学产品，借力强大的融媒体传播力量，获得了莫大的成功与荣耀。而作者艾米，虽然在《山楂树之恋》前后都创作了不少文学作品，如《十年忽悠》《不懂说将来》《三人行》《至死不渝》《憨包子与小丫头》《同林鸟》《等你爱我》等，但在艺术上并未实现更大的逾越，最终停留在《山楂树之恋》的热度与高度。

北美华文网络文学作为起步最早、数量最多、对中国本土影响最大的网络文学板块，它不仅是海外华文网络文学的主力阵营，还是中国网络文学的发源地。作为海外华文网络文学的领跑者，北美华文网络文学以原创文学网站和一批作家作品成就了海外华文网络文学的繁荣，并开启了中国网络文学发展的历史进程。①

文本细读四：《余震》《山楂树之恋》的影视改编

※细读任务

张翎的《余震》和艾米的《山楂树之恋》均通过影视改编产生了更大的审美效应，引发了诸多学术论争。在当下媒体融合发展的语境下，对这两部小说的影视改编过程进行细读，关注文学和其他媒介之间的转化规律与审美差异，既有利于形成有关文学理解的多元视野，也能深化对相关文学文本的理解。同学们应该在对影视改编理论有所把握的基础上进行个案细读。

※方法指引

（1）建立"图文互释"的基本视野。文字是表情达意的重要符号系

---

① 欧阳婷. 海外华文网络文学的贡献与局限 [J]. 社会科学战线, 2014 (6): 135-139.

统，但常常面临"言不尽意""文不逮意"的窘境。"图文互释"法试图超越这层局限，通过不同符号表意系统的相互阐发，丰富对文学文本的解读，弥合个体性情感与公共性符号间的裂缝。对文学文本影视改编个案的解读，既应注意图文之间的差异，也需重视两者对话的方式。

（2）注意跨媒介叙事的内涵及其文本表现。在融媒体时代，跨媒介叙事可以指不同媒介共同讲述故事、塑造人物的现象，也可以指特定文本借鉴、融合多种媒介表现方式加以叙事创新的过程。对影视改编现象的细读，应该理解跨媒介叙事的内涵，充分注意其文本表现的具体规律。

※ 细读过程

1. 导入

同学们，这一次我们从媒介视角进行文本细读，主要关注影视改编现象。我们以张翎的《余震》和艾米的《山楂树之恋》的影视改编为例，分析小说与电影的复杂关联，总结影视改编的一些规律，并对融媒体时代海外华文文学的跨媒介叙事等新现象做一些探讨。请本组同学围绕自己的主要发现进行分析解读，讲述应清晰，观点要清楚。在分享观点后，回答老师的提问，与同学深入讨论，形成共识。

2. 师生问答

■ 《余震》的影视改编

学生1：我觉得电影《唐山大地震》比小说《余震》好看。它不但更催泪、更感人，而且显得比《余震》更饱满，可能是因为涉及地震题材的缘故，画面的表达明显比文字更有力。既然电影可以增加许多小说达不到的效果，从文学走向电影就成为可能，很多小说的写法甚至在模仿电影的某种效果。

老师提问：你的观点很有意思。电影的确是一种更"好看"的艺术类型，它直接作用甚至刺激我们的感官，令我们更容易沉浸其中。现在的3D、4D电影以及具有多种体验感受的剧院的出现，更是将电影艺术这种感官诱惑的特征发挥到了极致。但我对你最后的结论更感兴趣，请问小说的写法如何模仿电影呢？比如《余震》中有没有出现接近电影某种效果的叙事技巧？

学生1：小说《余震》极力要营造画面的感觉，全文用蒙太奇的叙述方式来营造一种像电影镜头一样剪辑、组合的效果。我认为，《余震》的影视改编很成功，应该与小说本身的蒙太奇叙事结构有关。我在想，是不是作家的创作受到了影视思维的影响，甚至潜意识里期待未来改编成电影，以产生更大的影响力。

老师：你提到了一种现象，的确有一部分作家的创作受到影视艺术的深刻影响，已经银幕化了。在海外华文文学作家群里，也有一些与影视因缘很深的作家，如白先勇、严歌苓等，他们的作品颇受影视导演的青睐，改编的影视作品也很有影响力。但将影视改编的成功归结为作家创作时的影视思维还远远不够，影视生产是一个系统工程，关联的因素很多。我认为，理解文学文本更有意义的做法是深入分析特定叙述技巧的审美功能。如《余震》的镜头式连缀法，既呈现了接受心理治疗的小灯内心的意识流动，更是以意识流的形式将过去的创伤与现在的心理问题链接起来，深切地表现了"余震"这一主题。因此，在叙事技巧的审美功能上，文学与影视是相通的。

■ 《山楂树之恋》的影视改编

学生2：《山楂树之恋》的小说和电影都很感人，主要情节和主要人物都一样，讲的是漂亮的静秋在下乡时与军区司令员儿子老三相恋的感人爱情故事。老三甘愿为静秋做任何事，给了她前所未有的鼓励，他等着静秋毕业，等着静秋工作，等着静秋转正。等到静秋所有的心愿都成真时，他却得白血病去世了。在看电影时只是有些感动，看小说的感觉却是心痛，个人觉得小说比电影好看。

老师提问：你注意到了小说和电影的一致之处，但强调了自己对小说和电影有不同的情感反应，你能进一步解释产生不同反应的原因吗？

学生2：我觉得，电影本身是给那些快节奏生活的人准备的，花两个小时就把一部几十万字的长篇小说呈现出来，肯定表现力有限，会忽略文学作品里的很多细节，而一个故事、一部小说的精彩之处往往就在此。《山楂树之恋》的影视改编也一样，文学作品里的细节、人物的心理描写等，在电影里统统看不到。我觉得，正是小说里的那些细节让我揪心、痛心。我建议，为更好地了解故事的前因后果和领略文学的语言之美，大家还是看原著吧。

老师：电影和小说是不同的艺术形式，各有各的叙事特质。长篇小说的影视改编可能会采取压缩简化原著的基本思路，省略一些细节。但要提醒你的是，电影并非没有细节感的艺术，相反，电影会通过更富有冲击力的镜头语言来凸显细节、强化观众对细节的感受力。因此，我觉得原著与影视谁高谁低，不能一概而论，而应具体情况具体分析。事实上，在这一个案里，是导演张艺谋为了打造"史上最干净的爱情"而有意对原著进行了提纯和简化，他有意忽略了那些可以表现女主人公挣扎、徘徊的心理细节，删除了一些具有批判意识和女性主体意识的场景，取而代之的是男性视角下比较单一的纯情故事。

3. 老师总结

同学们从自己的感受出发，一步步深入分析文学与影视的关系，有很多新的发现，也初步形成了一些有价值的观点，非常不错。在分析这两个影视改编案例的基础上，我们还可以延伸出连接两者而形成的更有概括力的问题，比如将影视改编看作人物的跨媒介塑造过程，并联系生活经验来理解单一媒介人物塑造的有限性和跨媒介叙事的丰富性。我们会发现这么一个现象，如果文学文本与影视文本塑造的人物之间有极大的差异，那么，跨媒介叙事所带来的审美争议越明显，比如静秋在《山楂树之恋》的小说和电影里截然不同的形象带来了诸多争议。

※观点摘要

■《余震》的影视改编

1. 郑琪瑛（2015级汉语国际教育）："自救"与"他救"——《余震》与《唐山大地震》的救赎方式

面对地震之后疼痛与梦魇交相纠缠的生命世界，面对芸芸众生斑斓驳杂的人性，文学作品与电影都高扬起怜悯和宽恕的旗帜，以此实现对人性的救赎，但救赎的方式确实大不一样，小说《余震》与电影《唐山大地震》的救赎方式分别是"自救"与"他救"。

《余震》通过主人公王小灯在决定自杀时又屡次求救的情节设置，展现了自我救赎的艰难。小说中，王小灯是唯一的主线，她一生都在承受地震中母亲救弟弟而没有救她这一选择所带来的心灵创伤，对所有人都充满了怀疑与怨恨，最终导致自己成为人生的失败者、生命的厌弃者。第三次自杀时，她及时清醒过来，打电话叫了救护车，主动去找了心理医生。心理医生通过催眠术等办法帮助小灯找回失落的记忆、打通情感的渠道，在医生的帮助下，她有了"积极自救"的心态，学会了放手，她决定放开出轨的丈夫与长大了的孩子，也放过了一直没有安全感的自己，慢慢回归正常。最后，小灯回到家乡，回到她一直逃避的地方。她看到母亲依然在旧房子里等她，只是身边多了两个叫"纪登"和"念登"的小孙子，这不就是"纪念登"吗？于是，小灯终于释然了，她流下了泪，对心理医生倾诉道："我终于，推开了那扇窗。"王小灯在明白人世间选择的无奈与痛苦之后，选择了宽恕与谅解，也实现了对自我的救赎。

《唐山大地震》的主人公走出心灵创伤的方式是"他救"。所谓"他救"在电影里主要是指亲情的感召力量。电影围绕着家的线索，延伸出方登、方达、李元妮三个聚焦点，使得亲情的渲染贯穿电影始终。我们看到，天灾降临前，镜头聚焦的是一家四口其乐融融的小甜蜜；地震现场，是被火焰吞没的丈夫和寻找一对儿女的年轻妈妈；在震后废墟中，是母亲万难的抉择：水泥板的一端压着龙凤胎的姐姐，另一端压着弟弟，在"只能救一个"的困境中，母亲无助而绝望地喊出"救弟弟"几个字，压在钢筋水泥板下的姐姐默默流泪，呢喃着喊出最后一句"妈妈"，于是，23秒的地震灾难，带来了一个家庭32年的生离死别。接下来，电影围绕着震后三个家庭成员的艰难人生与再次团圆逐一展开，怨恨与牵挂成为叙事的助力。其中，汶川大地震成为再次团圆的契机，在救灾现场，小灯巧遇弟弟方达，在弟弟的描述中逐渐理解母亲的选择与不易。最后，一家人在小灯的"墓地"重聚，冰释前嫌，绵延不绝的亲情感天动地！电影以小灯回归家庭的结局暗示了创伤被治愈的可能，弱化了对小灯内心世界的透视，强化的是"他救"的思路。

2. 李雯（2019级汉语国际教育）：《余震》与《唐山大地震》李元妮形象的对比

小说《余震》和电影《唐山大地震》中的母亲李元妮形象大不一样，体现了不一样的女性观。

小说《余震》里的李元妮是一个颇有个性的女性，她有与众不同的气质与坚韧不拔的性格，非常有魅力。小说用"李元妮在一条街上挺招人恨的"这一句话将一个生活幸福、美丽自信的现代女性刻画得栩栩如生。就是在地震后，她也是第一个从废墟中站立起来的且走在最前面的那个人。一条街上的人，都想在李元妮的身上找到一缕劫后余生的惊惶、一丝寡妇应有的低眉敛目，可是他们没有找到，一丝一缕也没有找到。李元妮开了裁缝铺，给自己剪裁的衣服，从面料色彩到样式，季季都赶在风口浪尖的新潮上。她高抬着头，把微跛的步子走得如同京剧台步，将每一个日子过得如同一个盛典。

电影《唐山大地震》则尽情演绎温情主题而弱化人物的个性。导演为拉近电影与观众间的距离，把李元妮塑造成20世纪70年代的平常中国女性，突出了她平凡质朴的性格。地震前，李元妮出场时，碎花衬衫配白花黑底的裙子，梳着平常的齐耳发型，操着一口接地气的唐山腔，见不到气质与个性。地震时，李元妮披头散发，面对救儿子还是救女儿的抉择，着了魔似的一次次跪地磕头，发疯似的哭喊，完全成为母性本能的象征，她的存在只让我们体会到了一位母亲的脆弱与无奈。地震后，李元妮形象也无大的变动，依旧质朴无华，没有新潮的衣服、动人的妆容，选择用清苦隐忍的方式来度过每一天。她拒绝搬入新房，理由单单是"万一你爸你姐的魂找回来，就找不到家了"。儿子方达劝李元妮再嫁，李元妮字字铿锵有力，句句掷地有声："我这一辈子就做他的媳妇，我一点也不亏。还有哪个男人能用命对我好？"李元妮是传统女性的化身，相夫教子、坚韧不拔、忠贞不贰，她是千千万万中国普通女性的一个"缩影"，让人感受到平凡而伟大的母爱，但只有共性，并无个性。

小说作者张翎显然并不愿意塑造一个失去自我的传统女性形象，而导演冯小刚却刻意为观众重现理想中的母亲形象，两者的立场形成了鲜明对比。

3. 何舒静（2019级汉语国际教育）：伤痛与修复——《余震》和《唐山大地震》的差异

从小说《余震》来看，张翎是一位擅长描写心灵伤痛的作家，她集中所有的笔墨去书写王小灯隐秘的心灵伤痛。在外人看来，王小灯是个体面人，《神州梦》的作者，刚被提名总督文学奖。可这个体面人选择了割腕自杀，并且已经是第三次自杀呼救。不仅如此，王小灯还有严重的焦虑失眠，伴有无名的疼痛，长期服用助眠止痛药物。张翎在小说开始就设置王小灯自杀被送往心理治疗科的情节，将王小灯精神不稳定的信息推给读者。医院的心理治疗科也是巧妙的场合，这里的人们褪去平时的身份，大家仅仅是病人的身份，读者的视角就会集中于王小灯的伤痛，以及好奇造成伤痛的原因。作者设置多条时间线交叉，向读者娓娓道来王小灯的伤痛。那些隐秘的伤痛，被母亲抛弃、被养父性侵、丈夫的疏远以及对女儿近乎疯狂的控制被坦率地讲出来。作为读者的我们在张翎的带领下运用着全知视角去深入探究王小灯这个人物的伤痛经历。

张翎并非唐山大地震的亲历者，甚至不是唐山人，却能凭借作家的敏锐把王小灯这样一个关于创伤的悲剧故事讲好。在她身上我们可以看到作为一位优秀作家所具有的敏锐观察力与共情心。这与她本人的经历也有关，张翎本人经历过伤痛，所以能敏锐地体察到别人的伤痛。她经历过"文革"，漂泊异国他乡，做听力康复师时，听过太多太多难民与退役军人伤痛的故事，还曾经被医生诊断只剩下五年的寿命。经历过苦难的人总是能体察到别人的伤痛。还有一点值得注意的是，张翎本人漂泊异国他乡的经历也被融入王小灯故事中。王小灯的故事不是英雄战胜困难、在困境中成长的故事，而是一些发生在普通人身上一辈子都无法被治愈的故事。在小说里，王小灯的伤痛的确是一辈子也无法治愈的，即便作者最后貌似给了一个温情的有希望的结局，但根据小说的逻辑分析，王小灯一辈子都无法与母亲达成和解。

《唐山大地震》弱化了伤痛而着重于修复。从情节设置来看，电影弱化了矛盾，让王小灯的经历在观众眼中显得没有那么惨。养父养母是根正苗红的军人，并且全心全意地对她好。电影里删去了养父性侵王小灯的情节，把王小灯的养父塑造为一个开明、有爱的家长。养父也常旁敲侧击让王小灯回去找找自己的母亲。在这样的家庭成长，王小灯内心依然是有爱的，也让后面愿意回去看母亲的情节显得不突兀。虽然未婚先孕，但是后面找到了疼爱自己的外籍丈夫过着平淡幸福的日子。并且故事的结尾，小灯原谅了母亲，并且修复了关系，也修复了伤痛，一家人去墓地祭拜这一情节充分体现了大团圆式的结局。王小灯所受的伤都得到了弥补，这样的故事更像是英雄成长的故事模式。从叙述视角看，是双视角，不仅有王小灯的视角，还有母亲的视角。电影让母亲这个角色也说话了，地震后，母亲不愿意去住儿子买的高级房子，也没有找老伴，仿佛过上好日子就是对不起死去的女儿，同王小灯一样，母亲也活在地震的阴影下。观众看到这也不忍心去苛责作为母亲的残忍，而是把同情心分成两半，一半给母亲李元妮，一半给王小灯。这样的设置使最后王小灯与母亲达成和解的结局满足观众的内心期待。从创作者想要表达的主题看，张翎想要揭示个人的伤痛，关怀个体的心灵；而冯小刚想要通过电影去缅怀在地震中丧失生命的人，以及鼓励遭受苦难的人继续活下去，活下去才能看到希望，因此风雨过后看见彩虹的结局是必不可少的。为了使这个结局更有说服力，必须使主人公能够战胜她所遭遇的痛苦，获得世俗意义上的幸福。

4. 谭思琦（2019级汉语国际教育）：《余震》到《唐山大地震》的人物变迁

因电影一般限于两个小时，其内容主旨常较小说不同，其人物设置亦因此有所取舍，从《余震》到《唐山大地震》，人物也发生了很多变化。

譬如李元妮。《余震》中李元妮集万千光彩于一身，爱美张扬、锋芒毕露、我行我素。任街坊指指点点，她只"一踮一踮地迈着芭蕾舞的步法行云流水似的走过一条满是泥尘的窄街"，好不意气风发，鹤立鸡群，一副铮铮傲骨。泥尘自然黯淡，污浊沉在脚底，李元妮艳红明黄翠绿的发卡、抹过雪花膏的白脸、桂圆色或砖红色的有机玻璃纽扣就轻盈盈成一道明澈亮丽的风景，大有出淤泥不染之势。几分类晴雯，身处泥沼心比天高，风流灵巧招人怨。丈夫的姓氏——"那个万家的"，不能剥夺她作为女人、作为独立个体去编排自己舞台剧目的权利。偏生不理会冷的热的目光,把它们转为荣耀的养分,"弥补早夭的演员生涯留给她的种种遗憾",反倒向旁人投下轻蔑的一笑。震后她不改当初脾性,盖新房"爆竹尖利地响了几个时辰",里外是看热闹的人群;五六十岁"穿一件月白底蓝碎花的长袖衬衫,脖子上系了一条天蓝色的丝巾",打碎瓦盆,一句"天杀的"随口便骂,无所顾忌,指挥孙辈打扫。李元妮活得精致,即使生命里有蚤子、有比蚤子大得多的苦痛,也不忘其本是一袭华美的长袍。《唐山大地震》降了李元妮若火燃烧的炽热温度,化她成无声细水,隐忍质朴,坚韧无私。她首要身份是母亲,其次是妻子,再次是儿媳——千兜万转,绕不开传统温良妇女的形象:守护、顺从、自我牺牲。扮相体态泯然众人,与灰黄的街道融为一体;在婆婆的无理指责下默默吞声全无神气;惯以苦心教诲的方式和儿子争论,结果往往落于下风。凡此种种,竟卑微如草芥。面对小达"再找一个"的试探是激动地反驳:"哪个男人能用命对我好啊?"——仿佛责备儿子莽撞负义,急切地将任何"非分之想"的苗头扼杀。她可以是殉道者、苦行僧,但绝不能是"把每一个日子过成盛典"、笑起来"像下蛋小母鸡"牙尖嘴利的女人:"你满大街找一找,有一个像人样的不?找回来拴圈里还成,能给你当后爹吗?"同是拒绝,《余震》李元妮以戏谑的态度调侃儿子、调侃他者,甚至调侃人生,而《唐山大地震》李元妮却背负起难以承受的十字架,日夜在愧疚的煎熬中审问自己。唯一偿还丈夫、女儿的办法是无休止的折磨,朝前走反而是亏欠。倘《余震》李元妮是流动跳跃、难以捉摸的光束,冷不防亮出刀刃,《唐山大地震》里的她便正派、安分、静止、无攻击性,沉郁得像影子。

再如小灯。《唐山大地震》的小灯与李元妮一样,有意无意噤了声,依赖别人的意见行动,和原本控制欲、自尊感极强的形象大相径庭。养父、丈夫做出了至关重要的推动:一是让小灯寻找血亲(个体回归家庭),二是鼓励其参与地震救援(个体回归社会集体)。只有在保留腹中胎儿一事上,小灯第一次发挥了话语权——这个决定亦与《余震》流产两次的小灯相左。前者经历天灾后渴望新鲜生命,对胎儿怀美好的憧憬和敬畏,不忍也不能再施以破坏。而后者显然没有那么乐观;比起死亡,她更不能容受未知物在小心翼翼维持的、现有平和生活假象中插足,予之否定逃避的消极态度。责任沉重至此，不如一开始就将它毁灭。前者在养父悉心呵护下柔软成长，便不吐心事、带着女儿失踪多年也可轻易获得理解，几席话语就能潸然落泪。即使缺乏安全感对他人保有距离，亦非充满敌意的。《余震》小灯极敏感多疑，七岁后便不再哭泣，脆弱的一面封闭在坚硬外壳内，用"黑洞似大而干枯，深不见底"的眼睛警惕地打量敌人，若四周遭危机潜伏，随时准备厮杀一番。带刺的模样多少继承母亲，但缺了嘲弄生活的跳脱，只余寒气。钝痛在年岁中没有减少却与日俱增，因而生死间徘徊，反复自杀又拨打120自救。自身尚浑浑噩噩游离于世，童年和性是"一堆狗屎"，对"新生命"的态度可想而知。

　　至于王德清，或是改动最大的一个角色。从寥寥无几的篇幅到近乎贯穿全场，电影里的他高大伟岸、积极向上，尽显军人风采。替养女操劳半生又不失耐心开明，王德清慢慢等待小灯开口说话，劝慰梦魇的她"考不上大学也可以当国家栋梁"，对其不负责的男友施以威逼，堪称伟光正的完美典范，是靠山，亦是导师。看过《唐山大地震》的观众绝对料不到《余震》中王德清何其卑琐，褪去军人外衣的王德清平凡怯生贴近日常，可正是这种"忠厚老实"、非十恶不赦小人物的恶更给人不期待的伤痛。相似的恶意暗涌在书页间，"像饭里的沙砾或者出骨鱼片里未净的刺"。万家风风火火招来的是恨：见多识广的万师傅当面能得一声尊称，背后却给安上"多样化"的叫法；一家四口骑自行车，"惹得一街人指指戳戳"；李元妮盖新楼，换了一茬的邻居围观看着，仍"说什么的都有"。震后并不光鲜的小灯也遭孤立，且排挤来自常被视作"纯洁无邪"的孩子们——叽叽咕咕的闲言碎语尽是对小灯"神经病"的一次次确认，这种对他者的贬低甚至无形在欺凌者间建立起稳固的友谊战线。

　　总体来看，《余震》冷而《唐山大地震》暖。但《唐山大地震》在称颂人性光明面时，也削弱了人本身的复杂性，使角色较单薄苍白，彼此间的牵连若细线经不起拉扯。正是幽微细腻、上不得台面的心绪情感，使《余震》的角色立体生动，拥有错综交织的羁绊。《唐山大地震》致力宏大的叙事，好塑造英雄，《余震》相反，没有英雄，没有崇高不可跌落神坛的形象，只有普通人。兴许从名字亦可窥得一二：《唐山大地震》意在突出"大"，《余震》则重点在"余"，无论大小，非一霎震荡，而是绵绵不绝、难以描摹的波动。因此，后者更能关注存活者作为个体的命运与生存状态，不致让其变为想象中的一缕青烟。

5. 向坪樾（2019级汉语国际教育）：《余震》与《唐山大地震》主角对比

小说《余震》的主角是女儿小灯，电影《唐山大地震》的主角是母亲，主角的转换表现了文学和电影不一样的立场与审美效果。

《余震》的主角是女儿小灯，主要讲"一个人的余震"，是小灯一个人的视角，因为小灯的痛苦在她心中是遮天蔽日的，大到让她已经无法看见别人的痛苦。而《唐山大地震》的主角是母亲，主要讲的是"震后众生相"，因为电影是导演的视角，导演的视角没有盲点，导演看到了每一个人的痛苦。

主角从女儿小灯变为母亲的原因有四点，分别是：

第一，电影主题要求，因为这是一部中国电影，所以原小说中小灯大量的在国外的情节不适合，把主角从小灯变为母亲，则可以把视线转向国内，减少了在国外的部分。而且电影的名字就是《唐山大地震》，其目的是借唐山大地震使汶川大地震后的人们了解地震，并给予他们希望。

第二，灾后余生的每一个人无不经受着心灵的折磨。小说着重描写的是地震中被抛弃的小灯的后续故事，而电影则讲述的是这个故事中做出抛弃女儿这个抉择的母亲的故事，表现她的痛苦、坚守，丰富了母亲的形象，完整了故事的另外一面，让人们更了解地震对人的影响。

第三，小说以小灯为主角，表现了地震带给人"阴暗"的余震，而电影中以母亲为主角则更能体现亲情、温情，表达人间的真善美、希望。

第四，让人更能反思在灾难面前人与人之间的情感碰撞和生死考验。在小说中，我们可能会觉得母亲是一个"重男轻女"的母亲，所以选择了儿子。而电影中不仅写了母亲在地震后对丈夫、女儿做出的坚守、忏悔，还增加了汶川大地震救助的情节。在电影中，一位母亲遇到一个当年小灯母亲遇到的相似大难题，一边是女儿，一边是即将倒塌的大楼，无数前来救助的英雄和可能一无所有的局面。最后小灯看着这位母亲做出了放弃继续挖楼，选择锯掉女儿被压的大腿的艰难决定。她看到了母亲的纠结、痛苦与无可奈何。由此想到了自己母亲当初的决定，心中对母亲的恨减少了一些,所以电影最后小灯选择跟着弟弟小达回到了唐山,原谅了母亲。反观小说结尾"一点光的尾巴",小灯在接受心理治疗后回到唐山,看到了双胞胎"纪登""念登"以及没有认出自己的母亲,我觉得小灯不会马上上前和母亲相认,可能她会回唐山很多次,靠近母亲,到了合适的时机才会和母亲相认,没有电影里表现的那么顺利。电影则让我们看到了故事的另一面,明白了母亲的苦楚,让我们更能反思在灾难面前人与人之间的情感碰撞和生死考验。

■ 《山楂树之恋》的影视改编

1. 钟雪慧(2009级对外汉语):"纯爱"电影与小说的审美距离——《山楂树之恋》影视改编的问题

《山楂树之恋》是艾米执笔的一本以20世纪70年代为背景的爱情小说,叙写了一个美丽但贫穷的城里姑娘静秋与将门虎子老三的一段刻骨铭心的爱恋,于2010年被改编成同名电影,引起读者和观众们的极大关注。

我发现这部电影对原小说的重现存在一些问题,导演没有很好地展示原作品的精髓。首先,从人物刻画来看,小说主要通过细节描写体现年轻人身上特有的活力以及对美好生活的向往,人物形象显得比较丰满、真实,与电影中空洞、呆板的人物相距甚远。其次,从故事情节来看,小说的故事情节安排比较跌宕起伏、扣人心弦;电影平铺直叙,把小说中的感情波折都省略掉,除了悲情的结局,一切似乎都是平淡的。此外,小说中我最欣赏的就是艾米笔下所体现的幽默感,但这份幽默在电影中毫无体现,让人感觉甚为遗憾。这些幽默的表现,让我们感受到在那个灰色年代的一丝暖意,说明包括张静秋在内的那些年轻人的青春与活力并没有完全被那个时代所扼杀掉,这是原著中主题内涵丰富的一个表现。

通过电影不难看出,导演张艺谋先生主要想体现"纯爱",《山楂树之恋》的电影也被宣传为"史上最纯洁的爱情",但导演对"纯"的理解是有问题的。也许从一个男人的角度来看,"纯"就代表懵懂无知,代表简单平实,故而导致影片对文学文本的重现丢失了复杂性与丰富性。在电影里,人物之间和人物内心的冲突被弱化,爱情故事里的三角关系被删减了，动人的细节描写与心理描写消失了，电影的审美性也就大打折扣了。

2. 钟晓耿（2009级对外汉语）：电影的艺术语言更具有感染力

20世纪末以来，我们越来越能感受到文学与电影关系的天平已开始发生明显的倾斜。影像文化迅速发展，影视作为一种新兴的艺术形式已经在人们生活中占据越来越重要的地位。在人们文化生活日渐丰富的今天，文学失去了往日的霸主地位和轰动效应，人们慢慢热衷于影像世界所提供的丰富、形象和生动的视听效果。比较《山楂树之恋》的电影与小说，我认为电影凭借其独特的艺术语言，给了我们更好的审美享受，感染力更强，其主要表现在两个方面。

首先是声音与音乐的审美效果。电影是声画相融的艺术，声音与音乐的融入，产生了情景交融的意境，将观众带入特定情境的氛围中，令人浮想联翩，这是单纯的文学文本所无法实现的效果。电影《山楂树之恋》中，荡气回肠的主题曲和插曲不时地在特定的场景响起，给我们非常美的感受。特定情境下的背景音乐，更是具有叙事的功能。在两人隔岸送别的镜头中，当老三送静秋乘摆渡过江后，隔着翠绿幽深的江水，向对岸的静秋做出拥抱的手势。这时舒缓、低沉的音乐响起了。静秋也做出迎合老三拥抱的手势，两人在音乐声中隔江对望、相拥。这一难舍难分的场景，在低沉悠长的音乐烘托下令观众也肝肠寸断。其次是电影的视觉形象更具有冲击力。在小说里，我们根据每一个人物所说的话、所做的事，在自己的心里下意识地给人物确定一个形象，或温柔，或刚强，但都是模糊不清的。而电影则依靠演员和他们出色表演将人物性格形象化了。在《山楂树之恋》的电影中，静秋单纯善良的性格与她清纯的外表与行动相得益彰，为了表现两人的纯爱，导演特意设置了一个两人牵着一根树枝过河的镜头，这个镜头深深地留在观众的心里，充分表现了两人纯真的爱！最后是静秋与病重的老三在医院重逢时，伴随着静秋反复地呼唤："我是静秋，我是静秋。"回应的是老三的眼泪、天花板上两人的合照，这一幕的确能够打动现场观众。这样的效果岂是小说简单用只言片语能达到的？

3. 张群清（2009级对外汉语）：妙在似与不似之间——关于《山楂树之恋》影视改编的随想

文学与电影都是作家或艺术家对热火朝天的、生机勃发的客观现实生活的反映，文学与电影之间既存在千丝万缕的联系，又存在明显的区别。一方面，文学的一整套反映生活、表达生活的方法，小说的叙事手法、结构样式、表现技巧，作为后起艺术的电影是可以借鉴的，比如在《山楂树之恋》中男女主人公之间的对话和内心独白，为电影表现内心世界提供了可供借鉴的营养；另一方面，文学作品为电影提供了直接的题材，有很多出色的电影作品是根据文学作品改编的，可以说，年轻的电影是在古老文学甘泉的滋润下勃发出日益旺盛的生命力的。

电影是视觉艺术，文学是语言艺术。电影画面感强，让人有身临其境之感，每一部电影都是所有主创人员的再创造，都凝聚着他们对原著极富个性的、独到的解读。看电影会给观众带去与读原著不一样的震撼。但是，电影情节具体形象，没有给观众带来更多思考的余地，而原著则留给我们更为广阔的想象空间。特别是文学中的细节，对人物的心理描写等，都是电影里看不到的。而一个故事、一部小说的精彩之处往往就在此。就比如《山楂树之恋》中，揪心处都在细节。如果有时间，建议大家都去看一下原著，看的时候你自己脑海中浮现的画面与电影中的肯定是不一样的。毕竟很多时候电影所要表达的与原著是有出入的，而且经常会美化政治敏感年代发生的负面事件。另外，电影演得再逼真都不可能原汁原味，不会像"复制""粘贴"那样完美。为更好地了解故事的前因后果和更好地领略文学语言之美，还是看原著吧。

最后，我觉得文学文本与电影都同属艺术领域的范畴，但它们属于不同的表达形式。文学和影视是两种不同的艺术，对一些根据小说改编而成的电影，千万不要因为那本书而去看那部影片。它们之间的转换都不能用绝对的好或坏来评价，不同的艺术形式有不同的欣赏价值和评价标准。

"妙在似与不似之间"，是齐白石关于绘画艺术创作的独特见解，也可以看作对文学与电影审美关系的精准概括，影视改编要不要忠于原著，怎么忠于原著，似乎是有些过时的问题。

※方法小结

（1）影视改编本身也是一种文本细读的方法。影视改编是以导演的立场和影视媒介的艺术特质对文学作品进行重新建构和赋予价值的过程，故而也是一种文本细读的方法。文本细读时可以充分吸收影视改编基于大众与文化产业需求而形成的文本观念与重组模式，产生新的阅读切入点。结合文学作品与影视改编作品进行思考，有利于我们从多角度进入文本，对作品形成更丰富的认知与理解。

（2）要注重影像叙事与文学叙事的连接与区别。学会从创作角度讨论电影与原著在整体架构、叙事方式、人物设置等方面的殊同，从中提炼出新的问题与新的观点。如分析文学与电影在表现地震时的差异，进而探讨文学的声音叙事与场景叙事的特定规律。

（3）文本细读要抓主线。无论是文学文本还是影视文本的细读都应注意抓住主要线索，才能超越琐碎、具体的细节，拥有整体观感与问题意识。同时，在论证过程中，要注意观点与细节的融合，以观点带动细节的展示，以细节来论证观点的合理性。

◎学习要点

1. 主要视野：媒介融合。
2. 关键术语：华文网络文学，影视改编。
3. 重要观点：北美华文网络文学作为起步最早、数量最多、对中国本土影响最大的网络文学板块，它不仅是海外华文网络文学的主力阵营，还是中国网络文学的发源地。作为海外华文网络文学的领跑者，北美华文网络文学以原创文学网站和一批作家作品成就了海外华文网络文学的繁荣，并开启了中国网络文学发展的历史进程。

◎思考、实践与讨论

1. 理论思考：加拿大华文文学与美国华文文学的区别与联系是什么？北美华文网络文学的高峰是否已经过去？

2. 资料搜集与整理：2010 年后的北美华文网络文学搜集与整理。

◎ **参考文献与后续学习材料**

1. 赵庆庆. 对加拿大"猪仔屋"和先侨壁诗的历史解读［J］. 世界华文文学论坛, 2014（3）: 20-25.

2. 谢有顺. 对痛苦要深怀敬意：简评张翎的《劳燕》［J］. 三峡论坛, 2020（5）: 47-48.

3. 李健. 他者的想象力：评陈河小说《沙捞越战事》《米罗山营地》［J］. 常州工学院学报（社科版）, 2012（5）: 15-18.

4. 欧阳婷. 海外华文网络文学的贡献与局限［J］. 社会科学战线, 2014（6）: 135-139.

5. 野鹤. 关于方舟子现象的反思与断想［J］. 探索与争鸣, 2003（3）: 14-16.

6. 张娟. 多维视角下的少君现象"学理"分析［J］. 世界华文文学论坛, 2017（2）: 81-88.

7. 吴晓东等. 从小说到电影：《山楂树之恋》讨论［J］. 文艺争鸣, 2011（1）: 122-134.

第六讲　北美华文诗歌、散文与文学评论

在北美华文文学版图中，从关注度来看，小说创作更能得到研究者的重视；从数量来看，诗歌、散文蔚为大观，也不乏名家；从影响力来看，部分学者的文学评论已经逾越华文文学圈，取得了较大的学术效应。前几讲重在梳理北美的小说创作，本讲聚焦北美华文诗歌、散文与文学评论，在提纲挈领呈现概貌的同时，也试图探讨针对这些文体的文本细读方法。

一、诗歌

在北美华文文学的发展历程中，诗歌是最早出现的文体，也是持续生长的文体。最早可追溯到散落的古体汉诗、对联以及20世纪初的民间歌谣和墙壁涂鸦诗等。20世纪中叶，留学生们也创作过一部分中英文诗歌。二十世纪五六十年代，白马社等诗歌社团的出现，延续了五四新文学的传统，出现了颇有影响力的诗人艾山等。进入20世纪60年代中期后，北美华文诗歌蓬勃发展，从中国大陆、台湾等涌入了一大批诗人，如叶维廉、痖弦、纪弦、洛夫、郑愁予、余光中、杨牧、叶嘉莹、张错、王性初、非马、北岛、严力、鲁鸣、诗阳等，虽然其中一些是匆匆过客，但很多人在抵达北美之前已经诗名卓越，进入跨文化对话的异域创作语境中，他们的诗歌创作出现了新的动向，部分诗人实现了新的逾越，现简要介绍其中几位有代表性的美国华文诗人。

（一）叶维廉

叶维廉，1937年出生于广东珠海，1948年去了香港，1955年到台湾

读书，台湾大学外文系本科毕业后进入台湾师范大学英语研究所攻读硕士，1961年硕士毕业后在香港从事中学教育，1963年赴美，他先后获爱荷华大学美学硕士及普林斯顿大学比较文学博士，著有《赋格》《愁渡》《醒之边缘》《野花的故事》《三十年诗》《留不住的航渡》等诗集。

叶维廉的诗歌创作道路自香港开始，在参与《中国学生周报》的文学聚会、参编诗歌刊物《诗朵》的过程中，他开始积累有关现代诗的创作经验，成为颇有灵性的青年诗人。在台湾，叶维廉尽情挥洒着诗情文意，作为具有先锋意识的现代派诗人，他创作了不少气势恢宏的名篇，1960年创作的长诗《赋格》尤为出名。该诗具有史诗的气魄，共百余行，分三个章节。三部分围绕一个主题展开，却互相抵牾，富于张力，体现了赋格的音乐形式对诗歌结构的深刻影响；同时，该诗也借助音乐的力量与现代诗的话语方式构建出对文化历史、天地人生的多重回响与追望徘徊。1964年，叶维廉进入了爱荷华大学写作班学习，在诗歌艺术上继续探索。1967年发表的《愁渡》延续了前期诗歌的形式特点，篇幅宏大、意象繁复、晦涩难懂，但内蕴的情感有所转变，主要寄予了诗人对故土的思念，充溢着文化断裂、身心漂泊的复杂感情，是漂泊者之歌，此诗也被认为是叶维廉诗歌创作的转折点。

之后，或许因远离母体文化，面对异质文化的冲击，诗人决意重寻文化之根，他开始倾心中国古典诗歌的意境，追求静谧、简明和空白之美，对王维之诗非常推崇，其《更漏子》《晓行大马镇以东》等诗明显有王维的影响痕迹。后来，叶维廉感觉到了中国古典诗在表现现代生活情境时的某种局限，他开始重新考量西方现代诗的长处，并尝试将中西诗歌的不同技巧在笔下融合，写出了别具风格的诗，达到了中西融通的新高度。诗歌《永乐町变奏》可以说是这一高度的体现。

（二）洛夫

洛夫，1928年出生于湖南衡阳，本名莫运瑞、莫洛夫，1949年随友人到台湾，在军队服役，后考入淡江大学英文系，曾任教于东吴大学外文系，1996年移居加拿大，2018年逝世于台北。洛夫是台湾现代诗的重要开创者，与张默、痖弦共为《创世纪》诗社创始人，他们一起身体力行、扶掖后进，开启了一代诗风。洛夫也是海外华文诗人的杰出代表，作为"天涯美学"的提出者与实践者，他的探索抵达了20世纪海外华文诗歌的创作与理论的至深之处。洛夫著作颇丰，共出版诗集《时间之伤》等31部，散文集《一朵午荷》等6部，评论集《诗人之镜》等5部，译著《雨果传》等8部。

洛夫是横跨诗坛60多年的世纪诗人，他的创作起始于1943年，早期受到冰心、艾青和冯志等现代诗人的影响，进入台湾后转向超现实主义与存在主义，在激进的现代主义诗歌实验后，逐渐转向古典，寻求现代诗歌与禅意禅境的融合，为中国现代诗的建构做出了重要贡献。他曾将自己的诗歌创作分为五个时期：一是抒情时期（1947—1952），代表作为《灵河》；二是现代诗探索时期（1953—1970），代表作为《石室之死亡》；三是回眸传统，融合现代与古典时期（1971—1985），代表作为《魔歌》；四是乡愁诗时期（1986—1995），代表作为《时间之伤》；五是天涯美学时期（1996— ），代表作为《漂木》。事实上，在《漂木》之后，洛夫仍在探索新的可能，继续推出了《背向大海》和《唐诗解构》等诗歌集。《背向大海》长达140行，将西方超现实主义与东方禅宗思想贯通，是洛夫禅诗的代表作；《唐诗解构》将唐诗加以现代式的解构与重构，创作出新的诗歌。这些都意味着洛夫在生命的最后20年，始终在探索古典与现代融合的新路径与新境界。

《石室之死亡》和《漂木》是洛夫最重要的代表作，也是诗歌史上里程碑式的作品。640行长诗《石室之死亡》充满了青春的狂躁与激情，血性、战争和死亡，在形式上力求创新，有意打破汉语诗歌的语言结构，创造出晦涩难懂的陌生化效果，形成了苦涩与沉重混杂的突出诗风。这首宇宙游子的吟唱曲，具备厚重的思想意识、成熟的诗歌美学与语言风格，是诗人对灵魂家园的深入思考与独特抒写，已经成为20世纪华文诗歌的经典之作。从具备浓郁"超现实主义"风格的《石室之死亡》到"古香古色"的《漂木》，洛夫在诗歌艺术的创作上已近巅峰。

《漂木》是一首3 092行的长诗，创作于洛夫移居加拿大之后。诗人因不满岛内的政治风向，在花甲之年选择离开台湾，在初入异域的文化震荡中，在北美苍茫辽阔的天地间，诗人感悟到了陈子昂所言之"前不见古人，后不见来者"的境界，个人的漂泊无根感和20世纪海外华人整体的飘零命运合二为一，面对现实的悲剧意识与超越生死的宇宙意识融为一体，创造了具有高度概括力和审美性的"漂木"意象。"漂木"暗喻了海外华人乘风破浪又随遇而安的共同命运，也暗示了海外华人久经风浪形成的强盛生命力。但"漂木"意象既是海外华人的整体象征，又是超越具体所指、直指生命本真状态的物象。正如洛夫自己所说的那样，"虽然漂泊的孤独经验可以成为文学创作的动力，但它更大的优势乃在超越时空的限制。当人在大失落、大孤寂中，反而更能体会人与自然之间，人与宇宙之间的和谐关系，深深感悟到人在茫茫天地之间自我的存在，我在天涯之外，心在六合之内"。正是基于这种超越具体人事的"悲剧情怀"和"宇宙境界"，洛夫锻造出"天涯美学"的核心理念，使得《漂木》的意境超越了移民诗歌中的乡愁情结与离散意识，从离散诗学走向宇宙境界。在洛夫看来，作为海外华文诗歌创作者，在本土文化与异域文化交错融会的特殊情境中，应该追求更为广阔的带有超越性的诗学，也就是天涯美学。在洛夫心里，"天涯"二字准确地表现海外华人凄凉的流放心境与哀丽的浪子情怀的合一。2000年，《漂木》在台湾首载，轰动全岛，后在华语世界广为流播，数次获奖，相关评论与博硕士论文30余篇，影响深远。

洛夫在诗歌创作中，一直在寻求中西诗学融合参照之道，他的上下求索，为建构全新的中国现代诗做出了重要贡献，也为我们理解20世纪华文诗歌提供了创作与理论指引。

(三) 郑愁予

郑愁予，1933年出生于山东济南，本名郑文韬，祖籍河北宁河，小时候随父征战，辗转多地，1949年前往台湾，在台湾中兴大学法商学院毕业后到基隆港任职。1968年他进入美国爱荷华大学国际创作班学习，获艺术硕士学位，后在耶鲁大学东亚系从教多年，2005年迁回金门。郑愁予15岁开始写诗，《矿工》是其发表的第一首诗歌。赴台后诗歌创作渐入佳境，形成了浪漫唯美的抒情诗风，他陆续出版了《梦土上》《衣钵》《窗外的女奴》等诗集，创作出《错误》《如雾起时》《水手刀》等脍炙人口的名篇。赴美之后，前十年（1968—1978）他较为沉寂，后重新拾笔，继续出版诗集《燕人行》（1980）、《雪的可能》（1985）、《莳花刹那》（1985）、《刺绣的歌谣》（1987）、《寂寞的人坐着看花》（1993）。这些诗歌集，经诗人自己整理后汇成了《郑愁予诗集Ⅰ：1951—1968》（1979）、《郑愁予诗集Ⅱ：1969—1986》（2004）。凭借早期天才般的诗艺，郑愁予获得过台湾青年文艺奖、中山文艺奖、《中国时报》"新诗推荐奖"等多种荣誉，诗集《郑愁予诗集Ⅰ：1951—1968》被列为"影响台湾三十年的三十本书"之一，诗人多次当选为台湾"最受欢迎作家"，20世纪80年代其诗传入大陆后也好评如潮，相关研究甚多。

郑愁予诗歌以1968年为界，出现明显转折，前后风格、内蕴大不一样，评价不一。有人认为，郑愁予后期的诗歌空洞乏力、境界偏狭，知性多于感性，琐碎多于想象，已经丧失了早期唯美浪漫、汪洋恣肆之美。也有人认为，后期诗歌语言趋向洗练，主题意蕴更加深广，风格转向深沉苍凉，朝着知性、深度的方向更进了一步。无论臧否如何，足见美国经验对于其诗歌创作的深刻影响。

美国经验对于郑愁予而言意味着什么？烂漫的浪子何以变成低语的智者呢？我们回望郑愁予初入美国的十年，或可找到一些线索。1968年，郑愁予在爱荷华大学读书期间，作为保卫钓鱼台运动的主席，在主张祖国统一的运动里发出了自己的声音，却被台湾当局吊销了旅行证件，直到1979年父亲去世，他才被允许重返台湾。这十年间，诗人从飘逸空灵的想象世界坠入忧虑重重的现实情境，独自一人在异乡拓展生存与生命之旅，让使命感与现实感强化了，汪洋恣肆的青春想象也暗淡了。经历岁月沉淀和生活磨难后，诗人重新寻找创作的突破，但他困于现实情境的生命反思，已离不开悼亡怀友、赠答、游记、异国观感等构成的私人生活空间，思想的禅意多了，乡愁的味道却淡了；文化的反思深了，与浩瀚海天的距离却远了。更重要的是，生命与青春的激情一去，诗歌的精神境界也平淡了。这一转折，评论家沈奇表述为"先前灵动飞扬的意象多为观念所缠绕的事象所替代，抒情转为陈述乃至述析，而又缺乏内核凝定的统摄。一咏三叹的华美韵律也转为宣叙性的滞缓散板，智性不断地浸吞着先有的灵性，语言由情侣降为工具，只是书写而无共吟同咏的情怀了，缱绻芳菲的诗魂随变为空泛清淡的诗型言说"。后起诗作的影响力大大下降是事实，但诗人不愿固守自我、立足异域现实求新的用心不可抹杀。在 1993 年出版的诗歌集《寂寞的人坐着看花》中，60 岁的诗人还在寻找新的可能，他自言，欲在"感动"之外，通过对"人生""宇宙""禅理"等问题的思考，超越青春的呢喃与感伤，反思着人类内在的无常与孤独。郑愁予后期的诗歌在语言的洗练、意境的锻造和思想的深度方面更进一层，形成了书斋化、学者型的"愁予新风"，这正是诗人深耕美国大学多年的创作收获。然而，沉溺在诗人早期抒情诗风中的读者们，难以接受平淡自然的"知性诗歌"，必然将之忽略或者遗忘。错位的读者接受是很多知名作家进入异域后试图实现创作转型，却难以盛名再起的重要原因。如著名诗人纪弦在 1976 年移民美国后，一反早期遁世奇异的现代诗风，皈依"温柔敦厚"的诗教，试图表现诗与自然浑然一体的境界，出版了《第十个诗集》《晚景》等诗集，虽是技艺圆熟，终归落地无声。

（四）非马

非马，1936 年出生于台湾，本名马为义，祖籍广东潮州，1941 年重返台湾，毕业于台北工专，1961 年赴美国，取得机械硕士和核工博士学位，后从事核能发电安全研究工作，现定居美国。20 世纪 50 年代以来，非马在华文诗坛非常活跃，也从事英文诗创作和英美当代诗歌译介，已出版诗集《在风城》《非马诗选》《白马集》《非马集》《笃笃有声的马蹄》和《飞吧精灵》等，主编诗歌集《台湾现代诗四十家》及《台湾现代诗选》等。非马的诗歌受现代主义影响，颇具意象派的神韵，但又立足于现实，富有乡土文学的思想内涵，被称为"现代诗的异数"。他形成了一种介于写实与现代之间的创作倾向，在华文诗坛具有一定影响力，其作品被收入百多种选集，被译成十多种文字。

非马的诗，尤其是短诗，在思维、表达、意象选取和立意等方面颇有新意，佳作不少。非马有意识地逆向思维，反观生活，照他自己的话来说，就是"从平凡的日常事物中找出不平凡的意义，从明明不可能的情况里推出可能"，从而创作出令人耳目一新的诗，如《鸟笼》："打开／鸟笼的／门／让鸟飞／走／把自由／还给／鸟／笼。"放鸟归林，已经成为众所周知的自由象征情境，但非马却反其道而行之，呐喊"把自由还给鸟笼"，让读者眼前一亮，更深刻地体会到"自由的双向性"。非马也喜欢选择使用别人不曾注意或很少使用的意象，引出奇特诗情。烟头、鞋子、领带、电视等看似寻常的事物都在他笔下化腐朽为神奇，有了诗意气质。在艺术表达上，他讲究涩味与反转，凸显诗意。如《构成》写道："不给海鸥一个歇脚的地方，海必定寂寞，于是冒险的船离岸出发了，竖着高高的桅。"此外，其诗歌断行的频率与方式也增加了诗的图像性与立体感。总体来看，非马的诗较为知性，也许跟其从事科学工作有关，他善于以理性的目光审视人间事态，对社会上的种种现象和人性的缺陷立此存照，颇多反讽的意味。如《鸟笼与森林》中对践踏个人权利的现象进行了嘲讽："为了使森林沉默/他们把声音最响亮的鸟/关进鸟笼/从小到老到病到死/也不管它什么鸟权。"

非马的短诗创作取得了骄人的成绩，其思维的创新、思想的深刻和表达的犀利为当下微诗流行的华文诗坛提供了多重启迪。

（五）严力

严力，1954 年出生于北京，1972 年开始诗歌创作，成为朦胧诗派的一员。1979 年他开始绘画创作，显现过人的才华，成为民间艺术团体"星星画会"的成员，1984 年在上海人民公园展室举办个人画展，1985 年以画家身份留学美国纽约，在纽约绘画界颇有声名。1987 年严力决心组建一个跨域诗歌发表平台，为他所热爱的诗歌做点事情，他在纽约组织创办了"一行诗社"及《一行》诗刊，面向华人世界征集诗歌，中国大陆很多知名诗人都曾在这本刊物发表过作品，成为特定时期华文先锋诗歌的汇集点。严力在诗歌创作领域深耕多年，从 1972 年在《今天》发表诗歌《穷人》《我是雪》《歌》《蘑菇》等作品至今，已出版《这首诗可能还不错》（1991）、《黄昏制造者》（1993）、《严力诗选》（1995）等十余本诗集。严力的小说创作也颇丰，著有短篇小说集《纽约不是天堂》（1993）、《与纽约共枕》（1993）、《纽约故事》（1994）、《最高的葬礼》（1998）、《母语的遭遇》（2002），长篇小说《带母语回家》（1995）、《遭遇 9·11》（2002）等。作为一个多向度的艺术家，他的小说、绘画与诗歌在精神向度与思想立场上具有同构性，为理解其诗歌的"反思"性主题提供了多重参照。

纵观严力诗歌的写作轨迹，从朦胧诗派中的一员到美国华文诗坛的独行客，严力一直在寻求着属于自己的位置。相对同时期的朦胧诗人，他似乎缺少广为传颂的名篇，知名度不高。他的诗歌既不具备北岛《回答》中的时代最高音，也缺乏其他诗人决裂般的反抗者姿态，而是以更低沉轻盈的声音寻找生存的希望，如这一时期的代表作《蘑菇》，表达了朽木也能孕育新生命的意境，是对生活之光的低音调坚持，难以被时代聚焦。20世纪80年代中后期，严力出走美国后，得益于美国艺术界自由多元的氛围，他的诗歌较早走出了民族国家想象的身份焦虑，低音调的时代叙述走向了世界性经验的个性表达。当美国留学生如小楂等人的作品还在以边缘人自居、书写流离失所的心理落差时，他已经从地理意义上的"世界旅行者"过渡到精神上的"世界公民"，在诗歌中探索全球化处境下国际大都市的人类面向与生存困境，走上内省和反思之路。在1996年发表的长诗《纽约》中，他以世界性眼光进行了都市批判与文明观察，探寻着人类文明的超越路径。

在海外华文诗歌的广阔背景中，严力的诗歌自有其特殊的音调。其凝练的笔墨、质朴的语言、黑色幽默的笔法、错落有致的节奏和深沉的思想等都给人留下颇深的印象。但严力的意义不在于诗歌艺术技巧上的完美，也不在于超越流散立场的人类文明观，他的重要性在于，作为诗画一体的艺术家，他以自身综合的艺术实践寻求着域外生存的精神境界，沿着时代的方向打开属于自己的诗性空间，以行为艺术般的存在为无数海外华人提供生之启迪。

二、散文

散文是最具有生活气息的文体，它形式多样，表达自由，题材广泛，能充分表现作者的情感思想与个性气质。对领地有限、时间零碎的海外华文文学写作者来说，它一直是最具覆盖力和亲和力的文体。专事散文的作家很多，以散文为副业的学者、小说家和诗人也不少。北美华文散文拥有广泛的作者和读者，从报纸专栏、个人博客论坛到移动时代的微信公众号，散文的生存空间不断拓展，在数量成倍增加的同时，也涌现了一批优秀的作家，如美国的王鼎钧、琦君、木心、喻丽清、李黎、刘荒田、刘大任等，加拿大的梁锡华、潘铭燊、梁丽芳、卢因、林婷婷、刘慧琴、林楠、孙博、宇秀、李彦、原志等，现择要分类简述之。

（一）琦君与王鼎钧

琦君和王鼎钧，乃魂在大陆、根系台湾，入美国后至于大成的散文家，南柔北刚，相互映照，为我们理解散文创作中的北美经验提供了借鉴。

琦君，1917 年出生于浙江永嘉，本名潘希真，12 岁迁居杭州，在弘道教会女子中学毕业后考入之江大学中国文学系。1949 年到台湾，在司法界任职，1969 年退休后，她任教于台湾中兴大学、中央大学，1977 年随丈夫到美国，1980 年回台湾，1983 年再随夫迁往美国，2004 年再次回到台湾，2006 年逝世于台北。琦君以写童年童心著称，是堪比冰心的一代散文家，主要散文集有《琴心》《烟愁》《溪边琐语》《琦君小品》《红纱灯》《三更有梦书当枕》《桂花雨》《细雨灯花落》《读书与生活》《千里怀人月在峰》《与我同车》《母心似天空》《灯景旧情怀》《水是故乡甜》《琦君寄小读者》《青灯有味似儿时》《妈妈银行》等。她的散文曾获台湾文艺协会散文奖、金鼎奖、第十一届文艺奖等，还被译成英、日、朝等多种文字在国外出版。

琦君自幼熟诵诗文，大学期间师从大词人夏承焘，具有深厚的古典诗词造诣。她 17 岁开始投稿，第一篇散文《我的朋友阿黄》在 20 世纪 30 年代发表，到 50 年代写出了一批被广为传颂的散文作品，逐渐形成自己的风格。她的散文以怀旧忆往为主，抑或记录所见所闻和读书所得，文笔看似朴实平易，实则厚重雅致，易懂而难模仿，体现了深湛的文字功底与文化内蕴。琦君将半生忧患得来的生命体验与眼前平常的生活情境融合起来，以淡淡的忧伤、深沉的感悟和宗教的大爱打造出特殊的散文风味，令人沉浸其中，欲罢不能。

琦君曾两度随夫旅居美国，前后近十五年的异域岁月，创作了大量的散文珍品，出版近 20 部散文小说集，还有部分翻译作品，取得不菲的创作成绩。可以说，相对闲散却乡愁无限的异域生活，激发了作家的创作激情，提升了作家的创作境界。正是在因年岁增长而日渐纯熟的写作技巧与更加深沉开阔的思想境界中，琦君写出了《橘子红了》《春酒》等名篇，还有获得金鼎奖、可与冰心媲美的《琦君寄小读者》系列。在这些散文中，仍有一个纯净善良的小女孩在观察、诉说和怀念，但转瞬她老去，以历史老人的沧桑穿越一切爱恨情仇，回归释然与空寂，于是，缠绵不尽的怀乡意识与空无寂静的宗教意识相互映衬，令人叹为观止。可见，在异域时空的停驻流转中，琦君的散文创作更上一层楼，在现代乡愁散文谱系中成就了自己的世界。

王鼎钧，1925年出生于山东兰陵，曾用名方以直，小学尚未读完，对日抗战开始，初中毕业辍学从军，辗转流离大半个中国，1949年到台湾，在多家报社任副刊主编，也当过教师。1978年他到美国新泽西州西东大学，编写为双语教育所用的中文教材，1990年定居纽约，专事创作。在近70年的创作生涯里，王鼎钧笔耕不辍，硕果累累，出版各类著作40多种，其中散文数量最多、成就最大。他穷毕生之力于散文创作，开拓了散文的表现领域，创新了散文的技法，提升了散文的境界，以其磅礴大气、苍劲厚重、机智谐趣的个人风格卓尔不群，成为一代散文大家，其作品曾获金鼎奖、《中国时报》文学奖、吴鲁芹散文奖、台湾地区"国家文艺奖"等。因其散文的重要影响，他被誉为"一代中国人的眼睛""崛起的脊梁"。

王鼎钧出生于封建大家庭，接受过较好的启蒙教育，14岁开始写诗，19岁第一次在陕西《兴安日报》副刊发表作品，到达台湾后，接受了张道藩主持的小说创作组的专业训练，奠定了良好的创作基础，渐以报纸副刊为主阵，发表审视社会万象的杂文。这些文章针砭时弊、机警犀利、妙语连珠，颇受读者欢迎，后编成"人生三书"等在台湾出版，发行量超过60万册，极为畅销。另外，其传授写作技法的书《文学种子》《讲理》《作文七巧》及《作文十九问》等，在语文教育领域也影响很大。

王鼎钧53岁决定旅居美国，或有家庭生活上的考虑，或受到岛内时势莫测的影响，但不无寻求创作超越的考虑。作家期待在摆脱岛内事务之后，可远离为酬世而写的散文路径，立足"纯文学"理念写出传世之文。事实上，奠定其散文大师地位的《左心房漩涡》《回忆录四部曲》《桃花流水杳然去》等散文名篇均在美国完成，可见异域经验对于王鼎钧创作的正向激发力。但是，作家为实现写作上的自我超越，也经历过艰难的适应期和徘徊期。移民美国初期，因生活习惯、工作事务和文化环境之困，王鼎钧曾一度丧失了文学创作的能力，潜心向佛一段时间后，才逐渐突破瓶颈，进入新的写作阶段。

和所有移民一样，初入美国的王鼎钧经历了文化震荡，这也成就了他在美国的第一类散文，即在对异域种种进行观察、比较和反思中，抒发人在天涯的感慨和对文化家园的渴求，后结集为1982年出版的《天涯未归》《海水天涯中国人》和1984年出版的《看不透的城市》（台湾尔雅出版社），这些散文可归结为移民文学的佳作，却不能说是王鼎钧散文创作的高峰。

移居美国十年后，王鼎钧在故园旧事的尘埃中集腋成裘，写成了《左心房漩涡》，方奉出醇香的文学之酒，誉满四方。理解这一具有现代主义风格的散文集，应回到创作情境之中，当王鼎钧放下重重顾虑，与隔绝数十年的大陆亲友重叙旧情时，常是夜不能寐、心潮汹涌，下笔之时，感慨万千，竟有语无伦次之感，最终以现代主义"风行其所不得不行"，生成了这篇风格独特、感情饱满、思想深沉的散文名作。2014年，92岁的王鼎钧因《左心房漩涡》获奖，被誉为"当之无愧的散文大师"。

移民走向异域，是在寻找灵魂回家的路，对于作家而言，写作就是回故乡。王鼎钧在美国的生活日渐平稳平淡，对故国故园的思念愈加深切。他逐渐意识到，书写一代中国人漂泊离散的命运，应该成为自己的使命。他曾自言到了美国就是要探测心中的黑洞，书写一代中国人的生死流转和历史的因果发展，以不断的创作来完成他来到世上的使命。为了完成自己重叙历史的使命，王鼎钧不断写信，继续寻找在世的大陆亲友，和他们回顾往事、交流信息、修补记忆，从1992年到2000年，历经八年终于完成浩浩汤汤的《回忆录四部曲》（《昨天的云》《怒目少年》《关山夺路》《文学江湖》）。这部史诗般的个人回忆录，是作家以自己孤独的步履重新走过半个多世纪的现代中国历程，在宏大历史画卷中印下了天下苍生的细密心影，具有独特的史学价值，为后来者提供了无穷借鉴。在技巧体式上，这部回忆录已至于圆熟，它融史传、诗骚和"成长小说"为一体，叙事、抒情、议论收放自如，体现了开阔自由、精彩纷呈、众体杂糅的大散文境界。从人格形象来看，在这部回忆录中，王鼎钧通过创作精心搭建了连接过去与现在、故乡与他乡的心灵之桥，寻寻觅觅、凄凄惨惨的游子形象也变成了具有坚定文化自信和生命归宿的智者形象。

回顾王鼎钧在美国的创作历程，是不断前行、不断超越、止于至善的过程。也许就是在生命的异域移植中，王鼎钧渴望通过创作寻回生命的栖居地，其创作能量被不断激发，故而保持了旺盛的创作力；也许是在异域生存的距离感中，王鼎钧摆脱早期创作的所有桎梏，逐渐步入自由而成熟的写作状态。作为现代散文传承革新的典范，王鼎钧后期散文在语言上的圆熟与睿智、在技巧上的出位与归位，在境界上的开阔与深沉，达到"不一不异"的高峰，在文学史上留下了重要的一笔。

（二）喻丽清与李黎

喻丽清与李黎，均是20世纪40年代中后期出生的一代人，与琦君、王鼎钧等前辈作家相比，她们的散文创作朝更生活化的方向生长，成为同时代人的代表。

喻丽清，1945年出生于浙江金华，1948年随父母迁居台湾，1967年在台北医学院药学系毕业后赴美深造。1969年返台，任耕莘青年写作班总干事，1972年她随夫赴美，后在纽约州立大学、柏克莱加州大学任职，现专事写作，居于美国。喻丽清著有《无情不似多情苦》《依然茉莉香》《带只杯子出门》《青色花》《春天的意思》《蝴蝶树》等30多种著作，包括小说、译作等，但散文成就最高，曾获台湾文艺协会文艺奖章、《人民日报·海外报》"香港回归"征文一等奖等。

喻丽清散文在题材、表达和审美风格上都倾向清新婉约之风，体现了一种都市女性的审美情趣，并未显现突出的区域特性。她书写日常生活里的所见所感，思索亲情、爱情和友情的美好，感叹生命的遭遇与无奈，在平凡生活中领悟不平常的人生境界，笔调温婉柔情、语言清丽脱俗，富有生活情趣。喻丽清还善于以知识积累提升散文的审美境界，既弥补了自身生活经验所带来的题材局限、提升了其散文的思想深度，也为其散文的跨域接受提供了可能。

李黎，1948年出生于南京秦淮河畔，祖籍安徽和县，在襁褓中随家人到台湾，毕业于台湾大学历史系，1970年到美国定居，曾参加保钓运动，后专事创作。李黎在小说和散文方面都颇有成就，并多次获奖。主要散文作品有《悲怀书简》《晴天笔记》《天地一游人》《世界的回声》《寻找红气球》《大江流日夜》《2000年：中国的主人》《海枯石》《威尼斯画记》等。

李黎的旅行散文最负盛名，不仅见证了她一路走来的曲折历程，也凸显了她的独特风格。李黎的旅行散文有两类，一类是她以女性母亲身份走过的人生风景，李黎曾经历了丧子之痛，又有中年得子的欣喜自得，在这一类散文中，她在观看世界的同时已探寻自我的意义，将女性的生命体验融入其中，富于温情色彩与治愈感。另一类则是有关家国情怀的游子情旅。因家世的因缘和早年参与政治的经历，李黎有强烈的文化寻根意识，对红色中国产生了向往，曾多次到中国大陆游历、访行，这一类散文作品主要收录于《别后》中的"岸"这一辑，也在《大江流日夜》《2000年：中国的主人》中可见。

在艺术上，李黎散文语言素净简洁，富于想象力，吸纳了小说的技巧，虚实难辨，超越了一般旅行散文文字的平实，具有大家气派。

（三）木心与刘荒田

木心和刘荒田，均是20世纪80年代初期从中国大陆前往美国的移民作家，在散文创作道路上，他们的轨迹具有完全不同的走向，为我们理解新移民散文创作提供了迥异的镜像。

木心，1927年出生于浙江嘉兴乌镇富商家庭，本名孙璞。1946年至1948年在上海美术专科学校肄业，他前后当过高中老师，办过刊物，曾任职于台湾工艺美术中心、艺术杂志社。1956年至1976年间，木心三次获罪入狱，出狱后被监督劳动，1966年至1976年在上海工艺创新工艺品一厂工作期间更是身心受辱。1982年，56岁的木心赴纽约自费留学学习美术，以修缮美术作品为生，余暇沉浸在写作与绘画之中。1984年《联合文学》推出其散文专辑后，其散文作品逐渐有了文学影响；绘画作品也被美国多家美术馆收藏，他生活日趋稳定，潜心创作多部文学作品。2006年木心回乌镇定居，2011年因病去世。木心是一位全方位的艺术家，绘画、文学和音乐的造诣极为深厚，绘画作品在欧美评价很高，文学在诸多文体上皆有建树。主要文学著述有：小说集《温莎墓园日记》《豹变》；诗集《西班牙三棵树》《我纷纷的情欲》《巴珑》《会吾中》

《诗经演》；散文集《琼美卡随想录》《散文一集》《即兴判断》《素履之往》《马拉格计画》《鱼丽之宴》《同情中断录》《文学回忆录》《狱中笔记》等，其中，散文的成就和影响力很高。

　　木心的文学道路早起晚成。他小时候受过良好的国学教育，对文艺情有独钟，学画之余创作了大量的文学作品，20世纪60年代之前，除少量作品在当地报刊发表外，大多文字深藏于室，孤芳自赏。"文革"期间这些手稿被毁于一旦，根据木心在监狱期间记下的目录，这些手稿有二十种之多。但作为作家的木心，应从其海外留学开始。木心本人坦言，如果不去美国，自己的创作尚是夹生饭。何出此言呢？就木心本人的性情而言，若留在中国，会困窘于人事而难以有自由写作的时空。抵达美国纽约初，木心因语言问题和经济收入处境艰难，但仍保持了旺盛的创作欲望，在美国华文报刊发表不少作品。1983年11月至1985年4月在《美洲华侨日报·海洋》[①]副刊上发表了散文、小说共8篇，以"文革"往事沉潜和时下风势杂论为主，显现了木心在文学题材上的探索和语言文字上的精彩。初试牛刀的报刊随笔创作，闪耀出独特的思想光芒与语言魅力，让木心收获了像陈丹青那样的一生挚友，也获得了副刊主编王渝的认可。王渝将之推荐给台湾《联合文学》主编痖弦，从此，有了木心文学创作的春天。1984年，台湾《联合文学》创刊号的作家专卷，推出了"木心散文个展"，名为《木心，一个文学的鲁滨逊》，木心作为文学新人与台湾一流散文家余光中、琦君等同卷，且占据了刊物三分之一的篇幅，引起了读者的强烈关注。木心的文学道路从此越走越宽，台湾多家出版社陆续出版了木心的多部散文集和诗歌集，为他赢得了巨大声誉，他成为一时之选。在陈丹青的强力引荐下，文学木心现象于2006年回流中国大陆。由广西师范大学出版社推出的数种木心作品，极为畅销，不断再版。在木心文学热的起落中，如何定位木心，出现了截然不同的

　　[①] 《美洲华侨日报》创刊于1940年7月8日，1989年7月底停刊，初期由唐明照任社长，总编辑冀贡泉，是美国华文报刊历史上存续时间最长的报纸之一。王渝在1975年至1989年任该刊编辑，也以笔名"夏云"在该刊发表散文。该报设有文学副刊《海洋》，木心所发表的文学作品就刊于这个副刊。与木心文章同登版面的还有梁羽生的武侠小说连载，聂华苓、陈若曦的长篇小说连载，李黎、夏云的散文等。

声音，木心是被高估的伪大师还是孤悬于世的艺术奇才？是象征古今中外完美融合的古老文化符号还是创新文体与语言的当代先锋作家？研究者各执所见，未有定论。在海外华文文学研究中，木心也面貌模糊、难以归类，他的创作无法归置在新移民文学的主体论调里，戴着世界性或者流散文学的帽子也有些勉强。或许，不如通过梳理木心的美国创作经验来探讨其意义。

寓居"琼美卡"时期，木心的美国生活十分暗淡，画册、巡展、荣誉，毫无影踪。木心在异域感受到短暂的自由快感后，陷入了生机困窘的绝望之中，自嘲在牢里还管饭，在美国的地铁里连腰也抬不起来，此时，构成其精神大厦的最大支柱，仍是写作本身。在这一时期发表的报刊短文里，有实验性的文体和精湛知性的语言表述，但心灵的困窘、精神的寂寥、往事的不堪隐约可见。可见，生活心境使然，木心的这些作品，和新移民文学的精神气质极为相近。但木心作品还有超越现实、空灵奇崛的一面，如《散文一集》和《琼美卡随想录》二书中的散文。这是1983年开始在台湾《联合报》与《中国时报》两大副刊上发表的散文、俳句、短札的集子，1986年由洪范书店出版，木心散文中的名篇皆出于此，如《哥伦比亚的倒影》《竹秀》《遗狂篇》《明天不散步了》《童年随之而去》《同车人的啜泣》等。这些散文题材各异，写法不同，但其近似意识流的结构特征、警句箴言般的精彩语句、心灵内化的时空穿越，体现了一种自由奇崛的散文文体，可以看作随想录与语录体散文的融合。它们印证了木心上下求索的思想旅行，展现了他超越现实的心灵之路，意味着作家创作的升华。但全球化时代，这样独特的散文体式读者往往如盲人摸象，各得其所。轻者喜其警句，重者爱其智识，远观者言其不合体式，近窥者惊其逾越创新。而木心散文的真正指向，不过是一个苦苦跋涉的现代人，用语言印证了逾越生活囚牢的可能性——豹变之路。

《文学回忆录》2012年出版，是独具特性的散文文本，共85讲，逾40万字，是1989年至1994年间，木心在纽约为一群中国留学生讲述"世界文学史"时所用的讲义，由听课学生陈丹青根据第一手文本整理而成。在体系化的世界文学史著述里，这本书的意义的确有限，倘若将之作为跨域生成的散文创作成果来看，它之于木心和读者意义非凡。20世纪80年代末的纽约，木心以五四启蒙者的身份，向一群在"文革"中失学的艺术青年闲谈文学、重描人生，放眼世界、反观自身。对木心来说，这非关稻粱，而是使命责任。他在惊讶地发现这一代知青其实什么也不太懂时，下决心给他们谈谈文学，也谈谈人生。做过中学教师的木心深知如何调动学生的积极性，他手舞足蹈、妙语成珠，寓教于乐、轻重融合，每讲一课，都做了细密的文字准备。在最后一课，木心郑重道出三大箴言：文学是可爱的，生活是好玩的，艺术是要有所牺牲的。上完所有课程后，木心更是要求众人正衣冠，逐一与之合照留念，完成"毕业典礼"仪式。《文学回忆录》的生成过程，也是木心通过世界文学的个人讲述，将五四尚未完成的文学启蒙任务在海外再次延续的过程。它仿佛是一次超链接，是一次错位的戏仿，但为"文革"中成长的一代年轻人提供了思想和人生的养分，建构起真正的文化家园。没有这一文学课，纽约的陈丹青们或许将在历史的废墟里徘徊失落，无以为家。而文学课自由开放的交流语境，也成就了《文学回忆录》散文体式的特殊性。结构与表述上，段落、篇章间的关系松散，但警句时见、引人入胜，看似碎片纷纷，实则繁花似锦；内容上，哲学、艺术、文学和宗教随意粘连、古今中外自由出入，所述因情境而生、出情境而立，可分可合；观点的性质上，多艺术的体悟而少精准的概括，重个人的观察而无学术的定论，属跳跃性的思考而非综合性的判断。有人认为它是碎片化的文学表述，但它因为融汇了其他艺术形式的感悟而美感十足。它表层如印象派绘画一般星光斑斓，情境幽美，内里却如巴赫受难曲般深沉含蓄。因此，它并非见解平庸的文学闲话，在艺术价值之外，还有其思想和文化传承的价值。可以说，它是木心以审美化的对话形式实现对青年一代的文学启蒙，进而完成对人的终极关怀与整体文化的反思，文学之功，莫大于此。

木心回国后的短暂岁月，创作趋于平淡，在商业化的乌镇旅游文化中，成为民国遗老的符号，成为我们抵达不了的远方与诗意，成为大众消费的网红打卡点。作为自觉承担文化使命的作家，木心在牢狱岁月以文学自全，在异域岁月因文学豹变，更试图以文学成化天下，回归故土后却在任人评说中无比寂寞，难怪乎，他临死前还要感叹壮志未酬了。

刘荒田，1948年出生于广东台州，原名刘毓华，当过知青，回城后从事诗歌写作，1980年随妻移居美国，1983年下半年开始以"刘荒田"为笔名在旧金山《时代报》上发表诗歌，并出版了4本诗集，获过4次奖。1994年后，刘荒田转向散文创作，取得了较高成就，现已出版《星条旗下的日常生活》《这个午后与历史无关》《两山笔记》《人生三山》《纽约闻笛》《旧金山浮世绘》《刘荒田美国闲话》《纽约的魅力》《三十六陂烟水》《刘荒田美国笔记》等三十多部散文集，斩获不少荣誉。2009年，《刘荒田美国笔记》获得大陆首届"中山杯"华侨文学奖散文类首奖。2013年他被北美《世界华人周刊》和华人网络电视台联合评选为"2012年度世界华文成就奖"；2015年，在江西南昌大学"新移民文学笔会"上荣获"创作成就奖"。

刘荒田散文分为随笔与小品两类，随笔"有感而发"，内容较为丰富，艺术性更强，如《刘荒田美国笔记》中的散文作品；小品"有发而感"，是报章专栏文章，篇幅较短，形式多样，数量较多，据统计，共达2 000多篇。两者说明了刘荒田散文创作的多样性，也折射出北美华文散文创作的两大面向。

作为典型的新移民作家，刘荒田立足日常生活，用散文刻录移民的人生百态和海外生存的点点滴滴，建构了海外版的"清明上河图"。在40年的旅美生涯中，他曾在华人餐馆端盘子打零工，做过不少底层的工作，他将自己所见所感化为生动的文字，以一个个人物为中心展开了他的"纽约笔记"。在他的笔下，厨师、服务员、摄影师、大学生、难民、流亡者……各色人等的素描栩栩如生，海外华人苦涩中略带滑稽、贫穷但不凶恶、下层未至于绝境的百味人生如在眼前。

在艺术上，刘荒田也形成了自己的特色。他在诗歌创作上的积累，让其散文富有诗歌的魅力，抒情与叙事融合较好。他的散文具有洒脱、幽默的笔调，令人在轻松莞尔的阅读感受里体味海外生活的百般滋味。此外，他的散文思想性较强，虽取材于日常生活，但着力写出哲思的高度，他本人也被称为旧金山叙事思想家。当然，相对于学者型写作，刘荒田创作具有草根性；但"有故事，有人物，有细节，有行云流水的文字表达，有动人心扉的情感流露"的刘荒田散文，作为美国新移民散文的一面旗帜，为我们了解美国新移民生活提供了散文之镜。

三、文学评论

（一）夏志清

夏志清，1921年出生于上海浦东，原籍江苏吴县，1942年毕业于沪江大学英文系，1946年随长兄夏济安至北京大学担任英文系助教，1947年取得留美奖学金赴美留学，1951年获耶鲁大学博士学位，曾在密歇根大学、纽约州立大学和匹兹堡大学研究或访学，1961年后在哥伦比亚大学从教，2006年7月入选台湾"中央研究院"院士，2013年因病逝世于纽约。夏志清学术著述较多，有中英文著作《中国现代小说史》《中国古典小说》《夏志清论中国文学》《文学的前途》《人的文学》《新文学的传统》《谈文艺、忆师友：夏志清自选集》等。其中1961年完成的《中国现代小说史》一书，奠定了他作为文学批评家的地位。

《中国现代小说史》是一本中国现代小说批评的拓荒之作，英文版在1961年由耶鲁大学和印第安纳大学出版社先后出版，中文繁体版有3个，于1979年、1985年、2001年和1991年分别在中国香港和台湾地区出版，2005年复旦大学出版社推出了中文简体字删减版。夏志清这本小说史的观念、方法和观点，均有独到之处。作为在美国受过完整文学研究训练的学者，夏志清认为文学史写作应立足伟大的传统，突出能反映人性深度的经典作品，反对政治标准第一的文学史观念，强调优美作品之发现和评审。正是基于上述文学史观念，他对现代作家进行了重新排序，着力推崇钱锺书、张爱玲、沈从文等作家，而对鲁迅、茅盾等左翼作家则持保留态度。相对传统印象式的文学批评，《中国现代小说史》在批评方法上也颇有创新。因深受英美流行的新批评影响，夏志清对具体作家作品的解读娴熟运用了文本细读法，且凸显了中西比较意识，得出不少真知灼见，颇能入木三分。如认为沈从文的《边城》是牧歌型的、有田园气息的作品；钱锺书的《围城》是"中国近代文学中最有趣、最用心经营的小说"等。这部小说史还对现代文学做了整体定位与反思，提出了"感时忧国的现代文学特质"一说，认为现代文学过于重视思想启蒙功能与社会功用，视野相对狭窄，缺乏真正意义上的世界眼光和人类意义上的道德关怀。

因其鲜明的批评视野和叙述风格，夏志清的《中国现代小说史》出版后，在英文世界引起强烈反响，被众多大学定为教参书的同时，也引出了捷克汉学家普实克的激烈批判，认为其并非科学的文学研究。在20世纪80年代流入中国大陆后，曾出现不少批评之声，但随着时间的流逝，这部小说史的深刻影响便逐渐清晰起来，如"二十世纪中国文学"命题的提出与思考，"重写文学史"的深入讨论，张爱玲、沈从文、钱锺书等作家热潮的持续，其源头均可以追溯到1961年的这部小说史。

（二）叶嘉莹

叶嘉莹，1924年出生于北京，1945年毕业于北京辅仁大学，在中学教过国文，1949年随丈夫迁居台湾，在几所中学教书，1954年开始在台湾大学、淡江大学、辅仁大学从教。1966年赴美国讲学，她先后任美国密歇根大学、哈佛大学客座教授，1969年前往加拿大温哥华，任加拿大不列颠哥伦比亚大学终身教授，1974年开始回中国大陆游历讲学，1979年后在南开大学从事教学研究工作，1989年当选为加拿大皇家学会院士，获2015—2016年度"影响世界华人大奖"终身成就奖。叶嘉莹是诗词研究大家，已出版相关讲稿和学术著作50多部，包括《迦陵论诗丛稿》《王国维及其文学批评》《唐宋词十七讲》《清词丛论》《汉魏六朝诗讲录》等。其中《王国维及其文学批评》是叶嘉莹早期学术研究的代表作，奠定了其诗学观念的基本面向，具有一定学术影响；而影响面最广、成就最大的是她关于古典诗词鉴赏方面的思想观点。

《王国维及其文学批评》在1978年首次出版，为20世纪60年代末至70年代间叶嘉莹在北美大学研究成果的结晶。在这本书里，叶嘉莹对《人间词话》做出了较为客观全面的分析，衡量了其功过得失，思考了仍需开拓之处。首先，她认为境界说是王国维独特的批评术语，体现了他独特的诗学观念，但论述不够严谨；其次，她认为王国维欣赏诗歌重直观感受，在沿用传统印象式术语时加入了个人观感，也带来了理解的歧义。总体来看，王国维在词学理论方面虽有所突破和拓展，但涉及词的微妙美感特性的论述语焉不详，带来了理解上的混乱。叶嘉莹认为，王国维的西学修养并不齐全，未成体系，难以生成有逻辑、成系统的理论著作，在中西融通这条路上具有过渡性。叶嘉莹在对王国维词学理论梳理的基础上，提出了"如何学习并掌握中国旧日传统文学批评的优点，并进而与西方批评中长于理论分析的优点相结合"的重要问题，这一问题对于推进古典文论的现代化进程至关重要，对于理解叶嘉莹诗词批评的发展路向也至关重要。叶嘉莹的诗词批评正是在发扬中国传统批评优势的基础上化用西方现代文学理论，将感悟式的品评与知性的力量相结合，在保留传统诗论的美感与诗意表达方式的同时，加强了逻辑与论证的力量，变模糊、描述式的传统批评为清晰、阐释式的学者批评。①

"兴发感动"说、"弱德之美"观是叶嘉莹有关诗词批评的重要论述，是她立足开阔的中西理论融合视野，凭借扎实的文史基础和个人丰富的诗词创作与鉴赏经验，对古典诗词美学做出的精辟总结与理论提升，其影响很大。

"兴发感动"说沿着中国传统诗学"兴发"路径，着意发掘古典诗词审美力量的源泉。在叶嘉莹看来，一方面，诗人应具有感发生命的力量与情趣，生出对万事万物赏爱关切之心，方能创作出好的诗词作品；另一方面，衡量诗词美学价值的标准也在于诗词中这一感发生命之力的厚薄、大小与深浅。由此，她强调，诗词并非一定要负载道德伦理的意义，但一定要具有感发生命的不息力量，后者才是中国古典诗词产生超越时空的艺术魅力之原因。"兴发感动"说的出现，是叶嘉莹立足具体的诗词文本，以西方的生命哲学与接受美学对接传统诗词创作论与鉴赏论做出的理论发掘，从托物起兴到兴发感动，叶嘉莹将物我不隔、心物一体的审美境界上升为物我激发、生命不息的宇宙境界，为中国诗词创作与诗学理论的发展提供了重要借鉴。

"弱德之美"是叶嘉莹独创的美学术语，它将词的文本特质与词人生命境界、人格品位、精神追求融合起来，用以概括词的审美特质，被称为继王国维之后在词学理论上的第二次开拓。叶嘉莹这一理论的提出，

---

① 叶嘉莹对西方文论的运用，与西学背景的学者大不一样。她自幼接受中国传统教育，早期未对西方理论有系统深入的研究，在后来的诗词批评中，她引用西方理论观念和批评术语只是为我所用，对与中国传统文论相斥之处并不苟同，故能贴近文本，读出真正的诗情画意；而很多留学欧美的学者是先有了西方文学理论底子，再选取中国古典诗歌作为其阐释个案，难免有所割裂和隔绝。

是对有关词的传统诗学认知的批判性发展。词又叫诗余，阴柔婉约是其主要审美风格，可谓是诗强词弱，但叶嘉莹在解读朱彝尊《静志居琴趣》里的词作时发现，词在表达上的含蓄收敛，并非骨力不足、风格孱弱的体现，更可能是以容忍退让之态坚持自我的操守与品性。词具有这种思想、人格和精神境界上的曲折之力便具有了弱德之美。叶嘉莹从朱彝尊词延伸出有关词审美特质的一般理解，认为"弱德之美"正是词有别于诗的内在品质。具体而言，则是词在艺术表达上的"低徊要眇""沉郁顿挫""幽约怨悱"，在情感境界上的那种承受以及在承受的压抑中的那种坚持，构成了词隐曲含蓄的姿态美，具有感人肺腑的精神力量。叶嘉莹将"弱德之美"放置于人的生命情境之中进一步加以阐释，认为古代的贤人君子在政治理想无法实现、社会现实无比残酷、伦理道德难以超越、天地人生只是有限的种种困境中，不得不保持收敛约束的姿态，以暗自的坚持完成自己的生命理想与审美追求，在一种"弱"的姿态中更好地实现自己的人生价值。正是这样的遭遇与心态成就了词作中的"弱德之美"，也显现了以弱抗强的传统生存智慧与审美文化选择。从这个层面来看，"弱德之美"不仅是对词审美特质的总结，还是对民族文化精神的总结。

叶嘉莹的古典诗词批评与阐释，以现代诗人学者的文心智识，打通了古今中外诗学理论的隔阂，知人论世、纵横比较、情理兼顾、深入浅出，呈现了融通古今、效果卓然的诗词批评范式。掬水月在手，她的努力，使古老的诗词重新焕发出勃勃生机，也守护了属于她自己的诗意世界。

（三）李欧梵

李欧梵，1939年出生于河南太康，1947年迁往台湾，台湾大学外文系毕业。1961年赴美，他先在芝加哥大学念国际关系，后转到哈佛大学专攻中国近代思想史兼及文学，1964年获硕士学位，1970年获博士学位。20世纪70年代初起，他先后任教于普林斯顿大学、印第安纳大学、芝加哥大学、加州大学洛杉矶校区和哈佛大学。2004年，李欧梵从哈佛大学提前退休，到香港中文大学继续从事学术研究。李欧梵是中国现代文学研究的知名学者，在美国汉学界与华人学术圈均有广泛影响，著有中英文著作《铁屋中的呐喊》《中国现代作家的浪漫一代》《西潮的彼岸》《浪漫与偏见》《中西文学的徊想》《现代性的追求》《上海摩登》《狐狸洞呓语》《李欧梵季进对话录》《寻回香港文化》《都市漫游者》《世纪末呓语》等近二十种，并创作了长篇小说《范柳原忏情录》《东方猎手》等。2015年，李欧梵获第26届香港书展年度作家。

《中国现代作家的浪漫一代》是李欧梵的博士论文，完成于1970年，1973年英文版由哈佛大学出版社出版，2005年在中国新星出版社出了中文版。该书通过对"浪漫"的梳理，对中国现代文学做了独特的价值审视，与当时"革命"或"现代"框架下的研究模式形成了某种对比。在李欧梵看来，"五四"个人主义中高涨的情感成分可定义为"浪漫"，与欧洲的"浪漫主义"有联系，但不等同。该书沉潜于林纾、苏曼殊、徐志摩、郁达夫等七个现代作家的情感层面，在关联传统"浪漫主义"精神脉络的同时，努力发掘现代作家的创作与其人生的内在关联，在时代的流变中凸显浪漫一代的同与异。李欧梵还认为，浪漫风潮是文学现代性的重要主线，现代小说中不断变化的旅行者形象、感伤飘零风格的延续、作家的个人主义追求、对革命抗争与社会运动的参与，以及由新感觉派作家而兴起的颓废美学，都可与浪漫风潮关联，它体现了"五四"以来中国文学现代性的另一面，倾向于悲观的、个人的一面。在现代文学的写实主潮中，李欧梵通过对"五四"浪漫作家的研究，提醒我们注意现代文学的复杂面向，关注另一群作家激越、独特的声音。

从《中国现代作家的浪漫一代》可以看出，李欧梵的现代文学研究，体现个人的情性，较有个性色彩。首先，他对浪漫主义的概念没有过多的阐释，而是按照自己的思考和感觉，将之作为一种创作姿势，而非流派与风格来处理。其次，他具有中西杂合、文史交织的研究视野。该书立足思想史研究的视野，将多个作家连接起来，形成了看似随意实际紧凑的逻辑结构，开篇借鉴布尔迪厄的文学场理论，提出了现代文学界、文坛以及职业文人出现的问题。在论述徐志摩时运用"神话原型批评"，将他"想飞"的心理与希腊神话中的伊卡洛斯对接，令人耳目一新。此外，该书的论述语言生动迷人，带有强烈的叙事性，极富有感染力。

李欧梵创作研究的另一力作是《铁屋中的呐喊》，这一本研究鲁迅的重要著作，从创作心理出发，呈现了一个复杂、痛苦、真实和深刻的鲁迅，开创了一条从矛盾与悖论中研究鲁迅的全新路径，这在后来汪晖的《绝望反抗》、钱理群的《心灵的探寻》中都得到延续。其"纯文学"叙事和"人间鲁迅""现代主义鲁迅"等具体观点与论述，也产生了很大的影响。20世纪90年代以后，李欧梵从现代文学转向现代文化的研究，也取得开拓性的成果，《上海摩登》就是代表性的著作。该书从上海的文学穿越到电影、音乐、建筑，将上海现代性的探寻延伸到日常生活的各个领域，成为中国现代都市文化研究的开山之作，也为上海日兴的怀旧之风提供了一面多彩的镜子。

（四）王德威

王德威，1954年出生于台湾，原籍辽宁，1976年台湾大学外文系本科毕业后，前往美国威斯康星大学比较文学系攻读硕士和博士学位，1982年博士毕业。1983年他回台湾大学执教，1986年重返美国，在哈佛大学、哥伦比亚大学任教，现为哈佛大学东亚语言文明系的讲座教授。王德威是华人世界声名卓越的文学批评家、学者，著作颇丰，有《从刘鹗到王祯和：中国现代写实小说散论》《众声喧哗：三〇与八〇年代的中国小说》《阅读当代小说：台湾·大陆·香港·海外》《小说中国：晚清到当代的中文小说》《想象中国的方法：历史·小说·叙事》《如何现代，怎样文学？：十九、二十世纪中文小说新论》《众声喧哗以后：点评当代中文小说》《跨世纪风华：当代小说20家》《被压抑的现代性：晚清小说新论》《现代中国小说十讲》《历史与怪兽：历史·暴力·叙事》等约80本论著、编著。

王德威擅长整体研究，他常把现当代文学史上有渊源影响的作家联系起来进行系统研究，形成了视野开阔、论述自由的境界。如《落地的麦子不死》一文中，将大陆、台湾、香港作家中受到张爱玲影响且自成一家的作家作了比较梳理，指出了张爱玲在华文文学传统中的重要性。王德威文学研究的领域宽广，但主要围绕"现代性、历史与文学、抒情与叙事、华语语系与离散"等关键词生发开来，其中最有影响的是关于晚清现代性的论述，在掷地有声的"没有晚清，何来五四"口号中，王德威强调了在整体性的研究视野中，突出晚清文学作为现代性起点的必然性与必要性。借看似不相干的细节来反思、质疑现有研究，将个案研究融汇在宏大历史视野中的思维，体现了王德威文学研究特有的越界性与整合性。

王德威在文学批评上颇有建树，形成了独特的跨域解读思路，从术语到思维都有着强烈的地理流动感。一是针对跨语境现象提炼出众多富有形象性和概括力的学术词汇，如"台湾的鲁迅、南洋的张爱玲、异化的国族、错位的寓言、包括在外"等。二是思维方式上的巨大跨域性，如"从刘鹗到王祯和，从鲁迅到刘慈欣"的时间跨度。最能集中体现其跨域性的是2017年3月哈佛大学出版社出版的由他主编的《新版中国现代文学史》。从时间跨度来看，这本著作从1635年的明朝回溯，展望而至科幻小说中的2066年；从空间跨度来看，除了中国大陆外，港台地区文学和包括马华文学在内的南洋文学都被纳入现代中国文学的版图之内。这样的时空架构超出了现有文学史的思维框架。此外，王德威批评文章可读性、感染力强，个人风格强烈。其论述中知人论世的深度、语言的概括力与形象性、情感的饱满度完美地融合在一起。概之，问题、材料和观点、表达的完美融合构成了独具特色的王式批评，其影响深远。

自20世纪80年代中后期起，王德威开始担任各类华文文学奖的评委，参与华文作品的译介传播活动，组织各种国际学术活动，活跃于中国港台地区以及新马华文圈。21世纪后，他在担任复旦大学、北京师范大学、南京大学等数所重点大学的兼职教授时，开设了若干主题化的学术讲座，参与组织各类学术会议，牵引出当代文学界一系列的学术论争。他在中国学术界的影响超过了夏志清、李欧梵等美国华裔学者。

文本细读五：洛夫与郑愁予的诗歌

※**细读任务**

洛夫和郑愁予均属于声名卓著的华文诗人。他们都是在本土取得了骄人的诗歌创作成就后移居海外的，移居海外后，又在跨文化语境中继续探索华文诗歌新的可能，成为加拿大与美国华文诗歌的代表人物。华文诗歌是海外华文文学中的重要文类，作家作品的数量极为庞大，是记忆与技巧、情感与思想、个性与共性高度融汇的文学场域，在系统梳理的基础上还需加强个案研究。同学们应该在整体把握海外华文诗歌动向、深入梳理诗人创作历程的基础上，对特定的诗歌文本进行文本细读。

※方法指引

（1）充分重视诗歌的文体特征与类别。诗歌是容易入情但难以入脑的一种文体，在文本细读时，要把握住诗歌的文体特征，既要重视诗人在诗行排列、语言表达和音韵协调等方面做出的努力，也要真正理解诗歌隐含的微妙情感与思想内蕴。此外，由于现代诗可分为抒情诗与知性诗等不同类型，应该充分注意不同类型诗歌的审美特性。

（2）理解诗歌的意象创造过程。意象是理解诗歌创作的关键词。在创作实践中，一个新的意象的出现，一个旧的意象的复活，都体现了作者的创造力。意象与意象的连接方式、整体意象与单个意象的关系、意象与意境的关系都是细读诗歌文本时需重点关注的方面。此外，对于长诗中存在的繁复意象群落，最好通过分类归纳与比较分析的方法，从整体上把握其结构。

（3）尝试在史的视野中定位诗歌文本的价值。读懂一首诗并不容易，要对一首诗做出准确的价值判断更不易。在文本细读过程中，要树立史的视野，在对诗歌发展的历史、诗歌作者的创作经历、时代和社会的变迁历史都有所了解的基础上，方可做出较为准确的判断。

※细读过程

1. 导入

这一次文本细读任务针对的是诗歌文体，我们选取了洛夫与郑愁予两位诗人的诗作，重点要关注的是两位诗人移居海外后的诗歌创作动向，期待大家在对诗人的生平及整个创作历程有所把握的基础上进行细读，努力确定特定诗歌文本的独特性与审美价值。请本组同学围绕自己对文本的主要发现进行分析解读，讲述应清晰，观点要清楚，在分享观点后，回答老师的问题，与同学深入讨论，形成共识。

2. 师生问答

■ 洛夫的《漂木》

学生1：我比较欣赏《漂木》这首诗，我认为《漂木》这首诗是诗人生命经验的自然生发，可遇而不可求，所谓天涯美学的悲剧意识和宇宙境界的产生离不开洛夫进入加拿大之后所经历的文化震荡。

老师提问：看来你对《漂木》有比较整体的把握，定位很准。但我更想了解的是你欣赏这首诗的过程。你的上述观点是从别人的理论阐释延伸而来的，还是在文本细读中领略到的呢？

学生1：我读了《漂木》这首长诗的部分章节，在读的过程中，被洛夫的意象和语言吸引了，我觉得诗人的表达一反早期的奇崛晦涩，变得清新可人，直抵诗人真实的内在自我。

老师：从自己的体验出发，放开现成的理念，你首先感受到了诗人的语言和意象的特点，这很好。你所说的诗人"真我"表达与语言意象的关系也很重要。对于任何一个诗人而言，如能通过意象的经营和语言的选择锤炼表达出"真我"，已是领略了诗歌创作的真谛，但大诗人的境界，必然寻求美学、哲学和宗教层次的合一，故而"真我"的意义与所指也是因人而异的。洛夫在《漂木》创作中领略出来的天涯美学，其实是试图将诗与思想、语言统一起来，并从自我上升到无我的宗教境界。

■ 郑愁予的《雪的可能》

学生2：雪是中国古典诗歌中常见的意象，雪在古典诗人的笔下千姿百态，大多用来比拟高洁的君子情怀，或是象征恶劣的社会环境。郑愁予这首《雪的可能》却是一首深情唯美的亲情诗，写出了远方游子对母亲的深切思念，我觉得特别新奇。

老师提问：你在古今对比的细读视野中把握了郑愁予诗歌的特质，这值得肯定。我们知道，郑愁予被台湾另一位大诗人杨牧称为"中国的中国诗人"，因其诗歌古典情韵十足。你觉得《雪的可能》有没有古典情韵，与郑愁予早期的代表作《错误》相比，有何不同？

学生2：跟郑老的代表作《错误》相比，这首诗少了点优雅悠长，多了些怀念感伤；少了些意境美，多了些画面感；少了些感性，多了些理性，但还是含蓄委婉，非常美。

老师：1968年，郑愁予与陈映真一起前往美国，因陈映真被捕入狱，没有成行，在爱荷华大学求学的郑愁予则因参加主张爱国统一的"保钓"运动而失去了台湾旅行证件，此后十年间他都不能回家。在被放逐的异国生活里，父母远逝，自己也渐渐老去，诗歌就在这一今昔对比的情境中，一面表达对母亲强烈而深沉的思念，一面抒发岁月不再、人生易老的无限感慨，其中还隐含了不能守护亲人的遗憾和无奈。已过花甲的诗人，不复有青春的唯美浪漫，其诗歌创作走向含蓄内隐，也是自然。但整体来看，《雪的可能》一诗已至炉火纯青之境，是郑愁予20世纪80年代诗歌中的佳品。

3. 老师总结

同学们对诗歌的解读具体细腻，但部分同学的结论缺乏新意，且受到现有论述的影响。我们可以感觉到，相比小说，诗歌的文本细读更为困难，难在哪里呢？首先难在理解上，无论是过度解读还是泛泛而论都会造成诗歌理解上的问题。古人为诗的阐释"有可解，不可解，不必解"之分，如果对每个词都下同等的阐释功夫，难免有费力不讨好的感觉，解读现代诗也是如此。但若无法发现诗歌在表达和结构层面的规律，所能领悟的也比较有限。在本科生阶段，建议同学们可以尝试用"仿写"加"吟诵"的方式，较为深入地体悟诗歌创作的某些奥秘；同时，尽量对写作背景和诗人生平进行了解，明了诗歌背后的情感脉络，这对理解诗歌也有较大帮助。当然，最难的还是提出问题，形成自己的观点。我发现，在诗歌文本细读基础上提出一些有价值的学术问题，对你们来说比较艰难，很多同学仅停留在努力读懂一首诗的阶段。我相信，未来等你们有较深的学术积淀，对诗歌史和诗歌理论有较好的知识基础时是可以做到的。对本科生而言，我们在与同伴的讨论中发现和总结的一些现象，也是很有研究价值的。比如一些同学提到的"郑愁予诗歌中的古典意象、洛夫诗歌中的修辞技法、郑愁予与洛夫诗歌语调的差异、诗人之诗和诗之诗人的区别与联系"等，都值得进一步思考和探索。

※观点摘要

■洛夫诗歌

1. 刘颖（2019级汉语国际教育）：洛夫诗歌中的"雪"

个性化意象的营造，是诗人风格特征的最佳体现，如同香草之于屈子，菊花之于陶潜，月亮之于李白，太阳之于艾青。洛夫诗歌中最具诗人个性的意象是雪。

洛夫爱雪，对雪的喜爱从童年时期就开始了："童年在院子里堆的那个雪人，无论如何是溶不了的"；直至晚年到了温哥华，他给自己所住的房子起名"雪楼"。在他笔下，雪的意象是醒着的乡愁，也是其人格追求与价值取向的象征。童年堆积的雪，多年后化成了乡愁，成为记忆中永远无法抹去的画面，反复出现在诗歌里，如著名的诗篇《湖南大雪》，那融化不了的雪，是诗人心中无法淡忘的故乡情结；从台湾到温哥华，诗人心中的乡愁不但没有消减，反而与日俱增。"我，天涯的一束白发／雪水洗白的／……／渡船由彼岸开来／你说回家了／烟，水，与月、光／与你母亲的母亲的母亲的母亲／每一幅脸都已结冰／下雪了吗？／我负手站在窗口／看着雪景里的你渐渐融化。"诗人将自己比作被雪水洗白的"一束白发"，乡愁似雪将诗人的青丝变成白发。是的，在岁月的洗礼中，童年的记忆也许会远去，母亲的面容越来越模糊，但诗歌将这一切留存下来，深深地刻进了诗人的骨髓里，成为无数游子的文化基因。

洛夫常在虚实之间写雪。"我便闻到时间的腐味从唇际飘出／而雪的声音如此暴躁……"（《石室之死亡》）。将雪与时间融合，以声音和气味渲染，雪是实在之物还是虚幻之念，难分难解。"泪湿的衣襟，诗稿，微秃的前额／以及随时可能在骨髓里升起的雪意／都已是失去了名字，容貌，气味的／辉煌过也苍凉过的／风／的／昨日。"（《杜甫草堂》）雪意是什么？是杜甫草堂里属于杜甫的冰清玉洁，是忧国忧民的高贵情感。冰冷的雪变成了熠熠发光的灵魂，虚实难辨。诗人通过实与虚、虚与实之间的互相转化，将现代抒情诗的美学精神上升到了一定高度。

在洛夫那里，雪，不仅仅是诗歌意象所指之物，更是诗人生命人格的象征，体现了诗人对自然物象和生命本体的一种理解。在诗人虚实难分的笔下，雪是他对童年、故乡和家国的寄予。

2. 杜伶梓（2015级汉语国际教育）：真我的追寻与释放——洛夫的《鲑，垂死的逼视》

以我20岁的人生经历和感悟去读洛夫凝其一生精华而成的长诗《漂木》，是有些困难的，但我确确实实被洛夫的诗句吸引了。他站在一个独立的高度去俯瞰各方思想，身处其中，又跳脱其外。即使学识尚浅的我未能理解透彻，也能感受到这种寻求真我的境界是迷人的。

在《漂木》中，洛夫追求的"真我"，是一种藏在生命深处的本真和心灵的净土。他探求万物的终极境界，站在宇宙时空的高度和广度去表达对生命的敬意。他一路追问着生命的终极奥义，视野越来越广，超越时间与空间的束缚，又化整为零，回归为宇宙间一缕轻烟，直抵"虚无"。

《鲑：垂死的逼视》是三千行巨诗《漂木》中的第二章。鲑，是"归"的谐音。鲑这种鱼，到一定的季节就会不远千里游回出生地。雌鲑拼死排卵，雄鲑围住射精。完成这种仪式般的传宗接代壮举后，它们便安然死于故乡。这是一种悲剧的美，壮烈又神圣。"垂死的逼视"，也是一种对曾有过灿烂而辉煌的生命的回顾与眷恋。我想说洛夫在此应该是把自己当作鲑，一个天涯漂泊客，但是又觉得人不如鲑般活得利落干脆。洛夫通过对鲑生存本能的思考，来反观人的生存状态，思考着"生命的无常和宿命的无奈"这一命题。

这一章第三节中，他列举了一串"没必要"："落叶无言秋堕泪/这种古典式的残酷完全没有必要/路，向天边延伸/险峻与平坦都只是过程/纵浪大化中/喜和忧没有必要/硬说大化中那一粒泡沫是我/更无必要/胆怯没有必要/冷眼横眉没有必要/极终关怀没有必要/为某种哲学而活，或死/也/没有必要/神在我们呼吸中/也在/一只吸饱了血的虱子/的呼吸中/敬畏没有必要/过量的信仰有如一身赘肉/虔诚没有必要/在筑构生命花园之前/我们内部/早就铺满了各类毒草/而神/什么话也没说/我们唯一的敌人是时间/还来不及做完一场梦/生命的周期又到了/一缕轻烟/升起于虚空之中/又无声无息地/消散于更大的寂灭/否定病没有必要/阻止褪色与老化没有必要/执着,据说毒性很大/当然没有必要/扬弃没有必要/被扬弃也没有必要/豁达没有必要/超越没有必要/魔黑脸白脸黑脸白脸没有必要/佛拈花一笑也无必要/短短一生/消耗在搜寻一把钥匙上/根本就没有必要"。

洛夫以气势恢宏的排比句,将附着在人生中的所谓"意义"之物,大悲或大喜、坚持或放弃、宗教或哲学,都看成不必要之物,看似全盘否定,实际是对生命回归至简状态的肯定。人的一生背负太多的东西,但死时十指散开,什么也抓不住,又有什么是要执着的呢?我想起米兰·昆德拉的一句话:"妨碍人类临终的,是排场。毕竟人始终都在舞台上。"这就是人间常态最准确的描述,"人始终在舞台上",人生而痛苦,死时得以大解脱。站在时间的尽头,洛夫的没必要,如同剥洋葱般,把附着在人身上的行囊一件一件卸下、扔掉,回到最简单的"人"的状态,对生,泰然处之,对死,坦然待之,没有过多的喜悲和慨叹,只是顺从自然之道。生命是一缕轻烟,可以飘散在任何空间状态下,但终将散去,不留痕迹。

在诗人看来,鲑被端上餐桌,没有绝望,形销骨蚀离所追求的本真更近一步,消失不是结束。诗人所追求的本真,是精神层面至高的东西,不存在于肉体苦痛之中,不存在于社会之中,不存在于宗教等思想之中。它存在于自然之中,随自然的节奏去变化它的存在形式。有如红楼名句"质本洁来还洁去",是生命的本来状态。不为生存苦痛所痛,寻得内在的平静,尊重生命,顺其自然。

洛夫在一篇文章里说:"经过多年的追索,我的抉择近乎《金刚经》所谓'应无所住,而生其心'。"他的漂泊之心,不是无所依,是选择不依。不仰仗任何一方思想,只是汲取其中智慧,去找寻使自己内心得到平静的净土。他知生之荒凉,所以会剔除所有不必要的东西。"早年与中期,我在诗中追求'真我',而到了晚年,我希望从'真我'中寻求一个更纯粹的、超越世俗的存在的本真,这个存在哪怕在神的眼中也许只是一个虚幻的影子。"所谓"天涯美学"的观念,大概也是这个心境所产生的,有对生命的一种形而上的玄思。只有体验过大寂寞大痛苦的诗人,才能写出具有宇宙境界的诗,得以解脱自我与他人。

《漂木》不仅是作为时间之客和宇宙游子的悲剧意识,还是通过生命、哲学、宇宙观的沉思而生成的对真我的坚定追寻。沉淀至深,静若止水。我相信沉淀和安静的力量,那是智慧的源泉。在我看来,诗人洛夫是个启迪者,他开启了一扇智慧之门,在门里没有盲从、没有苦痛、没有得失,让芸芸众生在时间长流中感受孤独,在虚空中感受存在,在空灵里感受永恒,终得以释放生命的能量。

3. 胡晓彤(2018级汉语言文学):浅谈洛夫诗歌中的魔与禅

诗人洛夫一生笔耕不辍,诗作等身,在七十载的创作岁月里,诗人在文字的疆域里跋山涉水,足绘地图,开拓了一个又一个的诗歌世界。他的一生是大江大河的一生,如同一条从珠穆朗玛峰山脉流淌出来的大水,无论是险峻的岭地,还是绵长的平原;无论是幽邃的峡谷,还是崎岖的山丘,都是诗人泉涌才思的温床。与此同时,在诗人七十载创作中,亦有一些恒定的诗歌意蕴流淌其中,这些意蕴构成了洛夫诗作中独特的精神气质。魔与禅就是洛夫诗歌的两大核心特征,既是其文本风貌的显现,也是其内在精神的支点。

当诗人早年流落陌生的孤岛,饱受战争与离乱之苦,承载双重的文化错位时,心中交织着放逐之痛、自我之惑、死亡之畏、时间之伤等种种负面情绪,它们如心魔紧紧啮咬着洛夫年轻的生命。在当时台湾的政治高压下,诗人并不能直接倾吐胸中块垒,只得效仿西方超现实主义抒写潜意识的方式,以稠密的诗质和高浓度的意象,将黑色的心灵颤音魔幻式地呈现出来。随着时间流逝,台湾的政治高压逐渐放开,加之诗人年岁渐增,生活安定,种种内外冲突不再那么激烈,骚动的魔的因子便慢慢沉淀下来。然而早年的遭遇毕竟彻底改变了洛夫的人生,有些伤痛终生难以抹去,它潜伏于内心深处,难以化解。回头审视东方人文精神并最终走向禅宗,这既是诗人洛夫诗意探索的自觉之路,也是寻求内心救赎的必然之途。

什么是魔呢?在诗人洛夫那里,"魔"就是神奇的、变幻莫测的情绪、思想与手法。法国诗人波德莱尔曾说:"每个诗人心中都藏有一个魔。""诗魔"洛夫身为现代诗人,全心追求创新,喊得最响亮的口号就是"反传统",创造时,他铸字设譬,不拘一格,经营意象,不守绳墨,这就是"魔"的主要表征。如月光是古人笔下常见的意象，但洛夫写来别具一格："香港的月光比猫轻，比蛇冷，比隔壁自来水管的漏滴，还要虚无。"一连三个比喻，以猫、蛇和漏滴来写香港月光之轻、冷和虚无，出人意料之外却又相当形象贴切，再如写一块被凿击的巨石，"灼热，铁器捶击而生警句，在我金属的体内，铿然而鸣，无人辨识的高音"，诗人将"我"融入巨石之中，带读者感受被凿击的巨石的热度、硬度。哲人的"警句"、音乐家的"高音"，这些人类创造物被通通赋予巨石，人格化地诠释出巨石坚硬孤绝的气质，诗句奇诡之极。又如《石室之死亡》，这首长诗包括六十四节，每节十行，其内容庞杂，暗示、歧义、象征、超现实主义手法交替运用，语汇丰富奇魄，意象浓密跳跃、繁复密集，诗质稠密而晦涩，就像诗歌的第二节："凡是敲门的，铜环仍应以昔日的炫耀／弟兄们俱将来到，俱将共饮我满额的急躁／他们的饥渴犹如室内的一盆素花／当我微微启开双眼，便有金属声／叮当自壁间，坠落在客人们的餐盘上／其后就是一个下午的激辩，诸般不洁的显示／语言只是一堆未曾洗涤的衣裳／遂被伤害，他们如一群寻不到恒久居处的兽／设使树的侧影被阳光所劈开／其高度便予我以面临日暮时的冷肃。"短短的十行内，浓缩了敲门者、饥渴者、论辩者、逡巡者等形象，主人与客人交错于石室之门的内外。"我"的急躁带着金属般的叮当声落于客人的餐盘，弟兄们的饥渴犹如室内一盆素花，我们共饮这诸般烦恼，其后激辩，不洁的语言如一堆未曾洗涤的衣裳，被伤害的人类如寻不到恒久居处的兽。阳光劈开树影照耀到身上，"我"感受到的不是温暖而是冷肃。明喻、暗喻、象征、通感，宗教语言，跳跃思维，非理性的词汇连接，密集的意象在读者眼前层出不穷地炸裂开来，构成一个超现实的意象世界。

  如果魔是变化，是动荡，那么"禅"是静坐调心，制驭意识，超越喜忧，至于清寂。洛夫说过："超现实主义的诗进一步势必发展为纯诗。纯诗乃在发掘不可言说的隐秘，故纯诗发展至最后阶段即成为'禅'，真正达到不落言诠，不着纤尘的空灵境界。"他所写的《随雨声入山而不见雨》与《金龙禅寺》，是人们常常引述的最具禅道韵味的两首诗。前者由"有"转入"无"，由"实"进入"空"，进入老子所言的"惟恍惟惚"的虚空境界，若言是无，又如在目前。而后者则更具禅道韵味了。晚钟可以成为人们下山的路径，羊齿植物可以像动物一样嚼出一路的痕迹，惊起的灰蝉可以点燃山中的灯火……诗人把这些错觉集中在一起，便构成了"万物有灵"的主观感情和心绪投射。总之，这一切皆源于心，无心便无感，无感自然就无句。这寂静优美的艺术境界，是道教追求的恍惚之象和禅家向往的"佛慧"之心融合成的"清净"境界。

其实，"魔"与"禅"可谓一体两面，洛夫这一生，"魔"与"禅"不可分离、相互印证，而将其联系到一起的，正是洛夫贯穿始终的诗性情怀。

■郑愁予诗歌

1. 吴克望（2009级对外汉语）：《雪的可能》的新意

郑愁予的现代诗《雪的可能》带给我们诸多惊喜，颇见新意。

在意象的情思凝练上，郑愁予刷新了我们对雪的固有联想，带来了雪的另一种可能。一提到"雪"，我们都会联想到傲立在冰天雪地的"梅"，"遥知不是雪，为有暗香来"，"梅须逊雪三分白，雪却输梅一段香"等，但诗人的想象是独特新颖的，他从雪想到了白发与泪水，写出了雪与岁月和哀伤的联系："冬日里沉淀下来的是雪，雪融化的是人生。"

在情感的表达上，节制凝练，哀而不伤。整首诗通过具有内在张力的意象，让人伤感的同时，又能在最悲伤的点上停下来，重新回归希望之旅。如题目和诗中出现的"雪的可能"既指生命的逝去，也暗含生命再生与延续的可能；"冬日的两个替歇"中女儿与母亲角色的转换，雪融流过指间与女儿的琴声，乃是青春与衰老的轮替同在；温暖的手掌与冷冷的一捧雪则是感情上的转换与比较，写出了晚年作者对母亲的深切怀念和"子欲养而亲不待"的感伤。诗在怀念过去和亡者的同时，也认可了事物由盛到衰、新事物必然代替旧事物的自然法则，哀伤里还有释然与希望。

跟郑愁予代表作《错误》相比，这首诗少了些婉约悠长，多了些怀念感伤；少了些意境美，多了些画面感；少了些感性，多了些理性。《错误》塑造了浓郁唯美的古典意境，用"江南、莲花、东风、柳絮"等意象烘托出怨女的失落惆怅和等待之苦。而《雪的可能》只是淡雅的写意水墨，作者内心的厚重情绪，化为节制而含蓄的咏叹。但作为郑愁予后期的代表作，《雪的可能》仍是一咏三叹的抒情节奏，令人回味无穷。

2. 徐秋慢（2009级汉语言文学）：《边界酒店》的乡愁书写

"乡愁"是一个亘古不变、永不褪色的诗歌主题。从余光中的《乡愁》到郑愁予的《边界酒店》，都在写乡愁。但我觉得，相对于余光中，郑愁予先生的乡愁书写更具魅力。

首先，两首诗表达乡愁的形式有高低之分。余光中的《乡愁》铺陈直叙，犹如倾盆大雨般直泻而下，一目了然，不够含蓄。不可否认，从小时候到长大了，从母亲到妻子和祖国，情感上在逐渐升华，情感抒发的方式却从简如一，只是通过一句又一句的重复咏唱来表达自己的内心情绪。而《边界酒店》则不同。郑愁予反其道而行之，采用"疏离化"的抒情方式，带一点幽默与戏剧性，在对话与自审的距离中重新思考乡愁的意义。

其次，两首诗关于乡愁的理解也不一样。余光中的乡愁只是现实生活中人人皆有的乡愁，简单直接，容易产生共鸣。《边界酒店》呢？诗人想要表达的真的是乡愁吗？不是的。他通过反讽、归谬的手法抒写了一种人世间普遍的乡愁，象征着现代人心灵彷徨、没有归宿、处处皆是异乡的迷失状态。"窗外是异国/多想跨出去，一步即成乡愁。"当左脚踩下右脚抬起的瞬间，美丽的乡愁就在眼前，可国土的边界，我还没跨出去呢？本是故乡客，将成异乡人，究竟何处才是我的归宿呢？

再次，两首诗的风格迥异。余光中是先西化后回归的"回头浪子"。他的诗是通过意象择取组合，重重罗列而堆砌出来的，不停地复沓咏叹，意境才得以浮现，情感才得以宣泄。而郑愁予是中国的中国诗人，一开始就是扎根在传统文化最深处，吸纳了英美现代诗的精髓，故而当我们读《边界酒店》时，既古典又现代，既优雅又豪放，每一句、每一词，皆可以读出古典的意蕴与现代的情怀来。当我们欣赏"夕阳"意象时，自然而然就会产生联想，"夕阳无限好"，或者"长河落日圆"；当我们吟诵"清醒着喝酒""或者，就饮醉了也好"时，"举杯消愁愁更愁""今朝有酒今朝醉，明日愁来明日忧"便顺口而出。

最后，两首诗的抒情主人公也不一样。郑愁予的诗中，抒情主人公是飘逸洒脱的古典之魂,"我"是那株黄菊花,也是喝醉了的游子;是吟叹的歌者,也是只凭边界立看的雏菊。而余光中《乡愁》里的"我"只是一个正在思念故人故乡的主体形象,与物象隔绝而对立。

概之,郑愁予的乡愁书写在纯净优美的文字里,透露含蓄幽默的情绪。他极力透过乡愁历史与现实的云层,去窥视其后深幽的人性,让我们对人生进行拷问。

3. 王晓君(2009级对外汉语):《小小的岛》的结构与意象

郑愁予的《小小的岛》为我们描述了一个让人心旷神怡的小岛。诗人用简单清晰的结构、丰富清新的意象,深情赞美着"小小的岛"。

整首诗歌可分为"思""赞""猜""护"四部分。第一部分——"思"。"你住的小小的岛我正思念"这一句,是整首诗歌的主旨句。它直接地反映了"我"的基本情调——思。正因为有了"思",才会对小岛有美好的想象以及憧憬,才会出现色彩鲜艳的小岛,才会引出下文的"赞""猜"和"护"。第二部分——"赞"。在这一部分中,郑愁予先生运用了拟人和比喻的修辞手法,以及赋予了岛上事物缤纷的颜色。这正是对岛的热爱,对岛的赞美。第三部分——"猜"。"隐隐的雷声"是不知何时会出现的,"午寐"时的"轻轻的地震"也是难以预料的。所以"我"才会"难描绘",对岛难以捉摸。因此出现了"猜"。第四部分——"护"。牧童是守护小羊的,"我"的一生是为守护"你"的。"我"愿化作一只萤火虫,以"我"的一生为你点盏灯。即使化作世间的一粒尘埃,也要把"我"的一生献给爱人,无怨无悔!

诗用丰富清新的意象,暗示小岛是一个美丽平静的地方,也是一位善良多情的女子。那儿浅沙是白的,鱼群是五色的,树枝是绿的,琴键是黑白的,草地是绿的,野花是五彩的,阳光是蓝的,而海风是绿的,"那儿的山崖都爱凝望,披垂着长藤如发。那儿的草地都善等待,铺缀着野花如果盘"。小岛如风景,五彩缤纷,让人着迷;小岛如等待中的女孩,带来无限希望。

其实,小小的岛,暗喻"你"——既可以是热恋中的爱人,也可以是故乡,是祖国,是我爱的世间一切!"你"并不伟大,但"你"有自己的尊严、情怀和秘密。也许"我"只能远望着"你",暗恋着"你",也许"你"什么都不知道，但"我"愿意终身守护你！

4. 曾芷嫣（2018级汉语言文学）：郑愁予诗歌《错误》的色彩

《错误》是郑愁予的代表作，极具研究意义，在既有研究之外，我想从色彩角度来谈谈我的浅见。"色彩心理学认为，色彩具有表意功能。色彩不仅具有冷暖、轻重、大小、明暗等维度的区别，还具有个性及象征作用。色彩能够对人们的心理产生重要影响，还能够反映人们的内心世界。"郑愁予在《错误》一诗中的色彩语言值得深入阐发，色彩可以视为通向其诗歌意蕴的路径，表达了他独特的美学思想。

我认为，诗歌中有显性色彩与隐形色彩。显性色彩是白色、粉色（莲花）与青色（青石、柳絮）。"莲花般的容颜"是以莲花喻人，白色纯净、粉色娇嫩，比喻女子的容貌清丽、出众，且青春正好。青色是一种内涵丰富的色彩词汇，它接近西方色彩学的深绿色、黑色、浅蓝色，却又并非这些色彩，携带着独特的中国文化气息。《错误》中"三月的柳絮不飞"中的柳絮应该就是青色的，有着自由美好的寓意，象征希望、生机与活力，可又带着纯纯的江南水乡气息。再看"恰若青石的街道向晚"这里狭长幽深且布满青苔的街道，为那从早到晚都在等待的痴情女子布下小镇生活背景，忧郁痛苦的心绪之外，还有活泼的人间气息，这也是古老中国的象征。

诗歌中的隐形色彩是指闪烁在词句间的色彩感觉，无论是江南、小城，还是食物，都有不同色彩的光芒闪耀，如画如诗。在这么一个美丽动人、色彩明丽的地方出现痴心等待归人的女子，人在景中，景为人设，情景交融，天地一色。

郑愁予诗歌中的色彩语言，在某种程度上，反映了他扎根中国古典美学，吸纳西方情思的独特美学选择。正是这种选择，成就了独一无二的郑愁予诗风。

※方法小结

（1）赏析诗歌，应虚实结合。我们不能只看到表面上"实"的东西，还应该了解诗歌"虚"的部分，故而虚实结合，才能倾听文本发出的细微声响，找到作者的匠心与秘密。

(2) 解读诗歌，要擦亮语言。诗歌鉴赏中，培养对诗歌语言的敏感非常重要，我们应字斟句酌，沉入词语，注意字面意义与暗示意义、字面意义与联想意义的关联，读懂诗歌，了解诗歌表达方式上的特点。同时，从语言出发，浸润、理解意蕴与更广阔的文化内涵后，还要回到语言，重视诗歌遣词造句的技法，了解诗歌创作的秘密。

(3) 直面文本，保持良好心态。欣赏诗歌更应放下观念和知识包袱，直面文本，在吟咏理解诗歌的过程中生成自己的感觉、感受与观点。文本细读是否能有收获，很多时候，不全是方法技巧的力量，而与欣赏者能否具有积极沉浸的心态有关。

文本细读六：琦君散文

※细读任务

琦君散文的乡愁具有独特的风味，充满童心童趣又内蕴深厚，易懂而难模仿，值得细细品味。但在同时代的诸多散文作家之中，在女性散文的链条之内、北美华文文学的视域下，琦君该如何定位，都有待进一步探讨与研究。期待同学们能通过对琦君散文名篇的细读，思考上述问题的可能答案。同学们应在对散文文体特征有所把握的基础上进行文本细读。

※方法指引

(1) 注意散文文体的出位与归位的问题。在人人都是散文家的时代，散文的边界已被打破，散文不能抗拒虚构与想象，也无法否定戏剧性与故事性，诗的意象与意境美，也成为题中之义。但在强调散文出位的同时，也要看到散文文体特征的独特性，诸如散文与作家个性、生活的直接关联；散文中的语言文辞与意象意趣之美；散文的修辞技巧；散文所强调的个人风格与味道等是我们在解读文本时要重点关注的层面，千万不要把散文当成失败的诗或未完成的小说来读。

（2）树立起散文的类型意识。现代散文枝叶繁茂，类型各异。虽然关于散文的分类意识和方式比较含糊，但一些散文类型已经深入人心，如游记散文、乡愁散文等，这些不可完全忽视。文本细读时不妨以反思的立场对散文进行归类概括，提升从个别文本上升到类型文本的理论概括能力。

（3）在史的意识中进行作家作品的审美判断。对特定散文文本的准确解读，需要有历史的意识，在散文如何抒情、如何达意、如何写人叙事的美学考察中渗透散文发展的历史眼光，找到作家创作的独特性及其艺术价值。

※ 细读过程

1. 导入

这一次我们立足散文文体意识进行文本细读，主要关注琦君散文。我们以她的名篇《春酒》《橘子红了》等为例，从散文的选材、立意、修辞和语言意象之美等方面探讨其散文的艺术特性和文学史价值。请本组同学围绕自己的主要发现进行分析解读，讲述应清晰，观点要清楚，在分享观点后，回答老师的提问，与同学深入讨论，形成共识。

2. 师生问答

学生1：琦君的《春酒》是被选入语文教材的一篇名作，写于琦君旅美期间。我以前读这篇散文时并没有注意到其异域背景，这回细读时才有感觉。水是故乡甜，酒也是故土酿成的香。琦君从饮水思源的独特视角，抒发了海外游子的爱国怀乡之情，特别感人。

老师提问：能注意到琦君这篇散文的写作背景，说明你读得很细致。琦君这一篇散文是否可称为乡愁散文，它抒发情感的方式有什么特别之处？与琦君的《桂花雨》等散文的区别在哪里？它为什么能感动你？

学生1：《春酒》情绪更为深沉，带有强烈的伤感与深深的遗憾；《桂花雨》相对更轻柔、更欢快一些。《桂花雨》的"我"是个可爱的女孩子，而《春酒》里的"我"则是个沧桑的老人，我觉得《春酒》更厚重一些，更能感动我，令人回味无穷。至于抒发感情的方式，我觉得两篇散文比较一致，都是以今昔对比来抒发怀念过往的情感。此外，两篇散文都注重叙事与抒情的融合,语言都有简洁传神的特点。

老师:你的比较很有意思。写作《春酒》时,琦君的年龄更大一些,又身在异国,情感基调自然不同。你还可以从主要意象出发,分析两篇散文审美性的差异。"春酒"作为一个意象,象征着文化记忆中的醇厚中国,寄托了海外游子对故土故园绵绵不绝的思念与认同,而"桂花雨"则是美好童年的象征。《春酒》气象更为宏阔,思想性更强一些;《桂花雨》则清新可人,更注重意境。你总结了两篇散文的抒情方式,认为琦君乡愁散文的写作模式比较单一。基本上是以一个女孩的口吻,重新叙述童年的人与事,往往在对母亲与故乡的怀念中寄托绵绵不绝的乡愁。有意思的是,现代文学中还有不少女性作家,在有关故土故园的叙述中,也采取这种童年视角,如我们熟悉的萧红、林海音等。女作家对自身生命体验的回顾,的确与男作家有所差异,她们并不屑于把个体与宏大历史情境对接,但沉浸在童年的情趣与悲哀的写法,的确过于狭窄,故而晚期的琦君也开始超越这一固化的儿童视角,叙述者"我"开始呈现新的面貌,《春酒》里的"我"就体现了这一变化倾向,从幼稚天真的女孩转变为洞察世情的智者仁者。

学生2:琦君的《髻》是一篇很美的散文,但故事性特强,也可以当小说来看。我觉得琦君塑造了一个个很凄美的传统女性形象,无论是伯娘,还是姨娘,都很动人。琦君用细腻温婉的文字、灵活生动的对比手法,让我们在岁月的流逝中,感受人世间的恩怨情仇;在心灵的碰撞交融中,领悟人生的小喜大悲。

老师提问:从文体来看,琦君散文的确介于小说与散文之间,但若作为小说来看,反而会难以领略其语言与意象意境之美。你有没有发现,《髻》淡泊素雅、灵动婉转的语言本身就是一种不可言说的美?此外,"髻"这一意象很有表现力,它既是青春生命的象征,也是欲望情感的符号。发髻与女性生命体验的复杂关联,在琦君富有表现力的语言中缓缓流出,令人欲罢不能。你觉得这篇散文与《橘子红了》有什么关联?

学生2:我觉得《橘子红了》和《髻》特别相似,虽然《橘子红了》被认为是小说,可我觉得其在笔调和写法上,甚至里面的有些人物与

《髻》也遥相呼应。我的印象是琦君的小说像散文，散文像小说。

老师：有意思，你的观点我特别认同。基于散文中的虚构与想象性因素，因缘作家自身的选择与特色，琦君的这两篇文章的确是介于小说与散文之间的。你所说的人物之间的遥相呼应也的确存在。这让我想起了关于萧红《商市街》的评述和张爱玲改写《金锁记》的问题。有研究者认为，萧红的《商市街》有很多虚构的情节，不能当散文看，但萧红自己是认真在记录着她和萧军的爱情故事。张爱玲将《金锁记》的精致短篇有意改写成情节拖拉、抒情性强的长篇小说《怨女》，那是因为七巧是她小说中唯一一个彻底的"人"，她不喜欢这样的"人"，也觉得这世界并没有这样彻底的"人"，所以要改写成符合生活情志的怨女。作家的夫子自道，也许不能成为我们判定文本性质的唯一依据，但至少能让我们意识到，我们要尊重作家的创作意志，并将之作为创作现象来研究。因此，当我们解读琦君这两个文本时，我们首先要明白，琦君的散文不无虚构与想象，有两方面的原因，一是在回忆中任何过往都会变形，二是为了抒发作者现时的情感，记忆中的人与事不可能不走形，但从《髻》到《橘子红了》，作者是有从散文到小说的自觉文体意识的。在作者的主观意志里，前者就是写实的散文，后者是虚构的小说。同样是大家庭的爱情婚姻故事，同样有敏感悲哀的主体意识，同样是红颜易老、青春不再的抒情意境，小女孩和大伯娘、二姨太同样存在，但文体意识的调整，还是带来了显著的变化，如六叔与秀芬情节线的突出、主要人物的转移与个性化、故事悲剧性的强化等。琦君在《橘子红了》的后记中提到，主人公秀芬的原型并没有死去，她苟活在世上，后来根本不愿与"我"相见，也不愿和任何人提及那段被卖为妾的悲惨往事。琦君显然更愿意那个被侮辱的女子死去，任人凭吊，而不是苟活在世上，虽然后者未尝不是更大的悲剧。

3. 老师总结

从发言可以看出同学们很喜欢琦君的散文，有不少令人惊喜的发现。比较意识的凸显，让我们更深入地讨论了诗歌与散文、小说与散文的同异，也懂得了更好地欣赏琦君的散文作品。更重要的是，我们在琦君的散文世界里，发现了散文抒情性的真正源头。那就是，作家对世界的大爱与慈悲。当然，同学们还可以将自己的视野进一步拓展，将琦君和其他散文作家进行比较，可能会得出更多深刻的见地。如王鼎钧也是旅居美国后散文趋于大成的，他与琦君在散文创作上有何不同？两人的散文观念是否一致？或者将琦君放在现代女性散文发展的历史链条之中，思考她与前辈、与同时代人的关系等。我认为，关于琦君散文的研究才刚刚开始，更多有趣的问题等待我们去探索。

※ 观点摘要

1. 谢燕珊（2019级汉语国际教育）：《橘子红了》中的人与物

我更愿意把《橘子红了》看成一篇意境优美的散文。这篇散文从"我"的视角出发，写了大家族里三个女人——大妈、二姨太和秀芬的命运。大伯在外当官娶了做交际花的姨太太，不会生儿子的大妈寂寞地守着乡下的宅子，为了挽回丈夫的心，大妈为大伯娶了女子秀芬回家做三姨太，为家族传宗接代。秀芬爱上了年纪相仿的六叔，也割舍不了对大伯的依恋，最终因小产死去。一切都结束了，大伯再也没有回来，六叔走了，橘园里又恢复了昔日的寂静。

在琦君的散文里，不管是《橘子红了》，还是《髻》，女性的命运都如此悲惨，难逃封建礼制的束缚。她们的青春与命运，如草芥般随风飘摇，对此，琦君用了恰当的物象进行比拟。《橘子红了》里的橘子就是非常有概括力的物象。首先，橘子的生长过程和女主人公秀芬的命运起伏是一样的。秀芬，在"我"的生活里，只存活了一个春秋；等到冬天，橘子熟了，果园归于冷寂，她就因小产去世了。同时，橘子红了也象征着千千万万的传统女性，当她们青春不再的时候，一个个就像红了的橘子一样，萎落成尘，被埋没在封建时代的大家庭里。

粗瓷娃娃也是一个有意义的物象。它是大妈和秀芬求子时从庙里拿回来的。它寄托了整个家族传宗接代的愿望，最后秀芬小产，孩子没了，粗瓷娃娃也摔碎了。粗瓷娃娃的破碎，不仅仅代表一个未成型孩子的夭折，也是一个封建家庭走向没落的象征，还是一个时代的落幕！

琦君通过人与物的关联，含蓄而深沉地抒发了自己的情感，有痛有惜，有怀念有释然。

2. 彭碧蕉（2009级汉语国际教育）：青丝白发无限愁——《髻》中的母亲形象

琦君的母亲在她作品中占很大的分量，她的母亲是旧社会中一位相当典型的贤妻良母，充满了"母心、佛心"——但这并不是琦君散文最感人的地方，只有当她写到母亲遭受种种不幸与委屈时，才是读者刻骨铭心、难以忘怀的时候。《髻》就是其中的佳作。

《髻》这篇散文通过展现母亲青丝变成白发的过程，对母亲寂寞、痛苦的人生做了回顾。在琦君笔下，母亲是个老实、本分、隐忍又守旧的乡下女子，她年轻时有一头乌黑的长发，十分美丽，但慢慢地，母亲的头发变少了，白发多了，夺去青春的不仅是岁月，还有那庭院里的深深忧愁。母亲的忧愁是父亲纳妾，姨娘争宠而导致的。在姨娘到来的日子里，母亲沉默而痛苦，但她也有自己的忍耐之道。为了衬托母亲默默地反抗与深藏的痛苦，琦君将母亲一成不变的鲍鱼头与姨娘各式各样的发髻进行对比，刻画了一个倔强、刚强的女性形象。母亲当时方年过三十，却故意梳了个老太太的鲍鱼头，让时髦的姨娘看着抿嘴笑，父亲看了更是直皱眉头，面对姨娘层出不穷的"凤凰髻""同心髻""燕尾髻"，母亲依然故我，沉默以对。也许，琦君的母亲是个聪慧的女子，她明白即使她出声了、抗议了，又能怎样呢？男尊女卑的社会里，倒不如静静地耗着，让那一点一滴的怨恨、苦闷随着岁月的流逝而逐渐淡化、消失！有意思的是，姨娘年轻时爱时髦、爱打扮，变着法儿改变发式服饰，年老时却根本不注意外表，似乎她只是为父亲而活着，这时的姨娘也就成了母亲的另一个化身，成为无数传统女子命运的象征。

母亲的形象，寄托着琦君对传统女性的理解与同情，甚至敬意。琦君心疼母亲，替母亲鸣不平，但她明白，传统社会里，正是像母亲那样遭遇痛苦的女性，以忍耐与沉默肩负起了家庭的责任。琦君更想通过母亲的故事告诉我们，人间的爱恨情愁，终必随时光消逝，没有什么是长久的。懂得了这个道理，我们对过往的一切就可以释怀了。

3. 吴淑怡（2019级汉语国际教育）：《髻》的东方温婉之美

平日里我并不怎么阅读散文，总觉得散文读起来像白菜熬的清汤寡水，仿佛只有像余华《活着》《兄弟》那样通过直面暴力、血腥和死亡的场景，有着极端反差的灰色幽默小说才能让我入迷。但《髻》这篇散文给了我很特别的感觉，我情不自禁地多读了几遍。它十分"温柔"，字里行间透出独特的东方韵味。

首先，"髻"这一意象本身就蕴含着东方古典之美。辛亥革命前，女性除出家为尼外，一律是蓄发梳髻，视发髻为珍宝，绝无一丝一毫剪发的念头。这就是中华民族千百年来形成的身体审美观。女性对镜梳妆，发髻形态各异、形形色色，不知有多少种类，它不仅是为了取悦男子，还有区分年龄、显示尊卑的作用。"髻"在一定程度上是传统中国的象征，象征着东方温婉之美。

其次，《髻》中的母亲也是传统女性的典型代表，她朴素娴静、贤淑自尊，在得不到丈夫的宠爱时，从无激烈的行为与言语，只是默默忍受，体现了东方女性的温婉之美。

再次，琦君以小女孩的纯净眼光去观察和叙说母亲与姨娘的故事，这种半开放半封闭的儿童式限制视角，将真情实感用隐而不露的曲笔含蓄点出，并激发出读者的想象与同情，将这个哀情故事放在澄静柔的意境之中，营造了一种哀而不伤、温柔敦厚的东方古典美学氛围。

最后，读者能直接体会到字里行间散发的温婉之气。琦君深受中国传统文化熏陶，温柔敦厚的诗教诗风内化于心，影响了其散文写作的笔调。在这篇散文中，她细腻描绘出如水般的忧伤，但语调和缓安宁、从容不迫，没有浓墨渲染，没有大悲大喜，发乎情，止乎礼，哀伤而不怨恨、感伤而不悲愤，是疏淡简约的古典美。

《髻》讲述了"闺怨"，但不仅仅是"闺怨"，而是从中升华至对人生的思考，宛如清幽闺房中的一面菱花铜镜，朦胧地映照着女性的沧桑岁月和人生的变幻无常；又像雕花屏风上的一幅水墨画，婉约写意，淡淡勾勒着远山近水，充盈着细细的中国风味和隐隐的古典韵致。

4. 罗松娣（2009级汉语国际教育）：《髻》里人生

回想起这篇文章，记忆最深刻的，不是《髻》里善良敦厚的母亲，不是时尚美艳的姨娘，也不是这两个女人有过的爱恨情仇，而是琦君透露在字里行间的仁慈和温暖。我觉得在这个世界上，最发人深思、让人回味的，是善良。

在那样的年代，男子是女人生活的中心。父亲纳妾，母亲失宠，两个女人形成了鲜明的对比：姨娘在父亲的宠爱之下日益香艳夺人，母亲却因为备受冷落而憔悴枯萎。两个女人都不能免于从韶华俏丽到年老色衰，但她们有着人性最纯真的善良。

母亲是善良的，与其说成母亲习惯逆来顺受，还不如说母亲是宽容的。姨娘年少气盛，不懂道理，母亲受了极大的委屈与不公，却从未想过要报复，还是一如既往地循规蹈矩、任劳任怨，这是那个时代的女人最可悲也是最可爱的特点。

虽说姨娘自身正值花容月貌且地位在母亲之上，那是为了争得男人的重视，但在父亲去世之后，母亲行动不便时，姨娘便照顾着"我"。三个人相依为命，成了真正的一家人。正是父亲的离世，让两个女人的爱恨情仇全部消失了，"我们"原谅和容纳了彼此，相互扶持走在岁月的风雨之中。姨娘的本性也是善良的。

又或者，是大自然生老病死不可抗逆的规律过滤了人心中的贪恋、痴迷，让人心变得宽容和豁达，是岁月沉淀出生命中人格的黄金，人性回归到了最原始的纯粹、真实、包容万物的状态，心境也变得安宁而平和。

在琦君朴实平淡的叙述中，我差点忘了文本之外，是作家美丽心灵的存在。

琦君用孩童的眼光，酿造了没有怨恨和责怪的审美情境；以洞达世情的眼光叙述着生命的沧桑和无奈，更以她仁慈与宽厚的胸怀，悲悯着母亲，悲悯着姨娘，悲悯着仍在爱、恨、贪、痴中执迷的芸芸众生。

因为作家是善良的，所以我们看到的，是更善良的母亲和姨娘。

有时候我会想，要换了是自己，也会像她们这样宽容吗？我又会怎样呢？或许做到一笑泯恩仇真的不容易，但是仔细想之，冤冤相报何时了，若是那些不快的过往已渐渐淡去，放下恩怨仇恨能让自己的心灵宁静下来，还自己一份平和安宁的生活，这未免不是件好事。

我们应该常常这样俯瞰自己和他人的人生：它有起点，也会有终点；它有起伏，也会有落差；它有平缓，也会有激昂；它有甜蜜，也会有苦涩……我们不能沉迷于欢乐，不能深陷于苦痛，要怀一颗善良的心灵，带一双慈悲的眼睛去看待、面对一切。

不管在什么时候，都要相信，一切都会过去，一切都会趋于平淡，期待最后，生活里沉淀的是最有质量的"黄金"。如此，我们的人生，才更耐看。

心宽，天地宽。

5. 杨诗欣（2019级汉语国际教育）：《髻》中的对比手法

《髻》是台湾作家琦君的一篇著名散文，文章通过多处的对比，从发髻这个象征女子青春美丽的富于特征性的事物展开描写，把"我"的母亲和姨娘从韶华俏丽，到渐渐衰老，终而相继逝世的人生历程展现得淋漓尽致。

母亲年轻时的乌黑长发与年老时稀疏的白发形成了对比。母亲年轻的时候"一把青丝梳一条又粗又长的辫子，白天盘成了一个螺丝似的尖髻儿，高高地翘起在后脑，晚上就放下来挂在背后。……母亲乌油油的柔发却像一匹缎子似的垂在肩头，微风吹来，一绺绺的短发不时拂着她白嫩的面颊。她眯起眼睛，用手背拢一下，一会儿又飘过来了。她是近视眼，眯缝眼儿的时候格外的俏丽"。头发是人精神气血的表征，又粗又长的辫子，可以想象母亲当时充满青春气息。而后来，母亲的头发却又少又白了，"母亲来信说她患了风湿病，手膀抬不起来，连最简单的螺丝髻儿都盘不成样，只好把稀稀疏疏的几根短发剪去了"。母亲这一剪，剪断了对父亲的眷恋，剪断了自己的希望。作者通过这种不动声色的描写，把夫权制下的女性悲剧表现了出来。

母亲的鲍鱼头发式和姨娘多姿多彩的发髻对比，衬托母亲曾经的失意与失宠。全家迁往杭州之后，母亲与姨娘的冲突明显激化，对比也更加明显。"母亲不必忙厨房，而且许多时候，父亲要她出来招呼客人，她那尖尖的螺丝髻儿实在不像样，所以父亲一定要她改梳一个式样。母亲就请她的朋友张伯母给她梳了个鲍鱼头。在当时，鲍鱼头是老太太梳的，母亲才过三十岁，却要打扮成老太太，姨娘看了只是抿嘴儿笑，父亲就直皱眉头。"相反，姨娘的发式每天都在换，非常摩登。"那时姨娘已请了个包梳头刘嫂。刘嫂头上插一根大红签子，一双大脚丫子，托着个又矮又胖的身体，走起路来气喘呼呼的。她每天早上十点钟来，给姨娘梳各式各样的头,什么凤凰髻、羽扇髻、同心髻、燕尾髻,常常换样子,衬托着姨娘细洁的肌肤,袅袅婷婷的水蛇腰儿,越发引得父亲笑眯了眼。"后面还描写到姨娘洗完头后,"一个丫头在旁边用一把粉红色大羽毛扇轻轻地扇着,轻柔的发丝飘散开来,飘得人有一股软绵绵的感觉。父亲坐在紫檀木床上,端着烟筒噗噗地抽着,不时偏过头来看她,眼神里全是笑"。母亲就在这样耀眼的发髻的映衬下,变得暗淡无光。两个女人的心境与处境的落差,完全取决于父亲的态度,父亲对母亲就是"直皱眉头",对姨娘则"眉开眼笑"。父亲的态度给母亲带来了无尽的伤害。善良与宽厚的母亲尽管有着无尽的哀怨,却只能默默承受,任自己的心境变得无限悲凉与苍老,这个旧式女子就在这样无爱的婚姻中度过了郁郁不乐的一生。

　　姨娘年轻时爱时髦、爱打扮与年老时不注重外表的对比也是一大亮点,大大升华了主题。自从父亲去世后,姨娘就不再是以前的姨娘:"她穿着灰布棉袍,鬓边戴着一朵白花,颈后垂着的再不是当年多彩多姿的凤凰髻或同心髻,而是一条简简单单的香蕉卷,她脸上脂粉不施,显得十分哀戚……当年如云的青丝,如今也渐渐落去,只剩了一小把,且已夹有丝丝白发。"父亲去世后,姨娘失去了依傍,青春也不再,多姿的发饰失去了意义,由绚烂归于平淡也就是自然的事情。但姨娘年轻时的富贵荣华反衬着老年的空虚寂寞,让人感受到两种人生境遇的冲撞:爱情与美丽带来的欢悦明朗冲撞着衰老与孤独带来的凄凉伤感,大的悲凉油然而生。女为悦己者容,似乎姨娘以前都是为了父亲而活的,她和母亲的矛盾也仅仅是为了争宠。一旦父亲去世,母亲与姨娘之间的关系便发生了转变,两人成了患难相依的亲人,两个女人命运的共通性就凸显出来了。姨娘前后境遇的对比,让我们对传统女性的处境有了深切的理解,也对作者的悲悯情怀生出了敬意。对于伤害过母亲的姨娘,琦君不但没有予以谴责和批判,反而寄予了深深的爱与关怀。在母亲去世后,琦君侍奉姨娘,将她看成相互依傍的亲人。这是因为,同为女人,她看破了母亲和姨娘的落寞,理解了她们生命中哀怨情仇的源头,也领悟了一切都将成为过去的真谛。

　　通篇的对比,将几十年的沧桑凝聚在两个女人的发髻变迁中,使人如历其境，感同身受，最后与作者一同感叹："这个世界，究竟有什么是永久的？"父亲与母亲之间，爱随着时间的推移而改变；母亲与姨娘之间，恨也随着时间的飞逝而消弭；曾经的欢乐与悲伤，都将随着时间远去。通过对人的生命境遇的时空对比，琦君告诉我们，人最终归于无情，"对于人世的爱、憎、贪、痴，已木然无动于衷"。既然不会永久，那为何还要去追求呢？放下吧。

6. 刘文婷（2009级对外汉语）：《桂花雨》中的家乡情

"桂子花开香十里，枝摇花落乐心头。魂牵梦萦桂花雨，恍如重返故里游"。读了这首诗，我们一定能感受到桂花雨的香气，似乎也掀起我们思念故乡的涟漪。琦君的散文《桂花雨》，也表达了同样的家乡情，只不过，用的是独特的儿童视角。

琦君出生于国民党高级将领家庭，后移居美国，多年的离乡背井令她更加思念故乡。她的一系列关于家乡的作品便应运而生。她的散文通过儿童圣洁的心灵来重建故乡，把对童年的每一次回忆，都当成涤滤心灵的一次巡礼，《桂花雨》也是如此。这篇抒情散文以桂花雨为线索，依次写了童年的我感受的桂花之香、体验的摇花之乐，抒发了对故乡亲人和童年生活的怀念感情。

《桂花雨》文字浅白而雅致，感情真挚，平淡有味，字里行间蕴含着淳厚温煦的怀旧深情，很多细节令人沉浸其中，值得细细咀嚼。

如"桂花盛开的时候，不说香飘十里，至少前后十几家邻居，没有不浸在桂花香里的"，"全年，整个村子都浸在桂花的香气里"。我们可以看到这里一连用了两个"浸"字，形象地写出了桂花的香气，桂花不仅花开时香，晾干了泡茶、做饼也同样香气弥漫。又如"我回家时，总捧一大袋桂花回来给母亲，可是母亲常常说：'杭州的桂花再香，还是比不得家乡旧宅院子里的金桂。'"。母亲每年都闻着桂花的香气，关注桂花，收获桂花，体验着馈赠桂花的快乐，吃着桂花做的食品，喝着桂花茶。家乡桂花树，是母亲生活乃至生命的一部分，还有什么可以替代它呢？母亲朴素的话，与"月是故乡明"如出一辙，因为母亲不是在用嗅觉区分桂花，而是在用情感体味它们。由此细节我们不难看出，家乡在母亲和作者心中的分量。

丝丝桂花雨，悠悠思乡情。这篇散文激起了我们思乡的涟漪，为我们呈现了一种不可磨灭的家乡情怀："外地的桂花再香，还是比不得家乡旧宅院子里的金桂。"

7. 刘紫云（2009级对外汉语）：诗意栖居的女孩

回想《桂花雨》，首先想到的，还是那个句子——"啊，真像下雨，好香的雨啊！"一个对着桂花雨惊叹的女孩就活泼地出现在眼前。离得这么近，好像还能看得到她眼里闪烁的光线。

这样的烂漫和诗意贯穿了全文，香气弥漫在字里行间，使人每次阅读，都忍不住微笑。

"可是桂花的香气味，真是迷人。迷人的原因，是它不但可以闻，还可以吃"。"吃花"？多么烂漫天真的一个举动，好似只有孩童才会有那样的心思，因为太喜爱了，所以忍不住吃掉。

"摇桂花"是件大事，所以"我"老是盯着母亲问："妈，怎么还不摇桂花嘛？"多么美好、迫切的期待。等到能摇桂花了，"我可乐了，帮着在桂花树下铺篾簟，帮着抱住桂花树使劲地摇……我就喊：'啊！真像下雨，好香的雨啊。'……"试想，一个在大人身边转来转去，忙得不亦乐乎的小女孩，又是抱又是喊，她对摇桂花的喜爱是多么动人呢！

读罢文章，其实最使我感动的，无关花，无关家乡，而是人心对美的向往和追逐。作者有一颗爱美的心，在文中，她是一个那样活泼地对着桂花雨惊叹的女孩，我觉得，这女孩最美。她的美才使得她周遭的景物也一样有了生气，有了美感，这美，才使人想念不已。

诗意地生活吧，烂漫地生活吧，我们的耳朵，就是为了发现美妙的音乐；我们的眼睛，正是为了寻找绮丽的风景；我们的心，恰恰是为了感受，感受这世间所有细小的、微妙的瞬间。

8. 刘小静（2009级对外汉语）：《泪珠与珍珠》——层层推进揭示人生真谛

琦君散文中，思乡怀人之作是她写作的重心。但《泪珠与珍珠》不一样，重在层层推进，展现人生的真谛。

这篇文章是由自己少女时的记忆写起，写老师如何点拨她理解白居易和杜甫诗中的旨意，再说随着年龄的增长，她对人生有了较为真切的领悟，进而结合具体事例讲述自己对人生与亲情的深切感受，事理情理契合交融，最后，文章宕开一笔，借说"观音流泪"和"耶稣滴血"表达了作者对人生最高境界的崇尚与追求，层层推进，显现人生真谛。

文章结构异常巧妙，不是直接写出作者的所思所想，而是采用大量引文逐层展开。马区夫人的话，意在说明人随阅历的增加会对人生有更深刻的体会；冰心的散文，意在说明一个人应当有真实的人生体验，并且越真诚越好；白居易的诗，写出了人生的痛苦只有自己才能感受最深；杜甫的诗，则告诉我们刻骨铭心的痛楚其实是人经历磨难后的收获。一诗一事一句话，引文之间层层递进，写出作者对泪水由浅入深的理解，最后让读者懂得：人生必于忧患备尝之余，才能理解泪水蕴含的深刻含义。

※**方法小结**

（1）尝试以散文的"四有"对特定文本进行整体艺术解读。即抓住言之有物、有序、有趣、有味四个层次，理解四者之间层层递进的关系。从写了什么、怎么写、写得怎么样、有没有独特的风格与味道等层层深入散文文本。

（2）学会通过个别作品捕捉散文家的特性和风格。如琦君散文中半开放的儿童视角、古典雅致的抒情情境、独特清新的意象、哀而不伤的情感特质、时空对比的结构模式等，让我们感受到了琦君独特的散文风格，恰如清幽闺房中的一面菱花铜镜，又如承载浓郁情感的旧相簿，温馨中透着幽幽的怆痛。

（3）细细品味文字的言外之意。散文的优势在于善于传递细腻微妙的情感，但情感表达是通过文字来呈现的，在学会整体领略散文的语言美的同时，也应学会推敲感悟散文文字的言外之意，才能把握住藏在字里行间的细腻情感。如琦君散文藏在童年往事里的家国情怀与宗教境界，是需要读者细细推敲的。

◎**学习要点**

1. 主要视野：文体实验。

2. 关键术语：跨文化对话。

3. 重要观点：跨文化对话的异域创作语境中，华人移民的华文诗歌、散文创作出现了新的动向，部分作家实现了新的逾越。

◎思考、实践与讨论

1. 理论思考：北美华人学者的个人经历、文学创作与学术研究之间存在怎样的关联？

2. 资料搜集与整理：搜集整理20世纪90年代以来北美散文创作与诗歌创作的作品名录。

◎参考文献与后续学习材料

1. 丘熊熊. 叶维廉的诗与传统［J］. 当代作家评论，1987（4）：120-128.

2. 秦立彦. 在异域的主人翁：叶维廉先生散记［J］. 华文文学，2011（3）：47-49.

3. 马铃薯兄弟，洛夫. 与大河的对话：诗人洛夫访谈录［J］. 扬子江评论，2021（4）：18-32.

4. 曾贵芬. 生命意识的觉醒（上）：洛夫长诗《漂木》剖析［J］. 华文文学，2004（2）：54-58；曾贵芬. 生命意识的觉醒（下）：洛夫长诗《漂木》剖析［J］. 华文文学，2004（3）：41-46.

5. 沈奇. 美丽的错位：郑愁予论［J］. 华文文学，2010（20）：21-36.

6. 陈燕莺. 郑愁予新诗中的海洋书写研究［D］. 厦门：厦门大学，2017.

7. 苗菲. 严力的反思性诗学与诗歌写作［D］. 济南：山东大学，2020.

8. 李晓丽. 琦君散文艺术特征探微［D］. 北京：首都师范大学，2013.

9. 张文静. 王鼎钧回忆录四部曲研究［D］. 扬州：扬州大学，2019.

10. 李多利. 木心创作论 [D]. 兰州：兰州大学，2015.

11. 刘方. 论夏志清的《中国现代小说史》[D]. 武汉：华中师范大学，2007.

12. 张春华. 叶嘉莹古典诗词诠释体系研究 [D]. 济南：山东大学，2009.

13. 盛中华. 论李欧梵的中国现代文学研究 [D]. 武汉：华中师范大学，2005.

14. 颜敏. 跨语境生存：传媒视野下的王德威及其华文文学研究 [J]. 粤港澳大湾区文学评论，2021（2）：78–87.

第七讲　欧洲华文文学

　　欧洲是海外华文文学的重要版块,其历史走向与发展规律与其他区域华文文学不无相似之处。在19世纪以来华人移民史和世界经济政治变动的大格局之中出现;在华人移民数量渐增、华文传媒日兴、中国影响力趋大的20世纪70年代后渐盛。但欧洲的文化特性与华人移民的特点等综合因素造就了欧洲华文文学的独特性,现就其发展阶段与基本特性做出概述,再选择代表性作家加以分析。

　　19世纪中叶后,欧洲与晚清中国的对抗互动也开启了中国人走向欧洲之路,由此出现的晚清旅欧游记和官员日记等或可成为欧洲华文文学的先声。进入20世纪,作为"文化、经济、科技"等方面的先进区域,欧洲吸引不少高素质的华人移民前往留学、经商、旅游,包括不少新文学的大家,如徐志摩、老舍、林徽因、苏雪林、凌叔华、巴金、戴望舒、许地山等,都曾去欧洲游学求艺,其创作虽是在中国本土开花结果,但受到欧洲各种文学思潮与创作手法的深刻影响。此外,20世纪20年代中叶,部分留学生尝试在欧洲留下中华文化的影响,开展过一些文学活动。由留法学生张道藩、徐悲鸿、谢寿康、邵洵美、蒋碧微、郭有守等人成立的文艺团体"天狗社"曾出版过手抄报纸,刊登新诗、散文、杂文和艺术评论等白话文文学作品,并与英、德等国的留学生有所唱和,直到归国后"天狗社"才自然终止。上述三种文学现象都只能称为欧洲华文文学的源头,欧洲华文文学真正发展成型,是在"二战"结束后到20世纪60年代这一段时间。"二战"后,随着国共战事的发生和政权的更替,一些留学欧洲的学生选择了定居欧洲,其中就有程抱一、熊式一、熊秉明等后来声名鹊起的作家。20世纪60年代前后，不少华人从台湾前往欧洲各国留学定居，如赵淑侠、郑宝娟、王镇国、吕大明等进入欧洲后成了欧洲华文文学的开拓者。在华人生活日趋稳定的20世纪60年代，欧洲华文文学也有了较为稳定的作者队伍，发表了不少优秀作品。

20世纪80年代以后，欧洲华文文学进入蓬勃发展时期。一方面，改革开放后中国大陆移居欧洲各国的人数剧增，欧洲成了东南亚、北美之外的第三个华人聚居中心，其中知识分子占比最高，拥有了一支高素质的写作队伍，出现了高行健、虹影、林湄、黎翠华等知名作家。另一方面，20世纪80年代后，香港《星岛日报》《文汇报》、台湾《联合报》创立的欧洲版提供了较为稳定的本土发表园地，特别对散文和诗歌的创作有所裨益。20世纪90年代后，欧洲华文文学进入了组织协调期。各种华文作家协会的成立结束了欧洲各国华文写作者的散落状态，特别是1991年3月在巴黎成立的欧洲华文作家协会包括了19个国家的百余名会员，推动了文学研讨和其他文学活动的进行。进入21世纪后，欧洲华文文学开始取得了世界级的声誉。如2000年，旅法作家高行健因其在小说创作上的成就被授予"诺贝尔文学奖"；2002年，法国华裔作家程抱一因其创作沟通了东西方文化的重要贡献进入法兰西学院，成为该院自1635年成立以来唯一一位亚裔院士。

欧洲华文文学逐渐进入了稳定的发展阶段，出现了一批代表性作家，粗略梳理，英国有张戎、虹影等，瑞士有赵淑侠、杨炼、余心乐（朱文辉）、朱颂瑜等，德国有龙应台、谭绿屏、张枣等，法国有高行健、郑宝娟、吕大明、宋琳、祖慰等，荷兰有林湄、池莲子、多多等，西班牙有林盛彬等，比利时有章平等。

因缘地理与文化特性，欧洲华文文学形成了自己的特性，也面临一些发展的挑战。首先，欧洲华文作家的来源广、流动性大，具有开放多元的发展格局，但难以形成稳定的华文文学传统和历史积淀。欧洲华文作家大都属于第一代移民，来源地十分广泛、生活方式多元、艺术领域多栖、区域变动频繁，长居者占少数，更有一些作家本身就是多元文化的身体力行者，在各个国家与区域不断漂移。如几个留居欧洲的朦胧诗人杨炼、北岛、多多等都属于漂流族。北岛先在北欧各国游走，后到美国,终回香港;杨炼出生于瑞士,在中国大陆成名,后在新西兰、美国、德国、英国等地游走;多多出国旅居荷兰15年,21世纪初回海南大学执教;赵淑侠在瑞士成名,21世纪后移居美国继续创作;吕大明在英国、法国之间旅居;虹影于20世纪90年代初移居英国,后长期居住在北京。作家的流动带来了文化的多元融合和作品出版传播的跨域性,符合全球化时代文学发展的动向,但为欧洲华文文学传统的形成带来了挑战。其次,欧洲华文文学的区域差异明显,创作参差不齐。欧洲国家的文化传统、语言文字多样;西欧、北欧、东欧的历史衍变和社会体制差异较大,欧洲各国也很少出现"唐人街"之类的华人集中聚居社区,因此,散居于欧洲数十个国家的华文作家,在创作上受制于各国文化体制与生活方式,各有特性也各有困境,从而导致了欧洲各国华文创作参差不齐,区域差异明显。其中法国最好,英国、德国、瑞士次之,其他国家和区域则鲜有优秀的华文作家作品。最后,华裔外语文学的影响力超过了华文文学,双语写作或可成为未来的发展方向。如华裔法语文学自晚清以来名家辈出,从陈季同、盛成、程抱一到戴思杰、山飒等,他们的法语小说、散文或戏剧作品,将中国文化的独特审美魅力融入法语文学语境,在欧洲获得了很高的认可度,如程抱一入选法兰西学院院士、山飒获龚古尔中学生奖、戴思杰获费米娜奖等。在法国,一直存在以华文和法语进行双语写作的现象,从1928年的盛成开始,到后来的亚丁、百川、董强、高行健,以及获法语青年奖的袁筱一和李金佳等,可见双语写作一直延续。此外还有周勤丽、魏薇、应晨、杨丹、黄晓敏、金丝燕等华文写作者也出版了法语小说。在瑞士,知名侦探小说作家余心乐(朱文辉)也是双语写作的佼佼者,他不仅成为华文文学界的侦探小说名家,而且一直用德语进行小说创作,并将自己创作的侦探小说翻译成德文发表,受到了瑞士主流文坛和广大读者的认可。2001年,瑞士推理文学作家俱乐部吸收朱文辉为会员,意味着他的德语创作得到了高度肯定和赞赏。

(一)高行健

高行健,1940年出生于江西赣州,原籍江苏泰州,毕业于北京外国语学院法语系,"文革"期间被下放农村,"文革"之后回到北京,1980年开始发表文学作品,包括散文、小说、戏剧、文学评论等。他创作了

《车站》《绝对信号》《野人》《逃亡》等实验戏剧，其中《绝对信号》一剧成为"共和国50年10部戏剧"之一。1981年出版的《现代小说技巧初探》一书引发热议，影响深远。1987年高行健选择去法国发展，在文学与绘画方面取得非凡成就，曾两度获得法国骑士勋章，2000年获诺贝尔文学奖，2003年成为法国世界文化学院院士，2006年获美国纽约公共图书馆雄狮奖，2010年获欧洲贡献金质奖章，其文学作品已翻译成近四十种文字，成为世界范围内名声卓越的华人作家。

高行健旅居法国后，创作了大量的文学作品，涉及多种文体。长篇小说有《灵山》《一个人的圣经》，戏剧有《彼岸》《对话与反诘》《生死界》《夜游神》《山海经传》《八月雪》《周末四重奏》《叩问死亡》《夜间行歌》，论著与作品集有《没有主义》《文学的理由》《论创作》以及艺术画册《另一种美学》等。其中，获得诺贝尔文学奖的长篇小说《灵山》成为其海外创作的重要代表作。

《灵山》共81章，近40万字，以寻找传说中的灵山为线索，展开了现代知识分子的精神探索之旅，将个人的苦难、孤独、绝望、虚无和对自由的向往与中国西南地区神秘的民情风俗及巫术文化融合在一起，形成了幽深而磅礴的小说世界。小说既没有连贯传奇的情节，也没有鲜明清晰的人物存在，结构也自由粗放。它最突出的创新是叙述形式与人物命名的特性。小说摒弃了传统小说人物的命名方式，以承担叙述功能的三种人称代替人物的个性存在，第一人称"我"既是小说的叙述者，也是小说的主人公。"我"在现实中旅行，在长江流域漫游，见到的都是真人真事；第二人称"你"在精神中漫游，既是虚拟的自我，也是"我"的投射或精神异化；第三人称"他"既是"我"的静观与思考，也是"我"的投影，而"她"则是我对话和爱欲的对象世界。小说中出现的我，你，他（她），均是同一感知主体裂化而成的不同侧面，不是单一独立的存在。或者反过来说，真正的主体只有一个，但主体内在精神感知有着多维度的指向，小说正是在"我""你""他"的交叉叙述与相互指涉中，在"我""你""他"与"她"的不断对话嬉戏历程中，建构出了主体在灵魂、情感深处的复杂性与分裂性，这一复杂分裂的主体如何在漂泊中抵达心灵圣地——灵山也成了具有悖论性的问题，小说所具有的人性深度与思想深度也因此出现。

《灵山》叙述人称、叙述方式的独特性，赋予了小说具有革新意义的后现代性美学框架，其黑暗而神秘的西南风情则被纳入西方关于中国想象的原有镜像之中。前者开拓了华文小说的审美境界，后者在赢得西方认同时也被国人诟病，华文世界对高行健小说臧否不一的评价也与此有关。但从更高的意义来看，作为流散的华裔作家，高行健在《灵山》中，尝试将中国传统文化精神与现代小说技巧融为一体，打造形神兼备的现代华文小说的努力是值得重视的。如在小说体制上，他将中国古典文人的漫游传统与西方的流浪汉小说融合；在具体表达上，他将西方的意识流技巧与中国文学的意象化思维相结合，将汉语表达的形象性与现代小说的反思意识相融合，将古老的道家文化、民间的巫术文化与后现代的思想情境相融合等。故而，灵山之旅，既是现代知识分子的精神探索之旅，也是中西交融情境下的文学创新之旅。

（二）赵淑侠

赵淑侠，1931年出生于北京，原籍黑龙江省肇东县，现居瑞士，毕业于瑞士应用美术学院，曾任美术设计师、电台编辑，现专事写作。20世纪60年代，她留学巴黎，后来旅居瑞士，开始创作生涯，担任欧洲华文作家协会创会会长，现已旅居美国。赵淑侠自幼喜爱文学艺术，17岁时开始在报刊上发表文章，至今已有小说、散文计约500万字。其主要作品有长篇小说《我们的歌》《当我们年轻时》《塞纳河畔》《赛金花》和"文学女人"散文系列等。

赵淑侠是欧洲留学生文学的代表作家，她创作于1978年的《我们的歌》是一曲情深意切的中华文化恋歌。小说以在德华人的留学与感情生活为主线，呈现了形形色色的华人形象，其中江啸风、余织云和何绍祥是主要人物。江啸风是一位才华横溢的音乐家，本可以留在德国，却选择回台湾，在寂寞中创作属于"我们自己的歌"，后在一次台风中因救人被淹死了。这是个理想的人物，体现作者对故土的深情。何绍祥则与江啸风相反，他是一个缺乏国家观念的人，在科研上取得了很突出的成就，只想做高人一等的"世界公民"，不愿意与中国人为伍，却在德国遭遇了各种歧视，无法实现自己的愿望，伤痕累累。最后，他从迷梦中醒来，坚定了自己的中国文化信仰。余织云是知识女性，但具有两面性，言行并不一致。她口头上并不喜欢西方文化，又难以割舍国外的物质条件；她深爱江啸风，却不愿意跟他回台湾受苦，但在经历了婚姻不幸等痛苦之后，她也醒悟了。《我们的歌》具有强烈的民族主义精神，对异国漂泊者的痛苦心境进行了深入描摹，在思想和艺术上都达到了一定高度，是欧洲留学生文学的优秀之作，曾获得1980年台湾文艺写作协会"最佳小说创作奖"，名噪一时。

（三）林湄

林湄，1945年出生于泉州，原名林梅，祖籍福建福清，1966年被保送人民大学深造，因"文革"中断学业，1973年从上海移居香港，尝试过多种职业，后转向新闻界，成为香港的知名记者，业余开始进行散文和小说创作。1989年林湄为寻求新的生活，移民比利时，1990年定居荷兰，专门从事创作，曾任比利时根特国立汉学院特约研究员、欧洲纯文学杂志《荷露》主编等。

林湄出生华侨世家，母亲颇有才情，受家庭影响，林湄小学阶段就立下了成为作家的志向，但直至20世纪80年代在香港经历婚姻变故、遭受生活磨难后，才走向写作之路。30多年来，林湄以文学建构自己的精神家园，笔耕不辍，出版20多本作品集，主要作品有散文小说集《诱惑》，散文集《我歌我泣》《精神王国的求索者》《如果这是情》，散文诗集《生命、爱、希望》，中短篇小说《不动的风车》《罗经理的笑声》《西风瘦马不相识》，长篇小说《浮生外记》《泪洒苦行路》《漂泊》《爱瑟湖》《天外》《天望》等，林湄的作品在华文文学界有一定影响，曾获1995年台湾"第一届海外华文创作佳作奖"、1991年和1996年荷兰诗歌奖等。

《天外》和《天望》是林湄用近20年时间完成的长篇巨著，获多方好评。《天外》将浮士德由魔鬼引领去经历种种生命体验，最终领略生命真谛的故事，转化为一个东方人在欧洲精神求索的故事。主人公郝忻在学问道路上苦苦求索，在欧洲终于学有所成，过上了平静的生活，却觉得"身不累，心累"，现实生活中的平庸安逸无法让他放下心里的疑惑与追想，一头具有中国色彩的黑猪成了浮士德般的诱惑，影响着他在求索道路上的种种选择与挣扎。在富有东方色彩的"欲""缘""执""怨""幻"五个篇章中，漂泊离散的现代中国人所经历的心路历程被形象地呈现出来。《天望》主要书写了华人移民女性的情感经历与人生故事，突出了女性精神人格的成长过程，在开阔的文化视野中探讨了个体在文化融合中达成生命圆通的可能性。

（四）虹影

虹影，1962年出生于重庆，20世纪80年代曾在北京师范大学鲁迅文学院、上海复旦大学学习，1981年开始创作并发表作品，1991年移居英国。其代表作有长篇小说《孔雀的叫喊》《阿难》《饥饿的女儿》《K》《女子有行》《上海之死》《上海魔术师》《好儿女花》，诗集《鱼教会鱼歌唱》，儿童文学《小小姑娘》《奥当女孩》《里娅传奇》《米米朵拉》等。虹影是意大利"罗马文学奖"首位华人获奖作家，是世界华文文坛的知名作家。

虹影的创作具有阶段性。1980年至1991年，虹影的创作以诗歌为主。在当时的朦胧诗潮影响下，她的诗歌具有追求知性和晦涩难懂的特点，注重意象的凝练和自我感知的独特表达，代表作品有诗集《天堂鸟》等。1991年至1996年，在留居英国的前几年，虹影开始了小说创作，并不断进行文体实验，着力打造出神秘、悬念、紧张的文本效果，写出了多部优秀的中短篇小说，如《那年的田野》《脏手指·瓶盖子》《你一直对温柔妥协》《蛋黄蛋白》《鸽子广场》《翩翩》《辣椒式的口红》《带鞍的鹿》《归来的女人》《一个流浪女的未来》（包括《康乃馨俱乐部》《逃出纽约》《布拉格的陷落》）等，成为具有先锋性的作家。此外，虹影还出版了诗集《伦敦，危险的幽会》、散文集《异乡人手记》《小说集》和第一部长篇小说《背叛之夏》，可谓是硕果累累。

1996年开始，虹影主要从事长篇小说的创作，写出数部令人瞩目的作品，成为享誉世界的华文女作家。长篇小说《饥饿的女儿》引发诸多争议，也是虹影的成名之作，小说以自叙的方式展现了问题少女"六六"的生存困境，她承受着身体的、物质的、心灵的饥饿慢慢长大，背负着一代人的痛苦蹒跚前行。虹影以充满激情的叙述，以尖锐醒目的饥饿书写揭示出"大饥荒""文革"年代给人们带来的重重创伤，达到了一定的历史深度。虹影后来的长篇小说创作，开始向民族、历史、文化纵深开掘，但女性主义的叙事姿势依然鲜明，如《K》《孔雀的叫喊》等作品都试图建构更为宏大的叙事背景，以更为尖锐的女性欲望叙述，对文化、人的现实生存和命运沉浮进行描摹关切。

2011年，虹影发表"母女书"《小小姑娘》，之后又陆续推出《53种离别》《奥当女孩》《里娅传奇》《米米朵拉》等图书，转向儿童文学创作。从叛逆少女到温柔母性的转变，让虹影的文学创作远离了昔日的阴暗锋利，形成了温馨温柔的文风，其成败得失，有待进一步探究。

文本细读七：《康乃馨俱乐部》《六指》

※细读任务

虹影部分小说带有强烈的性别意识，基于女性作家的敏感，对女性在现代社会的生存处境进行了生动呈现与深刻反思；作家在艺术上的积极探索也带来了其小说叙事的先锋性。《康乃馨俱乐部》和《六指》是虹影小说的精品，性别意识的呈现方式不同，但文本形式上均有一定创新。同学们应该在对性别理论与女性书写这一问题有所理解、把握的基础上进行文本细读。

※方法指引

（1）注意文本的性别立场。一些作家的创作有鲜明的性别意识和性别立场，在文本细读中，应关注文本的性别立场，重视性别立场与叙事策略的内在联系。

（2）建立有关作家创作的整体意识。对特定作家的创作应形成整体认知，在整体意识之中知人论世，把握具体文本的内涵、特性与审美价值。

（3）重视作家不同文体写作的关联性与区别。在把握不同文体艺特质的基础上，关注同一作家写作文体的多样性，重视作家不同文体写作的关联性与区别。

※**细读过程**

1. 导入

在海外华文文学领域，女作家是一道亮丽的风景，数量庞大，成就斐然。这一次，我们从性别立场入手进行文本细读，探讨女性写作的某些特质。我们以虹影的《康乃馨俱乐部》和《六指》为例，在读懂小说的基础上，注意文本的性别立场与其叙事策略的内在联系，并在对作家创作的整体意识中把握具体文本的内涵、特性与审美价值。请本组同学围绕自己的主要发现进行分析解读，讲述应清晰，观点要清楚，在分享观点后，回答老师的提问，与同学深入讨论，形成共识。

2. 师生问答

■ **《康乃馨俱乐部》**

学生1：《康乃馨俱乐部》写了一群生活在上海的女人，她们大都受过良好的教育。"我"是一位作家，"妖精"是比较文学的研究生，但是她们都在不同程度上受到来自男人的伤害，轻者是在感情上被男人愚弄，重者甚至遭受到乱伦和强奸，结果都是被男人抛弃。她们聚集在一起组成康乃馨俱乐部，打着"改造社会"的旗子，利用肉体诱惑男人之后，再用极其残忍的方式阉割男性的生殖器，以此来报复男人给予她们的伤害，反抗男人的性霸权。

老师提问：你的情节概述很清晰，从中也能看出你对文本的理解思路。你是将它作为一本女性复仇记来读的吧，请问你觉得作家本人的立场是怎样的？她会认同康乃馨俱乐部的复仇方式吗？

学生1：我觉得虹影的态度不太明朗。一方面，作为女性作家，她对这群女性在男权社会所遭遇的背叛与侮辱感同身受，深表同情；但另一方面，她也觉得，以暴制暴并非唯一的处理策略。我觉得，虹影的内心深处，仍有对男性的幻想与依附，从她在小说里对古恒的正面描写就可以看出来。因此康乃馨俱乐部里的"女性同盟"和"同性恋群体"不太一样。同性恋群体是基于生理差异和心理特性而出现的社会群体，而康乃馨俱乐部的女性同盟是基于男女性别对立的社会问题而形成的临时组织，它走向溃败也是必然的。

老师：你的分析很到位，《康乃馨俱乐部》是虹影《女子有行》三部曲中的第一部，借用了同性恋的外壳，但与同性恋题材的小说旨趣大不相同，在两性如何和谐共处的问题之下，隐藏了关于女性写作与现实生存关系的积极思考。在强化了的性别叙事视角里，虹影化身为女作家"我"，在小说里展开了关于背叛与伤害的情节线索。当"我"试图以伤害来终止男人的背叛时，最终也伤害了自己，两败俱伤的两性情感关系难以实现女性的自我救赎。但女主人公"我"作为作家的身份，牵引出了小说里有关女性写作的内在线索，这一点我们不可忽略。女性写作的处境和意义，在《康乃馨俱乐部》有所指喻。写作，既是情感上失败的"我"试图通过叙述重新建构自我身份、寻求生存意义的重要途径，也是"我"治疗情感伤痛、寻求异性理解与社会认同的性别沟通途径。男主人公古恒的重要性就在这里，他的存在意义不仅仅是身体和性别上的，同时也是权力和文化传统上的。"我"写作上的进步与前进方向，离不开古恒的指引；"我"对古恒的依附与爱，与他作为写作导师和评价者的身份直接相关。故而在惊世骇俗的叙事框架之下，《康乃馨俱乐部》呈现了现代女性写作的内在焦虑与迷惘，从中也可以窥视虹影此时的写作处境与写作心态。对此，我们不妨知人论世，对她在 20 世纪 90 年代的英国生活，尤其是感情生活有所了解的情况下，再做进一步的阐释。

■《六指》

学生 2：《六指》这部小说我有点读不懂，感觉线索比较混乱。我个人感兴趣的是那个"文革"故事。"文革"故事里的"我"和男主人公任天水之间的情感恩怨令人叹息。因为天性的懦弱与胆小，童年的"我"无形中成了害死同桌任天水一家人的帮凶，"我"一直心怀内疚，难以释怀，在成年后，在不如意的婚姻生活里，任天水化作一个善解人意的少年重新归来，让"我"终于释怀。

老师提问：你注意到了这部小说结构的复杂性，且梳理了"文革"

故事的脉络，这值得肯定。你为什么觉得小说的叙述线索比较混乱？你不懂的地方在哪里？

学生2：我觉得小说里"我"和丈夫讨论写作的部分有点多余，总觉得和小说情节没有什么关系，反而冲淡了主要情节线，让我不知道它的主旨是什么，难以概括出集中的主题思想。这是我不太能理解的地方。

老师：你对文本叙事特性的感受力很强，抓住了要害。小说的双线结构一明一暗相互牵扯，可能会带来理解上的困难。况且，对于习惯在阅读理解中寻找中心思想的阅读者来说，为每一部小说找到一个集中的主题也是惯性思维。但《六指》这部小说不是一般意义上的"文革"反思小说，甚至也不能视为"心理创伤后遗症"的隐秘呈现。我倒是觉得，虹影这段时间的创作，常表现出一种混合的创作思维。即在时尚的叙事元素里有意夹杂自己的独特用心，造成小说主题的含糊多元。你所看到的"文革"故事，善也罢恶也罢，在虹影笔下都成了思考女性写作的资源。当女作家"我"无法从往事中走出来时，她选择了以写作的方式进行救赎，她试图以文字重现当年的事实。这种基于真实性的写作立场才是"六指"在幻觉中不断出现的原因，但她这一写作立场得不到世俗认同，深知她的丈夫也对此表示反对。一个孤独的写作者，就像一根不需要存在的手指，注定只能生存在幻觉之中。这是虹影借这个故事所要感叹和暗示的。但作家的立场是清晰的，小说中，作家苏菡与任天水的心意相通与最后的告别都说明，在写作这条孤独的路上，虹影会有自己的选择。

3. 老师总结

这两部小说的文本形式都具有实验性，存在着解读上的困难。但同学们还是非常投入，通过反复的阅读，基本读懂了作品，一些同学还提出了问题，形成了鲜明的观点。但总体来看，同学们对于女性写作的思考还不够深入，关于女性主义与女性写作的理解还比较简单，有待进一步拓展相关的理论视野和作品阅读的范围，在现当代以来的女性写作传统中理解虹影写作的独特性与意义。若能梳理虹影与伍尔夫、凌叔华的线索，或是在丁玲、萧红、张爱玲、陈染、林白的链条里寻找虹影的意义，可能会有更准确的评价。此外，同学们还可以对虹影诗歌创作与小说创作的联系做出一些探讨,思考女诗人虹影成为小说家的原因。其实在《康乃馨俱乐部》中,虹影将自己擅长的诗歌写作与小说文本所要表达的内蕴很好地结合起来了,文本中多处出现了诗歌的片段,有着鲜明的导向,又颇有独立的审美意味,让小说飞散出诗情画意。

※ 观点摘要

■ 《康乃馨俱乐部》

1. 黄韵潼(2018 级汉语言文学):《康乃馨俱乐部》中的女性形象

作为具有清晰女性立场的作家,虹影在小说中塑造了大量的女性形象,其中,热情、大胆、反叛的女性形象最常见,也最令人难忘。这些女性大都受过良好教育,她们思想独立、行为自由,追求内心的独立与个人的幸福。她们可分为两类,一类是外表温柔、内心反叛的知识女性,如《英国情人》中的闵出身高贵,外表美貌,拥有温柔体贴的丈夫,过着人人艳羡的生活,可是她对生活有更多的欲求,与远道而来的英国青年裘利安产生了一段轰轰烈烈的情爱。另一类是外表和内心都一样反叛强势的女性,《康乃馨俱乐部》中的一众女性就是典型代表。

《康乃馨俱乐部》中的女人都是受过教育、有一定社会地位的女性,但她们同样受到来自男人的伤害,轻者在感情上被男人愚弄,重者则遭遇强奸和乱伦,生活因此残缺不齐。为了报复男权社会,她们团结起来,打着"改造社会"的幌子,以肉体诱惑男性,最后以极其残忍的方式阉割男性生殖器对他们进行报复。在外表上,她们有意扮成另类,或剃着很短很短的寸头,戴沉甸甸的大金项链,或在化装舞会上用树叶和花瓣披挂在身上,或者什么都不穿,只穿着齐膝盖的深黑色丝袜等,与世俗格格不入。虹影塑造的这些女性,个性张扬,自我意识强烈,看似现代独立,但实际上仍然摆脱不了对男性的依赖,她们的女性意识已经觉醒了,并把男女平等的想法付诸行动,但因为社会环境的围困和传统思想的强大,其反抗还是以失败告终。

虹影在这一小说中塑造的女性形象,带着她本人的影子,是作家女性意识与反抗意识的体现。虹影是一位人生经历十分坎坷的作家,出生在重庆南岸的贫民窟，父亲是水手，母亲是搬运工人，私生女的身份让她从出生开始就不受家庭成员的欢迎，经历了一场痛苦的恋爱，得知自己的身世后，18 岁的她选择逃离这个不幸福的家庭，在外漂泊，靠着写作谋生，最后去了英国定居。因为拥有私生女和贫民窟的经历，因为离家后的流浪生涯养成的不羁性格，因为英国旅居中所感知的女性主义思想，她作品中展现的气魄非一般女性作家可比，所以她以冷峻沉重的语言写出了《康乃馨俱乐部》这群大胆叛逆的女性。

虹影曾说："作为一个作家，我有责任为女人说话；作为一个女人，我更有义务伸张女性的权利和得到平等。"虹影认为女性要以自我意识冲破男权社会的束缚，实现自我，她笔下的女性身上都有强烈的女性意识，行为不拘于世俗，背离传统妇道。当她们遭遇苦难不幸时，往往表现出不屈服于命运的精神，她们不甘、出走，意图与命运抗争。《康乃馨俱乐部》中的那群"妖女"面对男人的欺凌，更是直接摧毁男权统治的源体——男性生殖器。根据精神分析理论，男性生殖器是文化中权威和权力的象征，因此，小说中对男性生殖器的消灭象征着对男性权威与权力的消灭，体现了对男权秩序的颠覆和对男权统治的瓦解。

女性始终是虹影小说中的主角，无论是知识分子，还是在底层社会挣扎的普通女子，她们都坚强独立、追求自由，她们不甘于男权社会及其性别文化秩序强制认定的"第二性""次性""他者"的屈辱身份，在一生的沉浮中努力找寻着自己的身份，抒写"为人"的本能欲望，体现了女性主体意识的觉醒。

2. 杨露（2019 级汉语言文学）：《康乃馨俱乐部》中的康乃馨意象

从标题可以看出，康乃馨是理解《康乃馨俱乐部》这一小说的关键，是作家静心构造的文学意象，那么，这一意象有何含义呢？

康乃馨作为我们熟知的花的品种之一，素来被认为与母亲有着千丝万缕的联系，代表着母性的包容、真挚和温馨。但这一小说里，康乃馨成为一个针对男性的复仇组织的标志，俱乐部成员还将它纹在自己身上。这是为什么呢？在康乃馨俱乐部总部有一间名为"婴儿"的房间——"婴儿用牙齿、指甲、脚趾、眼睛，用他所有的全部反抗并报复生在这个世界上的苦难"。而康乃馨俱乐部里的成员，如"我"和妖精都是在怀了孩子后，遭遇男人的抛弃，不得不舍弃未出生的孩子。因此，康乃馨代表的是一个母亲形象，但绝不是温柔的母亲形象，而是一个令男性惧怕的——复仇的母亲形象，小说这样描写康乃馨的文身："永远裹卷着疯狂的光""箭非箭，花非花，它们交缠起来、毫不留情地将时间往前抛。"从中可以感受到一个有强烈报复之心的、杀气腾腾的女性形象。有意思的是，根据精神分析学的观点，男性对女性的歧视与女性作为强有力的母亲形象有关，强有力的母亲形象让男性联想起自己婴儿时期被动、无助的状态，正是因为惧怕女性潜在的母亲形象，男性才压抑、迫害女性。《康乃馨俱乐部》恰恰以母亲的力量来对抗男性权威，特别具有启迪性。

我们知道，女人常被比作花，既有盛开时的明媚，也有衰败时的憔悴。《康乃馨俱乐部》里的女性都经历了从盛开到衰败的过程，她们的复仇组织也是如此。一开始，这群被复仇心绪左右的女性，意气风发，身上穿着的康乃馨礼服美艳无比，"色泽分别是康乃馨的红、黄、白、大红、淡红、淡黄、粉红等等，袖口和下摇是康乃馨牙齿形的边"，"走动时，整个身体若隐若现，无以用文字形容的华美"。但当俱乐部即将分崩离析时，女主人公发现"康乃馨已经开始腐败，而且现在开始腐败到我自己的身上"。康乃馨俱乐部分离破碎，女性们也再次遭遇了背叛或者死亡的命运。最典型的是妖精，她原本是名牌大学法律系的研究生，魅力十足。她被古恒抛弃后，加入了康乃馨俱乐部，但在古恒回来找她时，妖精失去了理智，陷入爱的幻觉中，最后为了救伪装要自杀的古恒，被"回忆"咬破了喉管，失去了生命。妖精之死，象征着女性从美到枯萎的过程。小说也借妖精这朵康乃馨的枯萎暗示，复仇之剑无法带来真正的胜利，无谓的牺牲不能让生命之花盛开。康乃馨最后的枯萎与损坏，也说明虹影思考的方向——选择并不只有非黑即白两种，还存在共生共和的区域。如果康乃馨因过分地炽烈而焦黑、枯萎，女性也需在保持自身的温柔中实现自己的绽放。

英国著名的意识流小说家、女权运动先驱者——伍尔夫，在其作品《海浪》中也有一个"绽放的康乃馨"的意象。《海浪》以六个人物——三男三女从童稚到垂暮之年的内心独白，用六股平行的意识流分别表现了意识的六种类型和"人的六个时代"的成长经历和体验。而以康乃馨意象作为连接——"那只花瓶里有一朵红色的康乃馨花……这是一整朵每一只眼睛都曾作了它各自的贡献的花……它包含着六种生活",《海浪》每一个个体生命都是花的一部分,共同组成了这朵绽放的康乃馨,表达了两性的和谐共存使人类生命整体绽放的观念。虹影的这部小说从立意和境界上都可能受到伍尔夫的深刻影响,在女性主义立场中凸显了男女"阴阳和谐"的生存之思。

3. 韩若溪(2019级汉语言文学):论《康乃馨俱乐部》里的女性主义叙事

我认为,《康乃馨俱乐部》讲述了一个在男权社会下,被压制的女性群体以阉割生殖器为手段进行反抗的故事,是一种女性主义叙事。

首先,小说中,以阉割男性生殖器为目标的康乃馨俱乐部体现了鲜明的女性主义立场。康乃馨俱乐部精准地报复所有玩弄、侮辱女性的男人,喜欢潜规则的汪大评、花花肠子的古恒,都被去势成为悲剧人物。康乃馨俱乐部采取了一种与男权公开对立的形式,不断挑战男性的权威,对男权社会的主动出战,体现了鲜明的女性主义立场。

其次,小说中,借女主人公妖精之眼,强化女性在情感上、性爱上、社会地位上的弱势地位的同时,对男权压迫进行了情绪上、思想上的反思与控诉。如古恒对妖精在言语、行动和情感上的轻蔑、嘲讽乃至羞辱,逼迫着她一步步走向崩溃的边缘,不得不采取极端的手段。小说中此类入情入思的叙述,能够引发更多女性的共鸣与认可,某种意义上,将男人放在被看的第二性的位置,对男性进行审判,实现女性群体对于男权主义的反凝视。

我认为该小说的结尾体现了虹影女性主义立场的矛盾性。一方面她安排康乃馨俱乐部这样的女性群体通过非常激进的手段去挑战男性权威;另一方面又安排妖精与古恒和好作为小说的结尾,对男性抱有幻想。不过,在虹影写这部小说的20世纪90年代,这样暧昧的中国女性主义,应该是非常大胆了吧,至少它可以唤醒仍在沉睡中的女性。

■《六指》

1. 唐洁（2018级汉语言文学）：女性的欲望叙事

我所理解的虹影是一名个性亦随性、心中爱生活的女性，她作为一名始终坚守女性立场关注女性欲望的作家，在《六指》中更是将女性的情感欲望、生命欲望等表现得非常深沉。

《六指》中，女作家苏菡在归来的船上遇到一个名为六指的男人，从而陷入了现实与过往的迷雾中不能自拔。故事的明线是苏菡与丈夫日渐激烈的冲突。苏菡是一个有个性的、敢于反叛却又执着的作家，丈夫却希望将苏菡的"棱角"磨平，希望她按照既往的经验来生活与写作。于是，在现实的困境中，六指化身为理想的任天水，包容了似火般热烈的苏菡，但她越是渴望通过"六指"和"写作的欲望"来拯救自己，越是被困在现实的枷锁中。故事的暗线是苏菡在"文革"的少年懵懂时期，因自己的自私与懦弱成了残害同桌任天水一家的帮凶，她试图以写作来摆脱这一噩梦，却始终难以走出困境。这一历史的困境中，虹影将视线投向女性欲望的最深处，表现了渴望独立于社会历史之外却被捆绑在历史情境之中的无力感。六指就是女性欲望的影像化，是女作家苏菡的自我意识，具体而言，就是经由男性指点而气成的女性写作的欲望，但六指作为多出来的一指，又好像是多余的，那么这多出的一指是否意味着女性自我意识与写作表达在当下的困境？

"水模糊了我的双眼，我看不清，早感觉到石片仍在一点点弹远，然后，飞了起来"。小说结束了，生活仍在继续。虹影借这样的结局表达了她对女性生命意识的既悲观又乐观的深层理解。当下女性欲望的释放、言说与满足并不是一曲自由的独舞，它的每一小步都与整个社会纠缠，女性的反抗步履维艰。

2. 王智娜（2015级汉语国际教育）：被遗忘的伤痕

《六指》是值得耐心品读的作品。"六指"，这古怪的名字从何而来？这是一种畸形的生理现象，还是一种怪异的社会疾病？显然，是后者。"六指"是畸形的人性在扭曲的社会中必然出现的结果。小说用超现实的写法将"文革"的伤痛重新呈现，试图唤醒缄默的旁观者和帮凶，抚慰伤痕，自我救赎。

小说中，作家苏菡是一个在"集体遗忘"中的觉醒者，她对自己参与造成的时代伤痕怀着深深的负疚和忏悔，但她身边的人不以为然。倾情创作的小说不被社会认可，真实的结局被身为编辑的丈夫批驳，宣称"反思文学已经过时了"。现实却是，那个诱逼苏菡出卖任天水的孙国英老师，已经坐上了教育局局长的位置，害人者身居高位，受害者的悲剧却只成了个人的伤痕，无人问津，无人哀痛。于是，作家和小说中的女主人公苏菡一起陷入负疚当中，唤醒"我们"重新审视时代的伤痕，救赎自己的灵魂。

在时代的伤痕后，我们更要看到个人的伤痕。小说中的苏菡原本是一个活泼可爱的小女孩，但经历了"文革"的无心之伤后，从此陷入了灵魂的黑夜中。苏菡是有罪的，可她亦是一个受害者，她明明是欣赏喜爱着那个男孩，却阴差阳错累他家破人亡，这就是"文革"时伤痕累累的青春。一个本该单纯美好的良缘却成了一场阴谋构陷的孽缘，对曾经憧憬幸福的少女苏菡来说何尝不是一道令其追悔莫及又痛苦万分的"伤痕"。

虹影创作这部小说的时代，正是所谓"伤痕"被人渐渐遗忘的时期，虹影的"六指"既在揭示伤痕本身，也试图提出抚平伤疤的一剂良药——记忆与写作。

3. 林佳妮（2019级汉语言文学）：《六指》的叙事艺术——历史与现实的交织

《六指》中历史与现实不断交织的写法令我感到新奇。

作者让小说的主人公苏菡在时光隧道中穿行，在现实与历史之间不断往返，最后"我"在现实中"真真切切看到了"和"我"一直交谈的六指是一个"整个手掌黑乎乎的，烧焦了"的死人。苏菡的这场"往返"不是一场物理性质的穿越，而是一场追寻自我救赎的神游，这场神游的结果是无解的，"我"最终还是要面对现实中的苦恼，接受循环往复的宿命。

作者的这一设计可以从三个方面去理解。

第一，这样的设计解释了"我"写作的火情结及超现实的六指出现的原因。因为小时候主人公"我"住的地区发生过一场特大的火灾,烧死了一对夫妻和一个孩子,而"我"作为曾经指认任天水写反标的证人,一定程度上也是他们一家遇难的施害者,所以"我"的写作都以火为主题。六指的出现则是我内心执念(忏悔)的投射。第二,作者并不是简单地还原过去,而是将过去与现在并置在一起,让它们互相发挥作用,凸显不同时空相互影响的意义,使人感觉在现实中"躲"不开过去,从而突出人物身上的宿命感,体现个体与时代的不可分割。第三,借历史与现实交织引起对比,更好地表达了作者对宏大的历史事件及历史人物的思考,更为冷静克制地表达对"文革"的控诉和思考。

从《六指》历史与现实交叉的叙事特点,我们可以看出虹影作品的一种叙事策略和故事模式,她钟情于让笔下的人物去"神游",通过故事线的交叉等,对作品进行有效的控制,传达出了自己对历史、社会问题的思考。

4. 陈沁滢(2019级汉语言文学):《六指》与虹影的创伤体验

创伤体验是主体由于遭受物质或精神变故而留下的负面生命体验,它会在作家的创作中留下深浅不一的痕迹。虹影作为私生子的坎坷身世、不快乐的童年、青春期不堪的情感经历等,都对其创作产生了强烈的影响。同样,《六指》这部小说也投射了其创伤体验的影子。

《六指》中的一些细节源于虹影童年的经历,苏菡的形象与经历也与虹影有相似之处,但更深层次的影响是,《六指》中的女主人公渴望得到认同、寻求生命圆满的心态中活跃着一生缺爱求爱的虹影形象。从童年开始,私生子的身份造成了深深的伤痕,让虹影一直都在追寻自己的位置,寻找真正的爱。在《六指》中,我与现实的树立,在幻想中的自由与满足,无不是一种心绪的投射,写作其实是一种代替性精神防御机制,以幻想化解个人在现实社会中的困境,从而获得满足。

虹影的写作,是一种自己与自己和解的过程。虹影直面创伤并书写创伤,在这个过程中进行对创伤的消解,或忏悔,或治愈。自我迷失—找寻—救赎痕迹也都印刻在她创作风格的转变里。虹影在作品中反复提及自己的创伤,以一种"揭伤疤"的方式去与过去的自己对话,并为其写作注入充沛的感情和动力。或许人的一生都在追求完美无瑕的幸福体验，或者在逃避无意义的创伤体验。但虹影等书写创伤的作者，则是在消解创伤的同时，替人们记住创伤，记住疼痛。《六指》也是如此。

※**方法小结**

（1）观点的形成与表述策略。文本细读中，可充分注意运用摘录、标注等手段来集中与凝练自己的观点，并通过不断向自己提问确立自己的观点。在表述观点时，不能空谈，依旧要回到文本中，将筛选在一起的文本内容有逻辑地整合在一起。阐释观点的逻辑性要强，尽量减少与主题不相关、缺乏逻辑的表达语句。在文字表达阶段，通过强化问题意识，不断磨炼整合能力，将零散的感知碎片串联成有逻辑、有层次的完整篇章。

（2）阅读与分析的取舍。阅读时可以不只拘泥于一个角度，多方位辩证思考，如文章的语言风格、人物形象、主题、结构等。但最后分析时必须有重心、有取舍，想面面俱到的结果往往是各方面都蜻蜓点水，浅尝辄止。

（3）敢于挑战自我与碰触新理念。文本常看常新，第一次和最后一次的理解甚至可能截然相反，要敢于挑战自我，以"咬定青山不放松""水滴石穿"的钻研劲儿去细读文本，耐心、毅力和激情一样重要，不能一遇到难题就掉头。要敢于接受或碰触新理念，时常反思并改进自己的阅读方法，革除偏见和刻板印象。

◎**学习要点**

1. 主要视野：跨域流动。
2. 关键术语：双语写作。
3. 重要观点：因缘区域的地理与文化特性，欧洲华文文学形成了自己的特性，欧洲华文作家的来源广、流动性大，具有开放多元的发展格局，但难以形成稳定的华文文学传统和历史积淀。

◎ 思考、实践与讨论

1. 理论思考：与北美华文文学相比，欧洲华文文学的发展有哪些特色？

2. 资料搜集与整理：欧洲华文文学的起步阶段有哪些华裔作家，请加以整理，找出2~3个知名作家并为其做出相应的作品索引。

◎ 参考文献与后续学习材料

1. 戴瑶琴．"圈地"里的低吟浅唱：论现阶段欧洲华文文学［J］．华文文学，2007（5）：67－71．

2. 施文英．欧洲华文文学的困境与发展［J］．华文文学，2016（6）：99－105．

3. 钱虹．赤子·浪子·游子：论海外华文女作家赵淑侠小说的民族想像［J］．华文文学，2008（4）：77－83．

4. 李娜．高行健长篇小说的艺术形式研究［D］．南宁：广西大学，2014．

5. 陈涵平，吴奕锜．以女性为基点的跨文化写作：论荷兰华人女作家林湄［J］．暨南学报，2010（1）：1－6．

6. 王璟琦．文化批评视野下的林湄小说研究［D］．厦门：厦门大学，2017．

7. 杨超．虹影小说创作论［D］．南昌：江西师范大学，2015．

第八讲　大洋洲华文文学

大洋洲是世界上最小的一个洲，横跨南北两半球，由一块大陆和分散在浩瀚海域中的无数岛屿组成，主要有澳大利亚、新西兰和一些岛屿国家。在数个世纪的殖民统治中，华人移民也在19世纪中叶踏上这片土地，他们主要从事劳务劳役活动，因知识水平的限制，未留下"文学"的影踪。20世纪80年代，随着华人新移民在澳大利亚和新西兰的集中出现，大洋洲华文文学有了一定的发展。

一、澳大利亚华文文学

澳大利亚的华人移民史应从1848年开始。当时，应资本主义海外掠夺的需要，大批契约华工前往澳洲淘金，写下了血泪斑斑的一页，但尚未发现类似北美木屋诗之类的早期华文文学作品。20世纪六七十年代，东南亚华人为逃避政治困境涌入，开始出现零星的华文文学创作，20世纪80年代后，随着以中国大陆移民为主体的第三波移民潮的出现，华文文学形成了更好的发展局面。

澳大利亚华文文学的兴起，还得益于澳大利亚文化政策的调整。1973年，为吸引更多技术移民，澳大利亚废止了自1901年以来带有种族歧视色彩的"白澳"政策，推行尊重不同族群文化传统的"多元文化"政策，改善了在澳华人的处境，也为高素质华人移民的流入创造了条件。在此情势下，中国大陆及港台地区的移民数量大增，一批具有创作积累与文学修养的写作人定居澳大利亚，华文传媒也随之兴盛起来。在悉尼、墨尔本等华人聚集的华人社区，中文电台、电视台、中文学校和中文书店开始出现，各类免费赠阅的中文报刊也达数十种。在华人密集的悉尼，有《星岛日报》《自立快报》《澳洲新报》《华声日报》等日报，留学生们创办了《华联时报》《时代报》《华侨时报》等周报，还有免费赠送的《白家信息》《综合周刊》《信报》等周报周刊，有《满江红》《新移民》《大世界》等月刊、双月刊。这些报刊大都有文艺副刊、以一定篇幅刊载的文学作品或相关的文艺评论，此外，还出现过一些纯文学刊物，如《澳华》《原乡》等，它们共同推动了华文文学的创作。

此外，澳大利亚华文文学的兴起与文学团体的建立密切相关。1992年4月，澳洲华文作家协会在墨尔本正式成立，接着，雪梨华文协会、墨尔本昆尔士分会相继成立。这些文学协会类似松散的文化沙龙，组织了不少文学活动，对华文文学发展起到了推波助澜的作用。这些文学活动包括三类，一是联合报纸杂志举办征文比赛和评奖活动。如在1988年、1990年、1992年《星岛日报》曾数度举办征文比赛，规模虽不大，但影响很不错。1994年，雪梨华文协会举办了一次没有奖金、志在鼓励的荣誉性评奖活动，名曰"首届华文杰出青年创作奖"，张奥列、朱大可的文艺理论，易心弦的新诗，武力的报告文学，黄惟群的小说等夺冠。二是对一些新人新作及时进行研讨、举行多次座谈会。1997年9月，举行了作家田地的作品讨论会；2000年4月，举行了黄惟群的作品研讨会；2000年6月，对新生代美女作家苏玲现象进行了专场研讨会。三是组织一些娱乐性的聚会和沙龙活动，以极为自由的方式发表各自的见解，活跃了文坛论争的气氛。此外，1991年开始设立持续至今的澳大利亚华人作家节，在澳华作家与世界华文文坛的交流互动中，提高了澳大利亚华文文学的整体水平与影响力。

正是在整体宽松的文化环境和华文作家的积极努力下，20世纪90年代中后期，澳大利亚华文文学的发展达到了一个高潮，大量文学书籍出版，不少作品具有一定的影响力。

从文体来看，澳大利亚华文文学中最为盛行的是散文，其次是杂文随笔。小说数量不多，诗歌则较弱。散文多发表在时效性强的报纸上，一些作品难免有"文化快餐"口味，缺少厚实感，但仍有不少佳作，汇编成集的主要有刘渭平的《小藜光阁随笔》、心水的《我用写作驱魔》、徐家祯的《南澳散记》、夏祖丽的《异乡人、异乡情》《南天下的铃鸟》《海角天涯赤子情》《哥儿俩在澳洲》、洪丕柱的《澳洲风情纪实》《旅澳随笔》《南十字星空下》、张至璋的《跨越黄金时代》、张奥列的《悉尼写真》、梁绮云的《袋鼠国随笔》《澳洲风情画》、千波的《旅澳随笔》、江静枝的《随爱而飞》、李承基的《浮生小记》《萍踪鸿影》、李润辉的《英语口头禅》、庄伟杰的《远行的跫音》、张典姊的《写在风中的歌》、沙予的《醉醺醺的澳洲》等。这些散文集中的文字多写得活泼轻灵，重在抒发一己之感，题材多集中在异国风情和生活琐记上。其中，女作家江静枝的《随爱而飞》中的一些文章充满了女性风味，细腻感人，颇值玩味。张奥列的《悉尼写真》因文字深幽，又时有幽默流溢，被读者所喜爱。

澳大利亚华文诗人多是双栖或三栖者，创作其他文体时也写写诗歌，内容也大都为缅怀故土，呼唤归家，难免鱼龙混杂，但一些诗作已有较高水准。主要诗集有心水的《温柔》、方浪舟的《鹰的诞生》、林木的《悉尼情思》、潘起生的《袋鼠土地》《南极星下》《此岸彼岸》《漂泊生涯》、庄伟杰的《神圣的悲歌》、欧阳煜的《墨尔本之夜》等。其中，女诗人璇子的诗心路细腻，富有思辨色彩，语言也清新宜人。心水的诗则流淌着古典文化气息，幽雅深沉。欧阳煜的诗带有浓烈的后现代气息，以其犀利、悲愤、调侃之独特风格，不但在华语界极受欢迎，而且受到了澳洲英语界的关注和赏识。

澳大利亚华文小说数量有限，但佳作不少，也具有一定影响力。最早的是黄惠元 1985 年写的长篇小说《苦海情鸳》，是印支华人的血泪写照，具有历史价值。长篇小说还有黄玉液的《沉城惊梦》《怒海惊魂》、陶洛诵的《留在世界的尽头》、李玮的《遗失的人性》、毕熙燕的《绿卡梦》、张至璋的《南十字星的月色》、陈爱真的《梦的钥匙》，刘熙让的《云断澳洲路》《蹦极澳洲》等。中篇小说集有刘观德的《我的财富在澳洲》、武力的《娶个外国女人做太太》。短篇小说集有《张至璋极短篇集》、心水的《养蚂蚁的女人》等。其中，毕熙燕的《绿卡梦》和刘观德的《我的财富在澳洲》受到中国大陆文学界的广泛关注，被多家报刊连载。传记文学作品集有黄雍廉的《蔡时公传》《陈少白传》、李承基的

《澳洲华裔参军史略》《澳洲总理列传》等。儿童文学有夏祖丽的《袋鼠跳跃的大地》。综合类有黄雍廉的《黄雍廉自选集》、杜若运的《晚晴楼诗文集》、黄惟群的《不同的世界》、张奥列的《澳洲风流》等。特别值得一提的是女作家的小说创作,她们在创作手法的创新方面更为突出,魔幻色彩、意识流、黑色幽默、荒诞手法皆有所运用。如林达的《最后一局》,用超现实主义的写法,反复渲染了下来下去都了无结局的一局棋,闪现出主人公陈四生活既漫不经心又似在执着追求,满怀希望又终无所作为的生存状态,文笔流畅,寓意多元。但澳大利亚华文小说多表现中西文化冲突中个人的遭遇,以及移民在异域的心路历程和生活经验,其深层意蕴有待拓深。

  澳大利亚华文的报告文学可谓一枝独秀。它虽受商业动机影响,但多抓住富有时代感的重大问题,讲求可读性和趣味性,在艺术上绝非粗制滥造。相反,很多佳作闪烁着作者动人的心智和深沉真切的思考。如庄伟杰的《酸甜苦辣皆因诗——调侃居澳的华文诗人们》,它以轻快、诙谐的笔调勾勒出生活中诗人真实可爱的性情,令人不禁抿嘴而笑,行文流畅如水,意蕴绵绵不尽。另小溪的《赌场见闻》、萧蔚的《天堂前的驿站——KANE女士老人村纪事》甚至比同类题材的小说创作更为生动活泼,思想性也极强。

  此外,大陆、阿忠、袁玮、楚雷、超一等八人的杂文合集《悉尼八怪》以其诙谐、尖锐的语风书写了留澳青年内心的动荡不安,引起华文文学界的惊叹。澳洲汉学家尼古拉斯·周思在序言中认为该书向世界展示了中国人在困境中的一个独特而难以捉摸的微笑。施国英、小雨、凌之、千波、王世彦、西贝、莫梦、毕熙燕等九人的小说合集《她们没有爱情》也引起汉学界的关注,悉尼大学亚洲研究中心的萧虹博士认为它超越了中国当代文学在改革开放后受西方思潮影响的多个阶段。

  作为移民文学,澳大利亚华文文学的主题和表现手法都可能与欧洲、北美等地类似,但澳大利亚华文文学仍有其自身鲜明的特点。从其主题来看,它涉及面极为广泛多样,又很有个性。较为有特色的是以下几大类。第一,有关"居留权"的主题。这类作品众多,长篇以毕熙燕的《绿卡梦》为代表,短篇有顾宪文的《前妻》、劳丁的《为了孩子》等。

这些小说中的主人公为了赢取在澳洲的永居权，遭遇了种种磨难，有时不仅失去自尊和至爱，还出现人性的变异，甚至成为不择手段者。由于澳洲华人大都亲历过这种身份焦虑，因此人物和细节都惟妙惟肖，读来深动人心。第二，异域的艰难生活。有关这类主题的作品数量也不少，如沈志敏的《与袋鼠搏斗》、刘军的《小黑》、凌之的《圣诞节的礼物》等。这些作品大多渲染打工生涯的苦与累，打工人内心的孤独与无奈，其中也难免交织着文化冲突和失根的痛苦。如沈志敏的《与袋鼠搏斗》中，主人公在工厂打工，经常被上司无故的责备，心情已很郁闷，但一位澳洲同事又经常拿他开玩笑，让他身心疲惫。一次，他终于忍无可忍，对这位同事大打出手，结果失去了工作，成为一无所有的流浪者。第三，赌博主题。这类作品有李洋的《赌王》、李纬的长篇《遗失的人性》等。因澳洲赌业发达，而来澳的中国人自有沾染这恶习的，因而此可谓澳大利亚华文文学一大主题特色。一些作品不但如实反映出澳洲空前"赌况"，而且意在渲染身处异域的中国人内心的无所适从、寂寞空虚以及得过且过的"过客心理"。如沈志敏的《战胜"CASZWO"》中嗜赌成性的华人，以前在大陆都有着正当职业，出国时满腔热血，可一到澳洲，整个生活便翻了底，失去了重心，任凭命运的浮沉。他们因绝望而赌博，又以赌博的方式诅咒明天。第四，生命意义的终极追想。这类作品诗歌有杨炼的《鬼话》、欧阳昱的《最后一个诗人的歌》，小说有刘放的《布罗亚帕克的春天》、赵川的《两星梦》、黄惟群的《寻》等。这些作品皆达到了一定深度，反映出作家对生命的深层玄想。由于渲染着人类的徒劳、无法避免的衰老和败亡、不可捉摸的命运这些意象，这些作品笼罩着一层阴郁、悲凉的色彩。如杨炼自称《鬼话》始于一次死亡，欲探求的是人的天性——嗜好痛苦还是罪恶，认为人生充满了荒谬感和无奈。而欧阳昱则在诗歌里一次次地书写死亡的寓言，流露出深切的生存焦虑。第五，对故国故土的回忆、对往日往事的追缅较为常见。其中多寄托对祖国深沉之爱，对记忆中的"黑暗往事"也进行了毫不留情的剖析。以散文类居多，如张典姊的《忆屈原》、钱静华的《鸽子》、千波的《叫我如何不想他——说不完的北大》、张劲帆的《江河水》等。淡淡的忧伤、无限的追恋，是这类作品的共有感情基调。第六，也有一些作家关注着被埋没的澳洲华人的淘金历史。如在散文《渴望绿色》中，作者王世彦在荒原中看到了一堵被命名为"中国墙"的断垣，她原本郁闷的心情更加沉重，先人血泪跋涉，留下的不过是一堵败墙，勾起她对华人命运的深层思考。李南方的诗歌《祖父的墓碑》则触及了普通华人无法达成归乡愿望、被迫客死他乡的"苦难"。此外，澳大利亚华文文学中不乏对旅澳生活琐碎的记载，也有刻意书写奇风异俗的，这类作品众多，也有佳作。

进入 21 世纪后，澳大利亚华文作家仍在坚持创作，一些作家的创作不断深化、境界更为开阔，出版了不少有分量的长篇小说，如毕熙燕的《天生作妾》（2003）、沈志敏的《动感宝藏》（2006）、刘熙让的《网上新娘》（2011）、林达的《金融危机 600 日——经纪人手记》（2012）、欧阳昱的《淘金地》（2014）、齐家贞的传奇人生三部曲《自由神的眼泪》（2000）、《红狗》（2010）、《蓝太阳》（2012）等。但澳大利亚华文文学未来的发展仍面临不少困境。首先是被抽空的流通市场。很多澳大利亚华文作家作品的读者群和发表园地都在大陆、香港、台湾，澳大利亚反而是个空洞的文学空间。其次是作者群本身很不稳定。部分作家在澳洲短暂停留后选择了回国或再次迁移，很多作家视创作为消遣，创作缺乏耐性和动力，作品质量难以精益求精。最后是作品很难得到更多的关注与批评，或有少数溢美之词，或是默默消匿、无人问津。总之，澳大利亚华文文学的发展历程还相当短暂，取得不菲的成绩。它今后的发展有赖于澳洲多元文化政策的推行和进一步完善，也有赖于澳大利亚华文作家突破既有困境，不断努力，为华文文学提供新的经验。

（一）黄雍廉

黄雍廉，1933 年出生于湖南，1948 年毕业于湘阴汨罗中学，1948 年跟随家人赴台，后毕业于淡江大学，一直从事文化工作。1985 年他迁往澳大利亚定居，从事商业经营，也从事文学创作，是澳大利亚华文作家协会创会会长。黄雍廉著作颇丰，包括诗歌、散文、小说、电影剧本、传记等各类文体。其主要作品有《灿烂的敦煌》《长明的巨星》《情网》《鹰与勋章》《昆明的四月风景》《哈利大桥》《陈少白传》《蔡公时传》《黄雍廉自选集》《气正乾坤》《背书包的女孩》等，其作品多次获台湾文艺奖。

(二) 心水

心水，1944年出生于越南，原名黄玉液，原籍福建同安。在华文学校中学毕业后经过商，当过教员，之后她开始文学创作。1978年她随家人逃亡至印尼，第二年移居澳大利亚墨尔本。到澳大利亚后，心水开始发表大量的小说、散文和诗歌。其主要作品有长篇小说《沉城惊梦》《怒海惊魂》，诗集《温柔》，散文集《我用写作驱魔》等。

心水的长篇小说记录了越南华人在20世纪下半叶的坎坷经历，情节跌宕起伏，人物命运扣人心弦，富有艺术感染力。

(三) 江静枝

江静枝，出生于香港，祖籍河南，后前往澳大利亚求学，毕业于新南威尔斯州州立音乐学院、歌剧学院，获双学士学位。她曾活跃于澳大利亚文艺界，任澳洲华文报纸专栏作家、澳洲SBS国家民族电视台高级译员、雪梨华人艺术团团长等，完成了250多部中国知名影视作品的字幕翻译，1997年随夫到上海创业。

江静枝发表报告文学、诗歌、散文、小说等700多篇，以散文更佳，其代表作有1997年出版的散文集《随爱而飞》。

(四) 张奥列

张奥列，1951年出生于广州，祖籍广东大埔，20世纪80年代初在北京鲁迅文学院和北京大学中文系进修，获文学学士学位，曾任中国作家协会会员、广东省作家协会副秘书长、《当代文坛报》副主编，在国内已出版的评论集有《文学的选择》《艺术的感悟》等，具有一定知名度。1991年他移居澳洲，工作之余，开始文学创作，发表小说、散文、评论近两百万字，出版纪实文学集《悉尼写真》和小说散文集《澳洲风流》。他1994年获澳洲华文杰出青年作家奖，1997年获台湾侨联华文著述奖小说佳作奖。

二、新西兰华文文学

新西兰又称为纽西兰，属发达国家，良好的自然环境和人文环境吸引了大量华人移民。20世纪80年代后，随着新移民的不断涌入，新西兰华文创作有所发展，现已成立新西兰华人作家协会，创办了一些文学刊物，主要代表性作家有顾城、林爽、冯蕴珂、林慧、林宝玉、舒雨、石妮、紫凡、梦诗、杨帆等，其中，顾城、林爽较为突出。

（一）顾城

顾城，1956年9月出生于北京，原籍上海，8岁开始诗歌写作，1969年随父下放山东务农，写出第一部诗集《无名的小花》和格律体诗集《白云梦》。1974年他返回北京，做过搬运工、锯木工、借调编辑等临时工作，同时在《北京文艺》《山东文艺》《少年文艺》等报刊发表作品。1979年初他以一首《一代人》享誉诗坛，因其诗歌的童话色彩而被称为童话诗人。随着更多诗作的发表，他成为风靡一时的朦胧诗派的主要代表。顾城1985年加入中国作家协会，1987年应邀出访欧美进行文化交流、讲学活动。1988年他赴新西兰，讲授中国古典文学，被聘为奥克兰大学亚语系研究员。1989年起他移居新西兰激流岛，1992年曾受邀到德国写作讲学，1993年10月8日在激流岛重伤其妻谢烨后自杀。顾城的主要作品集有《黑眼睛》《一代人》《生命幻想曲》《白昼的月亮》《顾城诗全编》《顾城童话寓言诗选》《城》《鬼进城》《生命停止的地方，灵魂在前进》《灵台独语》《从自我到自然》《没有目的的我》以及长篇小说《英儿》，其作品被译为英、德、法等多国文字。

由京城出版社2015年出版的《顾城海外遗集》收录了顾城在海外创作的诗歌、散文、小说、哲学笔记、对话问答与讲演录等共六集，在诗歌卷《因为思念的缘故》收录诗歌595首，从数量和体裁来看，是叹为观止的。而从社会影响来看，除了自传性小说《英儿》引发道德上的热议外，后期诗歌与散文尚未得到更多的关注与研究，人们广为传颂的仍是他作为一代朦胧诗人出国前的诗歌名篇。那么，六年的海外旅居生活对于顾城意味着什么，对于他的创作又意味着什么呢？1992年，顾城曾在一次采访中将自己的诗歌创作分为自然阶段（1969—1974）、文化阶段（1977—1982）、反文化阶段（1982—1986）和无我阶段（1986年以后），他将1974年回城前的创作视为童真自然的阶段，将在北京诗坛独占鳌头的时期视为文化与反文化的抗争阶段，而海外创作则归入无我阶段——另一种自然写作状态，他解释说，"我对文化及反文化都失去了兴趣，放弃了对'我'的寻求，进入了'无我'状态。我开始做一种自然的诗歌，不再使用文字技巧，也不再表达自己。我不再有梦，不再有希望，不再有恐惧"。可见，顾城对自己海外的诗歌创作自视甚高，将之作为返璞归真，否定之否定的最高境界。

顾城出走新西兰，与他无法适应远离20世纪80年代裂变中的当代中国有关，这个孤独的诗魂，从童年和乡村的自然里找到了诗歌的奥秘，在城市生活里却迷茫徘徊、不知所措，他渴望逃离现实，回到诗歌的纯粹世界里。欧美尤其是新西兰广袤无边的土地给了他自由的幻觉，最终，他选择了远离尘嚣的激流岛，经营属于自己的诗歌伊甸园，在远离故土的孤岛，他以母语作为最后的武器，防御着这个日益变化的世界，守护退隐山林的陶渊明式的诗歌理想，故而文学创作之于海外漂泊的顾城而言，已是生命本身，抵达了生存的本质。研究者若执着于在顾城海外诗歌中寻找童话诗人的纯净梦幻与朦胧诗派的晦涩知性，也能找到影迹，却迷失了方向。在寻找自我的海外之路上，顾城离开了发出文化聒噪之音的朦胧诗派，趋近向死而生、生死等之的自由情境，以诗和自己喃喃对话。他在1986年至1988年间创作的《水银》组诗和1989年居留激流岛间创作的《鬼进城》和《城》组诗中，渐渐超越语言的栅栏，挥洒自如，达到了游心之境，其中大量梦境、潜意识与直觉的描述、被随意组合的事物、不同寻常的思维跳跃，正是诗人试图将自我融汇在诗歌之中、消弭自我的努力。但在一般读者的观感中，这些诗歌意象冷僻、主题晦涩、诗思凌乱，走向了偏执，远离了诗歌的正道。而事实上，顾城这一纯粹的中国诗魂穿行于异域的文化与物质苦境，几如孤魂野鬼，无他亦近乎无我。顾城这样解释道："'无我'就是我不再寻找'我'，我做我要做的一切，但是我不抱有目的。一切目的和结果让命运去安排，让各种机缘去安排。当我从目的中解脱出来之后，大地就是我的道路。"有研究者言，顾城的海外诗歌创作，通过诗歌书写文化记忆中的物象，通过回溯城市风物保持与文化的血脉畅通，建构一条行之有效的汉语归乡之路。① 诗人既是在诗歌创作中回归文化的家园，也是以诗歌重建属于海外游魂的精神家园。顾城海外诗歌的独特生命质感，无法也无须简单归类。应该注意的是，在顾城身负弑妻之罪的新西兰诗歌之旅中，我们如果一味扛起或放下道德谴责的大旗，就无法用心体味从诗人内心生长出来的诗歌文本，更难以真正感受其后鲜活而真实的生存境遇。对于诗人的死亡与其诗歌生命力的微妙关系，1988 年 1 月顾城在新西兰奥克兰大学所写的自悼诗《墓床》已有所预言。那时，诗人已梦想长眠于南太平洋上的怀希基（Waiheke）小岛（激流岛）。他预设、描摹自己未来的死亡场景，静穆而庄严，他知道，在他逝去之后，言说任人，可诗人的纯粹之我在最后的死亡中得以享受远离尘世，返归自然，拥有自由自在的平静与逍遥。

> 我知道永逝降临，并不悲伤
> 松林中安放着我的愿望
> 下边有海，远看像水池
> 一点点跟我的是下午的阳光
>
> 人时已尽，人世很长
> 我在中间应当休息
> 走过的人说树枝低了
> 走过的人说树枝在长

从诗中可知，从松林上的一滴露珠到任人言说的自缢之树，顾城回归了自然，与大地长眠。他作为诗人的漂泊之旅将和他无法替代的诗歌作品一起，在诗歌史上留下厚重而疑惑重重的影像。

（二）林爽

林爽，1950 年出生于广东澄海，童年随父母移居香港。1990 年，她

---

① 刘云春，陈刚. 论顾城海外诗歌的空间与认同［J］. 中国当代文学研究，2019（3）：87-96.

随丈夫移居新西兰，现任奥克兰大学教育学院教师，主要从事毛利文化的研究，业余进行写作，是新西兰《先驱报》、美国《明州时报》等多家报刊的专栏作家，出版了《遁世》《生命中的暴风雨》《儿童寓言故事》《学前教育最轻松》《新西兰的原住民》《新西兰的活泼教育》《语言交流园地的故事》《展翅奥克兰》《儿童生活故事》《新西兰名人传》等著作。其中《新西兰的原住民》被新西兰国会图书馆作永久性收藏，学术成就较高。2006年，她获英国女皇颁授的QSM勋章。

林爽在散文、小说和诗歌方面都有所建树。她早期的专栏文章多为幽默、有趣的杂文，后在闪小说创作方面取得了较好成绩，作品散见于中国的《香港文学》《当代闪小说》《闪小说》《吴地文化闪小说》《荆楚闪小说》、美国的《明州时报》、德国的《德华世界报》和巴西的《美洲时报》等报刊。在诗歌方面，她以创作短小的汉俳为主，追求古典诗歌的意境与意趣。

◎学习要点

1. 主要视野：区域语境。
2. 关键术语：文化选择。
3. 重要观点：大洋洲华文文学的发展历程较为短暂，取得一定成绩。它今后的发展有赖于华文作家突破既有困境，不断努力，为华文文学提供新的经验。

◎思考、实践与讨论

1. 理论思考：大洋洲华文作家的区域性与代际性特征是否突出？如何理解这些特性。
2. 资料搜集与整理：搜集2000年以后澳大利亚和新西兰华文作家作品名录，编制索引，了解大洋洲华文文学的发展近况。

◎参考文献与后续学习材料

1. 张奥列. 澳华文学史迹［M］. 武汉：华中师范大学出版

社，2016.

2. 钱超英. "诗人"之死：一个时代的隐喻［M］. 北京：中国社会科学出版社，2000.

3. 何与怀. 简谈"澳华留学生文学"的嬗变［J］. 华文文学，2015（2）：107-114.

4. 刘云春，陈刚. 论顾城海外诗歌的空间与认同［J］. 中国当代文学研究，2019（3）：87-96.

5. 杨欣怡. 从顾城后期组诗中的"我"看其创作的语言转向［J］. 汉字文化，2020（22）：48-50.

第九讲　东北亚华文文学

　　东北亚作为地理概念，指的是亚洲东北部，包括了蒙古、朝鲜半岛、日本、中国的东部与北部、俄罗斯的西伯利亚和远东地区，但提及东北亚华文文学时，基于历史与现实的因缘，主要关注日本和韩国的华文创作。历史上，朝鲜半岛与日本都属于儒教文化圈，曾有着共同的文字与文化基础，官方与民间长期往来，出现过汉诗、汉文、汉文辞赋、词曲、传记、纪行、小说等类型的文学作品，且数量较多、佳作不少，形成了强大的汉文学传统。汉文学受到中国古典文学的深刻影响，又保持了自身的独特性和异质性，是东北亚华文文学的文化根基和重要参照系。从明中叶至晚清，日韩在自身的现代化进程中，与中国文化渐行渐远，以日韩国民为创作主体的汉文学从式微走向了落幕，成为主体的是华人移民创作的、作为一种外语文学的东北亚华文文学。

　　受战争等因素的影响，晚清以后，除了少量的留学生文学外，东北亚华文文学的创作成绩并不耀眼，到 20 世纪 60 年代稍有改观。20 世纪 80 年代后，随着中国与日本、韩国经济文化交往的深入，新一代华人移民涌入，华文报刊兴起，东北亚华文文学有所发展，出现了一些较有影响的作家作品，但与北美和东南亚相比，仍较为沉寂。同时，相对活跃的韩国与日本，其华文创作也呈现不同的发展路向与特点，现分叙之。

一、韩国华文文学

　　因通用文字的渊源，朝韩汉文学的历史传统较为深厚。在 1446 年朝鲜王朝颁布韩文之前，汉字是朝鲜半岛唯一通用的文字，文教科考、修史释经、日常交往均以汉字为工具,故而出现了大量精美的汉文学作品。1982年,台湾出版了《韩国汉文小说全集》,共九卷,数量之多,可见一斑。韩国汉文学的体裁除小说、诗歌和随笔杂记之外,还包括了大量的往来书信。它们主要反映了韩国本土的文人生活,也掺杂着大量中韩文化交流的记忆,具有多方位的价值,如韩国第一部汉文诗文集《桂苑笔耕集》便是作者崔致远在扬州担任幕僚时所写的骈文和诗歌的集合。该选集艺术技巧高超、情景交融、收放自如、语言优美,而骈文中有关黄巢农民起义的描写,更是视野独特,可供有心人参照。在开化思想涌入和言文统一运动崛起的背景下,汉字在学校教育和现实生活中退居边缘,韩国文字成为官方文书和日常生活中的主导性语言,故而到19世纪中后期至20世纪初期申玮、黄玹、金泽荣、金允植、尹喜求、申采浩、朴殷植、郑万朝、李建昌等汉文作家的写作成了韩国汉文学的最后余晖。①

从汉文学到韩国现代华文文学的兴起,主要线索应从朝韩华人较大规模的移居历史开始追溯。19世纪末,清朝政府的军事支援进入朝鲜后,开拓了一条华人移民的通道,来到朝鲜的华人越来越多,他们主要从事经商活动,部分留居朝鲜,拥有土地和房屋,形成了较大规模的华人社会,出现一些零星的文学活动,以文言创作为主。1945年朝韩分立之后,多数华人留在朝鲜,他们积极参与政府的文学文化活动,如创办《汉城日报》华文版的韩晟昊,也有部分选择迁回中国。而留居韩国的华人则出现另一发展轨道,在韩国教育自治政策之下,留韩华人的第二代、第三代在自设的华文学校接受了从幼儿园到高中的母语教育,高中毕业后可继续前往我国台湾地区攻读大学。根据相关统计,韩国华人学校的建校数量1974年达到顶峰,全国共50所小学、5所中学。1974年韩国华人共有32 255人,其中学生人数达到了11 169人。② 在完整的母语教育下,20世纪60至70年代,韩国华人的文化以及文学开始活跃起来。如在20世纪60年代出现了抒情诗和杂文的创作潮。其中几位知名的抒情诗作

---

① 黄发有. 文化渡者的东方情怀——从许世旭看中韩文学交流[J]. 中国比较文学, 2013 (3): 87-96.

② 梁楠. 韩国华文文学概览[J]. 世界华文文学论坛, 2018 (4): 38-46.

者，在他们的诗歌中抒发着"离别"与"失去"的情感，这些伤感的诗歌既可以看成个人爱情伤痛的咏叹，也隐含了一代中国人的异域乡愁。20世纪70年代后，因缘韩国现实政治的困境以及教育自治政策的调整，留居韩国的华人或选择再次移民台湾地区和北美国家，或逐渐融入韩国本土、进入韩语学校接受国民教育，韩国华文文学走向低潮。20世纪90年代后，随着中韩两国的建交，中国大陆的华人移民剧增，华文文学的创作开始回暖，以新移民为主体的文学创作有游记、诗歌和小说等，但名家不多，如诗歌方面有金英明和奇英等，散文方面有金英明、奇英、彭朝霞、林雪琪等。

另一条韩国华文文学的线索建立在韩国人的汉学传统和对中国文化的自觉认同之上。近代以来，在战争不断的时代情境中，一些移居或漂泊在中国的朝韩人，曾留下了零星的文学作品，抒发他们家国飘零的悲情之音，其中有1913年流亡中国的赵素昂所著诗歌《遗芳集》与传记《金相玉传》等，还有金山和柳树人的华文抗战诗歌散文等。20世纪60年代后，一些韩国人陆续留学中国台湾、中国香港，选择了华文文学创作与评论的道路，如许世旭、朴宰雨、金惠俊、池世桦、朴南用、崔银化等，其中代表性作家是许世旭。

总体来看，韩国华文文学的成就不高，被关注度也不高，这与韩国华人数量占比较低、流动性大等条件有关，也与韩国华人在文化身份上的认同意识有关。处在韩国文化、美国文化和中国大陆、中国台湾文化间的交流地带与冲撞地带，受到多种文化穿插交错的影响，韩国华文文学呈现不同于其他地区的混种形态，难以进入海外华文文学的既定观看框架，处在边缘的无声状态，需要更多研究者的关注。

许世旭

许世旭，1934年出生于韩国任实，1954年考入韩国外语大学中文系，1960年留学台湾，就读于台湾师范大学中文研究所，攻读中国古典诗，1963年取得文学硕士学位，1968年取得文学博士学位。1968年他回国任教于韩国外语大学中文系及高丽大学中文系等，曾任韩国中语中文学会会长、韩国现代文学学会会长、美国加州柏克莱大学研究员、中国复旦大学顾问教授等，2010年逝世。

许世旭家境比较富有，从小在具有儒家文化背景的家庭环境中成长，受中国文化的影响和洗礼，将自己视为中国文化和文学的教育家与传道士，一生致力于中国、中国人和中国文化的研究与传播，对中国文学有极高的热情。1961年他开始华文创作，共出版学术著作及创作、翻译等作品70多种。其中有华文诗歌与散文合集《藏在衣柜里的》《许世旭自选集》，诗歌集《雪花赋》《一盏灯》，散文集《城主与草叶》《移动的故乡》，中文译作有《韩国诗选》《香香传》《徐廷柱诗集》《可思莫思花》《过客》《乡愁》等。

许世旭在台湾留学时，正逢现代诗的热潮，他深受楚戈、郑愁予、叶维廉、张默、洛夫、痖弦等人的影响，诗风西化，表达较为自由，诗意较为晦涩。1968年回国后，他忙于学术与教学工作，直到20世纪70年代末才开始重现台湾文坛，继续华文诗歌写作。这一时期，他的诗歌创作开始追求中国古典诗歌的韵味与意境，通过化用古典诗词的名句、活用古典的句式与对偶回环等修辞，产生了清新隽永的古典美感，如《烛芯之舞》《冬日海滨》《月声》等诗已入佳境。20世纪80年代后期，随着年岁与阅历的积累，许世旭的诗风转向朴实凝重，更注重意象的营造与锤炼，表达更为自然，如《我的拐杖》《街上的一棵树——致戴天》等诗与生活情境自然相融，醇厚感人。①

许世旭的诗歌受现代派影响，有朦胧之美，散文却朴实如话，情深义重，体现了儒家知识分子的淡泊宁静和敦重平实之风。代表性的散文作品有《移动的故乡》《白飘飘的棉裙》《再也移不动的故乡》《新月西沉时》《送辞》等。

许世旭在具有儒家文化背景的家庭环境中成长，深受中国文化的影响和洗礼，他将自己视为中国文化和文学的教育家与传播者，主动融入中国台湾与大陆的文学学术场域，创作出了具有较高水准的诗歌散文作品。作为韩国现代华文文学的一枝独秀，他是韩国长期积淀的汉文化传统与现代中国文化对接、融合后盛开的人文之花，期待韩中融合之路上会出现更多华文文学的后起之秀。

---

① 陈贤茂. 海外华文文学史：第三卷 [M]. 厦门：鹭江出版社，1999：414–416.

二、日本华文文学

日本华文文学的基本轨迹，与韩国相似，历经从汉文学转向现代华文文学的过程，但也有不同。首先，明治维新后日本作为西学革命的东方前沿，吸引了诸多中国学子前往游学留学，日本华文文学的现代起点，与中国现代文学的起点出现重叠，不容忽视。其次，20 世纪 80 年代日本在战后的崛起再次吸引了高素质的华人新移民前往，为日本华文文学的后续发展奠定了很好的基础。进入 21 世纪后在韩国华文文学日渐冷寂的情况下，日本华文文学缓慢回暖，值得期待。

日本汉文学源远流长，古代中国对日本文化数个世纪的文化影响是其存在的根基。据《日本书纪》记载，早在公元 3 世纪，中日间已有文化交往，经朝鲜半岛传入日本的中国古代典籍《诗经》、汉译佛经、医药农桑典籍等后来成为日本文化的重要养分与成分。奈良时期，由政府派出的遣唐使带回了大量典籍，形成了中国文化全盘移植日本的主潮，上流社会均以创作汉诗文为时尚，日本第一部汉诗集《怀风藻》由此诞生，日本最早的汉文小说《浦岛子传》也在奈良后期出现。平安时期，汉文学创作依然兴盛，上至天皇、贵族，下至一般文人墨客仍以吟诵汉诗为风雅，白居易的诗歌广受欢迎，模仿之作甚多。嵯峨天皇在位时组织汇编的《凌云集》和《文华秀丽集》两部汉诗与淳和天皇在位时组织编撰的汉诗文集《经国集》，其中可见儒家文化的影响。但此时日本已根据汉字偏旁创造了自己的文字，汉风文化转为了和风文化，汉文学也烙上了日本文字、文化与生活的深刻印记。平安初年的《日本灵异记》是日本第一部佛教说话集，通过奇异故事的讲解来劝善惩恶，成书于平安后期的《大日本国法华经验记》是记述日本《法华经》信仰者功德的传记集，这两部作品都以汉文表述，但增添了很多日语的特殊词汇和表达句式，反映了平安时期日本汉文学鲜明的主体意识。江户时期，日本学习汉文学的风气不减，且中国俗文学的影响力加强，《水浒传》《今古奇观》《西厢记》等进入日本，成了教育素材和民间传唱的底本，汉文小说创作由此兴盛起来。如元禄十一年（1698）由摩诃阿赖耶创作的文言体汉文小说《日本七福神》带动了江户中期笔记体汉文小说的创作潮。江户中期到末期，受中国通俗小说影响、在唐话学的基础上形成的白话体汉文小说开始出现，其中冈岛冠山《唐话纂要》卷六中的两篇"劝善惩恶"的故事（《孙八救人得福》和《德容行善有报》）被认为有首创之功。此外，冈岛冠山的《太平记演义》和汉文假传集《器械拟仙传》等也较为有名。明治时期，西方文明的影响力急剧上升，汉文学成了腐朽落后的代名词，汉文学受到了巨大冲击，但整体来看，日本知识分子的汉文学修养依然深厚，很多作家同时以汉文与日文写作。如明治时期著名俳句家正冈子规，用日文创作的同时，也写了大量汉诗，他自编的《汉诗稿》中共收录了艺术水准很高的 628 首汉诗。明治 20 年左右，日本还出现了一批专门刊登汉文作品的报纸杂志，促进了"繁昌"笔记小说与才子佳人小说的流行，影响了近代中日文学的发展。

　　汉文学的真正衰落是在甲午战争之后，清朝军队的惨败，让中国文化在日本的地位一落万丈，汉文学也随之飘零飞散，中国古典文学文化的影响沉潜至日本文化深处，只见表面偶尔泛起的一些涟漪。与此同时，日本作为向西方学习的模范，吸引了晚清到民国初年的无数中国知识分子，他们在日本的停驻与学习，留下了不少文学作品。1877 年，外交官、诗人黄遵宪在日本之行留下了《樱花歌》《日本杂事诗》等诗歌名篇。中日混血儿苏曼殊，游走于中日之间，写出了 20 世纪初惊艳一时的自传体小说《断鸿零雁记》和无数禅味十足、空灵纯净的短诗。之后，中国现代文学大家鲁迅、周作人、郭沫若、郁达夫等陆续前往日本留学，在日本形成了开阔的世界文学视野，走上了文学创作的道路，他们的文学创作，都受到日本文学文化的影响，也留下了在日本生活的种种痕迹。这一波的文学创作可称为日本华文文学的先声。

　　20 世纪 80 年代后，涌入日本的华人新移民，在日趋宽松的中日交流语境中，选择了日本作为自己的第二故乡，他们在留学、游学、定居的过程中，创作了新一代的华文文学。① 通过数十年的沉淀，日本华文文学

---

　　① 需要注意的是，当代依然有以中文写作的日本作家，如加藤嘉一、新井一二三、吉井忍等。在中日之间，主要面向中国读者的写作也具有一定影响力，其与华人新移民文学的异同值得关注。

的创作渐见阵容，相关研究也开始出现。

就其中反映的文化心态而言，20 世纪 80 年代以来日本华文文学的整体发展历程从"抗日""哈日"走向了"知日"，形成了比较平和的文化心态与身份意识。① 所谓"抗日"是指 20 世纪 80 年代初期，刚刚进入日本的留学生文学所反映出的文化震荡感，代表作品有蒋濮的《东京没有爱情》。小说中，留学日本的中年女子遭遇了情感与生存的困境，处在徘徊崩溃的边缘，象征了中国人刚入日本的生活状态与心态。所谓"哈日"是指进入 20 世纪 90 年代后，华文创作中出现了有关日本文化的触碰、探索与言说，作者处在外来者的好奇与身在其中的代入感之间，若退若进，向不熟悉日本文化的读者传递观感。以黑孩、李长声早期的随笔散文为代表。如黑孩的《尺八》一文向读者介绍日本民乐器尺八，延伸出对人生孤独、死亡等的无限感叹。李长声 20 世纪 90 年代关于日本风俗人情的知性散文，在中国大陆与台湾地区广受欢迎，体现了他作为文化翻译者的位置。所谓"知日"则是指进入 21 世纪后，华文创作者已具有了相对平和、自信的文化心态，对中日文化都形成了更为开阔的视野和反思的意识。在这样的创作心态中，出现了一批具有一定水准和个性风格的文学作品，如杨逸的日语小说；哈南的长篇小说《猫红》；姜建强、万景路、毛丹青等人的知日派散文等，这些都可作为代表性作品。

从文体来看，日本华文文学在小说、散文、诗歌、文学评论等方面均有建树，其中随笔散文和小说较有影响力。小说方面，蒋濮、陈希我、黑孩、陈永和、亦夫、孟庆华、清美、哈南、杨逸等作家已声名在外，新生代小说家陆秋槎、春马、琪官等也有不错的创作业绩。文化随笔有李长声、姜建强、万景路、毛丹青、库索等名家。生活散文有华纯、弥生、唐辛子、苏书枕、杜海玲等诸多作者。诗歌方面有田原、弥生、林祁、张石、赵晴、季风、李雨潭、火凤凰等人。文学评论方面有张益伟、林祁、海蓝等人。

从表现领域来看，日本华文文学不似北美新移民作家那样热衷建构

---

① 林祁. 在"风骨"与"物哀"之间——日本新华侨华人文学 30 年述评[J]. 华文文学，2018（2）：123 – 128.

中西交错的时空领域，而是在日本生活境遇与中国往事的双行道上各自跋涉。蒋濮、孟庆华、清美、哈南、杨逸等人更善于描摹日本心事，而陈永和、黑孩近来已回归记忆深处，书写反光镜中的中国故事，如陈永和的《光禄坊三号》《一九七九年纪事》、黑孩的《对门》等。

从风格来看，日本华文文学有深受日本美学影响的层面，一些作品具有日本私小说的情趣与艺术风格，相对阴柔哀怨，颇能传递日本"物哀"美学的风韵，如黑孩的《樱花情人》、孟庆华的《告别丰岛园》、清美的《你的世界我不懂》、杨逸的《小王》等。但日本华文文学的深厚根源毕竟是中国文化传统，中国文学中特有的家国情怀与历史意识给一些日本华文文学作品带来了遒劲醇厚的力度，如陈永和的历史题材小说和亦夫的长篇小说。

从文学阵地来看，日本华文报刊的出现、发表渠道的不断拓展、协会组织的成立①，都为日本华文文学的发展赢得了机遇。1990 年留学京都大学的孙立川发起创办了留日学生的第一份文学杂志《荒岛》，继而《新华侨》综合杂志（1997，东京）、《蓝 BLUE》（2000，大阪）相继创刊，培养了一批华文作家。世纪之交，华文报纸《中文导报》《日本新华侨报》《东方时报》等相继出现，《东洋镜》等网刊网站趋向活跃，为日本华文文学提供了广泛的发表园地与传播空间。除了日本华文传媒助力文学发展之外，中国大陆的《收获》《当代》《作品》《作家》《北京文学》《上海文学》等文学刊物也成为日本华文作家重要的发表园地，蒋濮、黑孩、陈永和、哈南等人的重要作品都在这些刊物上发表，一定程度上拓展了日本华文文学的生存空间。

进入 21 世纪，日本华文文学有了一定的影响力。杨逸的短篇小说《小王》2007 年获日本文学界新人奖，2008 年获得芥川奖提名；2016 年，陈永和的长篇小说《一九七九年纪事》获中山文学奖；2020 年，亦夫的长篇小说《无花果落地的声响》获第五届华侨华人中山文学奖，这些文学奖的获得，说明日本华文文学在世界文坛的认可度在提升。但在中日之间写作格局之下，日本华文创作者如何立足自身的独特生存经验生成

---

① 2011 年 12 月日本华文文学笔会成立。

新的文学范式与传统，仍需不断积淀和沉潜，在扎根于中日深厚文化土壤的同时，应摆脱文化上摇曳心态，更为坚定地寻找属于自己的方向。

（一）蒋濮

蒋濮，1949年出生于安徽，后随父母移居上海，1970年去安徽农村插队，体验了艰苦的农村生活，1977年考上安徽大学生物系，1983年获生物学硕士学位后在大学任教，1985年前往日本攻读博士学位，毕业后居留日本。其主要作品有长篇小说《东京有个绿太阳》、中篇小说《极乐门》《死神手里拿的是迎春花》《不要问我从哪里来》《东京没有爱情》《东京恋》、短篇小说《半人月亮》《水泡子》《异缘》等。

蒋濮出生知识分子家庭，父母均为复旦大学教授，从小受到较好的文学熏陶，热爱写作，1982年她开始发表文学作品，多从自己生活经历取材，最初写过几部农村题材的小说，如《水泡子》《老独爷》等获得好评；在大学任教后开始写知识分子题材小说，如《极乐门》《死神手里拿的是迎春花》等，在思想和技艺上均有所提升。

1985年蒋濮抵达日本之后，在短期沉淀之后，她开始创作异域题材的小说，1988年，她发表了东京系列小说《不要问我从哪里来》《东京没有爱情》《东京恋》，1998年出版了第一部长篇小说《东京有个绿太阳》。她的这些小说展现了日本华人移民在感情和生活上所遭遇的种种困境，突出了他们在中日之间徘徊纠结的文化心态与身份意识，文笔细腻深沉，有着鲜明的女性意识，也深得日本哀怨美学的精髓，得到了广泛认可，是日本华文文学中反映文化震荡的重要作品。

（二）黑孩

黑孩，1963年出生于大连，原名耿仁秋，1980年考入东北师范大学中文系，1984年就职于中国青年出版社，在《青年文摘》《青年文学》当编辑。1992年她入日本横滨大学教育部学习心理学，1995年毕业后在日本出版社工作。

黑孩1986年开始文学创作，在中国国内已发表了不少文学作品。进入日本初期，她尝试以双语写作，出版了日语小说与散文集《雨季》（1995）、长篇小说《惜别》（纪伊国屋书店，1997）和《两岸三地》（白帝社，2000），同时以中文创作了大量随笔散文，出版了散文集《女人最后的华丽》《故乡在路上》等。进入 21 世纪,黑孩开始进入小说创作的喷发期,除了《百分之百的痛》《对门》等中短篇小说之外,黑孩推出了她的东京三部曲——《上野不忍池》《贝尔蒙特公园》《惠比寿花园广场》,其中《惠比寿花园广场》在 2020 年入围第五届华侨华人中山杯文学奖,获得了华文世界的广泛认可。

  黑孩的文字和故事具有一定的特质。她善于描写女性生存体验,但其女性书写超越了性别对立的视野,延伸到人类普遍生活的困境之中,总在一种略带冷峻的叙述氛围里展现人生的无常与期待。在叙述形式上,黑孩的小说常以第一人称深度介入的方式,将叙述重心放在精神向度的探索之上,对情节本身的经营反而不够用力。如在《惠比寿花园广场》中,通过叙述者"我"与日本韩裔韩子熳危机重重、无果而终的情感交往,深度展现了无根漂泊者的心灵黑洞和生活危机,却又适度留白,令人回味无穷,与流浪猫"惠比寿"紧密相关的精神救赎情怀,也是通过"我"作为隐含作者的替身而充分凸显出来的。黑孩语言干净、细腻而深情,强于细节临摹与感觉传递,沾染了日本美学的风味,韵味十足。

(三) 李长声

  李长声,1949 年出生于长春,曾任《日本文学》杂志副主编,1988 年东渡日本后,开始在北京、上海、广东、台湾等地报刊开设随笔专栏,出版过近 20 种随笔集,2014 年三联书店推出他的五册个人文集,包括《美在青苔》《吃鱼歌》《系紧兜裆布》《阿 Q 的长凳》《太宰治的脸》等。此外,他还有《温酒话东邻》《哈,日本》《日下书》等广为知晓的文集,被誉为知日作家的杰出代表。

  李长声旅居日本三十多年,行走于各地,对当下日本与日本文化有深入了解。他的随笔,以日本的历史、文学、艺术、饮食等为对象,题材广泛,角度独特,既能深入其中细致描摹,又善于挖掘和呈示其独特内涵,并非一般的异域观感和文化观察。他的随笔兼具知识性与思想性,善于旁征博引,不经意间,古籍、历史文化、民俗等大量史料娓娓道来,但又不着力于知识文化的传递,而是在纵横比较中进行思想的探索,对文化与现实进行深刻反思。李长声的随笔还具有风趣幽默、率性自由、情感真挚的特质,富有文化趣味,可读性很强,赢得了众多读者的认可。

李长声的随笔还具有特殊的文化功能，对中国读者了解真实动态的日本有借鉴意义。他的"阅读日本"系列随笔，从文学到文化，构成了有关当代日本的立体画卷。如他的《太宰治的脸》《日下书》两本随笔集，集中展示了日本作家的创作趣闻、生活习性、特殊遭遇与个性才情，56位日本作家的生命像万花筒一般，在一篇篇随笔中绽放。除了介绍村上春树、渡边纯一、大江健三郎等大众熟知的作家之外，还对中国读者极为陌生的森敦、丸山健二、佐伯泰英等作家也进行了介绍，写出了一部鲜活流动的日本文学史。

李长声的随笔写作，连接了五四的鲁迅、周作人等人的知日写作传统，强化了其关注现实与闲适自由的特征，具有独特的价值。在他引领下，随笔成为日本华文文学的重要文体，出现了一大批优秀的作家。在李长声之外，万景路和姜建强等人也作出了各具特色的探索，如万景路"平民化"姿态和草根式闲谈、姜建强学术化的剖析与专题化的深度写作等，知日派随笔呈现了丰富多彩的面貌。

◎学习要点

1. 主要视野：汉字文化圈。
2. 关键术语：知日派。
3. 重要观点：从明中叶至晚清，东北亚各国在自身的现代化进程中，与中国文化渐行渐远，以日韩国民为创作主体的汉文学从式微走向了落幕，成为主体的是华人移民创作的、作为一种外语文学的东北亚华文文学。

◎思考、实践与讨论

1. 理论思考：韩日的华文文学有何差异，在近代以来的文化历史视野中，两国华文文学的走向与哪些因素有关？
2. 资料搜集与整理：搜集整理加藤嘉一、新井一二三、吉井忍等日本作家的中文著作，并做作品内容提要。

◎ 参考文献与后续学习材料

1. 周厚虎. 从战略文化到文化战略：文化与中国东北亚战略［J］. 攀登，2012（4）：61-66.

2. 梁楠. 韩国华文文学概览［J］. 世界华文文学论坛，2018（4）：38-46.

3. 古远清. 世界华文文学新学科论文选［M］. 台北：万卷楼图书股份有限公司，2022.

4. 丁国旗. 中国隐逸文学之日本接受研究［D］. 广州：暨南大学，2010.

5. 郭雨明. 明治"新志派"汉文小说作家研究［D］. 上海：上海师范大学，2021.

6. 林祁. 在"风骨"与"物哀"之间：日本新华侨华人文学30年述评［J］. 华文文学，2018（2）：123-128.

7. 戴瑶琴. 于"后浪"接力间顺势而出的黑孩小说［J］. 文学自由谈，2021（1）：76-83.

8. 和富弥生. 双女作家的双语写作：评日本新华侨作家黑孩和杨逸［J］. 职大学报，2016（5）：64-68，108.

9. 王江. 李长声随笔中的日本形象研究［D］. 贵阳：贵州大学，2018.

第十讲　东南亚华文文学

　　东南亚位于亚洲东南部，包括中南半岛和马来群岛两大部分，分布有越南、老挝、柬埔寨、缅甸、泰国、马来西亚、新加坡、印度尼西亚、菲律宾、文莱、东帝汶等国。东南亚是一个"二战"后形成的区域概念，与之前的南洋、南太平洋等区域命名有着模糊的对应关系。东南亚华文文学的产生与发展，与东南亚华人的迁移史、创业史、发展史密切相关，与东南亚地区的政治、经济和文化动向密不可分。在两者交错的视野中，东南亚华文文学的历史可略分为四个时期。19世纪之前，可称为中国古典文学影响期。因缘地理便利，中国自秦汉就有南下交趾（越南）的商人术士，唐代已有华人定居点。15世纪到17世纪，出现过两次较大规模的移民。在数千年的经济贸易与人口流动中，中国文学文化也传播到东南亚。在泰国、爪哇等地，中国古典文学与戏剧进入民间与宫廷，产生了较大影响力；而属于汉字文化区的越南，则形成了历史悠久的汉文学传统，处处可见中国文学的印记。19世纪初期到20世纪初期，可视为东南亚华文文学的萌芽期。因缘欧洲殖民地经济发展的需要，大规模以苦力为主的华人移民进入东南亚，华人数量升至3 000万人左右。华人群体数量的剧增，形成了外交、文教的需要，报刊、文社、学校等开始出现。19世纪初期，西方传教士在东南亚创办了历史上第一批华文报刊，19世纪80年代后，由华侨创办的《叻报》《天南新报》等数家华文报刊也相继落地。这些华文报刊的出现，强化了华文阅读的社会氛围，形成了文学创作的现代传播机制。与报社密切相关的会贤社、图南社、丽泽社、乐群社等文学社团，则通过组织诗词吟咏活动提携后进、交流文思，形成了浓郁的文学创作氛围，以晚清外交使节、流寓游历的文人雅士、当地文化精英等为主体创作的旧体诗文一时为盛。20世纪初到1955年前后可视为东南亚华文文学的快速发展期。这一时期，中国前往南洋谋生、避乱、从事文教、政治活动的华人不断增加，华文报刊遍地开花，受中国新文学影响的文学创作成为主流，面向本土写作的意识也开始出现。1955年之后可称为东南亚华文文学的本土文学期。随着东南亚各国的相继独立，多数华人移民落地生根，部分回到中国，新移民数量急剧下降，各国华文文学因政治、社会等变动而出现不同走向，分化较为明显。华人数量较多、文化影响力强劲的新加坡、马来西亚保持平稳的发展势头。印度尼西亚、越南建国后有过短暂的繁荣期，继而因种族冲突、政治突变陷入沉寂。泰国、菲律宾华人渐渐融入本土文化之中，华文文学创作趋向低迷。其他国家与地区可见零星的华人写作者，未见大的阵营。

一、新加坡华文文学

新加坡是岛屿国家，处在印度洋和太平洋间航运要道上，具有得天独厚的地理位置，在中西航海贸易史上留下了深刻印记。中国自汉代开始就在史书中有其相关名号的记载，《新唐书》称"萨庐都"，《宋史》称"柴历亭"（马来文海峡之意），元朝为"龙牙门""单马锡"，明代《郑和航海图》中为"淡马锡"（黄金之城）等。14世纪末，新加坡进入印度文化圈，梵文名为Singapura（狮城）；16世纪后，欧洲殖民者入驻；19世纪初期，新加坡、马六甲和槟城等沦为英国殖民地；1832年，新加坡成为殖民地政府所在地；1942年到1945年，进入日治时期。1959年，取得自治，由新加坡最后一任总督顾德爵士担任首任元首，李光耀成为首任总理。1965年，新加坡与马来西亚分离，正式独立。从新加坡的历史流变来看，1965年前，新加坡与马来西亚为一体，其华文文学可合称为新马华文文学，独立后才具有了国家意义上的新加坡华文文学。但1965年之前，因缘地理位置的重要，新加坡一直是东南亚华人最为重要的聚居点与中转站，出现了近代历史上第一批华文报刊，也涌现一批优秀的华文创作先驱，华文创作较为繁荣。

19世纪末20世纪初，左秉隆、黄遵宪、邱菽园、叶季允、许南英、丘逢甲、康有为等外交官员与文人在新加坡居留、游历或流亡，留下了大量旧体诗文的创作，为新加坡华文文学奠定很高的起点。20 世纪 20 年代至 20 世纪 50 年代，受五四新文学影响，以南来文人为主体的文学创作成为主流，颇见声势。中国现代文学史上的知名作家如老舍、徐志摩、郁达夫、杨骚、洪灵菲等均与新加坡结缘，写下不少与新马有关的文学作品。更有集编写一体的郁达夫、聂绀弩、马宁、张叔耐、衣虹、铁抗、叶尼、曾圣提等人在新马办刊写作，发挥了引导文坛风向、培育文学新人、拓展文学影响等作用，新马华文文学的枝叶渐见繁茂，本土传统从中生成。独立后的新加坡华人数量和文化均占优势，华文文学创作保持了平稳的发展势头，但在日渐强盛的英语文化影响之下，华文及其后的文学传统被弱化，难以产生优秀的华文文学作品，后继乏力。现择不同时期、不同类型作家简要梳理。

（一）邱菽园

邱菽园，1874 年出生于福建海澄，名炜菱，自号"星洲寓公"。一岁时他与母迁居澳门，接受启蒙教育；1881 年到新加坡居住，入读私塾；1888 年回到福建，继续传统教育，走上应考、中举之路，1897 年起他继承父亲百万产业定居新加坡。这期间，他倾力支持晚清维新运动，并着力发展在地的文教事业。1896 年、1897 年，他先后组织了丽泽社、乐群文社两个文学社团，以吟咏酬唱之风文化南国；1924 年，又成立星洲诗檀社，培养文坛新人，延续文脉。作为新加坡近代著名报人，他 1898 年创办了《天南新报》，1912 年又担任《振南日报》社长，在传播新闻时事之余，为文学传播提供了重要园地。此外，为传承华族文化之百年大计，他还捐款筹办萃英书院、女子学堂和道南学校。1907 年，邱菽园破产，千金散尽，后困局陋巷，以吟咏诗词为乐，1941 年因病去世。邱菽园一生跌宕起伏、积极介入社会，身兼多重角色；对于新加坡华文文学而言，更是掷地有声的先驱人物。

邱菽园主要作品集有《丘菽园居士诗集》《啸虹生诗抄》《庚寅偶存》《五百石洞天挥麈》《挥麈拾遗》《菽园赘谈》等，在诗歌理论、小说理论等方面均有建树，但以旧体诗最为出名。据统计，邱菽园的诗歌共 1 400 余首，题材丰富，形式多变，在思想和艺术上都达到了一定高度，因此他被称为南侨诗宗。从体裁来看，邱菽园的旧体诗歌创作以近体为主，杂有古风；从题材来看，涉猎甚广，除咏史、感时、风土、言志与参禅之外，还有不少酬唱和艳情之诗；从诗歌风格来看，既有沉郁狂放的一面，也有自然清正的一面，能将雅与丽、放与正融为一身。与同时代的旧体诗诗人相比，邱菽园之诗留下了深刻的南洋印记，对南洋风土人情进行了多维度的描述与呈现，本土意识与家国情怀较好地融汇其中，为我们理解萌芽期的新加坡华文文学提供了多维参照。

（二）姚紫

姚紫，1920年出生于福建泉州，原名郑梦周，另有多个笔名。他是郑成功的后裔，其父是当时有名的西医。姚紫酷爱文学，抗战胜利后在厦门的《江声日报》担任副刊编辑，因写文章披露国民党的黑暗统治而遭到通缉，1947年被迫前往新加坡。他在新加坡的晋江学校、道南学校以及马来西亚新山宽柔中学教过书，后转向办报与写作，1982年病逝。他的全部遗产被用来设立"姚紫文艺基金"，鼓励新加坡的华文文学创作。

姚紫是新加坡华文文学史上杰出的小说家，主要作品有小说集《咖啡的诱惑》《带火者》《新加坡传奇》、散文集《情感的野马》《九月的风》、杂文集《黑夜行》、新诗集《夜歌》及旧体诗集《郑梦周诗词集》等20余本。

姚紫小说在现实主义叙述基调中融合了传奇浪漫的色调，情节性强，人物个性鲜明。他笔下富有南洋风情的"浪子"形象和"烈女"形象，显现了其小说独特的美学魅力。在姚紫小说中，落魄、潦倒与软弱的男子带着一代人流离异乡的悲情，总是陷入爱而不能、得而复失的尴尬与痛苦之中；而他笔下的女性，在具有更为丰富多元的指向之时，都表现了在淤泥中挣扎、自救和自毁的勇气与能量，体现了姚紫人物塑造的至高境界。《秀子姑娘》是姚紫的成名作，1949年在《南洋商报》连载后出印单行本，成为新加坡的畅销书。作为战俘的日本姑娘秀子，桀骜不驯，又多情温柔，她宁死也不愿背叛祖国，可为了一份真情又无意中出卖了祖国；战争堵塞了秀子的情感出口，爱与恨都无比强烈的秀子最终死在爱人的枪口下。《窝浪拉里》里的荷兰女子兰娜，从集中营逃离后得到了中国男子窝浪拉里的全心照顾，但为了面包、口红和性命，她仍一次次地出卖自己的肉体。最令人不齿的是，当战后她重新进入统治者行列时，却露出了冷酷凶残的真容，视昔日的恋人如草芥。这个殖民主义者的寓言由一个充满肉欲、不择手段的女性来呈现，为姚紫女性形象系列添加了新的色彩。《咖啡的诱惑》里性感、老到、风流的风尘女子吴娟娟如同具有诱惑力的咖啡一样，让男人在灯红酒绿中沉沦的同时，自己也成了仅具刺激性的一次性饮品。在这一小说中，姚紫以身在其中的代入感，写出了殖民地底层女子挣扎徘徊的一生，具有动人的艺术力量。

（三）黄孟文

黄孟文，1937年出生于马来西亚霹雳州，祖籍广东梅县。1961年南洋大学中文系毕业，1968年获新加坡大学硕士学位。1971年赴美留学，1975年获华盛顿大学博士学位后回到新加坡，曾在政府部门任职，后进入商界，业余从事创作，在微型小说创作上取得佳绩。

黄孟文的主要作品有小说集《再见惠兰的时候》《我要活下去》《昨日的闪现》《安乐窝》《学府夏冬》、散文集《朝阳从我身边掠过》、学术论著《宋代白话小说研究》《新马文艺论丛》《新马文学评论集》以及《黄孟文文集》等。

发表于1968年的《再见惠兰的时候》是黄孟文早期校园生活经验的文本升华。小说中，儿时聪慧灵秀的女伴惠兰在20年后面目全非，31岁的她拖拉着9个儿女，如晒蔫的茄子，憔悴不堪。这一历经时代巨变、失去了教育权利、被生活拖累的形象，寄托了黄孟文对失去的文化家园与童年岁月的追悼，也隐含了他对底层华人现实处境的同情与担忧。小说的基本框架与鲁迅的《故乡》一致，写法也比较接近，思想深度虽不及鲁迅，但将南洋本土经验与现代文学资源进行了成功对接，显现了作家消融文化传统的能力。

黄孟文从美国回新加坡后，工作繁重，转而进行微型小说写作，带有了文化观察者的意味。1991年小说集《安乐窝》里形形色色的都市人生故事，显现了现代社会里华人传统与现代生活的冲撞与矛盾，体现了作家对新加坡华族文化的思考与焦虑。《一朵玫瑰花》中女儿的爱情美梦因男友"只要同居，不愿结婚"的信条而粉碎，她无法也不能像母亲一样享受那种神圣美好的爱情感觉。《焚书》里的君瑞将自己的中文藏书赠送给当地图书馆和学校，却屡遭拒绝，最后不得不付之一炬。

（四）王润华

王润华，1941 年出生于马来西亚，祖籍广东从化，1962 年入台湾政治大学西语系，1968 年就读美国威斯康星大学，1972 年获博士学位后赴爱荷华大学担任研究员，1973 年调新加坡南洋大学中国语文系任教，1980 年到 2002 年在新加坡国立大学中文系任教，2003 年到 2006 年为台湾元智大学人文社会学院院长，曾任新加坡写作人协会会长。王润华兼备诗人与学者的双重身份，在世界华文文坛很有影响力。作为诗人，他的主要作品有《患病的太阳》《内外集》（包括《象外集》《门外集》《天书集》）、《观望集》《山水哲学》《皮影戏》《面具小贩》等。

新加坡诗人众多，从旧体诗到现代诗，自有历史传承与转换的脉络。从南下诗人刘思的爱国主义诗歌、战后富有南洋色彩的本土诗歌如米军的《热带诗抄》到建国之后受现代主义影响的牧羚奴、杜南发、希尼尔等几代诗人，新加坡现代诗的创作后继有人，阵容强大，崛起于 1978 年的五月诗社更是将现代与传统重新融合，形成了更为宽广深厚的本土诗歌传统。在强大的新加坡华文诗人阵营中，王润华的诗歌，立足华文诗歌的历史传统与西方现代诗的知性选择，敢于不断创新，表现自觉的南洋本土情怀，形成了鲜明的个性与影响力。他的早期诗歌，受台湾与美国现代派影响很深，代表作是《患病的太阳》；在美留学期间，受中国传统文论、画论影响，回归东方美学，代表作是《内外集》；1973 年回到新加坡后，多以南洋乡土风物为题材，以《橡胶树》为代表。

作为学者的王润华，在收集整理现代中国作家的新马文学史料上做出了重要贡献，其基于世界性视野的华文比较文学批评实践，也具有开拓性与创新性，但他最为出名的学术著作《华文后殖民文学》引发了诸多争议。该书中，他通过对鲁迅、老舍等人的个案分析，提出新马在文化上曾受中国殖民，而当下的新加坡华文文学是一种后殖民文学的观点。不提新马被欧洲殖民的事实，以文化殖民的莫须有理念动摇新加坡华族文化传统的合理根基，虽令人耳目一新，但破坏性极大。

（五）尤今

尤今，1950年出生于马来西亚，祖籍广东。1973年尤今在南洋大学中文系毕业后，在图书馆工作过，也在报社做过外勤记者，后转行当老师，逐渐专注于文学创作。尤今笔力勤奋，创作了大量小说、散文和游记，是新加坡建国后出现的女性作家代表，已出版了40多本文学作品集。其主要作品有新闻特写集《社会鳞爪》、游记《沙漠里的小白屋》《南美洲之旅》《奇异的经验》《太阳不肯回家去》《生死线上的掌声》《人间乐土》《浪漫之路》《石头城》《活在羊群里的人》《一壶清茶喜相逢》《美丽的胎记》《荒谷》等、散文小品文集《缘》《玲珑人生》《一盒首饰》《泥人世界》《象牙塔外》《尘世浮雕》《山外有山》《我心中有盏灯》《七彩人间》《百年苦乐》《伞在心中》《天长地久》《天涯海角》，另有小说集《模》《面团与石头》《沙漠的噩梦》《风筝在云里笑》《大胡子的春与冬》《燃烧的狮子》《金色的微笑》《含笑的蜻蜓》《跳舞的向日葵》《瑰丽的漩涡》《跌碎的彩虹》等。

尤今被认为是新加坡的三毛，她热爱旅游，1978年到1979年，她跟随丈夫前往沙特阿拉伯工作，将当地新奇的场景与有趣的故事写成游记《沙漠里的小白屋》。该书广受读者欢迎，畅销国外，获新加坡全国书业发展理事会颁发的"华文最优秀作品奖"，而同期出版的、面向新加坡现实社会的小说集《模》却未获得商业上的成功。跟三毛想象浓郁的浪漫笔调相比，尤今以现实的、旁观者的视角写出了她的沙漠奇遇，在给人真实而鲜活的感受之时，缺乏一点深度的个性魅力。

二、马来西亚华文文学

马来西亚成立于1963年，由13个州组成，并根据地理位置与文化特性划分为西马与东马。历史上，以马来群岛为中心，马来西亚现属地出现过羯荼、狼牙修、满剌加等王国，16世纪到19世纪先后成为欧洲国家与日本的殖民地，"二战"后成为多民族的联邦制国家，以伊斯兰教为国家宗教。华人在马来西亚历史悠久，文化积淀深厚。自19世纪以来，华文教育与文学创作已自成脉络，不断传承，华人作为重要的少数族群参与马来西亚的国家建构历程。但马来西亚独立后，马来人在政治文化上的主导地位导致了华人的生存困境与身份认同危机，华文文学的本土发展面临了诸多现实问题，20世纪60年代至今，有关马来西亚华文文学历史、命名与价值的争论便集中体现了华人作为少数族群的文化危机。不过，在此起彼伏的争议声中，马来西亚华文创作表现出了超强的活力，优秀的作家作品不断出现，其文学影响跨越了本土空间，走向世界。现择主要作家作品予以简单介绍。

（一）方北方

方北方，1918年出生于广东惠来，原名方作斌，1928年前往马来西亚，在槟城完成中学教育，1937年赴广东南华大学读书并参加抗日宣传工作，1947年返回槟城，2007年去世。方北方从学生时代开始创作，1954年推出了引发热议的第一部小说《娘惹与峇峇》，之后笔耕不辍，共写出20多部小说，并涉猎散文、诗歌各体，是马来西亚华文文学的重要开拓者，1989年获第一届马来西亚华文文学奖。

方北方的主要作品有《娘惹与峇峇》《风云三部曲》（《迟亮的早晨》《刹那的正午》《幻灭的黄昏》）《马来亚三部曲》（《树大根深》《枝荣叶茂》《花飘果堕》）和2009年出版的《方北方全集》（16卷）。

方北方的一生，见证了马来西亚华人从移民到公民、从落叶归根到落地生根的曲折历程，其创作产生于转型的时代，也反映了转型时代的种种危机。在有关马来西亚华人历史的系列长篇小说中，他以自觉的历史意识和朴质的现实主义手法，为马华族群保留了丰厚的生活与文化记忆。1954年发表的中篇小说《娘惹与峇峇》对在殖民文化影响下忘了华族文化之根的侨生形象进行了夸张的描摹与犀利的嘲讽，强调作为中国人的根本，也体现了此时方北方自觉的中国意识。《风云三部曲》创作于1957年至1978年，包括三个长篇。三部小说呈现了在1937年抗日战争爆发到1949年中华人民共和国成立的历史变幻中，一群热血青年在感情生活和社会变革中所经历的觉醒、坚守和幻灭过程，留下了马来西亚华人视域中独特的抗战历史画卷，体现了作者作为历史见证者的理性意识与介入意识，标志出一个在中国与马来西亚之间的主体位置。《马来亚三部曲》分别完成于1980年、1985年和1994年，试图从政治、经济、文化等方面切入，表现马来西亚华人社会的结构与精神面貌的变迁，三部小说的人物与情节相对独立，却有着清晰的历史纵向变化的线索。从《树大根深》中以橡胶园、锡矿等为线索的华人创业史、《枝荣叶茂》中都市商业竞争下的资本积累史到《花飘果堕》中华人社会尔虞我诈、四分五裂的堕落史，方北方以追悼的形式完成了对马来西亚华人过去、现在与未来的思考，寄予了他对裂变中现实社会的焦虑与担忧，意味着他拥有作为具有高度责任感的马来西亚华人之存在意识。

方北方的小说富有情节性，可读性强；语言质朴，融入了部分马来语、英语和潮汕方言，具有区域特色；但结构上有些松散，叙述有时较为啰唆，不够精练，部分人物较为平面，在艺术上留下微瑕，但他留下了追求史诗效果的大部头作品，为马来西亚华文文学开创了一个宏大叙事的可能起点。

（二）吴岸

吴岸，1937年出生于马来西亚沙捞越，原名丘立基，他在中学阶段就开始写诗，1953年起在华文报刊发表作品，在诗坛崭露头角；1957年与友人创办《拉让文艺》，1962年出版第一本诗集《盾上的诗篇》，1966年至1976年参与沙捞越民族解放运动，被囚禁在殖民政府牢狱里，经受种种折磨，直到1982年才出版第二本立足本土的诗集《达邦树礼赞》，此时诗艺趋向成熟，获得广泛认可。之后，吴岸出版了诗集《我何曾睡着》（1985）、《旅者》（1987）、《榴莲赋》（1991）、《吴岸诗选》（1996）、《生命存档》（1998）、《破晓时分》（2004）、《美哉古晋》（2008）；文集《到生活中寻找缪斯》（1987）、《马华文学的再出发》（1991）、《九十年代马华文学展望》（1995）、《坚持与探索》（2004）、《葛园散草》（2005）；历史专著《沙捞越史话》（1998）；马来文译诗集 *Gulombang Rejang*（1988）；英译诗集 *A Tribute to the Tapang Tree*（1989）等。吴岸在世界华文诗坛有较大影响力，2015年因病去世。

吴岸诗歌深受中国现代文学传统影响，传承艾青等诗人的写作选择，具有面向现实的坚韧品格，抒发了他对土地的深情与生活的点滴感悟。同时，他后期的诗歌融合现代造型艺术的感觉与手法，形成诗画合一的立体化意境，在字词的组合、诗行的排列上下了很足的功夫，形象感人。

吴岸的创作活动延续到21世纪，他作为诗坛前辈的影响力也在延续,在他引领下,新一代本土诗人不断出现,马来西亚华文诗坛才不至于寂寞。

(三) 潘雨桐

潘雨桐,1937年出生于森美兰文丁,原名潘贵昌,祖籍广东梅县。1954年他在芙蓉中华中学初中毕业后,前往新加坡中正中学读高中,高中毕业后在华校教过书,1958年入台求学,1962年获台湾中兴大学农学士学位后,在新加坡原产局短暂任职,后赴美国奥克拉荷玛州立大学攻读遗传育种学博士。1972年到1974年间他担任台湾中兴大学教职,1975年返回马来西亚从事农业耕种与研究工作,现已退休。

潘雨桐的文学创作起步早,延续时间长。1954年,还是中学生的潘雨桐就以凌紫为笔名投稿,表现出对文学创作的浓厚兴趣,大学时代曾主编过侨生的文学刊物,1979年,他开始用潘雨桐的笔名在《南洋商报》的《读者文艺》《商余》和《小说天地》等副刊发表散文与小说,但反响平平。20世纪80年代以后,潘雨桐的小说创作受到瞩目,多次获得台湾《联合报》小说奖、两度获得大马花踪文学奖、新加坡金狮奖等,1996年他被评为马来西亚最受欢迎的作家。潘雨桐主要作品有小说集《因风飞过蔷薇》(1987)、《昨夜星辰》(1989)、《静水大雪》(1996)、《野店》(1998)、《河岸传说》(2002)等,另有颇受关注的生态散文《东谷岁月》和《大地浮雕》等。

从题材来看,潘雨桐小说主要可分为留学台美类和东马雨林系列。写于20世纪80年代的留学题材作品多为带有梦幻色彩的言情小说,纠缠着身份与文化认同的焦虑,风格阴柔细腻,笼罩着浓郁的中国古典诗词意韵,如《烟锁重楼》《昨夜星辰》等。后来的东马雨林书写,则具有了更为丰厚的土地感,深入展现了东马特殊的雨林风貌与复杂的族群关系,体现了潘雨桐文化杂合视野中的在地关怀;而魔幻色彩与生态意识等的杂入则使其后期小说在坚韧的生活品质之外引发更多解读的可能性,代表作为小说集《河岸传说》。

潘雨桐是马来西亚本土生长的第一代华人,历经了从英国殖民到独立后的诸多重大历史事件,他以旁敲侧击的文学笔触对东南亚华人的历史境遇与身份迷失作了微妙却不失深度的显现,无论是古典中国文化还是台美留学经验，都渐渐幻化成其书写马华在此地经验的美学资源。他的文学创作，应该得到更高的评价。

（四）商晚筠

商晚筠，1952年出生于马来西亚吉打州，原名黄绿绿，祖籍广东普宁，另有舒小寒、无烟、商桑等笔名。1977年她从台湾大学外文系毕业，1978年返回马来西亚，先后在吉隆坡报刊和新加坡电视台工作，1995年因心脏病去世。其主要作品有小说集《痴女阿莲》（台湾联经，1977）、《七色花水》（台湾远流，1991）、《跳蚤》（马来西亚：南方学院文学馆，2003）等。

商晚筠是个早慧的作家，中学时在槟城报刊发表的作品已有一定水准，在台湾留学期间的创作趋向成熟，有《木板屋的印度人》《君自故乡来》等多部小说获奖，是旅台马华作家中最早的获奖者。回到马来西亚后，她保持着创作的活力，继续斩获各类奖项。1978年，小说《痴女阿莲》获《联合报》小说佳作奖，《寂寞的街道》获"王万才青年文学奖"；1982年，《简政》获马华作协与通报合办的短篇小说"优秀奖"。商晚筠受现代主义影响很深，从南洋乡土故事到女性生存境遇，其小说试图以意象式的构造捕捉人性与情感的底色，抒发独特的女性主体意识。

《痴女阿莲》是商晚筠早期南洋乡土书写的代表作。小说将一位具有象征意味的女性智障者白莲放置在马来西亚小镇生活中，以她略带夸张的丑陋、肥胖和率性的自然人形象反衬礼俗社会的黑暗与闭塞。同时，小说在阿莲对爱执着而失败的追寻中，写出了女性探寻自我的艰难与悲剧结局。痴女阿莲是商晚筠创造的意象式人物，鲜活动人，又意蕴无穷，渗透了作家鲜明的女性主体意识和对底层边缘人物的悲悯之情，为华文世界提供了一种新的人物类型和审美形态。对底层女性的这种生存观照，也出现在商晚筠同期的异族题材小说里，如写于20世纪70年代末的《木板屋的印度人》《巫屋》《夏丽赫》《小舅与马来女人的事件》等。

商晚筠后来的小说更加关注女性的自我空间，试图在具有症候性的男权社会里，探寻女性生存的另一种可能性。《七色花水》和《季妃》里的姐妹情谊，成为对抗男性伤害的强大精神力量；而《街角》里的三角式同性恋叙事，则在打破禁忌的另类情感生活里呈现女性世界的复杂性与对抗意味。未完成的长篇小说《跳蚤》在艾滋病的阴影里建构了一段更为幽怨的同性恋故事，通过实验性的叙事框架，对女性情欲与边缘生活体验进行了引人入胜的呈现，艺术上更为成熟。

商晚筠的小说将社会文化症候的再现与对女性自我意识的探寻融合，凸显了鲜明的个性风格，虽有部分作品流于抽象空洞，但其创作实绩足以让她进入优秀的华文作家行列。

（五）朵拉

朵拉，1954年出生于马来西亚乔治市，原名林月丝，祖籍福建惠安。作为华裔移民的第二代，她受益于槟城的多元文化氛围，吸纳着中国的艺术养分，在艺术的道路上不断积累，现已出版52本著作，举办了26次个人画展，获得60多个奖项，成为华人世界享有盛誉的作家和画家。

朵拉的文学创作从小学四年级在校刊上发表《椰树的自述》开始，20世纪80年代初她在微型小说创作领域崭露头角，进入20世纪90年代，其创作已形成自己的审美取向，得到广泛认可，其文学作品还被译成日文、马来文、德文等，其中小说《行人道上的镜子和鸟》被译为日文，在英国被拍成电影短片，并在日本首映。

朵拉的微型小说集中关注都市女性在情感生活里的困惑与困境，善于在日常场景里凸显情感波澜，显现出淡雅而富于内在张力的审美风格。从创作心态和艺术路径来看，朵拉的创作可称为艺术的散步，体现了率性自然的美学精神。朵拉的艺术散步，让她在文学创作中自然避开了宏大叙事的沉重与压抑，去探索个人情感世界的复杂性。在她的情感小说中，她以女性和母性的细腻敏感为都市人画像，深入都市生活的本质探寻情感可能的深度与困境，从日常生活的细处揣摩人心人性、抚慰受伤的心灵，这种相对轻盈灵动的叙事，反而容易跨越疆域和族群的界限。确切地说，朵拉无意标识自己作为大马华人的地域性，展现的是20世纪末以来马华族群与世界的共通性，从而能在其他区域也产生亲和力。朵拉的跨域影响，说明了散步式的创作心态与艺术创作姿势在全球化时代自有其价值，对于马华文学如何撒播世界影响也有着启迪意义。

（六）黎紫书

黎紫书，1971年出生于马来西亚怡保，本名林宝玲。在霹雳女子中学毕业后，她从事新闻工作，担任华文报刊《星洲日报》记者 12 年，后专事写作。作为享誉华文世界的知名作家，黎紫书现已出版微型小说集《微型黎紫书》（1999）、《无巧不成书》（2006）、《简写》（2009）；短篇小说集《天国之门》（1999）、《山瘟》（2000）、《出走的乐园》（2005）、《野菩萨》（2013）、《未完？待续》（2014）；散文集《因时光无序》（2008）、《暂停键》（2012）；长篇小说《告别的年代》（2010）、《流俗地》（2021）；编著《花海无涯》（2004）等。

黎紫书是马来西亚本土生长的新一代作家代表，和旅台马华作家黄锦树、李永平、张贵兴、钟怡雯、陈大为等人起点不同，却表现出同样耀眼的创作天赋，获奖无数。1995 年，她的《把她写进小说里》获第三届花踪文学奖马华小说首奖，第二年她的《蛆魇》获第 18 届联合报文学短篇小说首奖，1997 年《推开阁楼之窗》获花踪小说首奖，2000 年《山瘟》获第 22 届台湾联合报文学奖短篇小说首奖，2010 年，她的第一部长篇小说《告别的年代》获新加坡方修文学奖小说组首奖、入选 2010 年《亚洲周刊》十大华文小说、2011 年《中国时报》开卷好书奖、2011 年花踪文学奖马华文学大奖、2012 年世界华文长篇小说红楼梦推荐奖等。2021 年她的第二部长篇小说《流俗地》出版后再次引起华文文坛的关注。

黎紫书刚入文坛之时，以实验性的叙事手法和具有雨林气息的野性笔调出名，同时，在对马来西亚历史与当下的文学重构里，她身世的创伤——父亲的缺席与母亲的生存之痛不断出现，影响其作品的叙事基调，一种阴郁低沉的旋律回响在其小说之中。但黎紫书是个敢于不断探索与自我超越的作家，她从潮流中学习，在不断提升写作能力的同时，也逐渐找到了属于自己的写作道路。在文体上，她从微型小说、中短篇小说慢慢过渡到长篇小说，形成了对不同体裁的超强驾驭能力；在题材的选择上，她从历史的深渊里捡拾起足够清晰的女性霞光，她的写作逐渐从自戕、自怜走到了自全的境界，将地方书写的原始暴烈转化为带有宗教意识的人性温柔。短篇小说《赘》和长篇小说《告别的年代》堪称具备黎紫书个性特质的精品。

《赘》将主妇静芳的瘦身诉求与"贪吃"心理的纠缠贯穿始终，写出了女性自我意识萎缩的悲剧。多年来，静芳为了减掉身上的脂肪，重新得到丈夫与孩子的认可，不断折腾自己的身体与心灵，却又流连于厨房的杯盘碗碟间，舍弃不了家中的任何食物，她一点点地吃下去，却难一点点地减回来，这无望的未来摧残着脆弱不堪的女性空间，却又近似无事的悲剧。小说不动声色地揭示静芳婚后始终赘肉一身的原因，却深刻反映了女性受制于家庭权力结构而压抑自我意识的生存状况，相当精彩。

《告别的年代》是黎紫书从女性主体意识出发对马华历史的重新理解与建构。与方北方现实主义的《马来亚三部曲》和黄锦树等旅台作家的解构式南洋华人史不同，《告别的时代》将新马华人的南洋迁移漂流史写成了女人的神话。小说采用了俄罗斯套娃的结构，由三个看似相似却有不同命运的女子牵引出琐碎芜杂的历史线索，在她们看似独立又纠缠不清的故事里探索马华历史的荒谬性。在黎紫书看来，如万花筒般的文学世界里，作家所能竭力完成的不过是叙事本身，关于真实的历史本身，只能成为神话。无论是男人的神话，还是女人的神话，南洋华人的历史都留下了无数的空隙和空洞，等待着更多的想象与反思。因为意识到了女性书写的神话性质，黎紫书的写作也成了告别自我的一种方式。对作家而言，如何在与历史的碰撞中建构属于自己的文学起点和终点，至关重要。2021年出版的长篇小说《流俗地》正体现了黎紫书试图走出历史迷雾，在日常生活的坚韧与琐碎中重塑马来西亚本土灵魂的努力。

三、印度尼西亚华文文学

印度尼西亚共和国成立于1950年，所属地曾有过近300年的被殖民历史，独立后的印度尼西亚（简称印尼）仍存在着尖锐的种族矛盾，军事冲突不断。华人在印尼的历史久远，大批量华人移民自唐朝黄巢之乱后开始移入，此后又有18世纪因开采金矿而组织起来的兰芳公司、荷兰殖民时期开采锡矿而出现的契约华工、清末大规模出海谋生的底层华人等，在华人移民史的累积中，华人社会逐渐成形。到19世纪末，印尼华人已达6 000万人左右，社会结构趋向多元复杂，出现了新客与土生华人之分，印尼华人的文学也因语言不同、文化积累不同出现了不同的发展路径。

印尼土生华人文学（早期称为侨生马来由文学）被视为印尼现代文

学的起点。最初多为中国古典文学的马来由语翻译作品，如《海公小红袍全传》《三国演义》《列国志》等，后因逐渐加入印尼本土元素而具有了原创性，此类作品数量多，民间流传甚广，文化影响深远。印尼华文文学则主要出现在19世纪末20世纪初，由于反清志士、维新文人、革命人士等知识分子在印尼各岛散播中华文化、创办华文报刊和华文学校，因此带动了华文文学的创作与传播。日本殖民统治时期，郁达夫、巴人等现代文学的知名作家隐匿在印尼的岛屿，也创作了不少具有本土风情的文学作品，他们也可称为印尼华文文学的先声。

印尼建国初期，与中国联系非常紧密，华文学校、华文教育和华文报刊稳步发展，印尼华文文学进入自由发展的黄金时期。华文写作者相当活跃，他们在本土报刊发表大量作品，自觉组织各类文艺活动；还有部分作家作品在中国大陆、港台地区也获得了生存空间，似乎前景无限，但1965年的印尼政局动乱彻底改变了这一切。在被称为"9·30"事件的排华暴乱之后，当局采取了极端的反华、排华政策，印尼华侨华人陷于空前劫难之中。中印关系趋向全面恶化，印尼与中国的联系被割断，很多华侨被迫归顺印尼本土，两国间的文学借鉴和交流受到了极大的阻碍。更重要的是，除了针对华人的大屠杀和抢劫行为等短期行为，华族文化根基被全面摧残。华人社团、华校、华文报纸被逐一取缔，华文书籍包括图书馆藏书与个人藏书也被焚毁，来自任何地域的华文书报刊物都被严禁进口，甚至连偶尔使用方块字也可能危及华人的生命，全国只剩下一份由印尼当局情报部门督办的半中文半印尼文的《印度尼西亚日报》，"此时的印尼，已经实实在在地成为全世界唯一不准华文存在的地域，更不用说华文文学的生存与发展了"。在这段持续了20多年的艰苦岁月里，华文文学如沙漠上的小草，无法茁壮成长发展。绝大多数写作者迫于各种压力放弃了华文写作，整个华文读者群也逐渐消逝。20世纪70年代末，随着印尼政治气候的缓和，一些人重新拿起写作之笔，但他们所面对的已是十分恶劣的文学生产场域，从生产到消费的各个环节都出现了难以填补的空白地带。

1999年新一届政府上台后，印尼对华文禁令有所放松，华文文学以及华文教育的生存空间有所拓展，很多停笔多年的作家恢复了写作，创作了一批文学作品。但华文教育被禁锢了三十多年后，年轻作家屈指可数，新一代的印尼华人被融合在本土文化之中，难以形成华文创作的意愿，更没有华文写作的能力，印尼华文文学的未来发展困难重重。放眼望去，成长于20世纪50至60年代的写作者仍是印尼华文文学的创作主体。

（一）黄东平

黄东平，1923年出生于印尼的加里曼丹岛，祖籍福建金门，幼时随父母回到中国，母亲病逝后，返回印尼爪哇岛谋生。他一生贫困潦倒，克服了环境及个人的重重困难，坚持创作，著作甚丰，约五百多万字。其主要作品有《侨歌》三部曲（《七洲洋外》《赤道线上》《烈日底下》）、电影文学剧本《老华工》、中短篇小说《远离故国的人们》《头家——估俚》以及十册的《黄东平全集》。

黄东平的创作历程，可分为两个阶段，1956年到20世纪60年代中期为第一阶段，他主要从事诗歌创作，可见于两册的《侨风》之中。这一阶段由于中印关系十分友好，两国文化交流深入频繁，在较好的华文教育与文化氛围中，通过自学，只有初中文化程度的黄东平具备了一定的文学创作能力，开始创作一系列现代诗，其诗歌处女作在《作品》发表，并得到热情鼓励与扶持。他一共在《人民日报》《诗刊》《上海文学》等20多家报刊发表100多首诗歌，共计4 000多行。从写法与思想基调来看，这些诗歌可以融入同时代歌颂中华人民共和国的诗歌潮流之中，抒发出海外赤子对中华人民共和国的眷恋、热爱与赞美之情；但从题材与情感倾向来看，表现了海外华人的独特情感结构与身份意识，具有明显的特殊性和异质性。

20世纪60年代中期后为第二阶段，此时黄东平主要从事小说创作，写下了多部中短篇小说与长篇小说，其中长篇小说《侨歌》三部曲，奠定了他在海外华文文学史上的重要地位。黄东平这一阶段的文学创作是印尼华文文学在政治劫难中挣扎生存的缩影。1965年"9·30"事件所造成的恶性排华局面，对于热爱中国与中国文化的印尼华侨来说，是一场难以克服的噩梦，一些华人被迫逃离印尼本土，选择前往异国，但绝大多数华人迫于各种原因，只能留在恶劣的环境中苦苦挣扎，他们放弃对中华文化的认同，逐渐融入印尼本土文化之中，而黄东平留在印尼，却依旧保持着对文学与族群的深情，并决心书写一部南洋华侨的文学历史。在极为困苦的条件下，他一面为日常生计而操劳，一面偷偷地进行文学创作。为了防止稿件丢失，他用油印纸同时复写九份手稿，写完后再将手稿藏匿在无人知晓的地方，历时数十年，他终于写成百多万字的三部曲《七洲洋外》《赤道线上》《烈日底下》。三部曲以朴质深沉的现实主义笔法叙述了荷印时代以来南洋华侨漂泊离散却又自强不息的苦难历史，描摹出印尼华人心中的中国由可以依附的祖国形象蜕变成稀薄的梦乡记忆、中国意识蜕变成华族意识的痛苦历程。《侨歌》三部曲不能称为完美的艺术品，在文字表述和结构上都存在缺陷，但它是黄东平用生命写成的南洋华侨华人历史，是具有自觉使命意识的宏大著作，在印尼华文文学历史上，可谓前无古人，也有可能难见后来者。

（二）袁霓

袁霓，1958年出生于印尼的雅加达，原名叶丽珍，祖籍广东梅县。小学五年级时，袁霓因华校关闭而失去了接受正规华文教育的机会，只能通过参加华文补习班和阅读华文文学作品积累自己的文学素养。袁霓从小热爱文学，1972年就开始写作并在《印度尼西亚日报》华文版上发表作品。随着创作上的成熟，袁霓开始走出印尼，在新加坡和中国港台澳等地发表小说、诗歌与散文，在华文文学圈有了一定影响。她的主要作品集有短篇小说集《花梦》、散文集《袁霓文集》、微型小说集《失落的钥匙圈》《雅加达的圣诞夜》等。

袁霓的诗、散文和小说笔调清新，抒情性强。她的小说多用单线叙事的模式，题材丰富，其中既有近乎言情小说的爱情婚姻故事，如《花梦》里有情人难成眷属的故事，化成了回忆里淡淡的哀伤；也有描述时代蜕变、展现印尼华人生存状况的篇目，如《叔公》里写了黑社会老大叔公一生的起起落落，时代的沧桑巨变在其含蓄的描述里隐隐可见。相比小说里简单勾勒的男性背影，袁霓小说中的女性人物形象形态各异、鲜活动人。袁霓在女性形象的建构中，表现出鲜明的价值立场，她对身处情感和生活困境中的都市女性给予同情，但对现代女性传统道德观念的消隐则表示了不满与忧虑，如小说《胡蝶》里对东方式女性的肯定和对西化女子的嘲讽。袁霓一心向佛，性格平和，她的散文通过日常生活细节描摹女性心灵的成长印记，在淡淡的哀愁里表达人生无常的感悟与释然。

四、泰国华文文学

早在3 000多年前，中泰之间就有贸易往来，一些历史学家认为泰国的祖先应该源自中国。但中国人正式移居泰国的历史，应该是明清两代尤其是鸦片战争之后。19世纪初，泰国出现过文学上的三国时代，古典文学经典《三国演义》在泰国广为流传，影响甚大。清朝末年，孙中山和梁启超等党派开始在泰国创办华文报刊，以古典诗词为主的华文创作开始出现。20世纪30年代开始，泰国在五四新文学的影响下，有了一些现实主义的文学作品，文学创作与中国国内的文学思潮与运动同步呼应。1939年亲日反华的泰国政府取缔华文报刊与华校，华文创作直到"二战"结束后才重兴，出现了具有本土化趋势的文学创作小高潮；但好景不长，20世纪50年代中期至20世纪70年代，泰国华侨华人政策再次变化，华文创作走向低迷，华文文坛走向沉寂。1975年中泰建交，20世纪80年代后泰国华文文学逐步复苏，但总体上后继乏力、青黄不接。泰国华文文学的发展受多种因素影响，从人口结构来看，泰国现有华人近1 000万，约占总人口的14%，但年轻一代精通中文的越来越少，能从事华文创作的微乎其微；从宗教信仰来看，泰国人包括华人普遍信仰佛教，种族矛盾相对不那么尖锐，华人的言说欲求不及马来西亚等国家强烈，华文文学创作的高度与广度也有所欠缺。

泰国华文文学以散文、诗歌创作为主，但在20世纪50年代至60年代曾出现了几部颇有影响力的长篇小说。如陈仃的《三聘姑娘》、谭真的《座山成之家》在20世纪50年代初期的报纸连载，曾风靡一时；20世纪50年代末至20世纪60年代初，长篇接龙小说《破毕舍歪传》与《风雨耀华力》也先后在报纸连载，影响很大。两部小说都借鉴了中国古典章回小说的结构，展现了当时泰华社会的生活万象，其宏大的历史架构、诙谐讽刺的笔调、浓郁的本土生活情调、语言上的混杂性等特征显现了泰华现实主义小说创作的突出成就。进入20世纪90年代，小诗磨坊等颇具特色的文学团体的出现及微型小说创作队伍的拓展，意味着泰国华文文学在困境中有所延续与发展。

（一）陈博文

陈博文，1929 年出生于广东澄海，从小接受了较好的教育与熏陶。1945 年移居泰国，从事过多种职业，逐渐过上了富足稳定的生活。1972 年他踏入报界，开始华文写作，笔耕多年，直到 2005 年才搁笔，创作颇丰，曾担任泰华作协的理事与副会长多年，在泰华文坛有较大影响力。他出版的文集有《陈博文文集》（1998）、《生之历程》（2005）和微型小说集《书魂》（2013）等 25 本。

陈博文的作品包括诗歌、散文、杂文及小说等体裁，其中，在小说方面取得了较突出的成绩。他共发表短篇小说和微型小说 112 篇，堪称当代泰华作家中产量较高者，其小说题材广泛，涉及宗教、商业、乡土、婚恋与教育等多个领域，有仿古拟古和武侠传奇等体式，但基于商人与文人的双重身份，陈博文对于现实人生有着特殊的敏感与关注，其小说主体是关涉商场与情场等现实生活的社会小说。如小说《黑心人》将商人袁瑜亮的发家史与情欲史连接在一起，揭示出利欲熏心的人性丑态。主人公靠无耻手段发家，成为一间远洋公司的总经理后仍执意从事贩毒的非法活动，遇险后侥幸逃脱，依附堂兄为生，但他不顾情义，施计将堂兄的财物与妻子纳入囊中，重新过起花天酒地的日子。而另一部被人称道的小说《剥皮亭》将一个复仇的故事与险象连环的贩毒生活镶嵌在一起，情节扣人心弦，又具有古典武侠小说的风味。陈博文的小说塑造了形态各异的人物形象，如《杏坛悲歌》中坚守华文教育岗位的方居正老师；《何不归去》中善良淳朴的乡村农民乃三蕾与仑呦；《奇遇》中的商界女强人卜幽兰等，都给人留下了深刻印象。

陈博文基于现实主义的小说创作，真实反映了泰国的社会状况和生活风貌，体现了中泰文化传统的融合与传承，可在泰国华文文学中占据一席之地。

（二）司马攻

司马攻，1933 年出生于泰国，原名马军楚，祖籍广东潮阳，曾任泰国华文作家协会会长 16 年。司马攻 20 世纪 60 年代末开始写作，在香港和泰国等地报刊发表了约有 50 万字的作品，1974 年后因忙于商业活动停止写作，1986年重新拾笔，创作了大量散文、杂文和微型小说，共出版散文集《冷热集》《明月水中来》《泰国琐谈》《踏影集》《挽节集》《湄江消夏录》《梦余暇笔》《司马攻散文集》，微型小说集《演员》《独醒》《骨气》《心有灵犀》《司马攻微型小说自选集》以及文学杂论《泰华文学漫谈》《司马攻序跋集》等。

司马攻的散文多以个人的经历为背景，文笔朴质简练，情感真挚，构思独特，有不少广被传颂的篇目，如《明月故乡来》《故乡的石狮子》等抒发思乡怀旧的散文，寓情于物，写得精致巧妙。从1990年开始，司马攻在微型小说上用力颇多，1991年出版了泰国华文文学史上第一本微型小说集《演员》，后又陆续出版了四本微型小说集，对泰国华文微型小说的创作起到了推动与示范作用。司马攻的微型小说关注现实，以小见大，以不全求全，寻求空白之美，富于诗化的情境，独具特色。

（三）梦莉

梦莉，1938年出生于泰国曼谷，原名徐爱珍，原籍广东澄海，3岁回广东，20岁与母亲前往泰国定居，曾任曼谷航运有限公司副董事长兼副总经理，泰国华文作家协会会长。她结集出版散文集《烟湖更添一段愁》《在月光下砌座小塔》《人在天涯》《片片晚霞点点帆》《心祭》《相逢犹如在梦中》《梦莉文集》《我家的小院长》等。作品多次获奖，《在月光下砌座小塔》1991年获《散文》月刊"中华精短散文优秀奖"；《临风落涕悼英灵》1991年获《瞭望》周刊"情系中华文学奖"；《人道洛阳花似锦》1992年获中国文联等颁发的"首届华文文学游记徐霞客特等文学奖"；《在水之滨》1992年获《中国作家》"散文大赛优秀奖"；《李伯走了》等3篇获1993年、1994年、1995年中央人民广播电台第五、六、七届"'海峡情'征文特别奖"等。

梦莉的散文成就很高。童年的不幸遭遇和人生历程中的坎坷，既成为梦莉散文创作的内容之源，也赋予其散文独特的情感基调与表现特征。对人生伤痛的回味与抚慰，使她的散文带上了如泣如诉的感伤情调和如梦如幻的情感色彩；对往事的描述与再现，让她的散文沾染了浓浓的小说味道，形成了一种小说化的散文。此外，因梦莉出身于书香门第，从小接受了较好的中国古典文学熏陶，其散文文笔优雅、意境静谧，具有古典诗词的情韵之美。

五、菲律宾华文文学

菲律宾在中国历史上曾以吕宋、麻逸、苏禄、胡洛等名称著，1952年成为西班牙的殖民地，1542年被命名为菲律宾群岛，1898年在美国支持下摆脱了西班牙控制，此段时间，政府对华侨华人的政策相对宽松，移民数量激增，华人社会逐渐形成。1946年菲律宾宣布独立，成为东南亚地区多种族的国家之一。

菲律宾华人的移民历史悠久，福建沿海的华人移民对菲律宾的经济发展与社会建设起到了重要作用。与东南亚其他区域相似，华文报刊以及旧体文学的出现，是在1888年之后。《华报》《岷报》《益友新报》等华文报刊的出现，以及20世纪20年代初《小说丛刊》《艺术月刊》等报纸文艺副刊的创办，为旧体诗词与言情小说的发表提供了园地。从20世纪30年代开始，五四新文学通过侨校和报刊得以在菲律宾传播，第一个新文学社团黑影文艺社成立，《洪涛三日刊》《新潮》等文学刊物与报纸副刊也开始发表新文学作品，菲律宾华文文学创作与中国国内的新文学同频共振，发展较为顺利。抗战爆发后，菲律宾有过一段抗战文学的潮流，太平洋战争之后转向地下写作，其间，杜埃、林林等人的作品立此存照，成为菲华抗战文学的重要收获。从1945年到1972年，菲律宾的华文创作处在发展阶段，华文学校和华文报刊的数量上升，不同性质的华侨华人社团相继出现，文艺活动频繁，一批后起之秀如叶曼、林涛、施约翰等得以成长起来。但1972年马科斯总统的军事戒严令颁布后，华文报刊被禁，侨校被关闭，华文创作进入冬眠时期。1981年政府放开了军事管制，华人报刊和华文社团逐渐恢复，出现了云鹤、晓阳、刘珉等一批较为优秀的诗人与作家。总体来看，年轻一代在英语文化下成长，对华文创作的兴趣不浓，菲律宾华文文学也存在着后继乏力的问题。

（一）柯清淡

柯清淡，1936年出生于泉州市晋江市，1948年随母赴菲投奔父亲，在大学化工专业就读两年后转攻文科，后获商业管理硕士学位。柯清淡29岁时开始从事推销员工作，经过不懈努力后创办了自己的商行，曾担任过多家国际贸易商行的总经理。

柯清淡从小对文学创作感兴趣，中学时代就在菲律宾《商报》上发表小说、特写。后因生活所迫，停止了创作。20世纪70年代末至80年代初，在事业获得稳定发展后，他重新开始写作，加入了"新潮文艺社"，发表了大量散文、新诗、杂文，其中散文的成就最高，在各类比赛中屡次获奖。如在1984年中国面向海外华人举办的"月是故乡明"征文比赛中，其散文《五月花节》获一等奖；1989年散文《两代人》获"海华文学奖"第一名；1990年《命名记》获北京"中华文化散文奖"二等奖；1992年其游记《〈离骚〉又添新一页——武夷山四日游》在"徐霞客游记文学奖"中名列榜首等。

柯清淡的散文多以亲身经历为基调，通过生动描述和概括提炼，表现了浓郁的赤子情怀与地域特色，洋溢着激情，文笔优美。广为人知的散文名篇《五月花节》通过描写家中三代人对五月花节的不同认识和言行举止，生动呈现了菲律宾华人融入当地社会的曲折历史过程，反映了他们身份意识的自然变化，饱含着海外游子对中华文化的怅惘与怀想之情，具有感人至深的情感力量。

（二）施约翰

施约翰，1939年出生于马尼拉，祖籍晋江前港村，毕业于菲律宾远东大学，1964年移民美国，后转往加拿大，1987年返回菲律宾。父亲施颖洲是菲律宾文坛的泰斗，在文学创作、文艺活动、翻译、编辑等领域成就卓著。由于受到家庭文化的熏陶，施约翰从小就有从事文学创作的兴趣，他先尝试过新诗写作，后转向小说，其小说艺术成就更高。

施约翰小说处女作《疯》中，对身处异国的老华侨心理困境的刻画极为生动，这位老人表面上不动声色，内心却非常想念自己的故国，做出了种种矛盾滑稽的行为举止，在这种煎熬中，他濒临疯狂状态。后移民美国、加拿大期间，施约翰还创作了一些反映海外华人生存状态的小说。小说《异乡》中，守旧华人因拒绝抽血检查和心脑手术等现代医疗手段而陷入绝境，与此同时，美国的葛拉克太太因恪守耶和华的信条，不肯输入异教徒的血而死去，小说在圆熟的叙述技巧中对两者进行了不动声色的对比，对所谓文化差异带来的生存困境进行深刻的揭示与批判。

回到菲律宾后，施约翰创作了《史密斯 威廉斯》《原籍》《蓦然回首》《沙皮狗》等小说，熟练驾驭战争题材与社会生活题材，技艺趋向成熟。

施约翰的小说创作受现代主义影响很深，对人性心理的表现细微入骨，语言幽默诙谐，具有一定的象征意味，可谓菲律宾华文小说的一个高峰。

（三）云鹤

云鹤，1942年出生于马尼拉海滨，原名蓝延骏，祖籍厦门，其父亲毕业于厦门大学，是20世纪30年代菲律宾的资深报人。良好的家庭教育让云鹤对文学创作产生浓厚的兴趣，他12岁开始在华文报刊发表诗歌作品，17岁出版了第一本诗歌集，1967年云鹤在菲律宾远东大学毕业，同期在诗歌创作上成绩傲人，成为20世纪60年代菲律宾诗坛上闪耀的星星。受菲律宾时政影响，从20世纪60年代中叶到20世纪70年代末，云鹤中断写作转向建筑设计，后重出诗坛，曾任菲律宾《世界日报》的主编，2012年去世。云鹤的主要诗歌集有《忧郁的五线谱》（1959）、《秋天里的春天》（1960）、《盗虹的人》（1961）、《蓝尘》（1963）、《野生植物》（1985）、《诗影交辉》（1989）、《云鹤的诗100首》（2003）、《没有猫的长巷》（2009）等。

云鹤诗歌受中国台湾现代诗歌影响很深，意象的跳跃、想象的丰富、行文的简洁，使得他的诗歌在世界华文文学中有了一席之地。青春时期的云鹤，诉说着青春的忧郁，实验着现代诗歌的技巧，语言与物象都极为丰富；中年之后重新开始写诗的云鹤，以其对人生哲理的思索与对海外华人命运的关注，写出了更为深沉的乐章。其中，那些书写海外华侨华人命运、心态的篇章更为出名。如诗歌《野生植物》营造了富有象征性和概括力的形象意象，诉说着无数海外华侨华人浪迹天涯、无所依凭的危机感和惆怅意识，成为海外华文文学中传颂一时的名篇。

文本细读八：《蛆魇》《推开阁楼之窗》

※ **细读任务**

黎紫书是东南亚华文作家的杰出代表，20世纪70年代出生的她，常被认为是本土崛起的一代，却在华文世界享有广泛的声誉。她的小说创作，对我们把握海外华文文学的诗学本质与文化功能有所启迪，也为我们思考文学的本土性与世界性问题提供了特殊的镜像。同学们应该在对东南亚华人史与华文文学史有所把握、对文学地理学理论有所了解的基础上进行个案细读。

※ **方法指引**

（1）关注文本呈现的地方特色与地理因素。地理环境对作家创作的影响会在文本中以各种形式呈现出来，细读文本时，可对文本所呈现的地方特色与地理因素进行梳理，这一方面有利于深化对作品的理解，另一方面有可能在文学地理学视野下延伸出新的问题意识。

（2）在文学与文化的关系视野中解读文本。文学作为文化的重要表现与载体，往往超越纯粹的艺术视野，抵达民族文化的深处，同样，东南亚华文文学作为所在国少数族裔华人文化的象征，承载了文学之外的诸多文化诉求。在文本细读中建立文学与文化的关系视野，尝试探讨文学如何反映文化的问题，将有利于理解海外华文文学的文化功能与诗学特性。

（3）在本土与世界的关系视野中解读文本。文学创作是基于特定语境的产物。具有本土特性的文学作品如何走向世界，赢得更广阔的接受群体，也成为海外华文文学创作者必须面对的问题。在文本细读中，可建立本土与世界的关系视野，从接受美学的角度探讨文本的可传播性，从而更深入地理解文本的审美特征。

※细读过程

1. 导入

这一次我们从本土性视野出发进行文本细读，主要关注黎紫书的小说。黎紫书立足本土生活情境和族群过往历史创作了多部小说，这些小说都具有鲜明的地方色彩，在呈现马来西亚华人的生存状况的同时，又能抵达人性的深处，富有阐释价值。今天，我们以黎紫书的《蛆魇》和《推开阁楼之窗》为例进行探析，以更深入地理解马来西亚华文文学的文化与艺术价值。请本组同学围绕自己的主要发现进行分析解读，讲述应清晰，观点要清楚，在分享观点后，回答老师的提问，与同学深入讨论，形成共识。

2. 师生问答

■ 《蛆魇》

学生1：黎紫书的《蛆魇》打开了一个奇异神秘的南洋本土世界。腐朽的气息迎面而来，摇摇欲坠的被白蚁吞噬的老房子、变态苟且的腐朽人生，看完后我有想呕吐的感觉，不太能理解黎紫书写这一部小说有何用意。

老师提问：你的描述很真实，呈现了作为他者的我们进入黎紫书小说世界的某种感觉，说明我们对于马来西亚华人的历史与现实有隔膜感。这种陌生感可以成为我们解读文本的动力，但若想真正读懂文本，还需知人论世，了解相关背景知识。你是怎么做的呢？

学生1：我通过网络搜索了一些背景资料。我了解到黎紫书的家庭很特殊，她长期缺失父爱，兄弟姐妹众多，母亲的脾气似乎也不那么好，可是这很难和小说直接发生联系。我认为作家未必会写自己的经历，黎紫书的小说也不是在书写个人传记。

老师：你的想法是对的，一个优秀的作家不会照搬自己的个人生活经历。但是，个人生活经历一定会影响作家的创作。同样，黎紫书的小说虽然不是个人传记，但她作为马来西亚华人所遭遇的家庭与生活危机，未必不是华人在马来西亚普遍境遇的反映，自然会在小说里以隐秘的方式透露出来。作家总是从特定的时代与社群出发走向大的文学世界，作为 20 世纪 70 年代出生的马华作家，黎紫书有着自觉的使命担当，华人的历史与现实无时不在叩问她作为作家的灵魂。从这一意义来看，《蛆魇》里老屋与人性一起溃败的故事，也可以看成作家对于华人族群社会历史与走向的审视、对于即将崩溃的华人历史传统的审视。她感觉到华人历史传统趋向腐烂的走向，却又怀着悲悼悲悯之心去回顾这即将消失的一切。小说里，溺死之魂的归来，有一种宗教的仪式感和肃穆感，她替代作者为过往的恩怨情仇招魂，最后回归寂然。想必一些同学已经注意到，黎紫书是一个基督教徒，她在这个故事里设计的灵魂叙事，隐含着上帝悲悯的眼光。

　　学生 1：我还注意到，《蛆魇》里的父辈形象都是极为负面的，无论是父亲还是祖父，不是丑陋猥琐，就是阴暗恶毒，是否与黎紫书现实生活中对父亲可能的憎怨有关呢？

　　老师：你又回到了作家个人生活与创作的关系问题，黎紫书塑造的父辈形象比较复杂，不应看作现实情绪的简单折射。事实上，这一小说里既有厌父情结，也有恋父情结。如果提及父辈形象，我倒觉得小说里生父与继父的设计很有意思。因为东南亚华文作家常将自己称为所在国的"继子"，以影射华人族群在社会的边缘地位，继父的形象是具有寓言性的。而在黎紫书的《蛆魇》中，生父因继父的欺凌含冤死去，女儿为父申冤毒死了继父，害傻了同父异母的弟弟。如果"继父"在这里有所指向的话，黎紫书的态度就值得玩味。在关系日趋复杂的族群生活情境里，华人处在"继子"的地位，不断受到伤害，但若华人族群由此采取极端的对立行为，只能让包括自己的整个社会受损，正如小说里一心要复仇的女主人公"我"一样，害人终害己。我们由此可以推想黎紫书有关族群共处的独特思考。毕竟，这一代华人已经融入了马来西亚的土地，不再是漂泊者。

■《推开阁楼之窗》

　　学生 2：《推开阁楼之窗》是一个诡异悲情的感情故事，带有浓郁的南洋色彩。主人公张五月因为自私的爱欲毁掉了小爱的母亲，为了赎罪，他最后替小爱承担了杀婴之罪,将活着的希望留给了女儿。小爱也走出了封闭的阁楼,找回了属于自己的幸福生活。

老师提问:将这部小说看成一个悲情故事,说明你梳理了它的主要情节线,那么,你有没有注意那个讲述故事的旁观者?

学生2:我注意到这部小说里有很多冷漠的旁观者和告密者,让我想起了鲁迅先生所说的看客们。小说的格调似乎也与鲁迅的《风波》相似,都是闭塞的小地方,流言四起,幸灾乐祸,人性的黑暗与冷漠毕露无遗。

老师:你的思路很开阔,能够将黎紫书的小说与现代文学传统联系起来,很不错。不过让我们回到小说叙述者这一问题上来,虽然这个叙述者在小说里的确是以旁观者形象出现的,但并非等同于小说里的其他角色。他实际是作者在历史现场给自己留下的位置,她借用这一旁观者审视过往历史。事实上,小说的主人公应该是小爱与她的母亲,对于小爱和她母亲命运的书写,明显具有象征意义,从中,我们可以看到一段马来西亚华人历史的投影。在英国殖民者统治的土地上,小爱母亲失去了丈夫,靠出卖肉体维持生计,后嫁给了五月花酒店的老板,却无法拥有正常的情爱生活,决心与入侵的日本军人私奔,终被掐死在家里,魂飞魄散。作为历史弃儿的小爱似乎在重复母亲的命运,爱上了不该爱的逃逸中的马共战士,被背叛后出于绝望掐死了刚出生的婴儿,若不是张五月的牺牲,等待她的也将是死亡。寻求个人生活而不能、处在凌辱与绝望中的小爱母亲与小爱,显然是两代华人命运的象征。但在黎紫书制造的影影绰绰的背景中,主人公本身成了传奇,历史真相模糊不清,华人过往历史成了被观看的他者,所以,大家的注意力被牵引到情爱故事线索之上,对其后的历史情境难以产生清晰认知。黎紫书对历史的这种处理方式,显现了她这一代人对于马华历史远望的距离感,也凸显了她独特的历史观念。我们特别要注意的是,黎紫书赋予了历史一定的传奇色彩与悲情色彩,但没有过分地渲染悲剧意识,小说的结尾是温暖的,作为历史叙述者的"我"和旁观者的"我们"与小爱共同停留在华人的历史画卷前,彼此心意相通,此时,我们一起推开了阁楼之窗。可见,黎紫书对于南洋民众的情感投射,并非鲁迅般的冷寂绝望。相反,黎紫书在这部小说里告诉我们,当华人的历史之窗被推开时,我们所能看到的，不只是人性的丑陋和绝望，也有爱与希望。又或者，推开阁楼之窗的方式，不是仇恨和冤冤相报，而是宽恕与牺牲。在这部小说里，黎紫书的悲悯情怀又一次显现出来。

3. 老师总结

同学们克服了很多困难，对黎紫书这两部较为晦涩的小说进行了细致的解读，主要从南洋色彩、人性书写、叙事视角等角度形成了一些观感，拓展了自己的视野，收获不少。黎紫书是一位优秀的小说家，佳作很多，大家还可以进一步拓展阅读视野，她的短篇小说《天国之门》、长篇小说《告别的年代》《流俗地》等都值得细细品味。除此之外，我们可以强化比较的视野，思考黎紫书与旅台马来西亚华人文学、中国大陆作家之间的异同，也可以纵向梳理黎紫书创作的变迁之路，探讨作家寻求自我突破的复杂过程。还可以从女性写作的角度思考黎紫书创作的特性与意义。这样的多维比较，也将进一步凸显在本土与世界、文学与文化、地方性书写与普遍性写作的关系维度中，黎紫书等东南亚华文作家的位置。

※ 观点摘要

■《蛆魇》

1. 王冰玲（2019级汉语言文学）：《蛆魇》中的儿童视角

小说《蛆魇》以独特的儿童视角描述了一个充满热带雨林潮湿、腐败气息的、病态不堪的家庭。在一个亡魂女孩的经历与情感体验中，揭示成人世界的黑暗面，触碰人性伦理的限度。

在《蛆魇》中，儿童主要是"我"与阿弟。"我"是一个投湖自尽了的、有自闭症、与世界格格不入、渴望爱而缺爱、敏感、心理变态扭曲到谋害继父、想要杀死弟弟的孤独女孩。而阿弟则是一个不擅表达、不爱说话、饱受压迫、纯真、老实的智障儿童。无论是"我"还是阿弟，都是备受压迫、虐待，对生活充满恐惧的孤僻儿童。若追根寻底，为什么会变成这个样子？这便与他们特殊、变态的生活环境、家庭息息相关，与作者黎紫书所要揭露、批判的罪恶成人世界相关。

"我"变成亡灵重回老屋，通过看到眼前景象与联想回忆，串联一件件龌龊丑陋的事情，发现违背伦常的罪恶一直在这间破败的百年老屋持续发酵，像数以亿万计的白蚁孜孜嚼食着人性。年幼的"我"在亲眼看见了母亲婚外恋和继父残害亲生父亲后，丧失了亲生父亲的关爱，造成情感缺失，从此"患上轻微自闭症"；母亲是一个不注意穿着，寂寞时甚至要求亲生的智障儿子和她发生关系的风骚轻浮而强势的女人，而她重组家庭，不但没有给"我"带来幸福，反而让我经常承受继父、阿爷的冷眼、暴力甚至残杀，把"我"一步步推向扭曲、仇恨的心理世界；孤僻的"我"因亲眼看见母亲与继父残害亲生父亲，便带着仇恨，残忍地谋害继父，并将所有的怨恨宣泄在幼小的阿弟身上，导致阿弟变成了智障儿童；"我"甚至害怕阿弟暴露"我"的谋害经历而萌生杀死阿弟的想法。在"我"沉湖死去的几天里，冷漠无情的家庭里没人关心"我"的行踪；"我"发现平常表面疼惜阿弟的阿爷为了满足自己丑恶的欲望，恐吓阿弟做出违背伦常的性行为。"我"与阿爷都使阿弟"长期活在他父亲之死所带来的阴影中"，使他变得更加沉默寡言、心理畸形。

　　在违背伦常事情的多处叙述中，都会出现"白蚁"的描述，如"耳际则细细咀嚼着白蚁在楼板下耸动不休的运作声响""数以亿万计的白蚁正孜孜嚼食着这间百年老屋""我忽地察觉自己也变成一只白蚁……"人性的罪恶面、狰狞面如"白蚁"一样，一点点嚼食人，嚼食正义、完美的一面，最终解构成人坚实正义的形象，暴露出丑陋不堪、如"白蚁"深咀过的"老屋"一样、一击就碎的一面。如阿爷等人早已"病入膏肓"，深受"白蚁"侵蚀，暴露出贪婪、丑陋、兽性的乱伦欲望；"汗水的味道混合老人的体味扑鼻而来，我立刻嗅到白蚁与朽木同时迸发的腐臭"，曾经生活于老屋中的"我"，也早已深陷其中，在不公平的摧残与压迫下，一步步被"白蚁"侵蚀心理、灵魂，滋生出心灵的蛆魔，身负罪恶；而智障阿弟，则是在压迫中不断委曲求全、保全自己，用"罐子"收集"白蚁"，像在这老屋中收集生活中的点滴罪恶一般，攒着等待被暴露或有人发现的一天，用残存的一点童真与不公的罪恶做斗争。

　　《蛆魔》通过孤独的儿童视角，揭开日复一日看似平常的老屋生活中上演暗藏的丑陋事件，暴露出充满罪恶的成人世界。不但成人世界充满罪恶与腐朽的气息，儿童也变成了罪恶的延续与替身。母亲、继父、阿爷等人的成人世界的负面作用逐渐造成"我"孤独与偏执的性格，造成"我"与阿弟儿童世界的恐慌与变态，使"我"与阿弟，满身罪恶、满身"伤痕"……

儿童视角与成人世界的碰撞互衬，更能传达出《蛆魇》想要揭露、批判的成人世界的罪恶性，借儿童的情感体验，更能引发我们对丑陋人性的深刻反思。

2. 曾标（2018级汉语言文学）：《蛆魇》中的精神弑父情结

《蛆魇》体现了较为典型的精神弑父情结。

《蛆魇》之中一共有两位父亲，一个是生父，一个是继父。文中的生父因为自己的妻子与别人偷情，无计可施，只能无奈地服用杀虫剂自杀，刻画出的生父形象是懦弱无能的，这其实就是丑父形象。而文中的继父暴烈无耻，不遵守道德规范，得了重病后被女主人公亲手杀死，这样的情节设置直接表现了作者精神弑父的情结，对父辈的否定憎恨和排斥。阿爷无疑是作者着墨最多的形象，作为父亲的父亲的阿爷，更是一个丑陋至极的父辈形象。他表面严肃、刻板，但内心极度猥琐，是个"兽人"。他为了让自己无耻的欲望得到满足，不惜用家暴与恐吓，让智障的阿弟做出违背伦常的行为，满足自己卑劣的原始欲望，而他处理鼻涕的场面，更是令人恶心至极。这样对阿爷形象的刻画，也是在丑化父辈形象，是作者精神弑父情结的体现。

黎紫书小说的弑父情结可能是她特殊的家庭境遇的折射。黎紫书的母亲是父亲的妾室，从小父亲就对家庭照顾不周，一家人挣扎在生存线之上。她家共有四姐妹，黎紫书排行老二，大姐年轻时外出工作跟家人分离，黎紫书从小就担起大姐的责任，生活极为艰难。由于在父亲缺席的艰难环境中成长，黎紫书对父亲充满了怨恨。而这种怨恨在黎紫书的小说中，便转换为父亲的缺席、弑父情节以及丑父形象，等等。值得注意的是，《蛆魇》中作者的弑父情结转变为更深层的厌男情结，由父亲投射到同一类的人物形象——父辈形象之上，这应该是小说里的生父、继父和阿爷都被丑化的原因了。

3. 邓斯琪（2019级汉语言文学）：《蛆魇》中的病态人性

黎紫书是一名土生土长的马来西亚华人作家，她吸取着本地的养分，创作出了富有东南亚色彩的文学作品。但她一些小说中的地方特性展现了阴森恐怖的一面，让人在阅读时极度不适。小说《蛆魇》便将人性最病态的一面撕扯开来，摆在读者面前，让人反胃。

《蛆魇》主要围绕重组家庭中的种种病态现象来展开叙述。女主人公"我"在环境的影响下成为病态儿童，走上伤害家人、万劫不复之路。"我"的妈妈跟"我"的继父婚内出轨被"我"的生父发现后，合谋把"我"的生父杀害，带着"我"重组了一个新的家庭，包括后来出生的弟弟和继祖父。但犯有自闭症的"我"常年不受继父和继祖父的待见，怨恨心理让"我"毒死了继父，害傻了弟弟，最后，"我"痛下杀手，想把弟弟推下河去。无论是给继父喂药还是推弟弟下河，无不体现了"我"极端病态的心理，但这一病态儿童的存在又反衬了成人世界的阴暗病态。如继祖父就是最具有病态色彩的人物，他已是一个年过半百的老人，却利用孙子的年幼无知和痴呆病态，一次又一次地逼迫他解决自己的生理问题。这种违背正常伦理道德的病态行为，揭开了人性最深层次的肮脏与罪恶。《蛆魇》在揭露人性方面无疑是非常成功的。看这部小说就跟看了一部鬼片一样，会让人感到害怕。人怕鬼是正常的，但是在小说之中，鬼是"我"，"我"对于阿爷的人性都感到恶心、恐惧，连鬼都害怕人性，可见人性是多么恐怖的一个东西。

不同于传达人性真善美的作品，《蛆魇》将人性丑陋的一面撕扯下来，置于你的面前，强迫你去直视它和理解它，在给读者带来不适感的同时，也迫使我们反思现实的种种问题，具有一定的社会价值。

4. 卢睿婷（2019级汉语国际教育）：《蛆魇》中的灵魂叙事

《蛆魇》讲述了女主人公"我"试图推阿弟入水，却自己失足溺亡，成为亡魂的"我"逃脱水里的躯体，向家奔去，在家中看到不伦之事，也回忆起许多罪恶的往事。小说的"灵魂"叙事非常特别，较好地阐释了主旨。

突出灵魂与肉体的挣扎是《蛆魇》"灵魂"叙事不同于一般亡魂叙事的地方。从这一线索来看，故事的主题就是人性的挣扎。女主人公"我"

目睹了重组家庭之中发生的各种丑事,"我"却没有办法改变自己的命运,始终被禁锢在狭小的一隅之中,像蛆虫和人形兽一般,依附自然之欲,为了生存而生存,这是肉体对灵魂的制约;当我的肉体离开家这个空壳,意外落入水中的时候,"我"没有剧烈挣扎的动作,也没有不甘怨恨的心绪,而将其当作"我"对自己所犯罪行进行自我救赎的方式,"我"想通过沉入水底死亡来洗刷罪孽,"极力以恬然的心境去接受这种了断的方式",从家逃向深蓝静谧、与世隔绝的湖底,这是肉体的出逃;灵魂浮出水面,成为自由之身,不再受限,理应向世界的各个角落游走,但"我"还是径直回家,"我"从肉身逃出,依从最原始的渴望,逃向"我"诞生之地——家,这是灵魂的再次出逃;但当"我"重新看回一遍家的故事,回顾自己腐朽的肉身经历后,"我"的灵魂仍在哭泣,任凭时间空间变换冲刷,"我"依旧无法逃脱梦魇的桎梏。纵然"我"的灵魂得到解放,但精神始终无处可栖,这是最深层次的精神受制。利用肉体、灵魂与精神的相互冲击这一回环式的写法写出了人性的真实和挣扎,写出了"我"憎恨、决绝、残酷的一面,也写出了"我"无助、忏悔、悲悯的一面。

总之,灵魂叙事使人物更加立体化,肉体与精神相互缠绕与撕扯的二重性得以淋漓尽致地凸显,寄予了作者对人性的深刻理解。

5. 曾园(2015级汉语言文学):《蛆魇》——直视人性的窥探者形象

马华作家黎紫书被称为"黑暗之心的探索者",在她阴森腐败的小说《蛆魇》中,塑造了直视人性的"窥探者"形象。

"窥探者"总是以怀疑甚至是冷漠的态度对待周围的一切,在他们看来,周围的环境充斥着罪恶,阴霾重重。《蛆魇》里,女主人公"我"就是一个"窥探者"的角色。"我"以"窥探者"的视角去描写阿爷、母亲、继父、生父、阿弟和"我"之间的复杂关系,发现了生活中的种种不堪。"我"窥探别人的同时,其实也是在以同样的眼光窥探着自我,描绘自我人性中的丑恶。"我"竟然是一个毒害继父、谋害弟弟的杀人凶手。就这样,《蛆魇》中"窥探者"与周围的人形成了一种相互窥视的恶劣局面,从而使得整个世界变成了一场梦魇,恰如小说所描述的那样:

"我细细数算自己的踱步,漆黑中竟见到脚上每一片指甲都泛着蓝光。屋内的气氛倏而诡秘得似要把我吞噬融化了。"

不可否认,我们都可能是生活中的"窥探者",都曾试图捕捉他人的丑陋,我们却善于遮遮掩掩,无法直面自我人性的黑暗能量,但黎紫书做到了,这就是她作为作家的伟大之处。

6. 麦韵琪(2019级汉语国际教育):论《蛆魇》的环境描写

《蛆魇》中,作者黎紫书用了一个冷眼旁观(灵魂)的视角,描述了百年老屋的糜烂腐臭,展现了冰冷又扭曲的家族生活。她以一种近乎冷酷的悲剧感叙述营造了一个阴气森然的世界,男男女女如在鬼域进进出出。这样的环境描写符合热带雨林的某些特质,但又带有强烈的夸张与传奇色彩。在我看来,作者是以蛆魇作为环境的整体隐喻,书写人性的腐朽没落。

关于白蚁啃噬老屋的描写,都是暗示人性正走向没落,如"如今,我站在阿爷和母亲之间,耳膜过滤了电视的声音以后,依然可以听到屋子四周的木板、横梁及柱子,隐隐透来白蚁蠕动与啃蚀食物的微弱响声,像工厂内的机械操作一样井然有序。我的听觉远比以前更清明了""刹那间,我兀地省觉自己原来并非一无所知,这屋子其实暗藏了许多肉眼无以看见的危机,就像那钻在每一块木板、柱子与横梁内的白蚁"。这些有关白蚁啃噬老屋的环境描写,一再暗示在这看似宁静的老屋里,正在上演人性丧尽的事情;"白蚁"乃是人性欲望的蛆虫,不断地侵蚀着屋子里面的人。如身处其中最久的、和环境几乎合二为一的阿爷就成为腐朽人性的集中体现:"我转过脸,阿爷已近在眼前了。发黄的汗衫挂在那一副嶙峋暴露的瘦骨上,摇摆,更凸现了人皮底下每一根肋骨狰狞的面目。汗水的味道混合老人的体味扑鼻而来,我立刻嗅到白蚁与朽木同时迸发的腐臭。"阿爷的所作所为证明,他的内心和躯壳都如百年祖屋般萎靡腐烂,不堪入目了。

最后,作者借"我"之眼,预言了这象征着人性之恶的老屋将彻底坍塌:"我霍然觉得地动天摇,这百年的祖屋似已撑不住天空压在屋顶的重量,竟然摇摇欲坠,仿佛随时将颓然坍塌。我清楚听到千万只虫蚁在木头内钻过通道的声响,正从每一根柱子与横梁里传来,开始了他们嘉年华似的骚动。"但我们担心的是，弟弟那样心智不成熟的智障儿童，在这样糜烂的环境下，灵魂已被一点点侵蚀，无法逃脱，进入了永恒的"梦魇"之中。

■《推开阁楼之窗》

1. 陆彦华（2018级汉语言文学）：《推开阁楼之窗》的叙述者

《推开阁楼之窗》的叙述者"我"是一个画廊老板，故事也以一幅油画引入，在油画里，一个肩上站着鹦鹉的中年男人在讲故事，在他面前的少男少女中就有小爱，小爱显然被那个讲故事的男人所吸引。故事就由小爱的命运开始铺展开来，小爱的父亲张五月是五月花旅社的老板，他跟他的原配漂洋过海来到这里，对原配只有感激，而刻骨铭心的只有小爱的母亲。小爱的母亲是一个"声名狼藉"的人，她先是爱上了一个已有家室的小学老师，再是嫁给了张五月，后来爱上了一个日本军人，但她在小爱十岁的时候死在阁楼的悬梁上。因为母亲的缘故，小爱受到了很多非议，她想逃离这个地方，她将希望寄托到了那个讲故事的男人身上，但讲故事的男人被人暗杀了，小爱怀孕了，小爱在婴儿出生后，将婴儿淹死在马桶里。父亲张五月替小爱顶了罪，小爱离开五月花旅店后开始了新的生活，最后故事回到画展现场，叙述者画廊老板"我"，重遇了画中的小爱，发现她成了一位慈爱幸福的老妇人。

作为画廊老板的叙述者"我"穿越时空，明了一切，总在现场目睹故事的进程，却是个冷静的旁观者："我依稀辨认出左上角的少女，铅华未洗，眼中火光炯炯。我知道，故事正要开始。""我"甚至可以深入小爱的内心世界，理解她的情感变化，探寻她的命运走向："于是我昂脸对照着现实的繁乱和艺术的虚空，兀地发觉一个奇怪的男人站在历史遗漏的角落吞云吐雾。""我明显看见那美丽的脸上胀满了幸福和迷茫。""我"看到了小爱对于马共战士的迷恋，发现了两人的暧昧行为，试图阻止他们的相遇：就在迎接九皇爷的那个晚上"我与小爱都挤在人群围成的墙阵之中，随着湍急的人潮流向远处"。小爱的"频频回望"，而"我"却拽着她随波逐流。"我"也知道，张五月给小爱顶罪后，小爱决意离开的情境："那晚我在窗前临摹旧街场的夜景，看见五月花窄小的侧门被人推开，走出一个熟悉的身影。"最后叙述者"我"也看到了小爱的结局"在画展上，我重遇了小爱"。小爱已经垂垂老矣，牵着两个孩子，走入人海之中。这个叙述者，无疑是作者在历史现场的化身，他的期待与忧虑、冷静与反思体现的是作者的立场。

黎紫书历史题材的叙述带有强烈的反思意识，表达出新一代马来西亚华人对于自身历史的独特理解。这部小说的"旁观者"叙述，就体现了她既渴望介入历史现场寻找真相，又在寻求超越过往走出历史纷争的途径。《推开阁楼之窗》可以看成华人历史的小说式建构，故事本身也许是虚构的，但黎紫书用笔纸重现历史的目的，并非让人们沉溺在过去的恐惧和悲伤中，而是在直面过去的同时，寻找新的希望。

2. 严宇（2019 级汉语国际教育）：《推开阁楼之窗》中的阁楼意象

小说《推开阁楼之窗》的主要背景是五月花旅社，更为确切地说是五月花旅社的阁楼。阁楼是西方古建筑中的概念，它往往出现于古典建筑屋顶部分，位于山墙后面，接近椽子以及梁和柱相接的部分，是一个封闭狭隘的空间。空间在文学作品中从来都不是空洞的，它往往蕴含着某种意义，小说中的阁楼也是一个意蕴丰富的空间意象。

小爱的母亲被关在阁楼里，也死在阁楼里，阁楼就像是禁锢女性的社会权力与男性欲望。小爱从小生活在阁楼里，成了母亲的替代品，她梦想逃离阁楼，让讲故事的男人带自己逃离，终归失败。小说对阁楼的具体描述并不多，对阁楼里发生的悲惨故事却描述得很具体，这意味着阁楼是一个象征的生活空间，象征着女性肉体与精神上的困境。

小爱被禁锢在阁楼里，失去了自由与希望，她和母亲一样无法逃出既有的生活轨道，最后选择了自我毁灭。小爱溺死孩子的举动就是她自我毁灭的开始，从受害者成为施罪者，小爱采取了极端的反抗形式，也为自己赢得了新的开始。

"五月花"是一个旅社，身处其中的人都是暂居者，是过客，可是，被锁进阁楼的女人为了获得自由却付出了一代又一代的牺牲。可见，阁楼作为一个有意味的空间意象，还象征了整个东南亚华人族群有过的历史处境。他们曾经被殖民者禁锢在狭窄闭塞的"阁楼"之中，肉体与思想都失去了自由。而在作者看来，东南亚华人若想获得自由，就应主动推开这扇历史的阁楼之窗，直面真相。

3. 莫可欢（2015级汉语国际教育）：《推开阁楼之窗》的族裔想象

在马来西亚怡保土生土长的黎紫书，是马来西亚文坛中最漂亮的凤凰木之一，她吸取马来西亚这片土地的养分，在蕉风椰雨中成长，作品中透露着浓厚的马来本土气息。作为一名马来西亚华裔作家，她的创作有意冲破种族隔膜，形成一种新的族裔想象。《推开阁楼之窗》就是对华人族群历史的还原与建构。

《推开阁楼之窗》以小说的形式为我们还原了马来西亚华人的历史，在西方殖民者、日本侵略者、马共游击战士等的模糊叙述中，凸显了五月花旅社两代华人女性寻求自由的过程，将华人在马来西亚的历史压缩成了一个寻求爱与自由的主题，非常巧妙，体现了新一代马华作家对于过往历史的新思考。华人移民马来半岛的历史早在18世纪或更早就已经开始，到了马来西亚独立前后，华人人口超过四百万，早已形成不可忽视的文化、经济、政治势力。但对于单个华人而言，寻求的不过是个人的自由、尊严与情感归属。

马来西亚有复杂的种族、文化背景，也曾经历相当颠簸的种族政治历史经验，坚持用中文创作的黎紫书，不再执着于族群隔离与对立的历史叙事模式，转而探讨爱与自由的可能，她是用"族裔身份"重新建构自己的华人历史和传统，与所谓的"华侨文学"有了本质的区别。

4. 郑灵儿（2019级汉语国际教育）：《推开阁楼之窗》中的死亡书写

《推开阁楼之窗》描写了小爱母亲、说故事的男人和小爱孩子的死亡，为我们理解情节与主要人物小爱的命运提供了关键线索。

小爱母亲的死亡写得若隐若现。邻居们传言她是上吊自杀的，她在半空中垂吊着的苍白脚丫，让人们永远难以忘记美丽但声名狼藉的她；但在张五月的回忆中她是死于暴力："他突然用力捏住那脖子""女人眼里的瞳孔猝然收缩，她挣扎着""他松开手，那女人依旧睁开两眼，苍白的舌头舔着她紫黑的下唇。"她为了获得自由而被丈夫张五月掐死在五月花旅社，暗示了小爱可能的命运。

讲故事的男人的死亡则写得血腥而暴力。"据说子弹是从右边穿过他的大脑，再由左边眼角贯穿而出。小爱看见盘缠在男人眼角的肉疤变成了一团模糊的烂肉，血液犹自那深邃的黑洞内缓缓溢出，渗着额上滑落的雨水，稀释地染红他紫黑的脸颊"。小爱听到和看到男人死亡的惨状，深刻感受爱情幻灭的痛苦，让读者意识到，小爱和母亲一样，无法通过爱情获得自由。

小爱孩子的死亡则以小爱本人的视角直接呈现。她"猛然将这小小的身躯塞入身旁的马桶""小爱的五指抓紧婴孩的头部""小爱拉下冲水掣，清水从马桶四周涌下。哗啦哗啦，卷了很深的漩涡；孩子被卷入深处，高速旋转，像在搅拌着他的灵魂和肉身"。小爱做出了与母亲不同的选择，终于摆脱了母亲未完的宿命。

《推开阁楼之窗》中，死亡书写是对故事情节的推进，也是对小说中主要人物命运的反复影射。作者将主要人物的命运沉浮融入一场场死亡之中，用一次次的死亡来推开那扇历史的"阁楼之窗"，结构精妙，动人心魄。

5. 李承君（2019级汉语国际教育）：母女命运的重叠与剥离

《推开阁楼之窗》写了一对华人母女命运的重叠与剥离过程，反映了作者对于华人历史命运的思考。

女主人公小爱，在街坊邻居的议论声中长大，她越长越像死于悬梁的母亲，相士给两人的命运批注也极其相似，更有意思的是，继父张五月对她的态度也像对她母亲一样。但小爱不想重复母亲的宿命，步母亲的后尘，她开始反抗，她敲响了肩上站着鹦鹉的说故事者的房门，想让他带自己离开五月花，殊不知正是从这时候起，她和母亲的命运才真正开始重叠。

小爱爱上了来路不明的说故事者，而母亲则在人心惶惶的年代爱上日本军官，他们都渴望跟着心爱的人一起逃离五月花，但都以失败告终。母女两人有着相似的外貌，更有着高度一致的性格，相同的个性让母女两人在面对"爱"时都有着近乎天真的向往和不顾一切的追求，不约而同地在十字路口做出相同的选择。在明知道胎儿的父亲不能承担责任的情况下，两人都选择了留下那个称得上多余的生命。然而，在生下的婴儿脸上，小爱找不到那个男人的记忆，在孩子的啼哭和挣扎中，她意识到这是一个多余但真实的生命,她的未来会因为这个孩子而陷入困境。在意识到这一点后,她狠心掐死了这个刚刚诞生的生命,将自己的命运从母亲的蓝本上生生剥离。但小爱采取的方式无疑是极端的,杀人必然要付出代价。就在我们以为小爱要重复母亲的命运时,故事发生了转折:继父张五月替她承担后果,小爱和母亲的命运轨迹重叠到此,彻底分离。

作者对母女命运的重叠与剥离的书写,为我们思考东南亚华人的历史境遇提供了参照,历史的罪责应该由谁来主动承担?无疑,在张五月身上作者投射了殖民者的权力魅影。

※方法小结

(1) 跨文化视野的建立与深入。因为区域的不同,海外华文作家创作的内容、形式、风格等会有很大差异,需要建立跨文化的阅读视野,才可能深入理解具体文本的思路。如该如何理解东南亚华文文学中的继父、继母和畸形家庭的叙述?为了避免以中国式的家庭伦理评价其意义与价值,我们须深入理解东南亚华人的历史与现状,探寻其文学叙述与文化特质的关系。

(2) 在区域华文文学整体观中细读文本。海外华文文学存在区域与地域的差异,我们应该在了解区域华文文学的历史流变、发展现状的基础上细读文本,在比较视野中找出作品的审美创造性。如黎紫书小说中的南洋特色与旅台马华作家的南洋特色是否一脉相承?属于黎紫书本人的地方书写是什么?这些问题的提出与探寻都将作家放到了区域华文文学的整体视野之中。

(3) 及时记录整理,形成完整表述。文本细读不能只是一读而过,还要"实践"。每一次读到文中有所感悟的地方都应该及时记录,随着理解的不断加深,我们将找到自己的观点并以此为线索展开论文的叙写,后续再进行修改,最后再整合总结,形成一篇格式规范、内容完整的文章。

◎ 学习要点

1. 主要视野：东南亚华人史。
2. 关键术语：本土化。
3. 重要观点：随着东南亚各国的相继独立，多数华人移民落地生根，部分回到中国，新移民数量急剧下降，各国华文文学因政治、社会等变动而出现不同走向，分化较为明显。华人数量较多、文化影响力强劲的新马保持平稳的发展势头；印尼、越南建国后有过短暂的繁荣期，继而因种族冲突、政治突变陷入沉寂；泰国、菲律宾华人渐渐融入本土文化之中，华文文学创作趋向低迷。其他国家与地区可见零星的华人写作者，未见大的阵营。

◎ 思考、实践与讨论

1. 理论思考：东南亚华人文化认同和身份意识与华文创作之间的关系如何？
2. 资料搜集与整理：搜集整理20世纪90年代以来印尼华文文学的作家作品名录。

◎ 参考文献与后续学习材料

1. 陈小英. 邱菽园旧体文学研究 [D]. 福州：福建师范大学，2012.
2. 蒙星宇. 南洋奇葩：东南亚华文古体文学个案研究之邱菽园 [D]. 广州：暨南大学，2005.
3. 朱崇科. 方北方的文学本土转型及其限制 [J]. 西南民族大学学报（人文社会科学版），2014，35（6）：176-183.
4. 金进. 论马华作家潘雨桐的小说创作 [J]. 世界华文文学论坛，2011（2）：21-25.
5. 陈贤茂. 海外华文文学史：第二卷 [M]. 厦门：鹭江出版社，1999；陈贤茂. 海外华文文学史：第三卷 [M]. 厦门：鹭江出版社，1999.

6. SAOWAPAPORN H. 泰华作家陈博文小说研究 [D]. 厦门：厦门大学，2017.

7. 王惠莹. 梦莉散文研究 [D]. 泉州：华侨大学，2009.

8. 钟晓毅. 柯清淡突围 [J]. 华文文学，2002（2）：53-57.

9. 沈玲. 诗与思：菲华著名诗人云鹤诗歌研究 [J]. 华文文学，2014（3）：83-88.

结语　海外华文文学作为问题与方法

事实上，"海外华文文学"这门课程，为何和如何在本科院校开设，本身就是值得探究的问题。作为一门新兴学科，海外华文文学的发展现状、定位归宿摇曳不定，带来了课程开设的种种问题。一些学校否定了这门课程面向本科生开设的必要性，认为它并不重要；一些学校的教师将之放在现当代文学的余论与注释里匆匆带过；还有一些学校，因缘个别教师的学术方向，将之与台港文学、华文文学、华人文学等含混对接。如此种种，真可谓妾身未明，身份尴尬。此外，专业师资的不足、教学资源的严重缺乏、教学模式的单一等也影响着课程开设的持续性。因此，在我试图开设这门课程时，也遭遇了很多问题。管理者的犹豫、学生的冷感、课程的学期安排与模块归属的争议，都反复考验我的耐心与决心。不知经过几番申告，这门课才得以开设成功。然而，当每学期末我完成本课程的教学任务时，焦虑依然。在教学型的本科院校，海外华文文学这门课，处在现当代文学、外国文学的缝隙中，左顾右盼、可有可无，无法准确定位自己的位置，如果上不好，随时都可能被驱逐出正在变革中的人才培养方案。事实上，地方院校学生的认知水平与学习兴趣的特点、学校整体转型对课程产生的新要求，不断挤压我曾经试图在教学中贯彻的学术性思路。在层出不穷的本科教学改革思路、专业建设思路以及最近兴起的新文科运动中，我不断调整该课程与本科教育的关系，想要赋予它更多的意义。原来所谓教无止境，竟是因为教学是面对具体教学情境生成变化的过程。"海外华文文学"作为一门课程该不该开，该如何开，有时并非由教师的学术兴趣决定，而是由具体的教学情境决定的。

为了与现实协调，我在上"海外华文文学"这门课程的同时，曾不断越界，开发创意写作、生活美学、文学地理学、中学写作教学法等新课程，以更好地适应所在学校本科教学的特性与发展方向。在这个过程中，我作为海外华文文学研究者的身份也在不断悬置与重构，在港台文学、比较诗学、现当代文学、外国文学、美学的领域游移不定。在自身身份的游移变化中，我最终发现，海外华文文学"跨域边界"的特性，与地方院校教师的杂合身份非常一致。领地看似边缘狭窄，实则无边无际、变幻莫测，或者反过来，随时需要跨界的状态正宣告了生存处境的局促。那么，在海外华文文学作为一门本科课程而出现的问题领域里，我要解决的首要问题是，寻求一种合适的课程教学模式，使得专业领域的特点能与变动中的教学目标与要求对接。寻寻觅觅之后，我最终将这门课定位为跨文化视野下的文本细读课，期待在简略的海外华文文学区域史框架下，对代表性作家作品进行细读，借此提升学生的文本细读能力。

　　当学生的注意力被引向可读性、可写性很强的文本时，学生对这门课程的兴趣迅速提升了。一些学生发现，在已有的文学史框架之外，还存在那么多感人的、优美而奇特的文学作品，这些作品，给他们带来的不仅是审美的冲击，还有认知与伦理上的冲击。原来，在熟知的现当代中国文学创作视域里，可以延伸出各形各色的海外创作之路；中国台湾的白先勇之外，还有一个美国的白先勇；作为旅游胜地的东南亚，原来是汉语文学的重镇等，诸如此类越界的惊喜，对一些学生来说是有意义的。如果说得高大上一点，那就是海外华文文学跨越边际的特性，可以让学生与世界各地文化产生对话，有利于学生形成国际视野与全球眼光。更接地气一点的目标则是，至少，通过这门课程让学生理解到地球不但是圆的，而且是多维度的，对他们应该有所裨益吧。

　　教学可以从震撼开始，但不能以震撼结束，一门课程的教学目标，当然不能止步于视野与情怀目标，教师需要立足地方本科院校实际，培养学生的实践能力。尽管文本细读能力一直是中文系学生必须练就的基本功，但培养这种能力并不容易，很多学生到了大四阶段，依然缺乏解读作品的基本能力。靠海外华文文学的教学过程达成这一目标，并不是简单的事。为了达成文本细读能力培养的目标，只有不断调整教学内容、教学方法和考核形式，才能日有所进。

首先，教学内容不求全，只求合适。作为一门选修课，短短几十个学时，不可能穷尽海外华文文学的所有文学史知识，只能选择重点作家作品。而重点的选择，只能根据所教学生的认知水平与兴趣、作品本身的特性和教学资料是否容易查找等做出综合判断，而无法遵循学术研究极为重要的发现与创新原则。从区域选择来看，在北美、欧洲、大洋洲、东北亚和东南亚等区域版块中，北美成为重心，主要是考虑本科学生查找资料、阅读文本的便利。为了照顾到学生的兴趣与精力，关于作品文类的选择范围，以小说为主，兼顾诗歌与散文，其他文体只能忍痛割爱。此外，内容选择还需坚持与时俱进的原则，在框架基本不变的前提下，作家作品和重点文本会逐年加以微调。其主要原因是在海外华文文学的创作现场，每年会涌现新的优秀作品，新的作品与时势结合更为紧密，对学生有更强的吸引力，教师必须在慎重权衡的基础上挑选部分作品进入教学体系之中。

其次，教学方法必须体现学生中心的基本理念，持续改进。在充满感官刺激的读图时代，教师出色的个人讲述与简单的师生互动，都无法确保学生学习的深度与主动性。为了提升学生的学习主动性，在对分课堂的概念还没有出现的2010年，我开始大量压缩教师的授课时间，留出一半时间让学生分组研讨特定文本，还尝试采用娱乐节目的种种形式活跃课堂讨论的气氛。随着时间的推移，对讨论课引导性设计变得更加重要。我主要强化了两个方面的设计，一是确立关键词引导法，让每一次文本细读的过程都有明确的方向、问题与目标；二是设立课程小结环节，加强对文本细读方法的总结与评价。通过教学方法的持续改进助力学生自我成长，让学生尽快达成知识迁移和能力提升的目标。教师总是有漫长的路要走。

在考核形式上，也经历了一个不断优化和复杂化的过程。从整学期写一篇学术论文的单一考核到仿写作品加评论加文本细读反思三位一体的综合性考核，从平时作业成绩加期末论文成绩的简单算法到课堂发言、讨论情况、自我收获情况、同学评价情况、平时期末作业分数等的多元综合算法，学业考核形式在激励学生全身心投入的同时，也必须适应正在变化的整个本科教学评价体系。

在教学现场，海外华文文学作为问题与方法，意味着教师面对具体的教学情境与教学困境，需不断提升自己的综合素养，学术研究和教学研究必须同时推进。学术研究方面，课程教学可以提升教师对文本的把控能力，写出优秀的文学批评文章。教学研究方面，教学问题的提出与解决将进一步强化以生为本、求新创新的教学模式。

对课程教学的系统总结，是希望将这些年积累的教学经验、所收获的点滴思考，能在有限的文字里呈现出来，转化成可以阅读和传播的固化形态。正因为以教学为主线，本书对海外华文文学知识体系的整理未必符合系统的学术研究理路，它的构造形式与组成部分，受到地方院校教学情境的种种限定，也受到教师个人教学改革思路的影响，重在将海外华文文学的经典文本与文本细读的方法和知识融合。因此，这本书因强调因地制宜变成了一种地方性写作，无法命名为传统形态的教材。

那么，与其称为教材，不如将它视为课程建设的实录与理论提升，称为"海外华文文学文本细读课"吧。我甚至在想，这一小小的著述本身也可以成为引发问题与质疑的场域。它的面世，有可能让专业领域的研究者和非专业领域的教育者，共同面对本科课程设置与专业研究发展的关系问题；也可能让中文系的同行们，深入探讨如何通过课程教学培养本科学生文本细读能力的具体问题。如果教师的个别经验存在偏差的话，那么，期待"海外华文文学文本细读课"这一特殊文本形态的出现能够激发我们进一步思考并更好地解决一些问题。

附录　文本细读法的教学要素及思路梳理

在本课程的教学实践中，主讲教师提炼出了关于文本细读的若干教学要素，附录如下，供同行借鉴批评。

一、文本要素层次（借鉴现象学的相关理论，形成基本框架）

1. 语言语音层面：注意一些特别的语言形象，如方言土语、独创的语言风格、诗歌的音韵分析，并将之与意义的阐释和创作风格、意图等综合起来思考。

2. 语义层面：关键字词的意义，整体表述的意义，可融合运用传统训诂之学和当下阐释学的方法。

3. 修辞层面：对修辞手法、表达技巧进行分析、归类与总结，在此基础上延伸出可能的问题与观点。

4. 整体内容层面：讲了什么故事，塑造了什么人物，呈现了什么物象意境，学会情节概述和文本概述的基本方法与基本模式，抓关键，不必面面俱到。

5. 形而上层面：哲理性的总结，审美风格的提炼等更形而上的结论的提出，注意此类结论与其他文本和文学现象的相通性，帮助学生形成知识迁移和能力迁移的意识与能力。

二、基本阅读过程（阅读过程的历时分析）

1. 认真读通，整体把握，形成初步观感与问题。注意读懂整个作品，贯通文脉，而不是抓住某个片段就停下来。

2. 反复揣摩，带着问题再读，逐渐产生自己的观点。

3. 深入对比分析阅读，借鉴参考文献，确立自己的观点。
4. 泛读，通读，再次获得整体感受，深化立场观点。

三、表达表述层面（表达分享自己的观点，写成完整的评论文章）

1. 表述的基本逻辑：是什么—怎么样—为什么—有何价值，或者现象—问题—揭示或解释—价值评判。
2. 具体表述的注意事项：观点应清晰，论述应有力，注意将文本内容的概述与细节的呈现和论证分析的过程结合起来，做到论叙完美融合。注意表达的完整性、逻辑性与层次性。

四、基本的理论方法层面

1. 美学分析——社会历史分析的辩证统一。
2. 在美学—历史的分析框架中寻求特定理论与方法，针对不同的文本借鉴不同的理论方法。

五、文体因素层面

在把握共性的前提下，注意不同文体解读方法、解读路径和解读重点的差异，通过文本细读过程不断总结特定文体文本细读的独特规律与方法。

1. 小说文本解读的规律探寻：叙事性线索，人物结构模型等。
2. 诗歌文本解读的规律探寻：意象意境线索，语言表达的断裂与陌生化等。
3. 散文文本解读的规律探寻：意象意趣线索，语言表达的情趣与风格等。
4. 影视文本解读的规律探寻：影像叙事线索，蒙太奇手法的出奇翻新等。

六、具体方法层面

基于本科学习的特点，以下具体方法可重点掌握：
1. 聚焦：以单一焦点切入，从具体的文本表现拓展到抽象的观点和理论。

2. 对比：在文学史的视野、不同作品的对比中，把握特定作品的独特性。

3. 认同中创新：观点、视野和思维的创新至关重要，但不要为了一个新奇的观点而对文本进行生硬或过度的阐释，对文本的独特感悟和理解应建立在对作品有全面把握与认同的基础之上。

七、细读的目标设定层面

1. 通过细读理解文学作品的内涵与艺术特色，能够读懂比较复杂的文本。

2. 通过细读形成准确的判断和独特的观点，学会表达和阐述自己的观点。

3. 通过细读提高自己的综合素质和综合能力。

后　记

　　为教学的便利，原本想新编一本海外华文文学教材，但仔细一想，已经有了几本集全国专业力量编成的优秀教材，大可不必做重复的工作。那就写一本课程总结的小书吧，我对自己说。可没有想到的是，这样一本小书也难编。两年间，我多次想过放弃。在惠州和暖的风里，很多时候我只想好好睡一觉，什么也不想，什么也不做。中年的节奏，工作生活都如此匆忙、如此紧凑，我已经跟不上它的步伐了。

　　写这本小书的时间，正是我从教学一线转到办公室工作的过渡期。在学院当老师时，再忙，也有躺在床上、美美地看完一本书的闲暇时光；而在人来人往的办公室里，我看似无事，又随时有事，在闲聊、琐碎、理解和沟通的链条里，个人就像冰箱里的鱼，只能冷冻，不可活蹦乱跳。人到中年，我终究是长大了，成熟了，可以适应所有的生活状态了。但长大的唯一好处是可以在忙碌中祛除幻想吗？作为一名为他人做嫁衣的编辑，每天面对无数陌生的来稿，却没有时间写一本属于自己的小书，我心有不甘。

　　在家里，不知何时，我也变成了骨干中的骨干。记得早年有父母在身边的日子，家务活几乎不在我的视野之中。可如今，父母垂垂老矣，只能让他们自己照顾自己，烦琐沉重的家务活就压在我身上了。而我的先生，印象中曾是个模范男人，如今也开始了早起晚归的节奏，回家后还有忙不完的业务要处理；两个处在关键期的孩子，一个也不能落下。早上五点多起床为高二的女儿准备早餐，七点多送儿子上幼儿园，八点多急匆匆赶去上班，十二点准时到家为女儿准备中餐，下午五点半踩着点风风火火把儿子接回家,接下来要做晚饭、打扫卫生、陪伴儿子做幼儿园的各种手工作业、洗干净他那一堆脏兮兮的衣服。等洗完澡,想躺在床上歇一会时,还有睡前的亲子故事比赛等着我,"妈妈,我讲一个故事,你也讲一个啊",讲着讲着,我的上下眼皮直打架。"妈妈,你又讲错了,是奥特曼大战魔王兽,不是重要理论的学习",在梦里,我还要学习。

其实再忙,我也是能抽出一点时间写作的。比如周末一个人跑到办公室,在寂寥的大楼里忙上一阵;又或趁着出差时间,整夜不眠写出一些零碎的片段来;甚至,在陪伴孩子上各种课外班时,我也可以带上电脑,在家长们的碎碎念里敲上一段;如能集腋成裘,小书也早该完成了,但我一直在拖延着,一晃两年过去了,还是未成形状。其实最大的问题是,我怀疑这一切的意义。我需要写这本书吗?会不会又是一种浪费?我能写好这本书吗?更重要的是,越是深入,越是恐惧,我发现,在自己的专业领域,我并不专业。就算是读过很多遍、写过专门研究的作家作品,该如何进入课程体系之中仍在考验我的心智。了解全部、比较分析、斟酌删减,在文学史的浩瀚海洋中寻找可能的方向,实在太难了。凭一己之力,要驾驭如此复杂和纷繁的海外华文文学,我真是高估自己了。有时候想,或许,放下是唯一的选择。

每当我想彻底放弃这本书时,心里总会响起另一个声音,催逼着自己继续下去。是的,那个声音告诉我,至少,我要为学生和孩子树立一种坚持的态度。转瞬间,我在惠州学院已经工作了十八年,海外华文文学文本细读课见证了我和学生一起走过的成长之旅,正是学生在海外华文文学课堂上的精彩表现,让我萌生了要写这本小书的强烈愿望。我也知道,在两个孩子心中,他们的妈妈总是最努力、最阳光的样子,从不轻言放弃。我爱学生,爱孩子,正是这种爱,让我从未停下前进的步伐。所以最后,这本小书在这样的困境与坚守中终于完成了。也许它还存在不少问题,也许只能说是惠州学院的海外华文文学课,但我不会有太多遗憾,因为我努力了,我是怀着对世界的爱与信念完成这本小书的。这煎熬的写作过程让我相信,不管人生有多苦,只要你爱这个世界,就离伊甸园不远了。

感谢我的领导和同事们；感谢在网络上随时与我交流，并给我动力的老师和同门；感谢生命中所有的遇见；感谢我深爱的家人；感谢海外华文文学领域的每一位研究者，是你们的研究让我的这本构型怪异，却充满活力的小书在扎根于厚实的土地的同时，可以仰望属于你们的璀璨星空！

最后还要感谢此书的编辑曾鑫华女士。她和我认识多年，一直以师姐的身份支持我、关心我，这本书一拖再拖，她很宽容，鼓励我继续写下去。

颜　敏
2022 年 6 月